André Weckmann / Wie die Würfel fallen

Romane der Gegenwart

Herausgegeben von Adrien Finck

Band 3

André Weckmann

Wie die Würfel fallen

Roman

Morstadt Verlag

CIP-Kurztitelaufnahme der Deutschen Bibliothek

Weckmann, André:

Wie die Würfel fallen: Roman /
André Weckmann. — 3. Auflage —
Kehl; Strasbourg; Basel: Morstadt, 1986.
(Romane der Gegenwart; Bd. 3)

ISBN 3-88571-081-1

3. Auflage 1986
Verlagsort: Kehl
Gesamtherstellung: Druckerei Morstadt, Kehl
Schutzumschlag: Celestino Piatti

Für Andrée Weckmann

ZUM GELEIT

André Weckmanns Ruf ist bereits über die elsässischen Grenzen gedrungen, im alemannischen Raum ist er eine bekannte Figur, er darf wohl als einer der markantesten Köpfe der heutigen deutschsprachigen Mundartliteratur betrachtet werden. 1976 erhielt er den Hebel-Preis, 1980 wurde ihm der internationale Mölle-Literaturpreis (Schweden) zuerkannt.

Weckmann ist ein engagierter Dichter. Als leidenschaftlicher Kämpfer und kritischer Geist steht er an der Spitze der neuen kulturpolitischen Bewegung im Elsaß zur Verteidigung und Förderung der elsässischen Identität in progressivem Sinn. Sein Name ist ebenso bedeutsam mit den ökologischen Protestbewegungen am Rhein verbunden.

Elsässisches Schicksal prägt sein Leben: im französischen Elsaß der Zwischenkriegszeit geboren (1924), wurde er während der nationalsozialistischen Annexion in die Wehrmacht zwangseingezogen (1943) und an der Ostfront verwundet. 1944 desertierte er. Nach dem Krieg studierte er Germanistik an der Straßburger Universität und wirkte einige Zeit als Attaché culturel an der Préfecture du Bas-Rhin. Er war auch als Hörspielautor am Straßburger Rundfunk tätig. Heute ist er Deutschlehrer in Straßburg, Mitverfasser von Deutschkursen, Sprecher der Gruppe der engagierten Kulturschaffenden, Mitbegründer des Mouvement pour l'autogestion culturelle ,,Unsri Gerachtigkeit" (1980).

Der Dichter schreibt in den drei elsässischen Ausdrucksformen: in der Mundart, seiner Muttersprache, in der französischen Nationalsprache und auf hochdeutsch. In der Mundart erschienen bereits drei Sammlungen seiner Protestgedichte, „Schang d Sunn schint schun lang“ (1975), „Haxschissdrumerum“ (1977), „Fremdi Getter“ (1978), sowie ein Beitrag zu einer geistlichen Dialektdichtung, „Elsassischi Liturgie“ (1980). Französisch schrieb er den Roman des Zwangseingezogenen, „Les nuits de Fastov“ (1968), dann die schonungslose Entlarvung der Assimilationspolitik und elsässischen Selbstentfremdung, „Fonse ou l'éducation alsacienne“ (1975). Hochdeutsch war schon die Sprache der „Sechs Briefe aus Berlin“ (1969); es folgten die „Geschichten aus Soranien“ (1973), ein „Anti-Epos“, die ironisch-distanzierte Darstellung der elsässischen Geschichte seit 1870; „Die Fahrt nach Wyhl“ (1977), die den Zusammenhang der elsässischen Bewußtwerdung mit dem ökologischen Protest dokumentiert; „Grenzsituation“, ein bekennerischer Gedichtzyklus, Weckmanns Beitrag zum Band „In dieser Sprache“ (1981), einer Neugründung deutschsprachiger Poesie im Elsaß; nicht zuletzt eine Reihe von brisanten, oft manifestartigen Reden und Aufsätzen: „Dichter sein im Elsaß“, „Dialekt als Waffe“, „Die alemannische Internationale“, „Elsaß: von der Selbstaufgabe zur Konvivialität“, „Das Elsaß als Heimat betrachtet“.

Hier wird das neuste und umfangreichste Werk André Weckmanns vorgelegt: ein „elsässischer Roman“ in Hochdeutsch, mit Elsässerdeutsch durchwirkt und durch elsässische Eigenart geprägt.

In leidvollem Miterleben und kritischer Distanz bringt das Buch die Chronik eines elsässischen Dorfs, das in der Selbstentfremdung hinsiecht und somit das Schicksal des Elsaß widerspiegelt. Das hat nichts zu tun mit nostalgischer Erinnerung und Flucht in eine heile Welt. Das Treffen der „Letzten" am Stammtisch („wir, die letzten Behüter und Übermittler des kollektiven Gedächtnisses". . .) wird zum Abstieg in die Hölle, zum Psychodrama, zur Beschwörung der Gespenster und Dämonen elsässischer Vergangenheit, des Verdrängten, und zwar im Sinne einer Bewußtwerdung, Heilung und Neugeburt. Im Zyklus des Jahres zeichnet der Chronist von Monat zu Monat den Erinnerungsprozeß auf, während sich das aktuelle Geschehen abspielt, wobei sich in die „Chronica Ixheimensis" immer wieder das Weltgeschehen einmischt. Man erkennt die Zeit von März 1980 bis März 1981: es ist die Entstehungszeit dieses „elsässischen Romans". In virtuoser Erzähltechnik ordnen sich chaotische Szenenfetzen und filmische Rückblenden allmählich zur satirischen, spannenden Darstellung elsässischer Schicksalswege und Häutungen, wie auch zum persönlichen Bekenntnis.

Der Stammtisch: „Pool der Kranführer, Doni der pensionierte Eisenbahner, Lüi der ledige Landwirt, Hubert der achtzehnjährige Mechaniker, René der neunzehnjährige Akkordeonist". . . „die zwei Maler Schang und Charles", „Eddes der Sänger, Seppel der Dorfreporter, Schilles der Waldläufer". . . „Großvater Jerri und Großmutter Katrin". . . Drei Generationen, Gestalten aus dem elsässischen Volk, Anti-Helden. Zu ihnen gehört ebenfalls der türkische Gastarbeiter Mehmet. Am Stammtisch der Dorfwirtschaft versucht nun der Chronist, Heribert Grahn, Mittfünfziger, Ixheimer Volksschullehrer, anno 1980 die „zubetonierten Schichten" der Vergangenheit freizulegen. Während einer langweiligen Sonntagspredigt kam die „Erleuchtung": „Ruf die Zeugen zusammen, laß das kollektive Gedächtnis wieder funktionieren, gib ihnen ihre Geschichte zurück, die du ihnen verheimlicht hattest, nimm alles auf Tonband auf und schreib es dann nieder". Er weiß aber auch, „daß das hier nichts weiter sein wird als die eigene persönliche Auseinandersetzung mit mir selber und mit dem verdammten Schicksal, das mich in diese Landschaft hineingesetzt hat"...

War er nicht als Lehrer wie als Verfasser einer offiziellen, der „selektiven Geschichtsschreibung" gemäßen Dorfmonographie selbst ein Helfershelfer der Assimilation! Hier erscheinen eigentlich die Folgen des nationalsozialistischen Terrors 1940—44, der unheilvollen Volkstums-Ideologie, die alle Vokabeln der elsässischen Heimatbewegung vergiftete und im Volk die Absage an alles „Deutsche" hervorrief. Sein eigener Vater kam ins KZ und überlebte es nicht (wer brachte ihn dorthin? wer war schuld?). Sein zwangseingezogener Bruder fiel in Rußland, er selber desertierte, kämpfte in der französischen Résistance, träumte nach dem Krieg mit Bérengère, seiner bezaubernd-vornehmen Frau aus der Touraine, den Traum der „douce France", erzog seine beiden „in die französische Intelligenz aufgestiegenen" Söhne in völliger Unkenntnis der heimatlichen Sprache und Geschichte. Das Grahnsche Rebellentum erwacht jedoch wieder drastisch in seiner „verlorenen Tochter" Béatrice, die einen Berliner Studenten kennenlernt, sich mit ihm in den deutschen „Untergrund" begibt, später mit Gleichgesinnten in Peru eine Kooperative aufbaut und dort den Tod finden wird. Diese schmerzlichen Zusammenhänge geraten als Trauma langsam ins Bewußtsein, als die assimilationistische Kulturpolitik im Verein mit dem seelen- und umweltzerstörenden „Fortschritt" (dem

„Technofaschismus“) totale „aliénation“ ankündigt. „Ein von Gott verlassenes und verdammtes Land“... „dieser Boden ist mit dem Gift der Nationalismen getränkt“... „es ist alles verhunzt“... Weckmann weiß, wovon er spricht. Von diesem Nullpunkt mußte der elsässische Dichter und Militant ausgehen.

So verbindet sich mit den „Zeugenaussagen“ und den Aufzeichnungen des „kollektiven Gedächtnisses“ die innere Odyssee des betroffenen Chronisten vom Mitläufer zum Rebellen. Das vielgestaltige Handlungsbündel weiß viel zu erzählen vom Unglück der Geschichte, von Schicksal und Schuld. Der Leser wird sich von diesen Erlebnisberichten, in allen Gemütslagen und oft in saftiger Volkssprache, direkt angesprochen fühlen. In den Vordergrund gerät allmählich auch die typische Versager-Gestalt des Fritz Müller, des Denunzianten aus der Nazi-Zeit und späteren Champions der Assimilation und des „Fortschritts“: der doppelte Verrat wird ihm zum Verhängnis, der Erinnerungsprozeß richtet ihn zugrunde, zugleich wird er aber eine Art Sühne erleben, nachdem der Geist des Hababb, jenes vom Modernismus ins Narrenhaus verbannten heiligen Dorfidioten, in ihn gefahren ist.

Der Schluß bleibt offen. Lehrer Grahn hat eine „Bewußtseinsfindung“ eingeleitet, der Schritt „von der Selbstaufgabe zur Konvivialität“ ist getan, die Aktion der „Bürgerinitiative Osterberg“ verläuft schließlich erfolgreich, doch nimmt er Abschied (wohin? wird er zurückkommen?), innerlich durch den Tod seiner Tochter schwer erschüttert. Ist der Held müde geworden? Die letzten Hornung-Blätter seiner Aufzeichnungen zeugen von wacher Selbstkritik und ständiger Selbstsuche, und so erscheint der geheimnisvolle Abschied als Zeichen wiedergewonnener Freiheit auf dem Wege der Selbstfindung.

1977 schrieb Dr. F. Bentmann über die „Geschichten aus Soranien":

> „Weckmanns Werk ist wegen seiner mutigen, radikalen Wahrheitsliebe und seiner geistvollen, phantasiereichen Sprache, aber auch wegen seiner mehrsprachigen Gestalt eine in ihrer Art einzig dastehende literarische Schöpfung. Es ist zu hoffen, daß es auch in Deutschland Verständnis findet für ein Volk, das trotz seiner Zugehörigkeit zu Frankreich manche verwandte Züge mit dem alemannischen Süden Deutschlands aufweist. Ebenso dürfen wir nicht verkennen, daß des Dichters Weckrufe viele Gefahren beschwören, die in ähnlicher Weise von uns Deutschen beherzigt werden sollten."

Weckmanns neuer Roman „Wie die Würfel fallen" greift die Thematik der „Geschichten aus Soranien" nochmals auf, vertieft und verschärft sie, oft auf provozierende, das heißt zur Reflexion herausfordernde Art. Die „Waffe" André Weckmanns ist das gewaltlose Wort. „Man überzeugt nicht mit Gewalt", schrieb René Schickele. In diesem Sinn ist nicht zuletzt auch die problematische, doch wohl des Dichters schmerzlich-liebste Figur, die der jungen Béatrice zu verstehen: ihr legt er das Leitwort vom „Prinzip Liebe" in den Mund.

Ein Buch elsässischer Vergangenheitsbewältigung und Zukunftsmöglichkeiten. Das bedeutendste Erzählwerk aus dem Elsaß seit René Schickeles „Erbe am Rhein". Ein originaler Beitrag zur deutschsprachigen Gegenwartsliteratur.

Adrien Finck

EINFÜHRUNG IN DIE ELSÄSSISCHE PROBLEMATIK

Zur Geschichte

bis 1649: Das Elsaß gehört zum Heiligen Römischen Reich Deutscher Nation.

1648—1681: Das während des Dreißigjährigen Kriegs verwüstete und zum Teil entvölkerte Elsaß gerät nolens volens unter französische Oberhoheit.

18., 19. Jahrh.: Langsame, aber progressive wirtschaftliche, politische und kulturelle Anpassung an Frankreich.

1871: Das Elsaß und Nordostlothringen werden, gegen den Willen der Bevölkerung, vom Deutschen Reich annektiert. 50 000 Elsässer und Lothringer verlassen das Land aus Protest. 160 000 entziehen sich in den folgenden zwanzig Jahren der deutschen Wehrpflicht durch die Emigration nach Frankreich. Verwaltungs- und Schulsprache: Deutsch.

1911: Das Reich gesteht dem Reichsland Elsaß-Lothringen eine Teilautonomie zu.

1914—1918: Militärdiktatur im Reichsland. Repressive Maßnahmen gegen die Elsaß-Lothringer: Verhaftungen und Ausweisungen.
In den von den französischen Truppen 1914 eroberten Teilen Elsaß-Lothringens werden zahlreiche Beamte als Geiseln verhaftet und nach Innerfrankreich deportiert.

1918: Elsaß-Lothringen wird wieder französisch. Jubel in der Bevölkerung. 112 000 eingewanderte Deutsche und deutschgesinnte Elsaß-Lothringer werden ausgewiesen. Umschulung des Lehrpersonals. Verwaltungs- und Schulsprache: Französisch.

1920: Beginn der autonomistischen Krise, elsässische Reaktion gegen die Pariser Assimilationspolitik. Die Regierung muß Zugeständnisse machen, u. a.: Beibehaltung des Konkordats, Deutschunterricht in der Grundschule.

1940—1945: NS-Gewaltherrschaft in Elsaß-Lothringen. Brutale Umschulung des ganzen Volks. Ausmerzung alles Französischen. 1940: Errichtung des Sicherheitslagers Schirmeck, 1941: des KZs Struthof. Bilanz: 145 000 Elsässer und Lothringer nach Frankreich ausgewiesen, 27 000 ins Altreich und nach Polen umgesiedelt, 20 000 Internierte und Deportierte, 140 000 Zwangseingezogene, davon 43 000 gefallen oder vermißt. 40 000 Fälle von Desertion und von Wehrpflichtentziehung durch Flucht nach Frankreich. Viele dieser Flüchtigen schließen sich der französischen Widerstandsbewegung an.

1944—1945: Befreiung durch die amerikanischen und französischen Truppen (darunter eine elsaßlothringische Brigade).

1945: Abschaffung des Deutschunterrichts in der Grundschule. Beginn der Entnazifizierung: 8 000 Aburteilungen.

Kulturpolitik im Elsaß von 1945 bis 1968

— Die politische und kulturelle Geschichte des Elsaß wird nicht unterrichtet.

— Dialektsprechen ist in der Schule, einschließlich der Kleinkinderschule, nicht erlaubt.

— Deutsch wird wie eine Fremdsprache und erst ab der Sexta fakultativ unterrichtet.

— In den zweisprachigen Zeitungen müssen die Sparten Jugend, Sport und Kultur obligatorisch auf französisch erscheinen.

Die Jugend wird also bewußt und systematisch ihrer angestammten Sprache und Kultur entfremdet. Die Bevölkerung und ihre Gewählten reagieren nur schwach: die Schockwirkung der Nazizeit sitzt noch zu tief.

Die Bewußtwerdung

Im Zuge der Mairevolte 1968 bekommen die regionalistischen Ideen in Frankreich einen neuen Auftrieb. Der Kampf für die Erhaltung der kulturellen Eigenart der sprachlichen Minderheiten verlagert sich von rechts nach links.

Auch im Elsaß verändert sich die kulturpolitische Szene:

— Gewaltiger Aufschwung der engagierten Mundartliteratur: Liedermacher, Lyrik, Theater.

— Ökologische Platzbesetzungen in Marckolsheim, Heiteren und Gerstheim; elsässische Beteiligung an den Besetzungen von Wyhl (Baden) und Kaiseraugst (Schweiz).

— Hartnäckiger, zum Teil erfolgreicher Kampf der kulturellen Militanz gegen die zentralistische Gleichmachermentalität und die Zerstörung der elsässischen Lebensqualität.

— Einführung des fakultativen Deutschunterrichts in den zwei letzten Jahren der Grundschule. Anpassung des Deutschunterrichts an die sprachliche Realität.

— Aufhebung des Verbots, in der Schule Dialekt zu sprechen.

— Gewählte des Zentrums und der Sozialistischen Partei setzen sich für die Zweisprachigkeit und die Rettung des Dialekts ein.

Die Sprachen der Elsässer

Die angestammte Sprache ist das sogenannte Elsässerditsch: Fränkisch im Nord- und Nordweststreifen, Alemannisch im übrigen Elsaß. Ungefähr 70 % der Erwachsenen sprechen oder verstehen Dialekt; aber nur noch ein Viertel der städtischen Jugend benutzt die Mundart als Erst- oder Zweitsprache.

Französisch ist Schul-, Verwaltungs- und zum Teil auch Arbeits- und Umgangssprache. Bis auf die älteren Jahrgänge verstehen alle Elsässer Französisch.

Deutsch (Hochdeutsch) hat keinen offiziellen Status und wird nur noch in den zweisprachigen Zeitungen und teilweise in den Gottesdiensten verwendet. Von der Jugend wird Hochdeutsch in zunehmendem Maße als Fremdsprache empfunden.

Eine eigenartige Minderheit

Die Elsässer sind mehrheitlich Deutschsprachige, die sich politisch zu Frankreich bekennen. Es sind Franzosen, die ihr deutsches Kulturerbe erhalten möchten.

Um diese durch die Geschichte bedingte Dualität bemeistern zu können, müssen sie versuchen, beides, das Deutsche und das Französische, in sich zu vereinigen, das heißt, in zwei Sprachen und zwei Kulturen zu leben und sich zu entfalten. Das wurde ihnen bisher nicht erlaubt. Erst jetzt, 1981, im Zeichen politischer Veränderungen, gibt es Anzeichen dafür, daß eine einigermaßen zufriedenstellende Lösung ihres Problems in den Bereich der Möglichkeiten rücken könnte.

Ob es aber nicht zu spät sein wird?

A. W., im Sommer 1981

Die Namen und die Personen sind frei erfunden. Eine Namensgleichheit mit lebenden oder verstorbenen Personen wäre rein zufällig.
Das Dorf Ixheim existiert als solches nicht, auch nicht unter einem anderen Namen. Die hier geschilderten Geschehnisse aber sind samt und sonders dem elsässischen Erlebten entnommen.

Wie die Würfel fallen

MÄRZ

Pool[1]: eine zerquetschte Hand, irgendwo, irgendwann in einer Maschine zerhackt, von einem Kleinstadtchirurgen bundüberecks zusammengeflickt, eignet sich nicht mehr zum Zigarettendrehen, noch weniger zum Tätscheln einer Brust. Die andere, heile, breite liegt drüber, sie schützend, vor wem, vor was? Wir kennen sie doch alle, diese unförmige Masse Fleisch, diesen tatarroten Klumpen mit dem steifen, ebenfalls roten, vernarbten, abgestumpften, seitlich gespreizten Daumenast. Wir haben uns schon lange dran gewöhnt. Schau nicht so starr in mein Gesicht. Schau nicht so durch mich hindurch. In mir ist nichts, das dich interessieren könnte. Und hinter mir steht angestauter Muff, Staub aus Punkten und Fragezeichen, beim Phrasendreschen aufgewirbelt. Ideologische Bakterien und intellektualistische Viren wedeln im Kreis wie Froschgelaich. Dick die Wolke hinter mir, verschluckt mich zeitweise, wirft mich wieder aus, setzt sich, verliert sich in den Fugen des geölten Dielenbodens, quillt dann wieder aus allen Poren der Gegenwart und turnt an den Gauloises-Schwaden empor. Ich hab' keine Antwort, Pool.

A-jax, A-jax! brüllt es aus dem Fernseher. Drei zu Null in Amsterdam. Und die Kraakers fangen die Polizeirosse mit Lassos. Haben die Sorgen, sagt er. Warum spielt die Welt verrückt, fragt er. Ich ziehe den Marx

1 Pool: els.Ausspr. für Paul

und den Sartre aus meiner Wolke. Das Froschgelaich wedelt nun in Pools Bier im Kreise. Er hält den Seidel schräg, schwenkt ihn andersherum. Das Gelaich kommt durcheinander, Bier schwappt über. Na ja, sagt er, warum nicht. Dann: Wieviel Panzer hast du im Krieg abgeschossen? Wie knackt man so ein Ding? Und wenn so ein Ding brennt, wie kommt man da raus?

Wie kommst du jetzt auf die Panzer, frage ich. A-jax! A-jax! brüllen die in Amsterdam. Vier zu Null. Straßburg ist aus dem Europa-Cup ausgeschieden. Was denkst du von Kabul, fragt Pool.
Ich möcht' achtzig werden, jeden Tag meine Packung Gauloises, meine Seidel Bier und am Festtag mein Fläschel Elsässerwein, sagt Doni. Dann Schluß. Legst dich einfach hin und Schluß. Nicht wie der Tito wochenlang an den Apparaten hängen, die für dich essen, trinken, atmen und brunzen. Das war dir doch ein Kerl, der Tito: hat alle seine Gegner abgemurkst, hat dem Stalin leckst mi gesagt, hat dann regiert wie ein Kaiser, allerhand für einen ehemaligen Arbeiter. Da hat's doch auch mal ein Arbeiter ganz oben hinauf geschafft, wo die Hauptrollen in diesem Affentheater gespielt werden. Hängt nun an den Apparaten und kann nicht sterben. Nein nein, mit achtzig Schluß, wie der de Gaulle. Dann habt ihr den Doni gesehen.

Draußen gießt es wie mit Kübeln. Der Himmel kotzt sich leer. Trüber Schleim am Fenster, Kohlenmonoxyd, Schwefel, Zementpartikel, aufgespritzte Ölschlieren. Drinnen Satzfetzen im Rauch, bleiben am Fliegenfänger kleben. A-jax! A-jax! Das Spiel ist aus. Zehn Hinrichtungen in Kurdistan. Wer sind denn das, die Kurden? Elsässer, denen es viel dreckiger geht als

uns. Geht es uns nicht gut? Doch, es geht uns gut. Die Mauern sind dick, das Dach ist solide, der Heizkessel brummt, das Bier gluckst von der Flasche ins Glas. Jeden Morgen hupt der Bäcker mit Weißbrot und Zöpfen. Der Metzger karrt Rinder und Schweine an. Am Freitag kommen die Bierfaxe. Und am Sonntag ist Wettfischen. In Italien zwei Richter auf der Straße von Terroristen erschossen. Stell doch den Kasten ab.
Pool: Du, da gibt es doch Zusammenhänge, ganz einfache: daß die einen schießen und die anderen erschossen werden, daß es uns gutgeht und den anderen nicht. Sag, sind die einen dümmer als die anderen oder sind sie schlechter? Sind die einen fauler als die anderen, ärmer, hoffnungsloser? Oder brennt bei den einen die Sonne zu heiß? Wenns zu heiß ist, hab' ich auch keine Lust zu arbeiten.
Die zerquetschte Hand wischt übers Gesicht, dann über den Tisch, fegt die Bakterien und die Gauloises-Stummel aus den klebrigen Bierflecken, reckt sich dann hoch, kommt auf mich zu, der gespreizte abgestumpfte Daumenast auf dem Klumpen reitend, bleibt vor mir stehen: na, und? Kambodschanerhand, Salvadorianerhand, Sowetohand. Na und? Ich umkreise die Welt, und du? Gepflegte Manschettenhand, Schreibmaschinenhand, um was kreist du? Welche Zeichen tust du setzen? Was hast du schon alles an Menschenerfahrungen auf deiner Sightseeing-Tour abgehakt? Wie tief erschauert deine Schreiberseele beim Stichwort Phnom Penh, beim Stichwort Kalkutta? Nach dem Holocaust, dem Gulag und der Sahel-Dürre wird sie wohl auch das noch problemlos verdauen. Tu deine Hand weg, Pool, sage ich. Pool: Mit dieser Hand haue ich einen zu Klump, problemlos, das sag' ich dir. Aber sag, wie hängt das alles zusammen: wir, die fressen,

und die anderen, die verrecken? Die Chinesen, sagt Doni, die Chinesen werden schon Ordnung schaffen. Das prophezeite schon mein Vater. Und wir werden's noch erleben, sagt, ich hab's euch gesagt.

Das Dorf. Wo liegt es nun wieder? Mal zwischen den eisigen Zähnen des Niederwinds, mal in den feuchten Klauen des Westwinds, beide als Invasoren empfunden, Annektierer, Befreier, Zuchtmeister und Befruchter, mal geliebt, mal gehaßt, immer geduldet und hingenommen als das Unabwendbare, das von Gott oder vom Teufel gewollte Schicksal. Dann wäre es noch in den Rheinnebel hineinzurollen oder in den Vogesendunst einzuwickeln, beide rheumafördernd und Gettosyndrome hervorrufend. Dann setze ich es im elsässischen Kessel dorthin, wo die brütende Sommersonne die stickigste Hitze erzeugt, was die Gemüter nicht eben zu frischfröhlichfreier Forschheit ermutigt. Oder pflanze ich es auf einen Lößhügel, von wo aus es den Münsterzipfel anpeilen kann, das dünkelhafte Stammestotem: wir sind die besten, die klügsten, die raffiniertesten Überlebenskünstler? Ja nun, es ist auch egal, wo wir es verankert haben. Ein alter schlitzohriger Elsässer Bauer aus der Vor-EG-Zeit würde auf die Anfrage nach der geographischen Lage des Dorfs zur Antwort geben: Es liegt zwischen Hagenau und Pfingsten. Also nirgendwo und doch überall, festgezurrt an unserer widersprüchlichen Geschichte, dem eiligen Zugriff des Touristen entrückt und dennoch faßbar, da unübersehbar mit seinem über sich gespannten löcherigen Schirm, unter dem es sich im Trockenen wähnt, und manchmal greift einer durch ein Loch und grapst sich eine Handvoll Freiheit, wie er meint. Unüberhörbar ist es auch: Die einheimischen Sprechwerkzeuge zermalmen die Sprache/Sprachen mit dem Lärm von alten Mahlsteinen, und da entsteht ein mit Kieselsteinen durchsetzter Brei, aus dem es in jeder Periode mal blubbert wie Lava, mal rülpst wie aus vollgepfropften Mägen.

Nennen wir es Ixe, das geduckte, in seiner Bodenwärme miefzende Dorf. Das gäbe auf nobel Französisch Ixääm, auf nobel Deutsch Ixheim.

Dann stellen wir es ins Vorland einer Stadt. Binden wir eine Bachschleife um das Dorf. Geben wir ihm einen altelsässichen Kern mit Fachwerk und Galerien. Drum herum hängen die Häuslergassen mit Kaninchen- und Hühnerställen, in den Zwischenräumen Brennesseln und Holunder, nein, die wurden herausgerissen und durch mickrige Zierbäumchen ersetzt. Etwas vom Dorf entfernt und mit ihm durch eine geteerte Nabelschnur verbunden, leuchtet die Neusiedlung in Weiß mit schmiedeeisernen Schnörkeln und all den Statussymbolen der arrivierten Gesellschaft. Ich werde noch darauf zurückkommen müssen. Vergiß die Obstgärten nicht, sagt Pool. Es ist wegen dem Schnapsbrennen: Mirabellen, Zwetschgen, die wir hier Quetschen nennen, Kirschen und Birnen, Äpfel kaufen wir im Geschäft, da sind sie schöner, runder, glatter und tragen einen schönen Namen: Golden Delicious. Doch, ich hab' Äpfel, sagt Schang, aber die werden mir jedes Jahr gestohlen. Und vergiß die Maisfelder nicht, sagt Lüi, Welschkorn überall, wo es früher Matten gab, auf denen das Heu so schön duftete. Maisfütterung macht die Milch schnapsig, fügt er hinzu, ich mag sie so nicht.

Dann wären da noch der Weizen, die Durlipsen, die Erdäpfel, die Bohnenstangen, die Krautköpfe und die mit Erlen und Weiden bestandenen Feuchtmatten. Hasen finden wir im Osterfeld, Rebhühner und Fasanen werden jedes Jahr frisch ausgesetzt und dann wieder abgeknallt, die Rehe haben wir im Krittwald gesehen, die Nachtigallen sind ausgewandert, die Störche auf Aufzüchtungskur im Straßburger Zoo. Nur Bussarde gibt es noch, auf jedem zweiten Zaunpfahl längs der Autobahn einer. Die Autobahn hätte ich fast vergessen. Sie schneidet den Bann entzwei. Sie führt über die blauen Berge bis ins glitzernde, glorreiche, herrschaftliche Paris. Das wär's nun fürs Gröbste. Sein Alter? Die einen tippen auf keltischen Ursprung, die anderen auf germanischen. Es hat nämlich viel zu bedeuten bei uns, ob man nun keltischer oder germanischer Abstammung ist oder zu sein glaubt. Die meisten ziehen den keltischen Stammbaum vor. Dem Pool, dem Lüi und dem Doni ist es allerdings wurschtegal: schaffe muen mir änewaj[1]. Dem Präfekten, der hinterm Münster in seinem Palast unsere Geschicke verwaltet, ist es auch egal: Hauptsache ist, wir huldigen heute brav und gehorsamst der Madame Marianne, der republikanischen Gipsgöttin. So ein Dorf hat auch seine Geschichte, aber wer kennt sie schon. Die Schule schweigt sich darüber aus: es ist besser, die Leute wissen es nicht, wie viele Male ihre Ahnen gelackmeiert wurden, sie würden sich Gedanken machen und Vergleiche ziehen, die eventuell politische Aufsässigkeit hervorbringen könnten.

Du sollst nicht vorgreifen, mahnt mich Pool. Laß ihn doch, entgegnet Doni, zuerst muß die Vergangenheit ausgekramt werden, die erklärt, warum wir das geworden sind, was wir heute sind: Simpel, lauter Simpel.

1 arbeiten müssen wir sowieso

Nein, sagt Pool, fang mit der Gegenwart an, die ist beschissen genug.

Das Dorf. Konglomerat von Banalem und Naturhaftem, Langeweile und gekappten Sehnsüchten, Eingeengtheit und Sprachlosigkeit. Es regnet immer noch.

Sage ich Heimat zu Ixe? Sagte ich Heimat zu Zette/Zettheim, woher ich stamme? Als wir am Dnjepr lagen, Doni, und Heimat sagten, an was dachten wir? An Zettixheim, an Ixzettheim, an den Münsterzipfel, an den Rhein, an die Vogesen, an Sandstein und Lößboden? Ans Wirtshaus, an die Kirche? Denk uns weg aus dieser Kulisse, einfach raus, fort, umgesiedelt und hier Südfranzosen rein, Ostpreußen oder Chinesen, der Wirt hieße nun Schang Tscheng, der Pfarrer Dobrumeit, auf Seppelseppels Hof säße der Landwirt Dellavecchio: was dann? Heimat, Doni, das sind wir. Du und ich und Pool, die Großmutter und der Hund. Was wir erleben, wie wir sprechen, wie wir saufen, wie wir beten. Ererbtes, Dazugelerntes, Zusammengebasteltes, das Miteinander, die Mimik, das Nicht-Gesagte, die Signale, die von Antennen zu Antennen funken. Dem allem geben wir dann einen Namen, Ixe, meinetwegen, oder Elsaß.

Quatsch doch nicht, sagt Doni. Du machst mich ganz kappenletz[1]. Hier ist hier, und dort ist dort. Hier bin ich, und dort will ich nicht sein. Nicht am Dnjepr, nicht in Ostpreußen und nicht in Paris. Und du bist ein Hergelaufener, gottseidank nicht von weit her. Sagen wir mal, wir haben dich adoptiert.

1 halb verrückt

Jetzt quatschst du, meint Pool. Wer mit mir einen Seidel trinkt, wer mit mir an der Werkbank steht, wem ich du sage, der ist für mich ein Bestandteil der Heimat. Sprich doch, Mehmet, hab' ich nicht recht? Mehmet sagt: Gsundheit und Insaalah, zwirbelt den Schnurrbart und lächelt vor sich hin.
Wir sind zwei Hergelaufene am Tisch, ich aus Zettheim, Mehmet aus Günlüce.

Sollte ich nun die Personen vorstellen, die Hauptakteure und die Komparserie dieser Chronik vor der Rampe antreten lassen? In welcher Reihenfolge aber? Der alphabetischen, der chronologischen oder der hierarchischen?
Letztere würde mich dazu zwingen, den Präsidenten der Republik als allerersten zu begrüßen, obwohl er nur eine geringe Rolle in dieser Geschichte spielt, da er nur ein paar Stunden unter uns weilte und als Andenken nur ein Kreuz der Ehrenlegion und ein neues Trottoir zurückließ. Das Kreuz ziert nun bei feierlichen Anlässen die Matadorenbrust unseres Dorfoberhaupts, und das Trottoir erlaubt jetzt den motorisierten Verkehrsteilnehmern, problemlos durchs Dorf zu rasen, da die Fußgänger ja nun ihre vom Autoverkehr getrennten eigenen Bewegungsräume hätten.
Andererseits aber müßte dem Gebilde, das den Staatspräsidenten hervorgebracht hat und dem er nun als seine legitime Autorität vorsitzt, das heißt dem Staatsapparat, der ihm gebührende Platz eingeräumt werden, denn in seinem allumfassenden Programm sind auch wir Ixemer eingebaut, die einen, wenigen, unter uns, die das Sagen haben, als Teile des Räderwerks,

die anderen, die Mehrheit, als zu verarbeitendes Material.

Da fällt mir aber Bababa[1] Jerri ins Wort und kramt mir ein anderes Staatsoberhaupt aus seiner Erinnerungskiste hervor, der Wilhelm Zwo hieß und im Krittwald Wildsäue geschossen haben soll, vor Vierzehn.

Und da stellt sich noch ein anderer ein, der in den vierziger Jahren mit quadratischem Schnurrbart und immer wieder nach oben federndem, sich einwinkelndem Unterarm durch Europas Gaue zog und auf hiesigem Bahngelände auf einem Abstellgleis neben der Militärrampe gefrühstückt haben soll.

Ich habe sein Bild in die Wirtsstube hängen müssen, laut Befehl von Ortsgruppenleiter Müller, sagt Bababa Jerri, hab' aber das Glas aus dem Rahmen entfernt, damit die Mücken ungeniert drauf scheißen können.

Nein, Freunde, die hierarchische Reihenfolge lassen wir am liebsten fallen, die drei Herren nebeneinander, neinneinnein, das geht nicht an. Zurückgetreten also, ihr Kaiser, Führer und Präsidenten! Weltpolitik wird in Ixe nur so am Rande behandelt, wenn die Rede drauf kommt, wie die Ixemer vor Verdun krepierten, in Orel verreckten und in Algerien Fatmas vergewaltigten. Aber davon sprechen wir nur, wenn es zu lange regnet und das Bier uns in einen Trancezustand versetzt.

Vorgetreten, ihr anderen, Hiesigen nun, unser Fleisch und Blut, angetreten nun, Ixheim mit seinen Notabeln, ihrem Anhang und dem Fußvolk! An der Spitze marschiert Monsieur Frédéric Muller — sprich französisch Mülläär — früher Fritz Müller, Gefolgschaftsführer der HJ, Sohn des obengenannten Ortsgruppenleiters

1 Bababa: Opa

Müller, Monsieur Frédéric Muller, Baulöwe, Immobilienmakler und Maire, forsch, clever, röhrend, bürgernahe, händeschüttelnd, Runden spendierend, reich, reicher, am reichsten, langer Arm, krumme Finger, breite Schultern, dekorierte Brust, Porsche, Jet und Traumvilla. Na ja, der Typ ist nicht typisch ixheimerisch, den trifft man überall an zwischen Hamburg und Gran Canaria. Daß es bei uns auch solche Typen gibt, zeugt davon, daß auch wir den Anschluß an die Modernität gefunden haben und nicht mehr als Hinterwäldler angesehen werden dürfen. Hinter Monsieur Frédéric marschiert der Gemeinderat auf, lauter nickende, wippende Marionetten, Väter, Brüder, Schwäger, Schwiegerväter, Gegenschwäher, Freunde, Cousins und Verpflichtete von Transportunternehmern, Chemiegroßbauern, Geschäftsleuten und anderen Potenzmenschen, die keine Zeit dazu finden, sich jeden Freitagabend den Gemeindegeschäften zu widmen, doch aber daran hoch interessiert sind und deshalb ihre Strohmänner delegieren.
Erwähnen wir dann auch, der Vollständigkeit halber, die drei Mann/Frau starke Opposition, die totgenickte, totgelachte, totgebrüllte, totgeschwiegene, die Roten, wie es heißt, Kommunisten, Anarchisten, Umstürzler, Sowjet-Katholiken, irgendeiner konfessionellen Aktion entlaufen, Leute, die den Herrn Jesus zu einem Fidel Castro umfunktioniert hätten, wären sie dabeigewesen, damals anno 33, als der Herr den Esel bestieg, um gen Jerusalem zu reiten.
Gott ist Ordnung, röhrt Monsieur Mülläär, und Ordnung ist der wesentlichste Faktor für ein gutgehendes Geschäft. Und ein gutgehendes Geschäft ist unentbehrlich für das Weiterbestehen der abendländischen Kultur.

Bitte, Monsieur Muller, keine Wahlrede jetzt. Sie werden bei Gelegenheit schon noch zu Wort kommen. Treten Sie nun bitte mit Ihren Wasserträgern ab. Die drei Pappkameraden von der Opposition stellen Sie mir in die linke Ecke dort, beim Hinausgehen. Vielleicht werden sie noch gebraucht.
Normalerweise sollte jetzt der Herr Pfarrer erscheinen. Mamama[1] Katrin aber: Geweihte Herren spielen kein Theater, die haben nicht auf einer Bühne rumzutanzen.
Hätten Pfarrer also nichts mit dem Tanzen zu tun? Vergißt Mamama Katrin, daß der präkonziliäre Herr sie von der Kanzel herab verdonnerte, jedesmal wenn in Katrins Wirtssaal ein Familienball programmiert war? Und daß der postkonziliäre Herr nun selber Tanzabende veranstaltet, dies aber nicht in Katrins Wirtschaft, sondern im pfarreigenen Foyer? Na ja, mit den Herren Pfarrer werden wir sowieso noch ins Gespräch kommen, und dies nicht nur wegen boykottierten oder gesegneten Ballabenden.

Macht nun Schluß, sagt da die Therese auf französisch. Es ist halb sieben, wir müssen decken.
Gegen halb acht geht hier nämlich der Betrieb los, dann wird aus der Dorfwirtschaft ein Pizza- und Flammenkuchenlokal. Dann kommt die gute Kundschaft, die Wein trinkt und blonde Tabake raucht und französisch spricht: die evoluierten Dörfler von nah und fern, die Städter natürlich, und sogar die ersten Deutschen wurden kürzlich festgestellt: einige sich hinter germanischem Französisch kaschierende Aufklärer, denen aber bald die lauten Scharen auf schwäbisch und pfäl-

1 Mamama: Oma

zisch folgen werden. Um halb acht also geht hier der Pseudo-Nobel-Zirkus los. Dann haben Bababa und Mamama aus der Wirtsstube zu verschwinden, ersterer ins Bett, Mamama in die Küche als Aushilfe.
Geht nun, sagt die Therese auf französisch. Jaja, wir gehen schon, antworten wir auf elsässisch. Wir gehen aber nicht. Pool bestellt noch eine Runde. Bababa Jerri entkapselt schon hinter der Theke. Da mag die Therese nun bitten oder befehlen, es nützt nichts. Wir leisten passiven Widerstand. Wir, die letzte Insel der Brüderlichkeit in diesem seelenlosen Dorf. Wir, die letzten Behüter und Übermittler des kollektiven Gedächtnisses. Was wir uns nicht alles einbilden.
Wir nun selbst im Rampenlicht, umweht von Bierdunst und Gauloises-Nebel. (Therese öffnet die Fenster, damit die Schwaden abziehen.) Wir: Mehmet der Packer, Pool der Kranführer, Doni der pensionierte Eisenbahner, Lüi der ledige Landwirt, Hubert der achtzehnjährige Mechaniker, René der neunzehnjährige Akkordeonist. Dann wären noch die zwei Maler Schang und Charles zu erwähnen, Eddes der Sänger, Seppel der Dorfreporter, Schilles der Waldläufer. (Nein, Frauen sind keine dabei. Nicht, daß wir sie ausschlössen. Wir müßten nur mal versuchen, Frauen mitzubringen. Ob die aber den dicken beißenden Rauch vertrügen?)
Großvater Jerri und Großmutter Katrin dann, denen die Wirtschaft gehörte, noch zu einem ganz kleinen Teil gehört, vorläufig, sonntags von zwei bis sieben.
Von mir müßte ich dann auch sprechen, der ich hier federführend bin: Lehrer hier im Dorf, verheiratet, drei Kinder, von denen besonders die zwei in die französische Intelligenz aufgestiegenen Söhne zu erwähnen sind, in deren Glanz Mama sich gerne sonnt und des-

halb ständig vom einen zum anderen pendelt, zwischen Ixääm, Paris und Bordeaux „la douce France" genießend.
Grahn ist mein Name, Heribert Grahn.
Aber da stehen ja noch die drei Pappkameraden von der Opposition: zwei Männer, eine Frau. Nein, sie stehen nicht mehr, sie sitzen im Halbkreis am Boden. Über ihnen hängt ein Spruchband: Kein AKW in Ixheim! Na, wer will schon in Ixheim ein AKW bauen! Man kann nie wissen, meinen die drei, besser ist, man sorgt vor. Vorhang! Keine Politik, bitte!
Schon wieder fliegen die Köpfe von iranischen Unzüchtigen. Heil Khomeini, brüllt Doni. Wer hat denn den verdammten Kasten wieder eingeschaltet.

Die ersten Pizzastenzle kommen. Wir gehen, denn Mamama möchte jetzt keinen Krach mit der Schwiegertochter.
Von unten kommt durch zwei Plafonds gedämpft der Nobelbauernschänkelärm bis in mein Zimmer, wellenweise von den auf- und zugehenden Türen geregelt. Draußen fahren Autos an. Gebremste Reifen knirschen auf dem Grus des Parkplatzes. Gelächter und Vollgas. Die Toilette rauscht ununterbrochen. Papa Jerri schlurft auf sein Zimmer. Erst gegen eins wird es Ruhe geben. Bis eins werde ich mir in der Mansarde gegenübersitzen müssen. Zwischen uns beiden aufgehäuft der ganze Krimskrams eines elsässischen Lebens, Erlebens, Nicht-Erlebens.
Es hat aufgehört zu regnen.

Unter dem Dachjuchhe, wie es im Lied heißt, drei kleine Mansardenzimmer, eines mit Luke, zwei mit Fenster. Man muß schon auf einen Schemel steigen, um ins Land hinausschauen zu können. Und was sieht man? Im Westen den Wald, in dem ich 1944 Vater fand, unter einer Eiche, den Korb mit Schwämmele umgeleert, die Steinpilze, Morcheln und Totentrompeten im Moos zerstreut. Papa war erst vor kurzem aus dem KZ Schirmeck entlassen worden. Er hatte den Schuldienst quittieren, die Schulwohnung aufgeben müssen, und wir waren hierhergezogen in Katrins Mansardenwohnung. Lieber einen Schirmeckler als einen Bonzen unterm Dach, hatte die Katrin damals in der Wirtsstube zu jedem gesagt, der es hören wollte . . . und wäre dann fast selber nach Schirmeck gekommen. Katrin und Mama stammten übrigens aus demselben lothringischen Dorf nahe der saarländischen Grenze, was sich auf unser Zusammenleben nur günstig auswirken konnte.

Wenn ich heute an Mama zurückdenke, muß ich durch die Dachluke im Westen hinausgucken, dann sehe ich die Bachschleife, aus der man sie 1945 herausfischte, nachdem die Nachricht eingetroffen war, daß mein Bruder Armand in einem sowjetischen Gefangenenlager an Fleckfieber gestorben war.

Von jetzt an ißt du an unserem Tisch, hatte die Katrin nach dem Begräbnis gesagt. Ich blieb also im Hause, wurde Teil der Familie Baer, gab dem 1935 geborenen Willi Baer Nachhilfeunterricht im Rechnen, liebte die 1941 geborene Lisel Baer wie ein eigenes Kind, brachte ihr Französisch sowie das Gitarrenspielen bei und wandere nun seit fünfunddreißig Jahren von einem Dachfenster zum anderen, den Schemel unterm Arm.

Therese kürzlich zu Katrin: Mutter, wir brauchen die Mansardenzimmer. Bring's dem Onkel Heribert bei. Der hat doch ein schönes großes Haus. Was braucht der unsere Dachwohnung?

Katrin zu Therese: Heribert zahlt seine Miete regelmäßig seit fünfunddreißig Jahren. Zudem ist Heribert wie ein Sohn zu uns. Außerdem gehört das Haus immer noch Vater und mir. Heribert behält die Wohnung, solange er sie braucht. Und er braucht sie noch lange. Doch das verstehst du nicht.

Ja, ich habe ein schönes, großes Haus. Bérengère, meine Frau, ist die Tochter wohlhabender Bourgeois alter Tradition. Unser Haus steht an der Zettheimer Straße, Sie können es nicht verfehlen: Renaissance-Fenster, Schieferdach mit zwei Dachreitern, im Stil eines französischen Manoirs. Bérengères Idee, mit Bérengères Geld verwirklicht, französische Eleganz inmitten tumber Ixemer Plumpheit. Mein Haus.

Mein Refugium aber, das ist hier, unterm Dach des Roten Ochsen. Rissiges Gebälk, abbröckelnder Gips, verwitterte Tapeten, zwei Dachfenster, eine Dachluke. Eine Couch, Kisten mit Schmökern, ein Gaskocher, ein Tisch mit vier Stühlen. Papas Feldstecher und Papas Korb, der auch mir beim Pilzesammeln dient. Mamas gestickte Kissen. Ihr Hochzeitskränzchen. Armands Gedichtheft: Seelenschmerz auf deutsch und französisch. Dann der Schrank mit der Mützen- und Käppisammlung.

Bérengère: Mon ami, gib doch diese Marotte auf, das ist doch hinausgeschmissenes Geld.

Ich: Das ist mein Geld, in Nachhilfestunden sauer verdient.

Bérengère insistierte nicht. Sie insistiert nie. Sie lächelt nur. Sie ist eine charmante, feinfühlige Frau. Ich liebe sie. Oder? Ich stelle mir immer wieder die Frage. Ich betete sie an, in den ersten Jahren unserer Ehe, sie war für mich der Inbegriff der französischen Kultur: Harmonie, Zärtlichkeit und ein Schuß Phantasie, die unnachahmliche Ausgewogenheit und Klarheit der Loire-Landschaft, in der ich sie kennengelernt hatte, der Goût und das Flair in langer bourgeoiser Tradition herangebildet und bis ins Extreme verfeinert. Bérengère: in Erfüllung gegangener, vier teutonische Jahre langer Traum von der „douce France", dem lieblichen, zarten, milden Frankreich. Ich glaube nicht, daß ich sie noch liebe. Ihre dezente Überlegenheit bringt mich zeitweilig in Rage. Dann sagt sie lächelnd: Furor teutonicus. Und ich flüchte in Katrins Dachwohnung, wo mich zwei Tage später ein Telegramm erreicht: Bin bei Alain (oder Patrick). Je t'aime.

Ich bräuchte sie jetzt. Ihre immer noch elastische Haut, die straffen Brüste, die schlangenhaften Bewegungen ihrer Glieder, ihr unerschöpfliches Schmuserepertoire. Sie ist aber nicht da. So sitze ich mir also am Tisch gegenüber. Vierundfünfzig bist du nun alt, Heribert. Und heute morgen im Hochamt ist dir die Idee gekommen, während Hochwürdens französischer Predigt: unsere Geschichte niederzuschreiben, unsere Dorfchronik. Und die Kameraden haben dich nicht ausgelacht. Die Jüngeren wollen's wissen, was wir erlebt haben, sagte Doni, Orel, Schirmeck und alles. Algier, Oran und alles, meinte Pool. Wie wir langsam in die Verwesung hineinschlitterten, fügte Schilles hinzu. Wie früher das Leben auf dem Dorf war, wollten Hubert und René wissen. Jaja. Und Bababa Jerri kam mit dem Kaiser, und Pool wollte wissen, wie man Panzer knackt. Und da standen plötzlich die Kurden unter uns, viertausend Jahre lang Kampf ums Überleben, dann platzten die Chilenen herein, die Afghanen, die Palästinenser, die Ugander und die Ajax-Fans. Und wir sagten uns: Was sind wir schon, wir winzigen Elsässer: Flöhe auf dem Rücken eines Elefanten. Dann guckte Monsieur Giscard d'Estaing durchs verschmierte Fenster, Ortsgruppenleiter Müller wischte den Fliegenschiß von Adolfs Konterfei, Monsieur Frédéric schachtelte seine Wohntürme wie gigantische Bunker übereinander und so weiter und so fort, bis die Therese kam, die Fenster öffnete und uns nach Hause schickte. Nun sitze ich hier, wie gesagt, und weiß schon, daß dieses Werk nicht nur eine Chronik der tabuisierten Zeiten sein wird. Daß der Geschichtsverein mit meinen Maschinenbogen nichts wird anfangen können. Daß das hier nichts weiter sein wird als die eigene persönliche Auseinandersetzung mit mir selber und mit dem verdammten Schicksal, das mich in diese Landschaft hineingesetzt hat, ohne mich nach meiner Meinung zu fragen. Wie sagt doch Schilles immer wieder: Uns hat der Weltenesel an die elsässische Wand gepfurzt. Schaut nun, wie ihr damit zurechtkommt.

Wie kam ich nun auf die Idee, diese Dorfchronik zu schreiben? Sie kam so unvermittelt, die Idee: Ich war über der im franko-theologischen Jargon gehaltenen Sonntagspredigt wie alle meine Nachbarn sanft eingeschlafen, und da sah ich plötzlich eine flammende Erscheinung auf dem Podest an der ersten Schiffssäule, auf dem vor dem Konzil die heilige Jeanne d'Arc, die

Retterin Frankreichs, in farbenprächtiger Gipsrüstung die Wacht am Rhein gehalten hatte. (Jetzt steht die Johanna hinten beim Taufstein, den Eingang zur Kirche bewachend.) Die Erscheinung stand da in Jeans und Pulli und hatte Lisels Gesicht, Lisels braune Mähne.
Wir sitzen in einem Café in der Wiener Altstadt. Lisel Havlicek, geborene Baer, wickelt mich in ihre warme Stimme ein. — Na, Berti, bist du von zu Hause durchgebrannt?
Allerheiligen. Ich hasse diesen alljährlichen Gang zu den Gräbern, ich hasse das Chrysanthemenmeer, ich hasse die Menschenmasse, die an dem Grab vorbeizieht, wo du stehst, an Papas Eiche denkst und an Mamas Bachschleife, an sie beide, die in aller Stille und Heimlichkeit begraben wurden, Papa, weil er geächtet, Mama, weil sie eine Selbstmörderin war. Und es kommt keiner zu dir ans Grab, nur die alten Baers und der Pool, der gar kein Grab zu betreuen hat: Vater in Dachau zu Asche geworden, Mutter in Straßburg zu Brei gequetscht, 1944 beim schweren Bombardement. Bérengère ist auf der jährlichen Stippvisite bei Onkeln, Tanten und Cousins; meine Kinder sind, der Kuckuck weiß wo. Ich hasse diese Zurschaustellung von Gräbern und Blumengebinden und andächtiger Traurigkeit. Ich tue den Leuten bestimmt Unrecht an, indem ich das sage. Sie brauchen all diese Riten, die das Gemeinschaftsgefühl, die die Verbindung zur Vergangenheit aufrechterhalten. Gehöre ich aber noch zu dieser Gemeinschaft? Gehöre ich noch zu diesen Menschen, zu diesem Stamm, dessen Oberhäuptling dann leutselig durch die zurückflutenden Kirchhofgänger geht und den einen und den anderen zu einem Gläschen Wein einlädt? Und wie es dann aus den Wirtshäusern tönt, Gelächter und Gesang: sind das Heuchler oder glückli-

che Menschen, für die Leben und Tod, Lachen und Weinen sich einander die Hand reichen wie Bruder und Schwester? Egal, ich hasse dieses Fest. Ich haßte es damals. Heute schaue ich sie mir einzeln an, wenn sie an meinem Grab vorbeiziehen: wie der alt geworden ist, und die Len lebt immer noch. Der Sepp hat's auch nicht leicht. Der Güscht ist immer noch kreuzfidel, sogar auf dem Kirchhof flüstert er seinem Nachbarn einen Witz zu. Und die Marie ist immer noch eine schöne Frau, ein bißchen füllig geworden zwar. Seit wann hinkt der Roger? Salut Antwann. Dann die Fremden: das könnte einer der Hofers sein, der Nase nach, wahrscheinlich der Martin, der in Nancy wohnt. Und das wäre die Güschtis Mathilde aus Mülhausen, und das der Wagner Albert, der uns immer die Spalierbirnen geklaut hat . . . So ist es heute, und ich ertappe mich dabei, wie ich zu mir sage: mein Volk, mein Stamm.

1975 aber nahm ich am Abend des 31. Oktober den Hörer ab, wählte durch und sagte: Lisel, ich komme.

— Merci für die Monographie, die du mir geschickt hast, Berti. Eine saubere Arbeit. Stimmt es, daß sie dem Staatspräsidenten als Geschenk überreicht wurde? Allerhand! Ich gratuliere!

— Ja, auf Büttenpapier gedruckt, schweinsledern gebunden und mit Lithographien versehen. Das hat die Gemeinde eine Stange Geld gekostet.

Und wie war es zur Monographie gekommen? Maire Muller hatte mich vor Jahren schon darum gebeten: Wir müssen die Dorfgeschichte für unsere Jugend festhalten, die Kelten, die Römer, die Schweden und so. Du wärst der Mann dafür. — Ich habe keine Zeit, antwortete ich ihm, ich bin vollbeschäftigt. — Tue das, mon chéri, flötete Bérengère, es ist eine kulturhistorische Aufgabe, ich werde dir dabei helfen. — Das Büchlein werden wir dann jedem Haushalt schenken, sagte Muller, auch und besonders den Fremden, die zu uns wohnen kommen, damit sie sich schneller in die Dorfgemeinschaft einfühlen. — Sehr löblich, sagte ich. Und was bezahlt ihr dafür? — Wir werden dich dementsprechend honorieren, antwortete Muller. — Ich wüßte schon, wie ihr mich honorieren könntet, sagte ich, gebt mir den Schulgarten, er ist doch total verwildert. — Ich werde das dem Gemeinderat vorschlagen, versprach er. Also abgemacht, Heribert? — Abgemacht, Fritz.

Im Schulgarten, an der Zettheimer Straße gelegen, standen Papas Obstbäume. Im Schulgarten fand das ganze Schuljahr hindurch Papas Naturkundeunterricht statt. Da lernten wir düngen und die Erde lockern, pflanzen und säen, Bäume veredeln und schneiden. Da wuchsen Kräuter mit für uns so mysteriösen Namen wie Thymian und Rosmarin, Dill und Salbei, Basilik und Lavendel, Baldrian und Kalmus. Heute braucht man keinen Schulgarten mehr. Im Ixemer Schulgarten steht nun unser Haus.

Sie ist geschickt gemacht, meine Monographie, der Maire, der Gemeinderat und die Lehrerkollegen haben sich alle lobend darüber ausgesprochen. Sie beginnt mit der Römerzeit, als Ixe noch Icossum hieß, ein Relais auf der elsässischen Nord-Süd-Achse war und den Soldaten der Legio Octava willkommene Rast bot. Sie vermischt dann auf eine subtile Art Kelten, Römer und Alemannen, dabei den Eindruck vermeidend, letztere hätten Germanen sein können; sie läßt dann die Frankenkönige hier auf Wildsaujagd gehen und bringt eine Äbtissin ins Spiel, die in Ickesheim nur deshalb so vortrefflich schlafen konnte, weil die gesamte Einwohnerschaft nachts die Teiche peitschen mußte, damit die Frösche nicht quakten (die Äbtissin war eine Rechtsrheinische); die Monographie behandelt dann den Bauernkrieg nur so „en passant“, sonst hätte sie die grausamen Metzeleien der transvogesischen Soldateska beschreiben müssen; sie erzählt viel ausführlicher von den Wirren des Dreißigjährigen Kriegs, denen der befreiende Einmarsch der Franzosen ein Ende bereitete; sie erwähnt dann die Wiederbelebung des niedergebrannten, menschenleeren Dorfs durch Einwanderer aus der Schweiz, aus Tirol und der Picardie (aus letzterer Gegend kam zwar nur eine einzige Familie, Bérengère aber war der Ansicht, es seien bestimmt mehr gewesen, nur wären sie nicht in den unkompletten Akten aufzufinden). Ich verherrliche dann die königliche Pax Gallica, die freiheitbringende Revolution, die glorreiche Napoleonische Ära, detailliere das 19. Jahrhundert mit seinem landwirtschaftlichen Aufschwung und dem Aufblühen der elsässischen Volkskunst — hatten wir nicht damals beliebte Hinterglasmaler in Ixheim? 1871 beweine ich die französische Niederlage bei Sedan und die Bismarcksche Annexion, fahre mit schneller kritischer Feder über die deutsche Reichslandperiode, juble 1918 den französischen Befreiern zu, erwähne kurz die schmerzvolle Nazizeit, ohne in Details einzugehen. (Weißt du, hatte Muller gesagt, das ist noch zu frisch, was können die Kinder für das Verhalten ihrer Eltern? Und dachte dabei an sein persönliches Problem.) Und schließlich schaue ich frohgemut und hoffnungsvoll in eine heitere Zukunft, als deren Symbol die von Muller konzipierte weiße, saubere, auf Behaglichkeit und Wohlstand ausgerichtete Wohnsiedlung am Dorfrande gelten könne.

Das alles wie aus einem Guß, die Legenden, Anekdoten, Anekdötchen, die Dokumente und Akten, sogar die Einwohner- und Abgabenlisten fügen sich nahtlos in meine Darstellung ein. Das Ganze liest sich wie ein Roman, der Stil ist alert und bar jeder Pedanterie.

— Du bist stolz darauf, nicht?

— Ja, das kann ich wohl behaupten. Ich habe Bérengère viel zu verdanken. Sie hat die Längen herausgeschnitten und die Perioden ausgefeilt.

— Wie man eben Geschichte schreibt im Elsaß.

— Wie meinst du das?

— Ich meine die berühmt-berüchtigte selektive Geschichtsschreibung, wie sie im Elsaß seit einem Jahrhundert Mode ist. Die Längen werden herausgeschnitten, das heißt alles, was nicht in die gängigen nationalen Klischees hineinpaßt. Ich habe in deinem Buch nichts von deinem Papa, nichts vom Dachauler Berschong, nichts vom Mauthausler Lévi gelesen.

— Laß die Toten ruhen, Lisel. Sogar Bérengère war der Meinung, ich solle sie nicht erwähnen, es sei alles noch zu frisch.

— Es geht hier nicht um die Toten, Berti, es geht darum, Geschichte festzuhalten, damit sie nicht verlorengeht. Ihr deckt ganze Schichten eurer jüngsten Vergangenheit einfach zu, ihr betoniert sie zu, so daß sie unauffindbar werden. Das ist Betrug, Berti, Selbstbetrug. Denk mal darüber nach: Kaiser Wilhelm war nie in Ixheim, Isaac Lévi nie in Mauthausen, schlimmer noch, letzterer hat gar nie existiert. Ihr seid ein krankes Volk, Berti, leidet ihr an Mythomanie oder an Schizophrenie? Ihr habt Angst vor eurer Wahrheit und an dieser Angst geht ihr, gehst du kaputt. Das spürst du doch, oder? Deshalb bist du ja hierhergekommen, nicht?

— Es ist nicht mein Werk, Lisel, diese Monographie, es ist Bérengères und Frédérics Werk. Ich war nur der Dokumentalist und dann der Federführende. Bérengère und Frédéric bestimmten den Inhalt. Ich stellte mit Erstaunen fest, wie gut sich die Tochter des Widerstandshelden mit dem Sohn des Ortsgruppenleiters verstand. Wo hat Muller sich diese feinen französischen Manieren erworben? Wo hat er seinen klassischen Zitatenschatz her? Wie kam er auf die Idee, Bérengère die Rolle der First Lady beim Präsidentenempfang vorzuschlagen? Und wie kam Bérengère dazu, diese Rolle anzunehmen? Und als Frédéric Muller mein Werk dem Präsidenten überreichte, mit anderen wertvollen Geschenken wie unsere schönste Hinterglasmalerei und eine unersetzliche Madonna, die wir beim Wegräumen des eingestürzten Feldkirchleins gefunden hatten, als er das Buch überreichte und mich dabei zitierte, schämte ich mich, verließ unauffällig den Festsaal und verkroch mich in meine Mansarde.

— Und seitdem hast du einen moralischen Kater, Berti.

Sie ergriff meine Hände, und so saßen wir dann lange uns stumm gegenüber.

Nein, es hatte schon vorher angefangen. Und sie, Lisel, war zum Teil auch Schuld daran. Ich war glücklich, solange ich in meiner französischen Atmosphäre lebte. Dann trafen wir uns zufällig in Salzburg. Ich war auf Studienreise mit Kollegen, sie studierte dort. Wir trafen uns in einem Park. Ich ließ meine Kollegen weiterziehen und blieb. Sie stellte mir Harry vor. Wir saßen nächtelang auf ihrer Bude, tranken Gumpolds-

kirchner und palaverten. Nein, ich sagte nicht viel, ich hörte mehr zu, ich sog genüßlich beider Deutsch in mich hinein und wunderte mich, wie heimelig es klang, wie es mich in der Tiefe meines Gemüts ansprach, wie es schließlich über meine Lippen kam, als wäre es mein ureigenster Ausdruck. Als ich dann wieder zu Hause war, fand ich zum lange vernachlässigten Dialekt zurück, wurde ich Dauerkunde in den Kehler Buchhandlungen, fraß ich mich in die deutsche Literatur hinein: ich war süchtig geworden. Doch nach und nach stellte sich ein unangenehmes Gefühl ein, so als würde ich von verbotenen Früchten essen; von Bérengères Augen las ich einen stummen Vorwurf ab, mein Verhalten ihr gegenüber begann sich zu ändern, mal empfand ich überschwengliche Zärtlichkeit, mal tiefgründige Abneigung. Von dort an ging es abwärts mit mir. Ich hatte keine Ambitionen mehr. Als man mir die Beförderung zum Collègeprofessor vorschlug, verweigerte ich sie und ließ mich nach Ixheim versetzen, in der Hoffnung, ich würde dort mein Gleichgewicht wiederfinden. Das war vor zwei Jahren. Seitdem versauern wir in diesem Kaff, ja, auch Bérengère, trotz ihrer eintägigen First-Lady-Rolle und der geschickt gedrehten Komplimente des Dorfmatadors Muller.
Lisel lehnte sich über den Tisch und küßte mich. Dann lachte sie, ein wenig verlegen.
— Iß mit uns heute abend, nein nein, du fährst erst morgen weg. Harry wird sich freuen, dich wiederzusehen. Weißt du, Berti, ich kann dir nicht helfen. Du mußt deinen Weg von alleine finden. Aber einen Rat könnte ich dir geben: Schreib dir alles vom Herzen, was dich bedrückt. Du kannst es dann in die Schublade legen oder mir schicken. Du staust zuviel auf, das tut nicht gut. Gell?

Von Wien sah ich nicht viel: den Bahnhof, den Ring, den Steffel, unser Café, Havliceks Wohnung und mein Hotel. Von Wien habe ich nur noch ganz präzis die Schilder im Gedächtnis, die nach Prag weisen, nach Budapest und Belgrad. Von Wien bleibt in mir ein Gefühl von weiten Horizonten lebendig, das mir nicht so sehr die Stadt selbst, als die von ihr ausstrahlende Atmosphäre übermittelte, sowie Harrys Weltoffenheit und Lisels Ausgeglichenheit, die bei ihr aus dem Zusammenwirken von Wißbegier, Verständnis und Einsicht entstand, und nicht wie bei Bérengère nationalnarzißtischer Art war.
Dann kehrte ich wieder in mein Getto zurück. Und begann zu schreiben. Das meiste zerriß ich gleich wieder, nur weniges kam in die Schublade. Die Jahre vergingen. Ich lebte mich in Ixheim wieder ein. Ich gewann neue Freunde, wir gründeten die Sonntagnachmittagsrunde. Ich verbiestere total, beklagte sich Frédéric Muller bei Bérengère. Dann kam die Erleuchtung während der Sonntagspredigt: Ruf die Zeugen zusammen, laß das kollektive Gedächtnis wieder funktionieren, gib ihnen ihre Geschichte zurück, die du ihnen verheimlicht hattest, nimm alles auf Tonband auf und schreib es dann nieder.
Dabei sind wir nun.

Ich, Heribert Grahn, Sohn des Franz Grahn und der Marie, geborene Holder, Bruder des 1922 geborenen Armand Grahn, erblickte das Licht der elsässischen Welt am 4. Dezember 1925 in Zettheim, im dritten Stock des Schulgebäudes. Es war an einem Samstagmorgen und die Hebamme sagte zu Papa: Der wird's einmal schön haben, der kommt, wenn die Woche zu Ende geht und die Arbeit verrichtet ist.

Unter meiner Geburtsstube begannen eben die Sechstkläßler mit der Einstudierung der Marseillaise unter der Leitung von Lehrer Archambault, aus dem Puy-de-Dôme gebürtig und von den respektlosen Wackes Arschambodde[1] genannt, was ihm nichts ausmachte, da er kein Elsässisch verstand, es nicht lernen wollte und es auch niemand wagte, die elsässische Verballhornung ins Französische rückzuübersetzen.

Papa hatte an diesem Morgen vom Inspecteur freibekommen, wohl deshalb, weil an diesem bedeutungsvollen Samstag nach einem halben Jahrhundert preußischer Bevormundung nun zum zweiten Mal ein französischer Grahn geboren werden und somit in dieser ehrenwerten Familie die hoffentlich endgültige Rückkehr des Elsaß an den französischen Mutterbusen besiegeln sollte — so jedenfalls äußerte sich mit pathetischer Stimme Inspecteur Labouche (von Papas älteren renitenten Kollegen despektierlich La Gosch genannt) beim acht Tage später stattfindenden Kindtaufsschmaus.

Arschambodde übte also die Marseillaise ein, während ich schlüpfte. Sie stand wohl nicht auf dem Stundenplan dieses 4. Dezembers, Arschambodde hätte auch „Ma Normandie" oder „Montagnes Pyrénées" einstudieren können, diese beiden innerfranzösischen Volksschnulzen, mit denen man die bodenständigen deutschen Lieder zu verdrängen suchte. Nein, es mußte die Marseillaise sein, ich mußte im ersten Augenblick meines Lebens von dieser martialisch-erhabenen

1 Arsch am Boden

(heute würde ich sagen: blutrünstigen) Hymne geprägt werden, dieser flammende Wegweiser würde mich nun in eine patriotische Zukunft lotsen. Allons enfants de la patrie! rief unter mir das Vaterland. Und: présent[1]! antwortete ich mit Papas Stimme. Keine andere Provinz ist so tief französisch wie das Elsaß! röhrte Inspecteur La Gosch beim Kindtaufsschmaus. Vive la France! soll ich da aus meiner Wiege geschrien haben. Vive la France! schrie dann mein Vater. Vive la France! wiederholte die ganze Kindtaufsgesellschaft. Es war dies auch alles, was die Verwandten und Nachbarn auf französisch herausbrachten.

Papa konnte damals schon passabel Französisch. Er hatte seine erste Umschulung hinter sich, und der tägliche Umgang mit seinem innerfranzösischen Kollegen, Mentor und Aufpasser war nicht ohne Erfolg geblieben. Archambault lobte ihn auch deswegen tagtäglich: Félicitations, mon cher Grahn, vous faites des progrès stupéfiants[2]. Als Papa ihn aber eines Tages fragte, warum er, Archambault, seinen Aufenthalt im Elsaß nicht dazu benutze, Deutsch zu lernen, schon Goethes wegen, legte sich Befremden auf das Gesicht des Franzosen: „Boche" lernen? niemals! Das sei doch keine Sprache, nur Gebell. Und Goethe, der liege Gott sei Dank in der ausgezeichneten Übersetzung des Gérard de Nerval vor. Schade um diesen Goethe, eigentlich, der wäre doch geradezu prädestiniert gewesen, ein Franzose zu sein, Frontispiz eines erhabenen Kulturtempels, dessen Säulen Descartes, Racine, Chateaubriand und Hugo hießen. C'est dommage[3], denn dieser Germane sei doch im Grunde genommen ein Graeco-

1 Zur Stelle!
2 Gratuliere, mein lieber Grahn, Sie machen erstaunliche Fortschritte!
3 Schade

Romane gewesen, oui oui. Und Papa mußte ihm recht geben, Monsieur Archambault war eben ein Franzose und jeder Franzose ein „homme cultivé", während wir anderen . . .
Wir haben noch einen weiten Weg vor uns, pflegte Papa zu sagen, vom elsässischen Hinterwald bis zu den franko-elysäischen Gefilden. Und so schaute er auch mit einer gewissen Überheblichkeit auf seine älteren Kollegen herab, die die neue Sprache nicht so recht in den Griff bekamen. Es war aber auch nicht einfach gewesen, sich im Befreiungswinter 1918/19 und der nachfolgenden Entdeutschungszeit der neuen Lage anzupassen. Die elsaß-lothringischen Lehrer hatten sich radikal umstellen müssen: vom Deutschlandlied auf die Marseillaise, von Schwarzweißrot auf Blauweißrot, von Wilhelm Zwo auf Clémenceau-Poincaré, von Deutsch auf Französisch. Und wer nicht Französisch konnte, der mußte es unverzüglich lernen oder den Dienst quittieren. So mußten also die Lehrer jeden Abend die neuen Vokabeln büffeln, die sie anderntags den Schülern beibringen sollten. Man nannte dies: la méthode directe. Bitte, nicht mit einer Gehirnwäsche oder einer gewaltsamen Mutatio vergleichen: Waren die Elsaß-Lothringer nicht froh, wieder französisch zu sein? Die Rückkehr an den Pariser Busen ziehe Verpflichtungen mit sich, wer diese nicht eingehen wolle, der sei ein schlechter Elsässer, ergo ein schlechter Franzose, ergo ein Staatsfeind, so Monsieur Archambault. Und Papa sagte ja und amen und trat aus der elsässischen Volkspartei aus, die für einen regionalen Status kämpfte.
Papa war ein guter Franzose; er büffelte seine Vokabeln Tag und Nacht. Er wühlte sich so lange durch die französische Grammatik, bis er sich in dieser Sprache

wohler fühlte als im heimischen Dialekt, er fühlte sich direkt geadelt, in den siebenten Kulturhimmel gelüpft, wenn er Chateaubriand im Originalton vortrug. Er suhlte sich förmlich im Französischen, so daß dieses erotische Verhältnis meiner Mama zu unheimlich wurde und sie deutliche Grenzen zog: Ich bin immer noch deine Marie und nicht irgendeine Chérie, merk dir das. Und sie taten's im Bett weiter auf ditsch.

Papa war also damals schon ein glühender Patriot und blieb es bis an sein Ende. Und dabei hatte sein Liebesverhältnis zu Frankreich doch mit einer Ohrfeige begonnen, die er beim Einmarsch der Franzosen von einem Capitaine verabreicht bekam, weil er vergessen hatte, seine deutsche Studentenmütze vor der Regimentsfahne zu lüpfen. Die Mütze hängt in meiner Kollektion, Papa hatte sie sorgfältig aufbewahrt. Sie fragen warum? Wir, die Grahns, bewahren alles auf, das Gute wie das Schlechte, das Schöne wie das Häßliche, die Rüffel wie die Belobigungen, die Sündenregister wie die Kommunionsbildchen. Wir können und wollen nichts bewältigen, nichts vergessen, sogar die intimsten Ausrutscher nicht. So waren wir, so sind wir jetzt, pflegte Papa zu sagen. Das alles steht nebeneinander. Das muß man gleichzeitig im Auge behalten können, die deutsche Studentenmütze und das Reserveoffizierskäppi. Wir Elsässer können es uns nicht leisten, unsere Widersprüche zu verheimlichen, ohne sie wären wir keine Elsässer, sagte er.

Nun verstehe ich Sie nicht mehr, mon cher, meinte daraufhin Monsieur Archambault. Sie sollten doch endlich diese unglückselige deutsche Periode vergessen. Oder sind Sie doch viel deutscher noch, als ich es glaubte?

Doch von Papa später. Jetzt bin ich an der Reihe. War also da, schrie, wurde abgenabelt, während unten die Arschamboddesche Marseillaise tobte, und bekam den schönen Namen Heribert, nach einem Onkel, der nicht bei Preußens hatte dienen wollen und sich nach Frankreich verzogen hatte, 1913. Ein Vorbild also, der Onkel Heribert, das mir aber nicht sehr lange als Wegleuchte vorhergetragen wurde, denn eines Tages erfuhren wir, daß er sich in Paris dem Suff und der Unzucht hingab.
Von mir wäre dann nichts Sonderliches mehr zu melden bis zum Kriegsbeginn. Ich lebte glücklich meine Kindheit, stromerte im Gemeindebezirk umher, wurde Meßdiener, flog nach zwei Jahren und etlichen Vierteln Meßwein aus der Sakristei, kam dann zu den Sängerknaben bis zum Stimmbruch, wurde anschließend Blasebalgtreter auf der Orgel bis zu deren Elektrifizierung und kam nach absolvierter Volksschule ins Collège, was mit lustigen Bahnfahrten und den ersten Knutschereien verbunden war. Ich sprach ein gutes Schulfranzösisch, sprach auch ein gutes Schuldeutsch, sprach mit den Kameraden den breiten alemannischen Dialekt, sprach aber im Familienkreis meinen eigenen Idiolekt, eine Mischung aus Papas Alemannisch und Mamas Fränkisch. Wie schon erwähnt, stammte sie aus dem nordöstlichen Lothringen. Ihr Pund und Perd und Damp hatte sie nie abgelegt, nie ablegen wollen, darauf gründete ihre Identität. In Sachen Haus und Mauer hatte sie sich aber der elsässischen Umwelt angepaßt: Hüs und Mür, der Diphtong „au“ hätte zu hochdeutsch geklungen, habe man sie in Zettheim anfangs nicht für eine verkappte Deutsche gehalten? Kurz und gut, ich hatte mir aus beiden Idiomen eine eigene Sprache gebastelt, die ich dann später versuchte,

meinen Kindern weiterzugeben. Wer weiß, wie sie sich dann entwickelt hätte, und welche Probleme sich den Straßburger Dialektforschern des nächsten Jahrhunderts gestellt hätten. Bérengères Kulturverständnis ließ aber in unserer Familie keine babylonische Sprachverwirrung aufkommen.

Ich, Heribert Grahn, lebte also eine unbeschwerte rosa Kindheit in Zettheim zuerst, wo Papa von seinem Kollegen Arschambodde und seinem Inspecteur La Gosch zum französischen Schulmeister erzogen wurde, in Ixheim dann ab 1935, wo er als jüngster Schuldirektor des Kreises amtierte.

Meine Jugendzeit hingegen verlief in einem ganz anderen Kontext und wurde von zwei dominierenden Farben bestimmt: Analbraun und Feldgrau. Diese Ära werden wir nächstens am Stammtisch zu durchleuchten versuchen. Bababa Jerri wird bei dieser Gelegenheit sein von Fliegenschiß verunziertes Führerbild hervorkramen, und aus meiner Mützenkollektion werden wir die diesbezüglichen Exemplare zur klärenden Aussprache antreten lassen.

Nach dem Krieg, der mir Vater, Mutter und Bruder genommen hatte, fand ich warmen Familienanschluß im Roten Ochsen, wurde ins Lehrerseminar aufgenommen und verfing mich während einer Exkursion ins Loiretal in Bérengères Armen. Bérengère befreite mich endgültig, wie sie meinte, von meinem Nazitrauma, verließ Papa, Maman und die großartigen Loire-Schlösser, um sich im Elsaß an meiner Seite kulturmissionarischer Arbeit zu widmen. Sie hielt Salon mit unnachahmbarer französischer Grazie in der Kreisstadt, wo ich meine erste Lehrstelle hatte, gebar mir drei Kinder, machte aus ihnen vollwertige Kulturfranzosen, Vorbilder für den dialektophonen Brei, von dem sie verzweifelt sagte, daß er wohl nie festgefügte Konturen mit kristallinem Inhalt annehmen würde, zog, als die Kinder flügge geworden waren, schweren Herzens mit mir nach Ixe, wo sie mir das schöne Haus baute. Nächstes Jahr gehe ich in Pension. Was fange ich dann mit mir an?

APRIL

Initium Chronicae Ixheimensis. Es ist soweit: erste Sitzung des informellen Ixemer Geschichtsvereins. Wir beginnen mit der Vorgeschichte. Mehmet setzt die Pickelhaube auf, und als Zeugen werden aufgerufen Bababa Jerri und Seppels Babbe, der Schniders Jockel. Mamama Katrin protestiert: sie habe diese Zeit doch auch erlebt, warum wolle man sie ausschließen. Wir aber behandeln hier die Elsaß-Ixheimer Geschichte, nicht die jenes lothringischen Arbeiterkaffs Kolhausen, wo man schon halb saarländisch spricht und das Elsaß nur vom Hörensagen kennt. Katrin ist hartnäckig: Elsaß und Lothringen steckten doch damals im selben Flohsack, also! Zudem habe sie in der Wirtsstube so vieles über jene Zeit von den uralten Ixemern erfahren, damals vor dem Krieg, dem zweiten, als die noch lebten, daß ihre Aussage denselben Gültigkeitswert habe wie die der beiden Bäbbelein da. Jo, laßt sie reden, meint der Jerri, Wilhelm Zwo habe zwar die Kolhauser Säue nicht mit seinem Besuch beehrt, seine Vertreter im Lothringischen hätten aber ihrerseits auch eine stattliche Anzahl von Böcken geschossen, wie überall im Reichsland Elsaß-Lothringen . . . Es hat sich da bis heute nichts geändert, wir sind ein wahres Paradies für staatliche Böckeschützen, wirft Schilles ein. Also, bitte, fangen wir nun endlich an?

Wilhelm Zwo also, deutscher Kaiser, schießt Wildsäue im Ixemer Feld. Im Treibervolk wir zwei Buben Jerri und Jockel. Wir sind deutsch seit 1871, für uns, die wir mit dem Jahrhundert geboren sind, eine Selbstverständlichkeit. Die Franzosen? Von denen hörte man damals nicht viel. Wir wußten nur, daß sie mal dagewesen waren, unter den Napoleonen. Es gab wohl zwei Alte im Dorf, die nicht mehr ganz hell im Kopf waren, die setzten sich manchmal — es muß am Quatorze Juillet[1] gewesen sein — in alter Franzosenuniform vors Haus, tranken Rotwein und sangen so komische Lieder. Und dann gab es auch ein paar junge Leute, die nicht zum preußischen Barras wollten und über die Grenze gingen. Man erzählte nachher, sie seien zur Fremdenlegion gegangen.

Doch du, die Alten sprachen oft von Frankreich, daß es ein schönes, reiches Land sei, daß wir nicht schlecht gefahren seien mit den Franzosen, daß sie einen nicht so anschnauzten, wie es bei den Preußen üblich sei. Nur, sagten sie, seien in letzter Zeit Sachen passiert in Frankreich, die nicht in das schöne Bild paßten: die Verjagung der Kongregationen, die Trennung von Kirche und Staat. Pfui! Wir würden uns so was nicht gefallen lassen. Na ja, das ist ihre Sache. Uns geht es ja gut, in Ixe, Probleme haben wir keine. Wir haben Arbeit und es herrscht Ordnung. Die Bahn läuft mit Volldampf, die Post funktioniert reibungslos, die Kinder beugen sich der Zucht, Strom kommt ins Dorf, die Wasserleitung wird gelegt, die Raiffeisenkasse wird gegründet, der Bach entschlammt, die jungen Burschen kommen in die Garderegimenter, und in Straßburg haben wir seit 1911 ein Landesparlament.

Und wer hat das Sagen in Ixe, in Zette und den anderen Dörfern? Der Postmeister, der Bahnhofsvorsteher, der Schuldirektor, der Einnehmer, der Gendarm, alles

1 14. Juli, französischer Nationalfeiertag

Deutsche. Nur der Bürgermeister ist ein Einheimischer.

Damals also schon, unterbricht Schilles. Heute sind die Herren in der Regel Innerfranzosen.

Egal, wer sie waren, es ging uns gut, wir hatten Arbeit, es herrschte Ordnung.

Schon gehört, sagt Schilles. Ihr vermittelt uns den Eindruck, als seien die Elsässer vor der Annexion Wilde gewesen, denen die fremden Herren nun den Segen der Zivilisation brachten.

Hör doch auf mit dem Stänkern, Schilles. Wir waren nie Wilde, lies doch in Heriberts Buch nach. Daß wir nun deutsch waren, als der Fortschritt nach Ixe kam, was ist da Schlechtes dabei? Wie die Franzosen staunten, als sie 1918 feststellten, daß Ixe die Wasserleitung hatte! Die Deutschen wissen eben, Schwung in die Sachen zu bringen. Da wird nicht geschludert. Jaja, so sprachen unsere Väter, und wir haben's ihnen nachgesagt, und stimmt es nicht auch heute noch?

Doch damals dachten wir über solche Sachen nicht nach. Wir waren kleine Knäckes[1], der Jerri und ich, lebten frei und unbekümmert in Dorf und Feld, und ich durfte mich dem Kaiser auf die Knie setzen.

Das war Jockels Ehrentag. Von dem Tag lebt er seitdem. Erstes Gruppenbild: die Ixemer Treiberarmee, Dächelskappe auf und den Stock in der Hand, in stolzer Pose vor einem Wildschweineberg. Wer ist das, und der da, könnte das nicht ein Weber sein, der Nase nach, und das ein Hufschmitt, nein, das ist ein Bachmeyer, die hatten alle so ein schiefes Gesicht. Stolze elsässische Treiber, die ihre eigenen Wildsäue vor preußische Flintenläufe geschaßt haben. Nachher gibts eine

1 kleine Buben

Erbsensuppe und für jeden ein fürstliches Trinkgeld, das dann anschließend in Bier und Schnaps umgesetzt wird. Übrig bleibt die Ehre, dabeigewesen zu sein. Zweites Gruppenbild nun: die Herren. Uniformen, Uniformen, Pickelhauben, Husarenkolpaks, Ulanentschapkas und Wilhelms Jägerhütchen. Alle stehend, Majestät sitzend, die Flinten quer über die Brust gehängt, Majestäts rechter Fuß ruhen auf einem riesigen Keiler, und ich, der Jockel, sitze auf Majestäts Knien. Zur Erinnerung an diesen Ehrentag bekam ich eine Medaille mit Wilhelms Kopfbild. Die Medaille haben mir die Amerikaner geklaut. Der Teufel soll sie holen. Und was blieb von Wilhelm zurück? Der Rote-Adler-Orden für den Bürgermeister sowie die Wilhelmseiche, die vor dem Rathaus gepflanzt wurde. Die mußte dann Anno 18 dem Freiheitsbaum Platz machen. Und noch was gabs: einen Wecken für jedes Schulkind.
Den hats beim Giscard auch gegeben, sagt René, und eine Stange Schokolade dazu.
Verblichene Ansichtskarten werden herumgereicht. So sah das Dorf aus. So waren wir gekleidet. So waren wir geschoren. Auf der Straße konntest du Ball spielen und im Winter Schlitten fahren. Schöne Zeiten.
Schöne Zeiten, sagt Katrin, für die Bauern, ja, die hatten ja zu essen. Wir waren dreizehn Kinder, hatten selten Fleisch, und das bekam meistens der Babbe, der schwer arbeiten mußte, frühmorgens um vier Futter mähen für die Kuh, die wenig Milch gab, dann zu Fuß in die Fabrik, sechs Kilometer hin und sechs zurück, abends dann, wenn's noch hell war, die Feldarbeiten, die wir Kinder nicht verrichten konnten. Nur winters hatte er ein bißchen Ruhe, dann las er uns aus alten Büchern vor. Strom hatten wir keinen, nur Petroleumfunzeln, das Wasser holten wir am Dorfbrunnen, die

Wäsche wurde in der Saar gewaschen, auch im ärgsten Winter. Und mit zwölf Jahren ging auch ich in die Fabrik. Schöne Zeiten, ja . . .

Die Sache befriedigt mich nur halb. Die Zeugen waren damals zu jung. Wir müssen uns halt für diesen Zeitabschnitt an die offizielle germanophile sowie die offizielle frankophile elsässische Geschichtsdarstellung halten, beide mixen und dann Ixe in die so geschaffene Atmosphäre hineintunken. Die Mixtur hält aber nicht, es rinnt alles an Ixe hinunter, die alten napoleonischen Narren sowie der Wildsäue schießende, schnarrende Wilhelm.

Krieg. Jetzt geht's gegen die Franzosen, die schon hinter Saarburg stehen. Ein Bruderkrieg, sagt man dazu in Ixe und versteht nicht, wie man in Berlin, wie man in Paris mit blumengeschmückten Gewehren die Züge bestieg, die zum Schlachthaus führten. Wie verhalten wir Ixemer uns nun, wenn wir den Franzosen gegenüberstehen? Das Problem wird von Wilhelm Zwo auf eine praktische Art gelöst: damit die Ixemer nicht zu den Franzosen überlaufen, schicken wir sie nach Rußland. Dort wird auch fürs Vaterland gestorben. Die Fotos her: der alte Weller in schneidiger Gardeuniform, der alte Baer als Vize-Feldwebel, der alte Heim als Regimentskoch: alle drei gefallen. Dann ging's doch noch nach Frankreich: der Burkhard als Deserteur erschossen, Wagners Babbe in Etain vergast.

Wir in Kolhausen hörten den weiten Donner der lothringischen Front, bei Westwind. Kinder, das sind die Kanonen, die morden und morden, und für was? Der Pfarrer verhaftet und nach Thüringen verbannt, Pfarrer haben für den Sieg zu beten und nicht für die Völkerverständigung.

Na, was wäre da noch zu sagen. Es war halt Krieg. In unserem Hof stand die Feldküche der Bayern, die hat uns vor dem Hungertod gerettet. Wir lasen die Kartoffelschalen auf und kochten sie. Wir wuschen die Uniformen und bekamen schimmeliges Kommißbrot dafür. Sie hatten ja selber nicht viel zu essen, die Bayern, die bei uns in Kolhausen lagen . . .

Macht nun Schluß. 1918.
Ja, das war was! Zuerst rissen wir die Wilhelmseiche raus und pflanzten eine Freiheitslinde. Dann verkleidete sich der Meyer als Wilhelm Zwo und der Wolffer als Kaiserin, wir bastelten einen Affenkäfig, stellten ihn auf einen Pritschenwagen, steckten die Majestäten hinein und führten sie mit Musik und Tralala durchs Dorf. Überall hingen blauweißrote Fahnen, wo hatten diese wohl die ganze Zeit über gesteckt? Jeder durchfahrende französische Offizier mußte anhalten, unser Danksagungsgebet anhören und anschließend mit uns anstoßen. Sie schüttelten zuerst verwundert den Kopf, wenn sie unser Kauderwelsch hörten, dann lachten sie artig, tranken unseren sauren Wein, ohne den Mund zu verziehen, und küßten mit viel Vergnügen unsere Mädchen ab.
Wir in Kolhausen, wir hatten uns so an die Bayern gewöhnt, daß wir herzzerreißend weinten, als sie fortzogen. Dann kamen die Franzosen. Zuerst hatten wir Angst vor ihnen, als wir aber das Weißbrot sahen, das sie uns hinhielten, atmeten wir erleichtert auf. Brot und Friede, sagte unser Babbe, das ist die Hauptsache, egal, wer sie uns bringt . . .
Nach der Befreiung kam die Säuberung: hinaus mit den Preußen! Der Postmeister ging freiwillig, den Einnehmer mußten wir aus dem Dorf jagen, er wollte par-

tout nicht weg. Der Bahnhofsvorsteher bestieg mit seiner weinenden Familie seinen letzten Zug. Mir zerbrach das Herz: ich hatte mich unsterblich in die Hedwig verliebt. Warum mußte sie jetzt weg? Sie war doch in Ixe aufgewachsen, mit uns zur Schule gegangen, mit uns zur ersten Kommunion und sprach elsässisch wie wir . . . Der Schuldirektor, der eine Zettheimerin geheiratet hatte, hätte bleiben dürfen, aber der neue Ixemer Gemeinderat war noch unbarmherziger als die staatliche Aussortierungskommission und bestimmte: Kein Deutscher mehr in Ixe! Ja, so war es, im ganzen Elsaß war es so, alle Deutschen, Halbdeutschen und Deutschgesinnten wurden des Landes verwiesen, unter Schmährufen aus den Dörfern und Städten gejagt, wie Verbrecher über die Rheinbrücke geschaßt. Wir waren jetzt französisch, verdammi!
Da fällt mir der alte Lévi ein, Isaacs Babbe. Der stand vor seinem Krämerladen, schüttelte den Kopf und sagte: Jetzt verjagen sie die Deutschen, wann werden sie die Juden verjagen? Ja, das hat er gesagt, der alte Samuel, ich hab's gehört.
So war es also. Warum sagt keiner nichts mehr? Ich hab's erlebt, ich, der Jerri. Und habe dann lange darüber nachgedacht. Und meine Mamme hat zu mir gesagt: Jerri, so sind sie halt, die lumpigen kleinen Leute. Wer vom Glück verlassen wird, den zerreißen sie. Werde nie so, mein Bub.
Ende.

Wenn ich mich zu euch hinunterbücke, könnt ihr, dürft ihr einen Blick in mein Dekolleté werfen. Ich weiß, ihr geratet dann etwas aus der Fassung und würdet gern euren Mund, eure Hand dorthin führen, wo die verbotene Frucht wie auf einem Tablett angeboten wird. Ttt, ttt, wir sind hier nicht in einer Spelunke, sondern in einer gediegenen Bauernschänke mit städtischem Pfiff. Bestellt jetzt: Pizza oder Flammkuchen, oder entscheidet ihr euch für eine solidere Mahlzeit? Vergeßt den Wein nicht, daran verdienen wir ja am meisten. Ich schlage eine „Grande Réserve" vor, Hunawihrer Riesling 1976. Sündhaft teuer, na klar, aber er ist ein Gedicht von einem Wein, den findet ihr nirgendwo, weit und breit, da hört ihr die Engelein singen. Ich sage das natürlich auf französisch, das hört ihr ja gern, das hebt euch aus dem gemeinen Brei heraus, das adelt euch. So, jetzt Schluß mit den Stielaugen. Ja, mein Dekolleté, das hat's euch angetan. Viel zu gewagt, sagt Mutter, euch aber lockt es an, Busenoffenheit gleich Weltoffenheit. Euren Frauen gebe ich augenzwinkernd kund, daß das ja nur kommerziell gemeint sei, sie werden es das nächste Mal auch riskieren, einen Knopf tiefer zu öffnen. Ich emanzipiere sie, und sie sind mir dafür dankbar. War das ein Hinterwaldskaff, als wir nach den Straßburger Jahren wieder zurückkamen. Na, es hat sich ja seitdem einiges geändert. Und vieles wird sich noch ändern. Den albernen Stammtisch, den Guillaume den Schwiegereltern zugestanden hat, den werde ich auch noch abschaffen. Was guckt mich Onkel Heribert nur immer so an? Mir scheint, der hat schon ein Gläslein zuviel heute abend. Sein Tischnachbar ist da viel vornehmer, viel diskreter, obwohl er es nie versäumt, mir leicht über die Taille zu fahren, wenn ich in seiner Nähe hantiere. Der Maire und ich, wir verwandeln das Kaff in ein modernes Dorf. Vielleicht wird sogar mal eine Stadt draus. Ich weiß es, er hat grandiose Pläne in seinem Kopf und in seiner Mappe. Vater, geht jetzt ins Bett.

Setz dich zu uns, Bababa. Therese, bring uns noch ein Glas. Fritz Müller verläßt uns. Was hatten wir uns schon zu sagen: Heribert, ich verstehe dich nicht, du bist doch ein Intellektueller, du hast doch in besseren Kreisen verkehrt. — Jaja, Fritz. — Und du hast eine wunderbare Frau, Heribert. — Jaja, Fritz. — Und jetzt gibst du dich mit dem gemeinen Pöbel ab. — Jaja, Fritz. — Was sagt Bérengère dazu. — Du weißt es, Fritz. — Wir könnten in Ixheim eine Antenne der „Université Populaire“[1] gründen. — Tue das, Fritz. — Wir bräuchten dich dazu, Heribert, du gehst doch nächstes Jahr in Pension, dann hättest du Zeit. — Zeit hätte ich jetzt schon, Fritz, aber keine Lust. — Ich verstehe dich nicht, Heribert, du hast uns doch vor einigen Jahren diese exzellente Monographie verfaßt, das wäre der Ausgangsstoff für mehrere Zyklen: die Kelten, die Römer, das Mittelalter und so weiter, du, das würde die Leute interessieren. — Mich nicht, Fritz, mich interessiert das 20. Jahrhundert, was wir geworden sind und warum wir so geworden sind; mich interessiert zum Beispiel die Geschichte des Postmeisters Ludwig, des Steuereinnehmers Krause, des Schuldirektors Schwarzwasser. — Die kenne ich nicht, Heribert. — Dein Vater hat sie gekannt, Fritz. — Sprich nicht von meinem Vater, bitte. — Entschuldige, Fritz. — Ich muß jetzt gehen, salut Heribert.

Trink, Bababa, und hör nicht auf die Therese. — Sie ist eine tüchtige Frau, Bertel. — Ja, das ist sie, die Therese Baer, geborene Wagner, Ehefrau des Willi Baer, den sie Guillaume ruft. Beide haben fünfzehn Jahre lang in einem Straßburger Restaurant gearbeitet, Willi als Koch, Therese als erste Kellnerin. Vor drei Jahren

1 eine Zweigstelle der Volkshochschule

kamen sie ins Dorf zurück. Es war mit dem Roten Ochsen bergab gegangen, die zwei Alten schafften es nicht mehr. Therese und Willi übernahmen das Geschäft und schnell ging es wieder aufwärts, allerdings nicht mehr im alten Stil. Willi der Koch und Therese die dralle, fleißige, unternehmende Geschäftsführerin gruben allen ähnlichen Unternehmen im weiten Umkreis bald das Wasser ab. Mittags erstklassige bourgeoise Küche für Klinkenputzer, Fernfahrer, Angestellte und Strohwitwer, abends bei Schummerlicht italo-elsässische Spezialitäten: Pizzas und Lasagne für die noch in der Entwicklung steckenden Dörfler, veredelte Bauernkost für die nostalgischen Städter, das heißt Flammkuchen, Baeckenoffe, Mehlknöpfle mit Bratwurst, Rappküchle mit Cornichons, Dampfnudeln mit Heidelbeeren.

Willi und Therese, hab' ich gesagt, nehmt den ganzen Bettel und macht was Ordentliches draus. Nur eines möchten wir behalten, die Katrin und ich: den Sonntagsstammtisch, der ist uns ans Herz gewachsen. Sie wollte nicht, die Therese. Willi aber sagte: Versteh sie, Frau, man kann sie nicht so brutal aus ihren liebgewonnen Gewohnheiten herausreißen. Nach langem Zögern willigte sie endlich ein. Aber du weißt ja das alles, Bertel. Nun drängt die Therese aufs Übergeben, sie möchte freie Hand haben für den Umbau, den sie geplant hat. Hier soll alles anders werden, sagt sie, moderner. Und aus der Scheuer will sie einen Tanzschuppen machen. Ob sie sich dabei nicht übernehmen wird? Therese ist die Zukunft, Bababa.

Im Mansardenzimmer finde ich Pascal beim Mützenanprobieren. Was machst du da, Pascal, du solltest

schon lange im Bett liegen. — Ich kann nicht schlafen, Onkel Heribert, die machen so viel Lärm da unten. Da sitzt er nun vor meinem Schrank, stumm und ernst, und spielt ahnungslos unsere ganze Geschichte durch, von der Pickelhaube bis zum amerikanischen Schiffchen. Bekomme ich sie mal, wenn du stirbst, Onkel Heribert? fragt der Knirps. — Das kommt ganz drauf an, mon bonhomme[1]. Du mußt zuerst all die Sprachen lernen, die meine Mützen und Helme sprechen. Pascal schaut mich ungläubig an. Siehst du diese da — Papas Studentenmütze — die versteht nur Deutsch. Und diese da — ein Ixemer Musikerkäppi — versteht nur Elsässisch. Mama will nicht, daß ich Elsässisch spreche, sagt das Kind, sie sagt, es ist vulgär.
Pascal spricht Französisch mit Thereses unästhetischem Akzent. Es ist aber immerhin Französisch, spottet Mamama Katrin. Was Heriberts Kindern recht ist, soll meinem Pascal billig sein, posaunt die Therese, er soll kein Dorflümmel werden.

Bekomme ich mal die Mützen, Onkel Heribert? Weißt du, ich kann schon ein bißchen Elsässisch, sag's aber der Mama nicht . . . Und vom Gottverdammi bis zum Leckmiamarsch poltert von Pascals unschuldigen Lippen das ganze Repertoire des elsässischen Unflats.
Geh jetzt schlafen, mein Junge.

Die Motorsäge jault. Der Buchenast ist zäh. Die Bäume hier hat mein Papa gepflanzt. Nun müssen sie weg, der Bodenzusammenlegung wegen. Weg mit den Bäumen, weg auch mit den Hecken, Schlehe und Weißdorn, Holunder und Brombeere. Und weg mit den Blindschleichen, den Ringelnattern, den Feldhasen,

1 mein Junge

den Rebhühnern, den Hummeln, den Ameisen. Weg mit den Vögeln, den Bodenbrütern, den Heckenbrütern, den Baumbrütern. Weg auch mit dem Unkraut, den Brennesseln, den Disteln, der Kornblume, der Plapperrose, der Margerite, der Königin der Wiese. Und weg mit der Wiese, den Obstgärten, den alten Grenzsteinen, weg dann mit dem verwitterten Feldkreuz! (Wir finden es später auf Mullers englischem Rasen.) Platz jetzt für den Mais, Platz für die Riesenmaschinen: zehn Hektar an einem Stück, wir haben das modernste landwirtschaftliche Unternehmen des Unterelsaß in unserem Dorf, Raedler und Co (das Co heißt Frédéric Muller). Deshalb die Zusammenlegung. Hier zehn Hektar, dort zehn Hektar, in Zettheim dann noch einmal zwanzig Hektar, deshalb auch in Zettheim die Bodenzusammenlegung. Platz dann auch im Sommerfeld für Mullers urbanistische Pläne, was es wird, weiß man noch nicht, grandios wird es auf jeden Fall sein.
Die Motorsäge jault. Die Bäume müssen weg. Hier wird Mais wachsen wie in den USA, bis zum Horizont, hier, wo jetzt noch Buchen und Birken stehen, wo der Schlehdorn blüht, wo der Hase durch den Wegerich hoppelt, wo die alten Obstbäume sich in Weiß und Rosa kleiden. Du, Bertel, das gibt Holz für viele Winter.

Pool Berschong: was kettet mich an diesen Menschen? Er ist dreizehn Jahre jünger als ich und quasi ein Analphabet. Deutsch hatte man nicht lernen dürfen in der elsässischen Volksschule nach 1945, und Französisch war ihm anfangs so fremd wie etwa Kisuaheli. Zu mehr als ein paar Fertigsätzen aus der Konsumsprache brachte er es nicht. Außerdem waren Papa und Mama in den entscheidenden Jahren nicht mehr da, um dem faulen Umherstromer intellektuelle Disziplin beizubringen. Die Mutter war in Straßburg umgekommen, der Vater war seit 1944 verschollen; man erzählte bei Kriegsende: Der ist gleich in Rußland geblieben . . . Und die frommen Lästermäuler fügten hinzu: War er nicht ein eingefleischter Kommunist? Was aber nicht stimmte, weder das mit Rußland noch das mit dem Kommunist-Sein. Wir werden uns später ausführlich mit dem Berschongschen Schicksal beschäftigen müssen.

Pool mit der zerquetschten tatarsteakroten Hand: Was willst du, Großmutter war alt und krank, der Pfarrer schalt mich eine Ausgeburt des Sowjetteufels, die Lehrer hielten mich für eine komplette Null, und mir war das alles wurscht. Ich fand schließlich einen Meister, der mir etwas beibrachte, in mir aber blieb es leer. Als dann vor einigen Jahren die Sache mit der Hand passierte und ich nicht mehr als Mechaniker arbeiten konnte, war ich nahe daran, total zu versumpfen. Da landete ich eines Abends stockbesoffen im Roten Ochsen. Weißt du noch, Katrin?

Da lag er unterm Tisch, der Pool, und ich sagte zu mir, was dem armen Teufel doch nicht alles passieren mußte. Faß an, Jerri, wir legen ihn ins Stroh. Nachts dann konnte ich nicht schlafen. Der arme Junge. Mutter Gottes, betete ich, dem haben sie alles genommen, den Vater, die Mutter, die Ehre, das Recht auf eine anständige Erziehung und nun die Hand. Sag mir, wie dem Jungen zu helfen ist. Ich bet' dir dafür drei Rosenkränze in Marienthal.

Am anderen Morgen bekam ich von Katrin die Leviten gelesen und für einen Monat lang striktes Alkoholver-

bot. Und Katrin lief für mich von Pontius zu Pilatus, zum Maire, zum Pfarrer, zu allen Patrons der Umgebung. So kam ich zu meinem jetzigen Arbeitsplatz. Abends, wenn die Wirtsstube leer war, instruierte mich die Katrin. Ihr verdanke ich es, daß ich passabel lesen und ausgezeichnet kopfrechnen kann.
In die Kirche geht er auch wieder, Bertel. Und von den drei Rosenkränzen in Marienthal hat er einen mitbeten müssen. Lach nicht, Bertel. — Ich lache nicht, Mama Katrin, ich glaube an die Wirkung deiner Rosenkränze.

So, das ist meine Geschichte. Was kann man damit anfangen? Nicht viel. Ein einfaches Leben, Arbeit die ganze Woche hindurch, Sonntag morgens das Hochamt, Sonntag nachmittags der Stammtisch. Ein leeres Leben: Bier trinken, Gauloises rauchen, fernsehen. Eine Frau? Dann und wann, wenn der Druck nicht mehr auszuhalten ist. Heiraten? Kinder kriegen? Was hätten die an mir? Kannst du mir kein Foto von meinem Babbe auftreiben? Es muß doch irgendwo eines geben. Von meiner Mamme hab ich eines. Sie war eine schöne Frau.

Wir fällen die schönen Bäume im Osterfeld. Papa war ein besessener Baumnarr. Den Baimelelehrer nannte man ihn. Wo er nur eine kleine Parzelle, sei es in Zette oder in Ixe, kaufen konnte, bepflanzte er sie mit Bäumen: Birken, Steineschen, Erlen, Buchen, Eichen, Linden, je nach der Bodenbeschaffenheit. Von jeder Baumsorte wußte er uns schöne Geschichten zu erzählen, die ich dann in meine Tagträume übertrug. So schnitt ich als keltischer Druide mit goldener Sichel den Mistelzweig im mediomatrischen Wald; in den Erlenwäldchen zog ich den bösen König am Schweif und räumte ihn aus dem Weg des nächtlichen Reiters mit seinem Kind; unter der Linde am Brunnen vor dem Tore wartete ich sehnsüchtig auf meine erste Liebe, die betörend nach Nelken riechende Lehrerin, Mamsell Paulette; die Birken säumten meinen Pfad durch die russische Taiga, auf dem ich hinter Michel Strogoff ins Abenteuer ritt; in die Buchenhaine trat ich als germanischer Jüngling und ritzte meine Liebesrunen in die Rinde.

Obwohl er ein glühender französischer Patriot war, bewahrte mein Papa viel Deutsches in sich auf, hütete es wie ein gefährdetes Kleinod: Grimms Märchenwelt, Brentanos Volkslieder, Goethes Faust und Schillers Balladen. Kultur ist eines, sagte er mir eines Abends, nachdem er aus der Kriegsgefangenschaft entlassen worden war, Politik ist ein anderes. Hitler hat nichts mit Goethe zu tun, Heribert. Vergiß es nie. Wenn wir Elsässer die französische und die deutsche Kultur ineinander verschmelzen könnten, du, das wäre die Lösung. Das hat aber mein Kollege Archambault nie verstehen wollen; das werden auch die Nazis nie verstehen. Verstehen es die Elsässer?

Träume nicht, Bertel, du hast eine Motorsäge in der Hand, das ist keine Schreibmaschine. Weg jetzt mit den Bäumen. Weg mit der Vergangenheit. Und Maire Muller, der sich gern eine grüne Seite gibt, wird uns als Ersatz ein paar Zierbäumlein an die Zettheimer Straße pflanzen.

Ja, was kettet mich an Pool? Wo kommst du schon vor, Pool? Ich habe dich in keiner Literatur angetroffen, in keinem Film. Nicht einmal Bert Brecht spricht von dir. Und doch gibt es dich in millionenfacher Ausführung. Wie du da sitzt heute, Samstag abend, in Ixe, so trinkst du dein Bier in D-Schallstadt-Mengen, in CH-Hitzkirch, in A-Rankweil, in DK-Krusaa, in GB-

Redford, in SU-Romanowka und wo weiß ich noch überall. Du Hauklotz, auf dem das Schicksal sein Holz spaltet, und jedesmal splittert ein Stück von dir ab. Du hast keine Ideologie, die dich treibt, keine Hoffnung, die dich hält. Also trink dein Bier, rauche deine Zigaretten, lache, wenn Donis Witz über sich selber stolpert, und träume konfus von irgendeiner Seligkeit, wenn der Alkohol dich fortträgt.
Geh jetzt nach Hause, Pool, schilt die Katrin. Gib mir eine Flasche mit, zum Einschlafen, bettelt Pool. Nix da, sagt sie, bet' gscheiter einen Rosenkranz.
Mein Freund Pool.

Der Frühling pustet spritzig-herbe Lust durch die Gassen. Wir sind sehr aufgeräumt, wir blödeln, nehmen einander auf den Arm und beschließen, auf Wein umzusteigen, denn das Bier hat uns am letzten Sonntag so schwermütig gemacht.
Doni hat eine Illustrierte mitgebracht, in der Titos Lebenslauf bildlich dokumentiert ist. Da schaut hin, ruft er, so habe ich ihn gesehen, 45, exakt so. Das ist das Calot, das er getragen hat, Gamaschen hatte er auch an. Ja, so war er, und die Landschaft dahinter, die kenn' ich auch. Du bist ein paar Jahrzente zu früh, Doni, laß uns doch zuerst mal den Frieden auskosten, bevor es wieder zur Schlachtbank geht. Ach so! Das scheppernde Lachen des Doni macht die Gläser klirren auf dem Tablett. Dann trompetet er in sein Schneuztuch, wischt sich die Lachtränen aus den Augen und steckt den Tito wieder in seine Tasche.
Pool hat heute nacht nicht in seinem Bett geschlafen, sondern in seinem Wagen auf dem Parkplatz vor dem

Roten Ochsen. Jetzt erfahren wir es erst: Weiter bin ich nicht gekommen, und den Rosenkranz habe ich auch nicht beten brauchen, Katrin; und geträumt hab' ich von Bertels Druiden, die die Mistelzweige mit der Motorsäge von den Eichbäumen holten. Wir lachen albern wie Schulkinder, und die erste Flasche ist bereits leer.

Jetzt aber her mit dem heutigen Zeugen, bevor hier die Stimmung Hallodria singt. Unser Zeuge: ein Ixemer Musikerkäppi, ein rundes, weißes Käppi mit schwarzem Schirm, ein schmuckes Käppi aus zivilweichem Samt mit goldenen Tressen und goldener Kordel. Von wem habe ich das Käppi? Das war Berschongs Käppi, ein Geschenk Pools: Da nimm, ich will es nicht mehr sehen, der gespaltene Schädel meines Babbe paßt da nicht hinein. Trotzdem muß der Zeuge her. Er erzählt von den glücklichen Zeiten vor dem Zweiten Weltkrieg, die nach der fünfjährigen Unterbrechung wieder anhuben und bis in die 60er Jahre hineindauerten. Dann motorisierten wir uns, und Maire Frédéric Muller sprengte das alte Dorf.

Setz du es auf, Mehmet, du bist unser bester Mützenträger, dir paßt einfach alles, die preußische Pickelhaube wie das katholische Musikerkäppi. Kaum fünf Jahre bist du im Lande, und schon hat sich dein Türkenschädel den elsässischen Verhältnissen angepaßt. Noch weitere fünf Jahre und du wirst alle unsere Verhaltensmuster assimiliert haben. Es hat es in sich, das Elsaß, es würde den stolzesten Indianerhäuptling binnen eines Jahrzehnts zu einem angepaßten Schängele verarbeiten.

Mehmet setzt das Käppi auf, rollt eine Zeitung zusammen, hält sie an die Lippen und bläst Tusch. Und schon kommen die Bilder: Umzüge, Prozessionen,

Waldfeste, Gartenfeste. Wir beginnen als gute Katholiken mit den Prozessionen. Am schönsten waren die Lieberherrgottstagsprozessionen, sagen die Älteren. Die übertrafen alles, was ihr euch vorstellen könnt, ihr Jungen, da sind die Blumenkorsos, die man heute in den Städten veranstaltet, nix dagegen. Blumen und Maien, Fahnen und Girlanden: das ganze Dorf in der üppigsten Farbenpracht, ein ganzes Jungbirkenwäldchen geschlagen und in den Gassen wieder aufgestellt, ganze Wiesen gemäht und die Gassen mit dem frischduftenden Gras bestreut, Triumphbögen aus Tannengrün und Rosen, die Plätze vor den vier Altären mit immensen Blumenmosaiken belegt, die Altäre selber herrliche Blumenkonstruktionen: die ganze Nacht arbeiteten wir daran; die Häuser mit Fahnen behängt in Rotweiß, Blauweißrot und Weißgelb: das ganze Elsaß elsässisch, französisch und päpstlich, drei Seelen in einer Brust, o elsässische Dreifaltigkeit. Salut wird geblasen, Hochwürden hebt die Monstranz hoch, segnet unsere tridimensionale Treue, Engelkinder streuen Rosenpetalen, Schäferinnen bimmeln mit dem Glöcklein am Hirtenstab, der Täufer im Lammfell führt das segenspendende Jesuskind, das die Weltkugel in seiner Linken hält, Marienjungfern in alter Ixemer Tracht tragen die Muttergottes und lassen die an ihrer Krone befestigten weißblauen Bänder sich in der leichten Brise blähen. Zwei Löschmänner in Galauniform, goldblanken Helm auf und die Brandaxt geschultert, führen den Zug an, der Kirchenschweizer mit Dreispitz, Hellebarde und viel Lametta schreitet würdig hinter ihnen her. Feuerwehrunteroffiziere tragen den Himmel, unter dem Hochwürden dem Herrgott das Dorf und dem Dorf den Herrgott zeigt. Dann die Musik, weißes Käppi, dunkelblaue Weste, weiße Hose im Prozessionsmarsch, kompaktes weißblaugoldenes Karree, das im langsamen Takt mit Käppis und Schultern von links nach rechts onduliert. Und Fahnen, Fahnen, Fahnen, schwere samtene Vereinsfahnen, die eine Seite blauweißrot, wie es sich gehört, die andere rot oder rotbraun oder tiefblau mit den Emblemen der vereinseigenen Spezialität und dem vereinseigenen Heiligen versehen, die Krone unter der Schaftspitze mit Preismedaillen und Bändern behangen. Und Banner, Banner, Banner, alle Heiligen des Elsaß und der Joseph und der Aloysius und die Therese von Lisieux von Jungfrauen, Jungmännern, frisch Verheirateten und Witwervertretern getragen. Dann das Volk, zuerst die männliche Bevölkerung, dahinter die weibliche Bevölkerung, die Jüngeren vorne, die Alten hinten, Lieder singend, Rosenkränze betend, die Mosaiken begutachtend, die Dorfnachrichten austauschend. Danach Glockengeläute, Te Deum und Großer-Gott-wir-loben-Dich, die Orgel dröhnt, der Gesang schwillt mächtig an, die Kirchenfenster beben, der Herr steht nun wieder auf dem Altar, nickt zur Mutter Maria hinüber, nickt dem Herrn Pfarrer zu, nickt zum Volk hinunter, lächelt zufrieden, als wollte er sagen: Leute, wir haben ein schönes Fest gefeiert, merci . . . Und legt sich im Tabernakel zur Ruhe.

Wir gehen dann noch einmal durchs gras- und blumenbestreute Dorf, den Festtagsfrack auf dem Arm, die Krawatte gelockert, den Kragenknopf geöffnet und steuern jeder seinem Stammlokal zu, wo wir den Aperitif trinken, Pernod oder Amerseidel, und anschließend eine Runde Skat klopfen. Zu Mittag gibt es heute Rindfleischsuppe mit Markknöpfle und Hasenpfeffer mit Nudeln.

Fegen wir nun das Gras von den Gassen, machen wir aus den Birkenbäumchen Reisigbündel für den Winterofen, räumen wir die Altäre ab, rollen wir die elsässischen und päpstlichen Fahnen um den Schaft, schön langsam, damit keine Falten entstehen — die französischen Fahnen lassen wir hängen —, stecken wir die Engelskinder, die Schäferinnen, die Marienjungfern, den Täufer und das Jesuskind wieder in ihr Zivil. Stellen wir dann sämtliche Vereine auf: die Musiker, die Turner, die Sänger, die Angler (die wir in Ixe Fischer nennen), die Kleintierzüchter, die Obstbaumzüchter, die Fußballer, die Ratsherren, die Feuerwehr mit ihren Clairons. Lassen wir die Fahnenträger vortreten, der Herr Maire bindet sich die blauweißrote Schärpe um den Bauch, tritt an das Gefallenendenkmal, die Fahnen senken sich, der Maire legt seinen Kranz nieder. Marseillaise. Fackeln werden angezündet. Abmarsch! befiehlt der Maire. Trommeln rhythmieren den Marsch, dann setzt Musik ein, wir hüpfen in den Gleichtritt. Wir feiern den 13. Juli, Vorabend des Nationalfeiertags. Heute abend noch stürmen wir die Bastille, wir können nicht warten bis morgen, denn morgen ist Ruhetag. Rund ums Dorf bellen die Hunde. Die Wirte stehen vor ihren Wirtschaften, die weiße Serviette über den Unterarm geschlagen. Kommen sie bald? Da sind sie schon. Kurzes Schlußkonzert auf dem Platz, anschließend verteilt man sich auf die Wirtschaften, die Musik, weil katholisch und schwarz, nicht zusammen mit dem Turnverein, der zwar auch katholisch, aber rot ist. Den Löschmännern und den Züchtern ist es egal, mit wem sie zechen, die Sänger wollen allein sein, es ist wegen der Vierstimmigkeit, die bei zu viel Trubel aus dem Gleichgewicht kommen könnte, und der Gemeinderat zieht von einem Standort zum anderen, damit die Kirche im Dorf bleibt. Der Vorhang fällt, Schluß mit der Rückblende. Die jungen Burschen lassen sich kurz noch einmal das Blumen-, Weihrauch- und Fackelaroma durch die Nase wehen.

Heute spricht man viel von „la fête", dem Fest, früher feierte man es, stimmt es nicht, Bertel? — Sag doch nicht, Schilles, daß wir heute nicht mehr zu feiern verstehen. Denk nur an das letztjährige Gfüllter-Saumagen-Fest. Von überall her kamen die Leute, Tausende waren es. Das hat schön Geld abgeworfen. — Ihr mit eurem Saumagenfest: an den Dorfeingängen habt ihr ein saftiges Eintrittsgeld verlangt. Dann habt ihr eure Show durchgezogen: Miss-Gfüllter-Saumagen-Wahl, Blödelwettbewerb auf elsässerfranzösisch, Schunkelhappening auf rheinländisch. Und abends habt ihr das viele schöne Geld gezählt. Prostitution macht sich halt besser bezahlt als Kultur.

Er muß immer wieder stänkern, der Schilles. Schilles, letztes Jahr im Disput mit dem Pfarrer: Warum haben Sie die Fronleichnamsprozession abgeschafft, Herr Pfarrer? — Mein lieber Gilbert, die war praktisch zu einem heidnischen Fest ausgeartet. Wer dachte in diesem Blumen- und Fahnenrummel noch an Gott? Zuviel Prunk lenkt ab von dem, was für uns das Wichtigste sein sollte: die Präsenz Christi in der Eucharistie. — Gott ist aber auch Poesie und Phantasie, Herr Pfarrer, Gott will hinaus, unter die Leute, Gott will das Dorf sehen, die Natur, er will auf Bäume steigen, er will in die Häuser hineingucken, er will am frisch geschnittenen Gras riechen, er will hören, was im Dorf los ist, was die Leute sich erzählen, Gott . . . — Wohl, wohl, mein lieber Gilbert, Sie formulieren die — wie soll ich sagen — Kontaktsuche Gottes mit viel Witz. Aber denken Sie doch an den Autoverkehr, Sie fahren ja selber Auto. Wir können doch nicht eine Nacht und einen Tag lang das Dorf für den Autoverkehr sperren. — Ach so ist es, Herr Pfarrer, ja dann verstehe ich.

Sonst nichts zu melden? frage ich. Doch, sagt Jerri, wir haben einen vergessen.
Ixe hat der Welt keine großen Männer geschenkt, Ixe aber hatte einen Hababb. Ein Ixemer Fest war zu denken ohne den Maire, ohne den Pfarrer, aber nicht ohne den Hababb. Den Hababb einen Dorftrottel, einen Dorfidioten zu nennen, wäre ungeziemend. Der Hababb war ein von unbekannten Geistern inspirierter und besessener Mensch. Er konnte stundenlang im Osterfeld unter einem Nußbaum hocken, den Kopf von rechts nach links wiegend und Unverständliches vor sich hin summend. Wir Kinder beobachteten ihn oft, hinter einer Schlehenhecke versteckt. Dann konnte er ruckartig aufspringen, die Arme ausbreiten und auf Papas Baumschule zugehen. Dort angekommen, kniete er nieder, wiegte wieder den Kopf von rechts nach links, wühlte in der Erde, klaubte einen Kieselstein heraus, rieb ihn blank, ließ die Sonne daran lecken und steckte ihn in den Mund. Dann hüpfte er von Bäumchen zu Bäumchen, betastete ein jedes, sprach mit ihm in seiner Fremdsprache, holte den Kiesel aus dem Mund und hielt ihn dem Bäumchen hin. Wenn das Bäumchen nickte, war er zufrieden, wenn es steif stehenblieb, schluchzte er herzerweichend. Das war dann der Moment, wo wir, die wir ihm nachgeschlichen waren, in die Höhe sprangen, „Hababb, Hababb, Papp im Hirn, Papp im Sack!“ riefen und davonstoben. Hababb suchte dann gewöhnlich meinen

Papa auf, gestikulierte, zeigte ihm den Stein, ahmte unser Nachschleichen, Aufspringen und Davonstieben nach, mein Papa nickte und legte ihm besänftigend die Hand auf die Schulter, und noch am selben Abend gab es Stockhiebe für die Missetäter. Die Sioux-Indianer, sagte Papa, würden den Hababb als einen Propheten ansehen und verehren. Durch ihn spreche der Große Manitu, doch verstehen könne ihn nur, wer reinen Herzens sei.

Ich glaube, Papa verstand den Hababb.

Beschreiben wir nun das Aussehen des Babb, der sich selber Herr, Ha, nannte: ein gedrungener Leib mit kurzen Beinen und überlangen Armen, ein markiges Gesicht, Adlernase, zerfurchte Wangen, spitzes Kinn und darüber ein unglaublich weicher Mund. Als Kopfbedeckung trug er immer ein Béret, dem, krautblattartigen Flügeln ähnlich, voluminöse, abstehende Ohren angehängt schienen. Sonntags wie werktags trug er einen immer verrutschten Vatermörder, eine verwitterte, steife, von Staub und Regen imprägnierte Jacke sowie eine auf dauerndes Hochwasser eingestellte Hose. Stellt euch jetzt den Hababb bei einem Fackelzug vor, an der Spitze des Zugs gravitätisch einherstolzierend wie ein Storch im Salat, dann vor dem Gefallenendenkmal andachtsvoll stillgestanden neben dem Maire, die Arme ausgestreckt, regungslos wie ein Butzemummel, hatte sich nicht einmal eine Taube auf seinen Arm gesetzt? Dann, wenn das Kommando zum Abmarsch kam, sich wieder an die Spitze stellend, von einem Bein aufs andere hüpfend bis zur Steige, die ins Unterdorf hinabführt. Dort legte er sich auf den Boden und rollte die hundert Meter im gleichbleibenden Tempo und nie aus der Richtung geratend vor dem Fahnenträger und den Fahnenjungfern den Hügel hinab. Das hat ihm nie keiner nachmachen können. Der Hababb hatte keine Angehörigen, der Hababb gehörte uns allen. Jeden Tag wurde er in ein anderes Haus zum Essen eingeladen, wir sorgten für ihn, wenn er mal krank war, in seinen lichten Stunden schickten wir ihn zum Bier- und Zigarettenbesorgen hinunter zum Lévi. In Lévis für Hababb umgebautem Gartenhäuschen hatte er seine Bleibe. Der Lévi gab ihm auch regelmäßig Taschengeld, das er dann am Sonntag ins Opferkörbchen des Pfarrers steckte, der sammelnde Meßdiener merkte sich aber die Höhe der Summe, auf Weisung des Pfarrers, und so kam der Hababb wieder zu seinem Trinkgeld, das ihm der Wirt, damit er es endlich los war, am Sonntagabend abnahm.

Ob der Hababb noch lebt? Das weiß kein Mensch. Als dem Dorf der große Sprung in die Modernität gelungen war, brachte es den Hababb ins Narrenhaus. Dort würde er es besser haben auf seine alten Tage als bei uns. Soll doch der Staat für ihn aufkommen. Zahlen wir nicht Soziallasten genug? Und stellt euch vor, der Hababb wäre vor dem Präsidentenehepaar einhergehopst, hätte sich dann als hierarchische Vogelscheuche vor dem Denkmal aufgestellt, wäre dann vor dem Präsidentenehepaar und den Fernsehkameras der halben Welt die Steige hinuntergerollt bis zum Mairiesaal, wo das Bankett stattfand. Und er wäre, wie es seine Gewohnheit war, nach den letzten Toasts in den Bankettsaal hineingesprungen, hätte seinen Urjauchzer ausgestoßen und die Gläser geleert, dabei die aufstehenden Gäste umgestoßen und wäre den Damen auf die Zehen getreten. Neinneinnein, undenkbar, wir hätten uns vor ganz Europa blamiert. Also weg mit dem Hababb, bevor wir in die Weltgeschichte eingehen.

Ob er im Anstaltsgarten immer noch nach Kieseln gräbt und die Bäumchen beschwört? Oder sitzt er bereits als Dorfgeist auf dem Kilometerstein am Anfang der Steige, auf einen eventuellen Aussteiger wartend, den er in seiner Fremdsprache unterrichten würde?

MAI

Die Tage sind trüb. Monotone Traurigkeit liegt über dem Land und tropft in unser Gemüt. Goethe und die touristischen Prospekte lügen: der so oft gepriesene herrliche elsässische Mai ist in Wirklichkeit ein aufgequollener, regennasser Monat, und wenn abends die Sonne dann doch für eine Stunde über den Vogesen erscheint, schöpft sie schon wieder Wasser für den nächsten Morgen. Die Traktoren streuen klumpenweise Lehm auf die Gassen, die Lkws spritzen ihn an die Häuser. Bérengère geht durch den elsässischen Brei wie auf Stelzen, und dennoch wird sie immer wieder bespritzt. Die Waschmaschine läuft und läuft und wird mit dem elsässischen Dreck nicht fertig.

Bérengère hat sich in den achtundzwanzig Jahren ihres Exils weder an den elsässischen Regen noch an unseren Dialekt gewöhnen können. Das „Mam Grahn“ der Einheimischen oder das noch gröbere „Maddamm Grahn“ trifft sie jedesmal wie ein Dolchstoß ins liebende Herz. Ihre Kindheit, ihre Jugend waren voll Bilder gewesen, auf denen Elsässer Buben und Mädchen in der malerischen Tracht auf einem blauweißrot vollbeflaggten Dorfplatz unter einem azurblauen Himmel der „douce France“, dem lieblichen Frankreich, sowie seinen Sendboten, den Soldaten, Präfekten und Professoren, zujubeln. Daß das Elsaß von 1920 bis 1930 von einer autonomistischen Krise schwer geschüttelt worden war, hatte sie nie zur Kenntnis nehmen wollen. Es gab für sie einen Mythos Elsaß, ein mythisches Elsaß, wie es für die Elsässer — siehe meinen Papa (und auch mich!) — ein mythisches Frankreich gab. Und sie, die Innerfranzosen (wie wir, die Elsässer), haben, was unsere gegenseitigen Beziehungen angeht, ein selektives Gedächtnis. Bérengère träumt heute noch von diesem Elsaß, das es nicht gibt, und diesem „wishfull thinking" allein habe ich es zu verdanken, daß sie es so lange an meiner elsässischen Seite aushält.

Wie kam ich zu Bérengère, und wie kam Bérengère zu mir? Wie kamen wir beide ins Weizenfeld in der Nähe von Azay-le-Rideau? Wie rutschten wir von der eleganten Renaissance ins vulgäre Stroh, wie Stallknecht und Küchendirn? Hielt sie sich vielleicht für eine Komteß, die sich einem Frosch hingibt, in der Hoffnung, er würde sich in einen Märchenprinzen verwandeln? Was hatte ich an Qualitäten vorzuweisen? Mein steriles, akzentfreies Französisch (ich hielt es jedenfalls für akzentfrei). Einen KZler als Vater, also einen Patrioten. Dann meine Desertion aus der Wehrmacht. Meinen Eintritt in die Widerstandsbewegung. Die Kämpfe gegen rückflutende, kriegsmüde deutsche Versorgungskolonnen. Den Abschuß eines liegengebliebenen SS-Panzers. Dann den Elsaßfeldzug der 1. Französischen Armee. Die Verwundung bei Freudenstadt im April 45, Steckschuß in die Wade. Und schließlich den Händedruck des Capitaine Danglas-Villiers: Ich wünsche Ihnen eine schöne Karriere im befreiten Elsaß. Und sollten Sie mal in die Touraine kommen, bitte, besuchen Sie uns. (Capitaine Danglas-Villiers ist im Zivil Weinhändler en gros, die besten Vouvray kommen aus seinen Lagern. Sehr alte, vornehme Familie. Seit achtundzwanzig Jahren sage ich Papa zum Capitaine.) Was hatte ich sonst noch vorzuweisen: ich war Junglehrer, Baskettspieler, Schwämmelesammler, konnte mit einer Gitarre umgehen und wußte, wie man eine vornehme junge Tourangelle[1] in einem derben Weizenfeld und auch anderswo betören und beglücken kann. Vor allem aber war ich ein „Alsacien", ein Bilderbuch-Elsässer, ein aus Bazinschen Romanen entsprungener französischer Elsässer.

— Oh, wir lieben das Elsaß, Sie können sich nicht vorstellen, Monsieur Grahn, wie wir das Elsaß lieben.

— Waren Sie schon einmal im Elsaß?

— Nein, leider noch nicht. Es ist der Traum meiner Jugend, einmal diesen herrlichen Garten kennenzulernen.

Nun, sie kennt ihn jetzt: im nebligen, rheumafördernden Spätherbst, im schneematschigen Winter, im regenschwangeren Frühling, im schwülen, bleiernen Sommer. Einzig der Frühherbst läßt einen so richtig aufleben, diese leichtfüßigen, heiteren Tage, die überschwengliche Farbenpalette mit dem zarten Mauve der Herbstzeitlose, dem saftigen Siena der gezackerten Lößböden, dem leuchtenden Rotgelb der Goldparmänen, dem Rostbraun der Kastanienwälder, dem Weißer-geht's-nicht der Champignons, dem Tiefblau der Zwetschge, dem Glanzlackrot der Hagebutte. Dann der silbrige Dunst, der abends aus dem Bach schleicht, sich in die Gräser legt, sich langsam ausbreitet, mit seinen Zungen und Fühlern sich vortastet, sich um die Bäume wickelt, an den Gärten sich ausläuft und in den Beeten versickert wie Wellenschaum im Küstensand. Und das Licht, das leichtflüssige, unbeschreibbare Licht, das die Berge und Hügel und Dörfer

1 aus der Touraine stammende Frau

verklärt, sie quasi wie von innen beleuchtet. Wundersamer, wundervoller diaphaner elsässischer Herbst: ich prüfe dich auf deine Symbolträchtigkeit und muß leider feststellen, daß dieser Schwanengesang der Natur nicht aufs Elsaß übertragbar ist: wir verrotten kläglich und poesielos dahin, wie Schilles es einmal formulierte.

Denken wir nicht daran. Wenn der Herbst kommt, lebt Bérengère auf. Wir flanieren dann durch die Kastanienwälder, wir flanieren durch die Weinberge, wir klettern auf Burgruinen, wir tragen die leichte Septembersonne, die leichte Oktobersonne mit uns herum, werfen sie uns einander zu, lachen und schäkern, fangen mit unseren Nasen verirrtes Mostaroma ein, den süßlich betörenden Duft der Maische, den Rauch des Holzfeuers im Brennkessel, und es erscheint, von einer unsichtbaren Kirschenwolke umgeben, das verklärte, inspirierte Gesicht des schnapsbrennenden Lüi.

Im Herbst genießt Bérengère die Exotik dieses Landes. Und da sitzt sie am dämpfenden Wasser und träumt so ganz unkartesianisch und so ganz unfranzösisch von der Lorelei. Dabei zitiert sie — sie kann's nicht lassen, die Gute — Victor Hugo (Les Burgraves) und Madame de Staël (De l'Allemagne). Romanische Träume an germanischem Gewässer: Schauer des unergründlichen Nordens, Einbruch des Irrationalen, Ausbruch von angestauten Gemütswallungen. Bérengère laviert vor unbekannten, verlockenden, gefährlichen Küsten. Wird sie irgendwo an Land gehen? Wird sie versuchen, die fremden Gefilde zu entdecken, sich ihnen auszuliefern? Wird Bérengère aus ihrem paradiesischen Getto ausbrechen und ihr Territorium bis zur Nordsee, bis zur Pußta erweitern? Nenni, sagt sie plötzlich auf altfranzösisch, steckt ihr langwelliges Blond zum vornehmen Chignon auf, schüttelt die Dunstschwaden von sich und schreitet wieder der „civilisation" zu. Einzigartiges lichtes Blau des Touraine-Himmels, Ausgeglichenheit der Touraine-Landschaft, Ebenmaß der Renaissance-Fassaden, linde Ratio der alten „culture": was braucht Bérengère die Außenwelt? Dort hausen doch nur Exoten, Beotier und Epigonen. Sie, Bérengère, ist in die Wiege des „art de vivre" gelegt worden, um das uns die Völker beneiden. In achtundzwanzig Jahren habe ich ihr kein Wort Dialekt, kein Wort Schriftdeutsch beibringen können. (Habe ich es denn wirklich versucht?) In achtundzwanzig Jahren habe ich es nicht geschafft, sie über den Rhein zu führen. „L'étranger", sagt sie, die Fremde, so wie die alten Griechen sagten: barbaroi. Das soll nun aber nicht als eine entwertende Bemerkung ihrerseits verstanden werden, nein, das ist nur eine sachliche Feststellung: wir sind so (Gott sei Dank), die anderen sind anders. Da auch unser Herbst keine großen Wunder zu vollbringen vermag, kehre ich nun in unseren elsässischen Mai zurück. Jeden Abend wringen wir ihn aus und hängen ihn auf die Wäscheleine. Doch trocknen tut er nicht. Vor vierzehn Tagen noch — es war Ostern — machten wir Kultururlaub in Südfrankreich. Mon Dieu, was mußte ich nicht alles schlucken, zum zwanzigsten Mal schon, an Kirchen, Arenen, Stelen, Museen, Paul-Valéry-Perioden und dergleichen kultureller Nahrung. Ich entwich ihr ein paar Mal und versuchte, okzitanischer Kontestation auf die Spur zu kommen, doch immer wieder fand sie mich und brachte mich auf den nationalen Weg zurück. Fi! sagte sie etwas schnippisch, als ich mir die revolutionären Lieder des okzitanischen Sängers Marti anhören wollte, das seien doch nur Anarcho-Separatisten. Das Proven-

zalische sterbe aus? Und dann? Habe nicht mein Goethe gesagt: Stirb und werde? „Si le grain ne meurt“[1]. Jaja, natürlich, Bérengère, du hast recht, ihr habt recht, denn ihr habt die Macht. Und lebe die „langue d'oc“ nicht in diesem warmen „accent“ weiter, mit dem die Provenzalen ihr Französisch würzten? lautete dann ihr letztes Argument.
Und ich ergänzte: Lebt der elsässische Dialekt nicht in diesem schrecklichen Akzent weiter, mit dem die Elsässer ihr Französisch verhunzen?
Wie gesagt: vor vierzehn Tagen Sonne, Azur, Antikes, Königliches und Republikanisches mit „accent“, und nun der alemannische Regen und Bérengères Mißmut. Das Elsaß scheint ihr jetzt endgültig lästig geworden zu sein.

— Nächstes Jahr gehst du in Pension, wir verkaufen das Haus und ziehen uns in die Touraine zurück. An Beschäftigung wird es dir nicht fehlen. Florent (das ist ihr Bruder) möchte auf dem deutschen Weinmarkt präsent sein, du könntest ihm dabei helfen. Er bietet dir einen gutbezahlten Posten als „Directeur Commercial pour l'Etranger“ an.

So ist es nun, Schilles. Heute beim Mittagessen ist die Sentenz gefällt worden: Heribert Grahn wird ab nächstem Jahr in der Touraine residieren und von dort aus per Telex die Barbaroi zu der Vouvray-Kultur bekehren. Werden wir bis dorthin unser geschichtliches Material aufgearbeitet haben?

— Du wirst nicht gehen, sagt Schilles. Vor drei Jahren noch hättest du vielleicht akzeptiert. Heute nicht mehr.

1 wenn das Weizenkorn nicht erstirbt . . .

— Das meinst du, Schilles. Dieses Land ist ein Krake, der dich in seinen Fangarmen gefangenhält und dich aussaugt, dich austrinkt, Seele und Gehirn. Ich muß weg von hier.
— Nein, Bertel, dieses Land ist ein krankes Land, das unsere Hilfe braucht, um wieder zu genesen. Auch deine Hilfe.
— Quatsch doch nicht so geschwollen.
— Denk an Béatrice. Was würde sie sagen?
— Ich habe geschworen, nie mehr von Béatrice zu sprechen. Du weißt es.
— Du denkst trotzdem ständig an sie.
— Bitte, Schilles, laß mich jetzt in Ruhe.

Nacht. Meine Hera schläft in göttlich gelassener griechischer Pose. Ich lese meine heutige Eintragung noch einmal durch. Das klingt alles ziemlich chaotisch. Ich bin nicht mehr imstande, meine Gedanken zu ordnen, Staustufen einzubauen und den Fluß zu kanalisieren. Da tost es hemmungslos zu Tal, Wasser, Geröll, Holz und Lehm. Die Mure erreicht mein schönes Haus. Komm nur mit deiner Urgewalt und decke alles zu. Eine Mure ist sicherer als Lava: durch diesen Beton wird später kein Archäologe zu dringen vermögen. In meinem Kopf herrscht die größte Konfusion. Ist es der Beginn der Arterienverkalkung, einer Umstrukturierung der Gehirnzellen? Ich fixiere in manischer Weise mein Phänomen Bérengère.
Aber ich liebe sie dennoch.

Wie Lisel plötzlich in meinen Alltag einbrach, mich einkreiste, mich überrumpelte. Der Singsang ihrer Stimme tanzt nun unaufhörlich über meinem Kopf wie ein Mobile im leisen Hauch. Ich höre ihn aus dem

Vogelgezwitscher heraus, aus dem Gemurmel der Schüler, aus dem Glockenschlag der Kirchuhr, aus dem Gurren der Tauben drüben auf Lüis Dach. Und dann geht sie vor mir her, zwischen den Schulbänken, zwischen meinen Obstbäumen, auf der Gasse, da ist ihr wiegender Gang, die Hände in den Vordertaschen ihrer Jeans, die Ellenbogen nach hinten eingewinkelt, die Schultern hochgezogen.

Hör auf, Heribert, du alter Simpel, und schwärme nicht wie ein Lyzeaner. Sie ist sechzehn Jahre jünger als du und scheint kaum über dreißig zu sein. Sie hat ihren Harry und du hast deine Bérengère. Sie lebt in der Welt, und du lebst hinterm Ixemer Mond, du mit deiner Halbglatze und deinem Ansatz zum Bierbäuchlein, du kleiner Dorfschulmeister du, der nächstes Jahr in Pension geht.

Ein Golf mit Wiener Kennzeichen hielt am Dienstagabend vor dem Roten Ochsen an. Ich hatte soeben meine Rotznasen nach Hause geschickt und stand vor der Schule, den Frühlingsabend beschnuppernd. Ich war gerade dabei zu überlegen, ob ich nun in den Ochsen gehen sollte oder heim ins leere Haus. Da bremste der Wagen, die Reifen knirschten auf den Kieselsteinen des Parkplatzes. Sie stieg aus, langbeinig, in Cordhosen und modischem Pulli, die kastanienbraune Mähne von der Brise ins lachende Gesicht geweht. Sie hatte mich bereits gesehen und erkannt. — Berti! Salut! rief sie und winkte.

Dann standen wir uns gegenüber. Gardinen bewegten sich hinter den Wirtschaftsfenstern. Der Hund schlug an. Schwalben im Tiefflug über den Platz: morgen gibt's schon wieder Regen. Dann standen wir uns also gegenüber und wußten zuerst nicht, was mit uns anfangen. Unsere Hände machten sich schließlich autonom und ergriffen sich. — Salut! sagte sie ein zweites Mal und küßte mich auf beide Wangen. — Kommst du mal rüber? fragte sie. Ich habe mir ein paar Tage Urlaub genommen.

Vor fünfunddreißig Jahren saß sie so gern auf meinen Knien, und wir spielten Hoppe Hoppe Reiter oder Ritte Ritte Roß, zu Basel steht ein Schloß. Später dann brachte ich ihr Französisch bei und das Gitarrespielen. Am Sonntagabend saßen wir sommers im Garten, winters in der Küche und sangen Volkslieder, deutsche und französische. Dann trennten sich unsere Wege bis zu jenem Tag im Jahre 1970 in Salzburg, wo wir uns zufällig wiederfanden. Lisel Havlicek, geborene Baer, Volkskundlerin, verheiratet in Wien mit einem einflußreichen Medienmann, nach dem Krieg von Heribert Grahn ins kulturelle Dasein eingeführt, die demselben Heribert in Salzburg die Tür zur deutschsprachigen Welt öffnete, ihn dann in Wien im Jahre 1975 aus seinem moralischen Sumpf herausfischte und wieder auf die Beine stellte. Lisel.

Nun sitzen wir in Bérengères Garten. Auch meine Frau ist plötzlich und unangemeldet aus Bordeaux zurückgekommen. Denk dir, war ihre Begrüßung, unser Alain hat seine Nominierung ins Innenministerium zugestellt bekommen. Im Oktober zieht er um.

Na ja, es mußte ja so kommen: Bérengères Liebling war zu Höherem bestimmt, das stand ja von Anfang an fest. Steiler, unaufhaltsamer Aufstieg des jungen Unterpräfekten Alain Grahn. Freue dich, Vaterherz: der Sohn des Dorfschulmeisters wird nun die Schalthebel bedienen, die dem Land Sicherheit und Ordnung gewährleisten. Wie lange dauert's noch, bis mich Frédéric Muller, Maire von Ixheim, deswegen hofieren wird?

Vorerst sitzen wir aber in Bérengères Garten unter der Laube. Die ersten Immen fliegen. — Ton amour de jeunesse[1]? fragte mich meine Frau augenzwinkernd, als ich ihr beim Teezubereiten half.

Aus Lisels Lippen sprudelt es wie aus dem Kindelsbrunnen hinten im Wald. Ich könnte mich in den Singsang hineinknien und daraus bis zur Trunkenheit schöpfen. Zuerst sprach sie Französisch, solange Bérengère bei uns saß, dann, als meine Frau uns verließ, ging sie ins Deutsche über, jetzt sprudelt es mal elsässisch, mal wienerisch, dann vermischt sie wieder beides auf die köstlichste Art. — Du hast eine schöne Frau, sagt sie. So taktvoll, so feinfühlig ist sie.

— Ja, antworte ich, das ist sie, sie stammt ja auch aus der Touraine, wo man ein vornehmes „art de vivre" pflegt.

Dann das Vogelgezwitscher in unsere Stille hinein. Und zwischen uns das Nicht-Ausgesprochene, das sich von den Augen abliest, das Lächeln, das versteckte Träume freigibt, die Imme, die von deiner Hand auf die meine fliegt. Oder schwelge ich wieder mal in Illusionen? Suhle ich mich in wiedererwachter deutscher Gefühlsduselei? Ist nicht Lisels Lächeln eher ein amüsiertes als ein inniges? Ist ja egal, Hauptsache ist, ich fühle mich so wohl dabei.

Da kommt meine französische Heimfee aus dem Haus herausgeschwebt im langen weißen Kimono, Velleda mit dem Mistelkranz in den aufgelösten blonden Haaren, zart empfängt die Brise die elegante Erscheinung, strafft den Stoff über Bauch und Brüste. Und nun sitzen sie schwesterlich nebeneinander, meine nordische Romanin und meine mediterrane Germanin:

1 Deine Jugendliebe?

— Avez-vous lu Saint John Perse? Den müssen Sie unbedingt lesen, ma chère.
Und es umschlingen sich die Kulturen, Chateaubriand wandelt Arm in Arm mit Rilke, Malraux pokert mit Thomas Mann, die Prix Goncourt turnen in der Rebhalde, die Gruppe 47 trommelt in den Obstbäumen, da spaziert der Grazer Verein auf die Bühne, H. C. Artmann rülpst auf weanerisch und findet keinen französischen Partner. Bérengère behebt die Panne, zitiert Prévert und Brassens herbei, da steht aber schon Wolf Biermann breitbeinig und schnauzbärtig mitten unter uns, hinter ihm lümmelt sich R. W. Fassbinder durch die Remise, erfaßt den Gartenschlauch und macht dem Spuk eine Ende.
Ich habe zuviel Armagnac getrunken.
Bérengères Hand streicht mir über die Glatze. Innige Wärme durchflutet mich. Es ist frischer geworden, mon chéri, du solltest etwas über dich hängen. Ich hole dir dein Gilet.
Non merci, Bérengère: Lisel hat den leisen Wink verstanden. Schon ist sie aufgestanden. Wieder stehen wir uns verlegen gegenüber, bis Lisels Lachen uns befreit, uns beide flüchtig auf die Wangen küßt und forteilt. Am Gartentor dreht sie sich noch einmal um: Servus, Berti!

Ich habe Ihnen noch nicht von Marianne erzählt. Ich habe sie auch nicht im Inventar meiner Mansarde erwähnt. Marianne ist eine Gipsbüste, die vor dem Krieg im Mairiesaal hinter dem Mairesessel auf einem Podest thronte. Marianne mit der Phrygiermütze ist das Symbol unserer einen und unteilbaren Republik. Marianne nimmt in unserem laizistischen Staat die Stelle ein, die in der katholischen Kirche die Mutter Gottes innehat:

hehre Mutter des Götzen Staat, zertritt mit ihren Füßen die Schlange des Irredentismus. Diese Marianne also hatte mein Papa eine Stunde nach dem Einmarsch der Deutschen anno 40 in Holzwolle eingewickelt, in den Rucksack verpackt und hinüber zu Lüis Vater getragen, der ihr ein Versteck hinterm Taubenschlag bereitet hatte, denn es war vorauszusehen, daß die neuen Machthaber nicht willens sein würden, dieses weiße welsche Idol an seinem Ehrenplatz zu belassen. Hatten sie nicht ein anderes Idol in ihrem Sturmgepäck, das weit martialischer und heldischer in die Zukunft wies, als es die bleiche, leblose Marianne zu tun pflegte?

Diese Marianne befreite ich dann anno 45 aus ihrem Bretterversteck, wickelte sie in Holzwolle, verpackte sie in Papas Rucksack, den sie ja kannte, und trug sie hinauf in die Mansarde. Dort schläft sie in einem Ration-K-Karton auf dem Boden des Mützenschranks. Hätte ich sie 1945 feierlich dem Gemeinderat übergeben sollen, am 14. Juli zum Beispiel? Hätte man da nicht eine ergreifende Feier in den Befreiungsjubel einbauen können? Hätte man dabei nicht meines armen Papas gedenken und ihm posthum die Widerstandsmedaille verleihen können? Hätte man sie an Mamas Brust geheftet, vielleicht wäre sie dann nicht ins Wasser gegangen? Fasele doch nicht, Heribert, dein Papa ist nicht im KZ, sondern im Wald beim Gelbschwämmelesuchen an einem Herzinfarkt gestorben. Und die Gipsbüste in einen Rucksack verpacken und zu Lüis Vater hinübertragen war nun auch nicht gerade eine ruhmwürdige Heldentat. Dafür gibts nichts, keine Medaille, kein Geld, kein Diplom „Mort pour la France“[1]. Und die KZ-Geschichte sollte man nun ver-

1 Gefallen für Frankreich

gessen. Papa und Berschong waren ja selber schuld daran, daß sie verhaftet wurden. Hätten sie doch geschwiegen wie alle anderen.

Nein, Nazis hatten wir keine im Dorf, nur so einen verrückten Deutschtümler, den Hans Müller, Prokurist und Vogesenwanderer. Die SA bestand pro forma aus einem Scharführer ohne Schar, die HJ aus einem Gefolgschaftsführer ohne Gefolgschaft, der BDM aus einer Mädelscharführerin ohne Mannschaft. Die Chargen stellten die Familie Müller und ihr Anhang. Wenn der Kreisleiter nach Ixheim kam, führte man ihm einen etwas miesen Zirkus vor, was dem Bonzen jedesmal, auch pro forma, ein paar Wutausbrüche entlockte, ansonsten aber war er mit Ixheim zufrieden: das Dorf hielt sich still und brav, lieferte ab, was abzuliefern war, spendete, was zu spenden war, und beflaggte lieber einmal zuviel als zuwenig.

Alle Ixemer schalteten nichtsdestotrotz jeden Abend die BBC ein, das Radio mit Kopfkissen schalldicht gemacht. Nur Papa und Berschong ließen die Beethovenschen Klopfzeichen auf die Gasse hinauskullern. Alle Ixemer dachten hinter vor dem Mund gehaltener Hand: Wenn sie doch nur schon beim Teufel wären, die Nazis. Nur Papa und Berschong sprachen es laut und unmißverständlich im Wirtshaus aus.

Alle Ixemer hatten ihr bißchen Französisch in Seidenpapier eingewickelt in der Gerümpelkammer versteckt. Nur Papa und Berschong trugen das ihre ostentativ mit sich herum.

Alle Ixemer erwiderten den deutschen Gruß des Ortsgruppenleiters Hans Müller. Nur Papa und Berschong tippten an den Hut und sagten „bonjour“.

So wunderte es auch niemanden, als man eines Tages Papa und Berschong verhaftete. Als mein Papa dann nach einem Jahr Schirmeck wieder nach Hause kam, ging man ihm scheu aus dem Weg. Er selber sprach kein Wort mehr mit den Dörflern. Sogar zu Hause beschränkte er sich auf das Notwendigste. Über seinen Aufenthalt im Sicherheitslager sprach er mit uns nie. Dann ging er Schwämmele suchen, kam nicht wieder, wurde von mir gefunden, wurde in aller Stille begraben und sofort vergessen. Der Berschong war jünger und spontaner als mein Papa, ein Heißsporn. Von ihm erfuhren wir alle, wie es in Schirmeck zuging. Lauthals forderte er nach dem Hochamt auf dem Kirchplatz den Ortsgruppenleiter heraus. Der mußte ihn mehrmals öffentlich verwarnen. Dann bekam Berschong den Gestellungsbefehl. Als er einrücken mußte, sang er mit anderen Zwangseingezogenen die Marseillaise und die Internationale, anschließend wurden die Begleitmannschaften verprügelt und der Zug demoliert, der sie ins Altreich bringen sollte. Dann wurde es still um den Berschong. Lange glaubte man, er sei in ein Strafbataillon gesteckt worden und in Rußland entweder gefallen oder übergelaufen. Erst zwei Jahre nach dem Krieg erfuhr man, er sei zum Tod verurteilt, begnadigt und zur endgültigen Entwelschungskur nach Dachau überführt worden. Dort habe man ihn dann zu Tode geprügelt.

Berschong war Papas Lieblingsschüler gewesen in den Zettheimer Jahren, ein aufgeweckter, kritischer Junge. Er hatte dann die Scheller Marie aus Ixheim geheiratet und war hierhergezogen. Schnell wurde er zu einer vieldiskutierten Persönlichkeit in Ixe, kam in den Vorstand des konfessionellen Musik- und Sportvereins, aus dem er zwei Jahre später aus Protest gegen die — wie er sagte — klerikale Borniertheit austrat, gründete in derselben Woche eine sozialistische Turnerschaft, in der er — wie es damals hieß — den Ixemer Abschaum zu organisieren versuchte. Mit der Scheller Marie wurde er nicht recht glücklich. Die Marie war eine schöne, lebenshungrige junge Frau, die es mit der ehelichen Treue nicht so genau nahm. Mein Papa hatte sie mal mit dem jungen Fritz Müller beim heimlichen Techtelmechtel ertappt. Nach Berschongs zweiter Verhaftung vertraute sie den kleinen Pool ihrer Mutter an, verdingte sich in Straßburg als Kellnerin und kam bei einem Bombenangriff um.

Ja, du liebe Marianne, hätte ich dich nun den Ixheimern zurückgeben sollen, dich hochheben wie der Pfarrer die Monstranz, damit du ihnen deinen Segen gibst? Dem feigen Volk, das nichts tat, um das Scheußliche zu verhindern?
Bist du aber nicht selber Schuld daran? Warum hast du zwei sonst besonnenen Männern so den Kopf verdreht, daß sie sich ins Verderben stürzten, ohne auf ihre Familien Rücksicht zu nehmen? Dulce et decorum est pro patria mori? Daß ich nicht lache.
Komm heraus aus deinem Karton. Stell dich mal auf Papas Tisch. Hierher, das war sein Platz. Hier an dieser Stelle hatte er am Abend vor seinem Tod den Kopf auf die Tischplatte gelegt. Es war spät in der Nacht. Ich hatte schon meinen Gestellungsbefehl für den Reichsarbeitsdienst erhalten, und Armand hatte eben aus der Ukraine geschrieben. Ich konnte nicht schlafen, sah Licht in der Stube und trat zu ihm hin. Ich legte ihm die Hand auf die Schulter. Er hob den Kopf und sah mich an. Er hatte ein verweintes Gesicht. Papa, sagte ich. Heribert, sagte er. Falls du den Krieg überleben solltest, fuhr er fort, bleib nicht im Elsaß, dies ist ein von Gott verlassenes und verdammtes Land. Dieses

Scheißland lebt nur durch Fremdbestimmung, seine Götter sind fremde Götzen, sein Glaube ist ein chamäleonhaftes Wahngebilde. Heribert, dieser Boden ist mit dem Gift der Nationalismen getränkt, grab deine Wurzeln aus, bevor es zu spät sein wird, sonst gehst du daran zugrunde wie dein Vater.

Komm nun schon heraus aus deinem Karton. Und laß dir mal eine andere Mütze auf deinen Gipskopf setzen als die phrygische. Sieh, da hätte ich eine schöne, steife, braune, mit lackiertem Schirm. Kennst du den Raubvogel? Die Mütze habe ich mir während eines Kurzurlaubs im Dezember 44 aus dem Haus des Hans Müller geholt. Müller brauchte sie ja nicht mehr, er war mit den letzten Deutschen außer Landes gegangen. Und der Fritz war noch, der Teufel weiß wo. Siehst du, das ist nun eine Ortsgruppenleitermütze. Diese Mütze und du, Gipskopf, ihr wart Papas Verhängnis, Mamas Verhängnis, Armands Verhängnis. Wie siehst du aus. Wenn dich der Herr Staatspräsident so sähe! Ein Sakrileg. Weg mit der Vogelmütze, die paßt nicht auf einen Frauenkopf. Das BDM-Hütchen der Margarethe Müller würde dir schon besser passen. Wohl, das paßt wie angegossen. So keck siehst du nun aus. Wenn dich die Marguerite jetzt sähe. Die denkt sicher nicht mehr an das Hütchen. Die betreibt als Madame Mandrieu ein gutgehendes Restaurant in Marseille. Mädelscharführerin Marianne, wer könnte sich so was vorstellen? Da stockt mir das Blut in den Adern. Daß ich das bisher noch nicht gemerkt hatte. Kein Wunder, du stecktest ja in deinem amerikanischen Karton seit 1945. Diese hohe Stirn, die edle Nase, der fein geschwungene Mund, das weiche Kinn: Bérengère. Marianne Bérengère, Mädelscharführerin Bérengère. Blond, blauäugig, hochgewachsen, die deutsche Frau, wie sie im NS-Bilderbuch steht. Ich sehe dich, Bérengère, mit den Mädels von Glaube und Schönheit am Sonnwendtag mit bloßen Füßen im taunassen Gras den Reigen tanzen. Irrsinnig. Ich reiße ihr den Hut vom Kopf und schleudere ihn in den Schrank. Heute nacht, Bérengère, werde ich dich lieben, wie ich es schon lange nicht mehr getan habe. Und du wirst glauben, ich möchte dadurch mein schlechtes Gewissen, des Flirts mit Lisel wegen, bereinigen. Nein, ma chérie, meine Sünde ist abscheulicher noch. Verzeih.

Das Tonband läuft. Auf dem Tisch liegen Zeitschriften und Fotos, auf der Anrichte Mützen und Helme: alle aufzutreibenden Zeugen sind da. Jerri entkapselt die Flaschen. Wir sind vollzählig: die einen, die das erlebt haben, werden sich erinnern, die anderen, die jüngeren, werden die Geschichte, die man ihnen in der Schule vorenthalten hat, nun live erleben. Ich bin gespannt, wie die Sache ausgehen wird: Entwickelt sich dieser Erinnerungsprozeß zu einem Psychodrama, oder hat schon jeder von uns den altbewährten Ixemer Schwamm unterm Tisch parat, so daß nur das Nebensächliche auf der Tafel stehen bleibt, alles andere, Schlimme, Böse, Gefährliche, Dreckige, ausgewischt wird, so schnell es auftaucht?

Doni setzt sich die Müllermütze auf und schnauzt den alten Jerri an: Wo ist das Führerbild, Georg Baer? Wenn morgen kein Führerbild in Ihrer Wirtsstube hängt, lasse ich Ihr Lokal schließen, Sie welscher Dickkopf, Sie!

— Wird geschehen, Herr Ortsgruppenleiter, morgen früh hängt er.
— Hängt es, Georg Baer, nicht er! Sie, Ihre giftige Zunge halten Sie gefälligst im Zaum, sonst fahre ich mit Ihnen Schlitten. Dann können Sie aber was erleben!
Schaut ihn euch an, Jungens, das war er. Ja, schau ihn nur genau an, René, damit du ihn erkennst, wenn er mal wiederkommen sollte. Merkt euch die schwarze Haarsträhne über der Stirn, die fleischige Nase, den viereckigen Schnauzer und ganz besonders die starren Glotzaugen. An den Augen werdet ihr ihn wiedererkennen, an diesem teuflischen Blick, der ständig an einem vorbeiblickt und einen doch durchbohrt. Schaut ihn euch an, Kinder, und erzählt's euren Kindeskindern später: Ich habe ihn in Jerris Wirtsstube gesehen, er hieß damals Adolf Hitler, wie er heute heißt, das müßt ihr herauskriegen. Und erzählt ihnen auch von dem Mückenschiß, wie der Baere Jerri das Glas aus dem Rahmen entfernt hatte, damit die Mücken unbehindert auf dieser Nase landen und abladen konnten. Und wie dann nach einigen Monaten das Bild so verschissen war, daß ich es aus der Stube nehmen mußte, wollte ich nicht wegen Führerbeleidigung nach Schirmeck in Entwelschungskur geschickt werden. Wie, ihr wißt nicht, was in Schirmeck los war? Da hatte man extra für die Elsässer ein KZ eingerichtet, Sicherheitslager hieß das.
— Schirmeck kommt nachher dran, Bababa.
Gut, bleiben wir also beim Ortsgruppenleiter Müller und dem verschissenen Führerbild. Wie dann der Müller wiederkam und tobte: Warum haben Sie das Führerbild wieder aus Ihrer Stube entfernt? Und ich ihm gemütlich antwortete: Ich habe es in die Reinigung ge-

geben; ein von Mücken verschissenes Führerbild hänge ich nicht auf. Und wie dann der Müller nach einem Fläschchen Riesling zu mir sagte: Du kennst mich, Jerri, ich identifiziere mich nicht mit allem, was da geschieht. Ich will aber keine Scherereien mit dem Kreisleiter und der Gestapo. Verstehe, es ist nun mal Krieg, und da muß man so manches mit in Kauf nehmen. Wenn mal wieder Friede ist, wird uns Deutschland ein anderes Bild von sich zeigen, sein wahres, edles Bild. Glaub mir das, Jerri.

— Und wer hat meinen Babbe auf dem Gewissen? schreit Pool. Erzähl mir doch nicht, der Müller sei kein dreckiger Nazi gewesen!

Habe Geduld, Pool, zerreiß die Fäden nicht, sonst bringen wir kein ordentliches Gewebe zusammen, aus dem wir die Ixemer Wahrheit lesen wollen. Und du, Bababa, tu nun deinen Mückenschißhitler weg. Das war eine pittoreske Einleitung, wir haben aber Wichtigeres vor. Wir müssen auch mehr Methodik in unsere Vergangenheitsbewältigung hineinbringen. Fangen wir von vorne an.

1939. Ich präsentiere das Jahr auf einem Serviertablett: ein khaki Calot, das ist die französische Feldmütze, hinten und vorne spitz nach oben auslaufend, dann ein langer khaki Schal mit eingesticktem Namen: André Chevalier, und drittens ein paar Holzgaloschen, wurmstichig und verwittert. Wir stülpen dem Mehmet die Mütze über die Ohren und schlagen ihm den Schal dreimal um den Hals: so saßen sie hier in der Wirtsstube, im Winter 1939/40. Waren das Zeiten! lacht der Bababa. Ich kriegte nicht genug Nachschub an Elsässerwein.

Im Dorf liegt ein Genieregiment. Sie werden acht Monate hier bleiben, Zeit genug, um sich einzuleben, Zeit genug, um sich in die Ixemer Gemeinschaft einzugliedern, Zeit genug, um zu lieben und geliebt zu werden. Die Soldaten hacken Holz auf den Höfen, schälen Kartoffeln in den Scheunen, spielen Tarot in den guten Stuben, trösten alleingebliebene Soldatenbräute und stehen zwischendurch auch mal Posten.
Tausend Mann in einem Achthundert-Seelen-Dorf, Jungens, könnt ihr euch ein Bild davon machen, was da los war, wie das Dorf auf einmal in Khaki eingehüllt dastand, daß sich sogar die Mädchen aus Khakistoff Röcke schneiderten? Khaki das Hochamt, khaki der Fußballplatz, khaki unsere Kindstaufen und Hochzeiten, khaki unsere Weihnachten: an das „Stille Nacht" hängten wir zum erstenmal das Tino Rossische „Minuit Chrétiens". Khaki Neujahr mit den einzigen scharfen Schüssen, die während dieser Periode — wir nannten sie „la drôle de guerre", den sonderbaren, komischen Krieg — im Ixemer Feld fielen, das Regiment hatte zu dieser Gelegenheit die eingemotteten Gewehre aus den Spinden geholt. Dann kam noch ein khaki Osterhase, dann gab es noch eine khaki Maiandacht, nach deren Abwicklung durch den Herrn Pfarrer und die Schulschwestern die Khaki-Burschen den Ixemer Jungfrauen in der Kastanienallee hinter der Kirche auflauerten und sie zum nächtlichen Maikäferfang verführten. Und dann kamen die Stukas.
Wir luden sie jeden Sonntag zum Hasenpfeffer oder zur Rindfleischplatte ein, sie brachten den Rotwein und ihre Fotos mit. Wir mästeten sie mit Kugelhupf und Birnenwecken, mit Apfelfladen und Markknöpflen, mit Flammkuchen und Blutwurst. Sie saßen zu Mutters Füßen, während die ihre Socken stopfte,

und erzählten von „la France". Nein, nicht von „la France", vom „pays", von der kleinen Heimat, den beaucischen Weizenfeldern und dem provenzalischen Rosmarin, dem Pariser Gewimmel und den grauen nordischen Kohlengruben, von den kleinen Freuden und den großen Sorgen der einfachen Leute.

Das war nicht das herrische Frankreich, das nach 1918 zu uns gekommen war mit seinen Kulturmissionaren, den Unterpräfekten, Inspekteuren und Administrateuren, die uns partout die deutsche Sprache, den einheimischen Dialekt und die eigenständigen Ideen austreiben wollten. Das waren nicht die Hexenjäger, die in jedem bewußten Elsässer einen „Boche" vermuteten, d.h. einen Staatsfeind, die Zuchtmeister, die die elsässischen Wörter eines nach dem anderen abwürgten, um es durch ein französisches zu ersetzen. (Wenn das mein Papa hörte, wie ich mich hier ereifere, hat er nicht auch jahraus, jahrein den Assimilationisten in die Hand gespielt?)

Jungens, ich sehe sie noch, hier an den Tischen, am letzten Abend. Stukas hatten einen Militärtransport angegriffen. Auf dem Abstellgleis brannte der Zug aus. Es hatte zum Glück keine Toten gegeben. Da saßen sie hier und wußten, nun ist es aus, aus mit Ixheim, aus mit „la France", aus mit der Gemütlichkeit, aus mit dem Zackern, dem Melken, den Sockenstopfabenden, den Obstfladen und dem Mirabellenschnaps. Und als sie fortzog, die friedlichste und lebenslustigste Armee, die je ins Elsaß gekommen war, als sie fortzog, Galoschen an den Füßen — denen keine Soldatenstiefel mehr passen wollten —, die zweispitzige Feldmütze überm rechten Ohr, den Khakischal um den Hals geschlungen, trotz der Hitze, standen wir an den Straßen

und weinten. Wir weinten alle, die Männer wie die Frauen, die Alten wie die Jungen, und die Hunde heulten auf den Höfen.
Gib das Zeug her, Mehmet. Pack's wieder ein, Heribert. Mir ist's zum Heulen.
Heul doch nicht, Mamama.
Und wo war mein Babbe? fragt Pool.
Der Berschong kämpfte unter dem Befehl des Lieutenant Grahn am Donon[1]. Mein Papa erzählte oft, wie sie nebeneinander lagen und mit der Wut der Verzweiflung schossen, was aus den Rohren ging. Dann wurden die zwei Patrioten gefangengenommen und ins Altreich abtransportiert. Nach ein paar Monaten wurden sie als volksdeutsche Elsässer wieder nach Hause geschickt, wie alle anderen Ixemer Eingezogenen.

Trinken wir eins. Die Therese kommt mal zwischendurch mißmutig herein und bläst den Gauloises-Nebel durch sämtliche Fenster hinaus in die naßkalte Luft. General de Gaulle oben an der Wand schaut verächtlich auf die Reliquien der gallischen Disziplinlosigkeit herab.
Von ihm hatte man damals schon gehört, er lag ja nicht weit von Ixe entfernt im Vogesenwald und stampfte wie ein ungeduldiges, heißblütiges Roß um den Eichbaum, an den man ihn angebunden hatte. Wer hätte damals geglaubt, daß er eines Tages hier hängen würde, an der Ixemer Wirtsstubenwand?

Und wie ging's weiter?
Plötzlich waren sie da, die anderen, frech, schneidig standen sie da, den Finger am Abzug. Nichts hatte sie

1 Berg in den Vogesen

angekündigt. Ein komisches Gefühl, sag' ich dir. Die Franzosen waren weg, das Dorf war leer, wir hockten hinter unseren Wänden und hatten Angst. Diese große, schwere Stille. Kein Hund bellte, keine Kuh muhte, kein Lüftlein ging. Dann das Aufheulen von Motoren, und da waren sie. Glänzende Helme, glänzende Stiefel, glänzende Maschinen. Einer nach dem anderen wagten wir uns aus den Häusern und begafften sie und berochen sie. Berochen, sage ich, denn was mir zu allererst auffiel, das war die Witterung, die von ihnen ausging. Die Franzosen rochen nach Wolle, Marseiller Seife, Ailloli und Rotweinstein im Feldflaschenblech. Die Ausdünstungen der Deutschen hingegen habe ich nie richtig analysieren können. Das war eine Spezialmischung, in der Leder, Uniformzellstoff, R-6-Zigaretten und Tornisterrindshaut bestimmt ihre Rolle spielten. Kamen aber nicht auch noch andere Ingredienzen hinzu, mythischer Art, mystischer Art? Die wie eine Droge wirkten, betäubten, berauschten, süchtig machten und zur Mutation führten? Der Geruch steckt heute noch in meinem Panzergrenadierkrätzchen, und jedesmal wenn ich es mir unter die Nase halte, kriechen verdammte Sehnsüchte aus ihren Schlupfwinkeln in den Tiefen des Unterbewußtseins hervor.
Sie stanken nach Eintopf und Kartoffelschnaps, lacht Doni, nach Heringschwanz und Ritterkreuz.
Ich muß ihn zur Ordnung rufen, wir betreiben hier Wahrheitsfindung, keine Gegnerbeschimpfung.
Da waren sie also, und dann ging alles sehr schnell. Der Ixemer Maire wurde hergerufen und abgesetzt. Der Scholler, ein farbloser Altdeutscher, der nach 1920 in Ixe eingeheiratet hatte, wurde zum kommissarischen Bürgermeister ernannt. Der Müller Hans hatte diese Umbesetzung vorgeschlagen, denn er war nun

der starke Mann im Dorf. Am nächsten Tag schon wurden Befehle ausgegeben, Verbote ausgeschellt, kurzum, wurde organisiert. Und die Wende war vollzogen. Die Wehrmacht blieb noch einige Tage im Dorf, schoß nachts auf Katzen und Nachtwächter, beschlagnahmte Jerris Champagnerreserve und zog dann, als sie feststellte, daß nun alles in Ixe, dank dem zackigen Eingreifen des Müller Hans, den vom Führer bestimmten Kurs befolgen würde, mit aufheulenden Motoren wieder ab.

Bierpause. Katrin schaut verstohlen auf die Uhr. Hab keine Bange, Mamama, wir haben noch zwei Stunden Zeit bis zum Pizzarush.

Vier Jahre später wiederholte sich dann dieses Schauspiel, aber mit umgekehrten Vorzeichen, sagt Seppel, unser Lokalreporter, nach der Pause. Ein deutscher Regimentstroß lag seit zwei Monaten im Dorf. Es waren lauter ältere Jahrgänge, die vom Krieg die Nase voll hatten. Sie saßen in den Höfen, hackten Holz, brieten Hühner, tranken unsere letzten Rotweinflaschen aus und spielten Skat. Und dann, eines Tages im November, setzten sie sich ab, die Chargen in einem Autobus, die Mannschaften zu Fuß, denn der Sprit war ihnen ausgegangen. Um fünfzehn Uhr nahm der alte Naaz seine zwei Enkelkinder bei der Hand, führte sie ans östliche Dorfende und sagte ihnen: Kinder, jetzt zeige ich euch den letzten Deutschen. Es dauerte nicht lange, da kam er, verdreckt, zerrissen, humpelnd und ein mit Gepäck beladenes Fahrrad neben sich herschiebend. Komm gut übern Rhein, Adolf! schrie ihm der alte Naaz nach, und sag's ihnen, daß jetzt Schluß ist mit dem Hitlerzauber im Elsaß, endgültig!

Dann führte der alte Naaz seine beiden Enkel ans westliche Dorfende: Kinder, jetzt zeig' ich euch den ersten Franzos.

Das Dorf war wieder leer, eine große, schwere Stille lag in diesem Novembernachmittag 1944. Wir hockten in unseren Kellern und warteten mit Bangen und Hoffen. Nur der alte Naaz, wie gesagt, stand am Dorfende mit seinen Kindeskindern und stopfte seine Pfeife. Plötzlich waren sie dann da, wie aus dem Boden gestampft. Auf dem ersten Panzer saßen zwei Ixemer Deserteure, der Ferdinand und der Haller, die zwei Monate lang im Gebirge auf die Befreiung gewartet hatten. Da waren sie nun, die Franzosen, forsch, alert, agil, den Finger am Abzug. Einer nach dem anderen wagten wir uns aus den Häusern heraus und begafften sie: du, das waren ganz andere Franzosen als diejenigen, die vor vier Jahren in Galoschen durchs Dorf gezottelt waren, das waren geschmeidige, lachende Sieger, und die rochen auch ganz anders, Heribert, die rochen nach Gummi und Lucky Strike.

Und schließlich brach der Jubel aus. Aus allen Fenstern wurden blauweißrote Fahnen herausgehängt, die zurückgebliebenen Troßwagen wurden gestürmt und geplündert. Auf dem Dorfplatz zündete man ein Freudenfeuer an: Hakenkreuzfahnen und Führerbilder. Der Scholler wurde abgesetzt und ins Spritzenhaus gesteckt, der alte Maire wieder in sein Amt eingesetzt. Nach dem Müller Hans fahndete man vergebens: er hatte sich mit seiner Familie in letzter Minute aus dem Staub gemacht. Die Wende hatte sich vollzogen.

Ich, Sergeant Heribert Grahn, kam vierzehn Tage später auf Kurzurlaub nach Hause. Ich erkannte Mama nicht mehr, es war eine alte Frau, die ich in die Arme nahm.

Das war gleichzeitig mit dem Einrücken der Amerikaner. Mensch, kamen dann Zeiten! Die soffen mir den ganzen Schnapsvorrat weg und ballerten in der Gegend herum wie die Cowboys im Film.
Laß das, Bababa, das war nur ein unbedeutendes Intermezzo. Kommen wir nun zur Hauptsache zurück: 1940 ist Ixheim ins Reich heimgeholt worden, im November 1944 wurde es wieder französisch. Was ist in diesen vier Jahren geschehen, wie hat sich Ixheim in diese neue nazibraune Situation geschickt?

Stille. Die älteren horchen in sich hinein, suchen nach längst verdeckten, versandeten Spuren, greifen dann nach den Fotos, lassen sie fallen, kriechen wieder in sich hinein, dann die Jahre zurück, ein langer Weg ist das, und was werden wir finden, wenn wir am Ziel angekommen sind? Stellen wir den Motorenlärm der an- und abrückenden Soldaten ab. Entfernen wir mal alles aus dem Dorf, was nicht hineingehört, sogar den Kreisleiter, obwohl er in Führers Namen unsere Geschicke bestimmte. So, jetzt sind wir unter uns, nackt. Wer hat meinen Babbe auf dem Gewissen? bohrt Pool hartnäckig weiter. War es wirklich der alte Müller?

Wir waren ein relativ kleines Dorf damals. Wir bedeuteten denen nicht viel. Da gab es andere Dörfer, aufmüpfige Dörfer, die ihnen zu schaffen machten. Wir verhielten uns ruhig, deshalb ließen sie uns auch in Ruhe. Wer nicht die Kraft hat, die Sachen zu ändern, der soll die Finger davon lassen.
Sollte doch draußen geschehen, was wollte: wir hatten damit nichts zu tun. Wir durften nicht mehr französisch sprechen: aber hatten wir es je getan? Wir durften keine Baskenmütze mehr tragen, eine saublöde

Verordnung, aber sollte man seine Freiheit einer Baskenmütze wegen riskieren? Daß auf der Salzbüchse nicht mehr „Sel" stehen durfte, sondern „Salz", daß auf dem Friedhof die französischen Inschriften herausgemeißelt wurden, daß die Partei sämtliche Vereine auflöste, daß der Jerri ein Führerbild in seine Wirtsstube hängen mußte, daß wir allen Furz lang die Hakenkreuze heraushängen mußten, na ja, das zeugte nicht gerade von der Gescheitheit der neuen Herren, aber immerhin war es noch erträglich. Man muß so manches hinnehmen, um in Frieden leben zu dürfen.
Während der Krämer Lévi und seine Familie, die doch zu uns gehörten, ins KZ kamen und dort vergast wurden — schweigt, wir haben es alle gewußt —, während die Welt um uns herum in Flammen stand, backten wir Kuchen und schlachteten schwarz unsere fetten Säue. Was hätten wir tun sollen, Heribert? Uns sinnlos aufopfern, wie dein Babbe etwa? Kleine Leute haben keine andere Wahl, als zusammenzuhalten und zu überleben. Das haben wir getan. Und wenn der Lehrer und der Berschong den Mund gehalten hätten, wäre in Ixe gar nix passiert. Die Sache mit den Lévis ausgenommen . . .
Pools verstümmelte Hand reckt den Daumenast in die Höhe. Wird Pool den ihm gegenübersitzenden Maler erstechen oder erschlagen? Seine Halsadern schwellen an, die Zigarette fällt ihm aus dem Mund. Wieder Stille, unheimliche Stille . . . da fängt das Tonband an zu quietschen und Mamama Katrin räuspert sich:
Die beiden hatten eben weiter gesehen, als ihre Nasenspitze reichte. Sie hatten begriffen, daß es so gekommen war, weil Millionen von braven Deutschen auf die Ixemer Art reagierten, als der Hitler aufstand. Und kein einziger von allen Ixemern, mich einbegriffen, hat

sich gerührt, als man den Lévi und die seinen abholte. Nur Heriberts Mamme. Na, erzähl du es, mein Junge. Madame Lévi war schwer krank, als die Franzosen abrückten, deshalb hatten sich die Lévis nicht beizeiten in Sicherheit bringen können. Als sie vor Angst bebend aus dem Haus kamen, von den Gestapoleuten flankiert, ging Mama auf sie zu und umarmte sie alle vier. Sie bekam dafür einen Kolbenschlag ins Kreuz. Wir mußten sie mit zwei gebrochenen Rippen ins Spital bringen lassen. Ihr habt es alle miterlebt: hinter jedem Fenster zitterten die Gardinen.
Ich hab' es auch gesehen, sagt Jerri mit bedrückter Stimme, und bin erst aus dem Haus heraus, als die Gestapo weg war. Ich . . .
Du konntest dir keine Extratouren leisten, Jerri, deiner Gefangenen wegen. Ich weiß es von meinem Babbe, unterbricht ihn Schilles.

Und da kommt es heraus, was auch ich nicht wußte: vom Juli 40 bis Ende 43 haben die beiden Baers nahezu ein halbes Hundert entflohene französische Gefangene aufgenommen, beherbergt und dann weitergeleitet.
Das kam so, erzählt Jerri: Der Neuwaldförster klopfte eines Nachts an die Hintertür und sagte, als wir in der Küche saßen: Jerri, du mußt mir helfen. Ich habe drei entflohene Gefangene im Forsthaus versteckt. Andere werden nachkommen. Wir haben nämlich eine Fluchtorganisation aufgebaut. Ich kann aber die Leute nicht länger als eine Nacht im Forsthaus beherbergen, das wäre zu gefährlich. Bei mir geht Militär und Polizei ein und aus. Ich brauche also eine sichere Unterkunft, wo die Männer sich ein paar Tage ausruhen können, wir holen sie dann bei passender Gelegenheit ab und bringen sie nach Frankreich hinüber. Das war schon im

Juli 1940. Die Organisation funktionierte drei Jahre lang, bis der Förster, einer anderen Sache wegen, verhaftet wurde und sich die Organisation auflöste. Sie kamen meistens nachts an, von meinem Hoenheimer Neffen Bertrand, der für ein Transportunternehmen fuhr, hergebracht. Wir schlossen sie zuerst in der Scheuer ein, dann richtete ich ihnen ein prima Versteck zwischen Waschküche und Schweinestall ein, wo ich mein Gerümpel hatte. Das konnte von der Waschküche aus gut beheizt werden, und das Grunzen der Schweine überdeckte den Lärm, den sie gelegentlich machten. Kommt mit hinaus, ich habe alles so belassen, wie es damals war.
Wir gehen hinaus und begutachten das Versteck. Die Waschküche dient nicht mehr, der Schweinestall ist auch leer. Spinnweben und Gerümpel, verrostete Fahrräder und wurmstichige Tische und Stühle. Hier also ist es geschehen, was niemand erfuhr in Ixheim, bis auf den heutigen Tag.
Nur einer wußte es in Ixe, fährt Jerri fort, Schilles Babbe, der war Metzger und versorgte mich mit Fleisch für die Leute. Das wird nächstens alles abgerissen werden, Therese will die Scheuer zu einem Disco-Club umbauen. Was das ist, weiß ich nicht. Hier kommen die Toiletten hin, sagt sie.
Wir haben unsere Sensation. Die Jüngeren schauen gebannt auf die beiden zusammengeschrumpften Alten, die während der Nazizeit Ixheims Ehre gerettet haben. Stellt euch dann die Szene nach der Befreiung vor: Katrin und Jerri vor der Front der gewehrpräsentierenden Truppe auf dem Straßburger Kleberplatz, und General de Gaulle in höchst eigener Person schreitet auf sie zu, heftet ihnen die Ehrenlegion an die Brust, umarmt sie mit bewegender Feierlichkeit, tritt dann ein paar

Schritte zurück und legt die Hand ans Käppi, während die Militärkapelle die Marseillaise intoniert. Abends dann großer Bahnhof in Ixe, die Clairons blasen Tusch, die Fahnen senken sich, der Maire hält eine von Tränen der Freude und des Stolzes benetzte Rede. Danach Freibier im Roten Ochsen. Ja, so hätte es sich abwickeln können.

Und ihr habt nach der Befreiung kein Wort darüber verloren? Und ihr habt keine Widerstandsmedaille beantragt? Während doch damals so mancher Elsässer, und hatte er nur mal eine Ordnungsstrafe wegen unerlaubten Bérettragens bekommen, sich als Widerstandsheld aufspielte und geradezu nach vaterländischer Anerkennung lechzte?

Na ja, das war doch eine Selbstverständlichkeit, daß wir den armen Männern halfen, nach Hause zu kommen. Und die Zeugen waren tot: den Förster hatten die Nazis geköpft, und mein Neffe Bertrand war in Rußland gefallen. Die anderen Mitglieder der Fluchtorganisation kannten wir nicht. Wir waren schon überglücklich darüber, daß es nie herausgekommen war, das genügte uns. Und zudem . . .

Jetzt wird Jerri verlegen: Sag du es, Katrin. Na ja, es muß halt mal raus. Eines Tages, es war im Mai 45, kurz nach dem Waffenstillstand, entdeckte ich drei deutsche Kriegsgefangene in der Scheuer. Die armen Jungs, der eine war kaum siebzehn. Es waren Pfälzer. Sie waren total entkräftet. Da haben wir sie halt ins Franzosenversteck verfrachtet, haben sie hochgepäppelt, und Schilles Babbe brachte sie anschließend in seinem Lieferwagen bis zur Grenze bei Weißenburg. In dem Lager, aus dem sie entflohen waren, mußte man von der Sache Wind bekommen haben: bis Oktober 45 haben wir auf diese Art an die zwanzig Wehrmächtler gemästet und über die grüne Grenze abgeschoben. Dann versiegte die Quelle. So, nun wißt ihr alles, nun versteht ihr auch, warum wir beide und dem Schilles sein Babbe nie kein Wort darüber verloren haben. Nur dir hat er es gesagt, Schilles, und nur die Hälfte hat er gesagt, die erste Hälfte unserer gemeinsamen Geschichte. Nun ist er auch schon lange tot, der liebe Schang.

Schluß für heute, sage ich und stelle das Gerät ab. Und weg mit dem Bier. Jerri, hol uns den besten Elsässer aus dem Keller. Das muß gefeiert werden.
Was denn? fragt der Alte verdutzt.
Ihr beide habt die Menschlichkeit gerettet. Dafür kann euch keine Medaille, kein Diplom entlohnen. Ihr Jungen, von allem, was ihr heute gehört habt, behaltet nur dies und gebt es euren Kindern und Kindeskindern weiter, ich . . .
Ich kann nicht mehr weitersprechen, denn ich finde mein Pathos so albern. Mutter Katrin lacht aus vollem Hals, und der Bababa schüttelt verwundert den Kopf . . .
Es ist sieben Uhr. Wir räumen unseren Kriegsschauplatz. Gefeiert wird ein anderes Mal. Schon rücken die Gäste an. Ich gehe hinauf in meine Mansarde, und bevor ich mich hinsetze, um mit der Niederschrift dieser Aufzeichnung zu beginnen, nehme ich einen Hammer und zertrümmere den republikanischen Gipskopf. Denn Marianne hätte bestimmt die geflohenen deutschen Kriegsgefangenen der Polizei ausgeliefert. Ich wahrscheinlich auch.

In Katrins Küche riecht es wie eh und je nach Kartoffelschalen, Zimtstengel, Suppennägelein, Geschirrlappen und Wasserdampf: das alles ergibt eine Mischung von Mief und Würze, vor der man zuerst die Nase rümpfend zurückschreckt, in die man dann hineintaucht und derer Wohligkeit Atemzug um Atemzug immer mehr gewahr wird. Warme Feuchtigkeit der Fruchtblase: du bist zurückgekrochen in die mütterliche Geborgenheit, hörst das Geräusch der Welt weit draußen wie durch schalldämpfende Vorhänge, weißt nur noch dumpf und wie eine alte halbvergessene Mär, daß der, der du bist, warst, sein wirst, dies und das erlebt haben soll oder vielleicht noch erleben wird. Du suhlst dich wohlig im fraulich mütterlichen Stimmengewirr, ist das Mamas, Katrins, Lisels, Béatrices Stimme oder ein Ineinanderfließen aller vierer? Du rüttelst dich dann auf, schwimmst ans Licht, wirst zum Sechzehnjährigen, dem der Flaum wächst, dem nie erahnte Gefühle sich in der Herzgegend zu Wellenbergen türmen, und die Woge überschlägt sich, rollt in den Unterleib, pocht an alle Wände, flutet erschöpft und gebändigt zurück, versickert wie in warmem Sand. Sie heißt Erdmuthe, sie ist sportlich schlank und braun gebrannt. Sie wirft mir den Medizinball zu, kesse Brüstchen tanzen um das Hakenkreuz. Pfiff des Sportlehrers: Grahn, Sie Welschling, morgen früh sind Ihre Schmachtlocken weg, verstanden? Und du setzt den Stahlhelm auf die Tangofrisur, holst die Knarre aus dem Spind, trittst aus der Schule, bist nun achtzehn, gehst über eine Brücke, die Brücke steht kopf, schaust zurück, wer winkt mir da nach? Ich glaube, sie heißt Bérengère. Die Stadt am anderen Ufer, ist es Bobruisk, ist es Coutances, ist es Freudenstadt? Ruinen, sauber abgestaubt, frisch ausgepackt, Theaterbauten im fahlen Licht, wirken wie echt, aber wo ist die Asche, wo sind die Blutspritzer, keine Gedärme und kein Hirn an die Wand geklatscht und die Straße eben mit dem Schlauch gereinigt, das Kopfsteinpflaster glänzt wie lackiert. Alles in Blaugrau, Himmel wie Ruinen wie Straße. Komm du, sie sieht uns nicht mehr. Wie weit ist's noch bis zum Bahnhof, wann fährt der Zug nach Wien. Gib mir deine Hand, Lisel. Lauf nicht so schnell, Paps. Ach, du bist es, Béa. Wirf den verdammten Stahlhelm weg, Paps, wirf die verdammte Knarre weg, Paps, wieviel Russen hast du damit abgeknallt, wieviel Amerikaner, wieviel Deutsche. Ich will nicht zum Bahnhof, Paps, ich will ans Meer. Wo ist das Meer, laß uns übers Meer fliehen, Paps. Da ist's, dein Meer, Béa. Schwarzgrüne Wellen schlagen hoch, frieren ein, der Sturm zackt sie wie Tannen aus, Schwarzwaldtannen, Christbäume, in Freudenstadt sprühen die Wunderkerzen. Halt die Marokkaner zurück, Paps, Paps! Krieche zurück in deine Fruchtblase, Heribert, vergiß dies eklige Leben, das du gelebt hast, krieche zurück und fang noch mal von neuem an. Krieche durch Katrins und Lisels Stimmengewirr hindurch, laß dich nicht vom Peitschenknall des Geschirrlappens aufhalten, vom Rattern des Schürhakens im Feuerloch erschrecken. Doch es gelingt dir nicht, es gibt keine Gebärmutter mehr, die dich aufnehmen könnte. Jetzt liegst du da in deinem auf wenige Quadratzentimeter zusammengepreßten Leben wie ein plattgedrücktes Fossil im Harz, hängst auf Lisels Busen wie ein Amulett. Mensch, Heribert, spreng den Bernstein, spring ins Licht, hast du denn nichts anderes vorzuweisen als nur immer wieder deine Armseligkeit? Laß Weizen über die Ruinen wachsen, laß die Ähren über die Tannenwipfel schießen, Ruinen wer-

den zu Kieseln: trag sie zusammen, Tannen werden zu Melde: reiß sie aus und lauf auf die Frau zu, dort kommt sie, Bérengère. Bérengères alabasterweiße Nacktheit, Bérengères hochgeworfene Arme, Bérengères goldblonder wehender Schweif, Bérengères rotgold gekraustes Dreieck, Bérengères Lippen in die Sonne beißend, Bérengères Lied samtig süß wie Vouvray-Wein, Bérengères Lauf durch das Ährenmeer, Bérengères Pose im Weinberg, Bérengères Auftauchen aus atlantischem Wellenschaum, als Bérengère im Liebesrausch der Danglas-Villiersschen Prüderie entwischte und unbekümmert frei griechische Nymphe spielte, während der elsässische Faun gitarrezupfend im Apfelbaum saß, und um uns herum der wellige Garten Harmonie sich zur Unendlichkeit ausdehnte . . .
Ich werde nie die Berge kennenlernen, diese irrationalen, unberechenbaren Monumente des Abenteuers. Es ist zu spät. Oder vielleicht doch nicht zu spät?
Komm zu dir, Berti! Du hast zuviel Châteauneuf du Pape getrunken! Die beiden Frauen, Mutter und Tochter, Mutter, die zum Teil auch meine Mutter ist, Tochter, die meine kleine Schwester war, die mir nun in ihrer vollerblühten Fraulichkeit gegenübersitzt und vor der ich zerfließe, ich alter Simpel, die beiden Frauen stricken das Dorf, das Elsaß, Österreich und die Welt zu einem buntgemusterten Schal, den ich mir nachher um den Hals schlingen werde, wenn ich nach Hause gehe, in den ich mich einwickeln werde heute nacht. Im Pfirsichbaum besingt die Meise den Mai, in ihrem Nest in einem Mauerloch piepsen die Jungen des Zaunkönigs ihr Heischelied. Ausnahmsweise haben wir eine schöne, fast sommerliche Woche erwischt. Leider ist Bérengère nicht da, um sie zu genießen. Vorgestern fuhr sie nach Paris, als Vorwand gab sie den schon lan-

ge gehegten Wunsch an, das Centre Beaubourg eingehend zu besuchen, den neuen Pariser Kulturtempel. Ich sehe sie im Gestänge- und Röhrengewirr der Sonne zu hangeln, schwerelos wie ein Mobile im Halo der Unnachahmlichen tanzen, ihre Freiheit mit staunendem Blick abtastend und den mürrischen Ehemann und das klebrige Elsaß wie ein Alptraum von sich schüttelnd.
Berti, Berti, komm doch endlich zu dir! Die feingliedrige Hand gleitet leise über meine auf der Sessellehne liegende Rechte.
Ja, sagt Berti, wird wach, greift nach der Zigarettenpackung, zündet umständlich eine Gauloise an und findet dabei seine Contenance wieder.

Die jungen Baers sind nach Straßburg gefahren und haben den Bababa mitgenommen. Heute ist Ruhetag im Roten Ochsen. Und wir drei haben vorzüglich gegessen: Hasenpfeffer und selbstgemachte Nudeln, dazu haben wir einen alten Châteauneuf du Pape aus Jerris eiserner Reserve getrunken. Wie früher, Bertel, sagt Katrin, weißt du noch? Nein, ich weiß nicht mehr. Es ist alles zugedeckt. Nur Fragen stehen noch da wie Winterbäume, auf denen die Raben hocken.
Warum bist du so verdrießlich heute, Bertel? Ich bin es nicht. Laßt mich heute mit dem Früher in Ruhe. Heute ist ein schöner Tag, versuchen wir, ihn zu genießen.
Die Nudeln sind ferm und weich zugleich, die Zähne haben ihren Genuß daran, das Hasenfleisch zergeht auf der Zunge, der Wein hat eine rauchige Herbheit, die ihresgleichen sucht. Ich dehne mich wohlig, mein Knie liegt an Lisels Knie. Mach keine Dummheiten, Heribert. Mein Gesicht brennt. Ich ziehe mein Knie zurück. Du vernachlässigst deine Frau, Heribert. Leise

kommt Katrins Vorwurf über den Tisch. Ich habe ihr nicht geben können, was sie von mir erwartete, Mama Katrin.

Bérengère hat es nie gesagt, ich weiß aber, daß sie das denkt und daß es sie schmerzt. Mon chéri . . . Sie schaut mich an, lange, stumm, ein trauriges Lächeln auf den Lippen, ich glaube, eine Träne im Augenwinkel zu sehen. Dann steht sie auf, ihre Hand streicht leise über meinen Kopf, sie geht ans Klavier: Merci, Debussy, der du die germanische Emphase mit deinen leichtfüßigen Dissonanzen umspielst, ihre Konturen verflüssigst, so daß sie gegenstandslos einstürzt.
Und was ist mit Béatrice? fragt Lisel. Denk an Béatrice, hatte Schilles gesagt. Bei uns aber wird nicht mehr von Beátrice gesprochen. Béatrice hat es so gewollt. Béatrice ist ausgeschert, ausgebrochen, ausgestiegen. Béatrice wollte ihr eigenes Leben führen, du weißt es, Katrin. Ein Jahr lang kamen die Briefe hier an, jeden zweiten Monat ein Brief aus Berlin. Oben liegen sie in einer Blechkassette unter dem Dielenboden. Der letzte kam nach Gudrun Ensslins Tod. Das ist alles, Lisel.

Paps, unsere Kameraden sind ermordet. Die Gesellschaft kann nun ruhig schlafen, es werden keine Bomben mehr explodieren. Paps, du kennst mich, ich bin gegen jede Gewalt, aber sag mir, wer ist der einzige, wahre Terrorist, ist es nicht der Staatsapparat, der eiskalte, der uns in die Verzweiflung treibt? Ist es nicht auch so bei euch? Wer hat euch die Sprache genommen? (Wer hat sie mir genommen?) Wer macht aus euch gefügiges Produktionsmaterial, wer walzt euch platt, wer normt euch, wer schläfert euch ein? Wer hat aus euch Befehlsempfänger und Kuscher gemacht?

Hast du dir schon mal diese Frage gestellt? Paps, ich bin immer noch mit Jürgen zusammen. Arbeit habe ich noch keine, und Jürgen schlägt sich so durch. Aber wir lieben uns. Paps, schreib doch mal. Oder gib irgendein Lebenszeichen von Dir, Paps.

Ich habe ihr nie geantwortet.

Schäme dich, sagt Lisel.

Ich schäme mich.

Gib mir ihre Adresse.

Gott weiß, wo die jetzt steckt.

Die Flasche ist leer. Schenkst du mir einen Slivo ein, Lisel? Ich rutsche in Jerris Lehnsessel. Ach was Bérengère, ach was Béatrice, ach was Familie! Ein schöner Tag ist's heute, den Tag lebe ich für mich. Ich versinke in dumpfe mit Zimtstengel und Suppennägelein gewürzte Wohligkeit. Das Geschirrwasser dampft, die Teller scheppern, Stuhlbeine knirschen auf den Steinplatten. Ich entschließe mich für ein kurzes Nickerchen, während die Frauen den Abwasch besorgen. Nachher gehen wir hinaus in den Obstgarten. Ich hab's heuer wieder versäumt, sagt Lisel, unseren Obstgarten im Blütenkleid zu erleben. — Das war vor drei Wochen, Lisel. — Beschreib mir dieses Wunder, Berti, bitte.

Da stehen die kleinen von Jerri okulierten Pfirsichbäumchen mit vifem Rosa überladen, da schneit's vom alten monumentalen Kirschbaum auf uns herunter, da strecken die Birnenblüten ihre roten Staubbeutel im weißen Kelch, da geben sich die zukünftigen Reinetten und Goldparmänen in rosa angehauchtem Weiß zur Schau, im feuchten Gras dehnen sich große Populationen von Gänseblümlein aus, die Primeln sind eher individuell gesinnt, höchstens daß man sie in Kleinfamiliengruppierungen antrifft.

Wenn in der Wachau die Marillenbäume blühen, sagt Lisel, ist es eine wahre Pracht. Ich bewundere zwar diese Pracht, habe aber keinen echten Bezug zu diesen Wachauer Marillenbäumen. Diese Kirschen, Äpfel und Birnen aber hier, das ist Heimat. Da stehen Vater und Mutter darunter, da turne ich als Kind in den Ästen, da spielst du Gitarre, da werkelt der Willi mit der Haue und lockert die Erde, da . . . ich werde kindisch, Berti.

Lisel betastet den Garten, beschnuppert ihn, saugt ihn in sich ein. Davon werde ich ein paar Wochen lang leben, fährt sie fort. Was wir Elsässer doch für sentimentale Wesen sind . . .

Ich lache auf. Es ist ein bitteres Lachen. Ich weiß, in ein paar Jahren wird die Therese die Apfel-, Birn- und Kirschbäume für die unterelsässische Schickeria im Kamin verheizen, den Pfirsichbäumchen wird die Zeit nicht gelassen, erwachsen zu werden, Autos röhren dann hier aus dem Auspuff, Zierhecken grenzen die Parknischen ab, das Gras wird nicht ganz verschwinden: ein Rasenband mit Roseninseln säumt das ganze Areal. Man könnte auch den alten Leiterwagen vom Großvater irgendwo hinstellen, mit Ketten fest im Betonboden verankert und mit Geranien und Petunien überladen. Aus Frédéric Mullers Nobelvillen im Osterfeld werden die geschniegelten Ingenieure und Bürohengste mit ihren schicken Matronen rüberkommen, man wird auf alemannisch prassen und mit vornehmen Schnäbelchen Pariser Blabla von sich geben: elsässische Provinz spielt große weite Welt.

Wir haben's zu was gebracht, verdammi.

Es hätte ein schöner Tag sein können, ich habe ihn mir vermasselt. Im Schnittpunkt von Azay-le-Rideau, Wien und Berlin liegt Ixe, das blöde Kaff. Von der Autobahnbrücke aus sehe ich einen roten Golf gegen Osten verschwinden. Adieu, Lisel.

Drei Kinder habe ich gezeugt, zwei Söhne und eine Tochter. Die Zwillinge Alain und Patrick kamen 1953 zur Welt, drei Jahre später erschien Béatrice. Wir wohnten damals in Straßburg, verkehrten nur in intellektuellen Kreisen, und ich hatte den Kontakt zur Dialektophonie total verloren, obwohl viele meiner Schüler von zu Hause aus Mundartsprecher waren; ich wollte diese Tatsache aber nicht wahrnehmen und behandelte sie pädagogisch wie frankophone Kinder. Wer von ihnen es schaffte, sich sprachlich einzugliedern, den förderte ich; wer es nicht schaffte, dem gab ich zu verstehen, daß sein Platz nicht im Collège sei, sondern draußen im „aktiven Leben" — so unsere Sprachregelung —, das heißt als Handlanger, höchstenfalls als qualifizierter Arbeiter auf einer Baustelle oder in einer Fabrik. Die Faust eines solchermaßen von mir gesperrten Burschen bekam ich während der Mairevolte 1968 zu spüren: der Kerl warf mich kurzerhand aus der Demonstration raus. Mit solchen hochnäsigen Schulginkeln, wie ich einer sei, wolle er keine Revolution machen, schrie er. Wie ich seitdem erfuhr, reagiert er jetzt seinen Frust in einem linksautonomistischen Grüppchen ab.

Meine Kinder wuchsen also französisch auf wie die Kinder aller meiner Kollegen. Die meinen hatten jedoch den Vorteil, zu Hause das schönste, reinste Fran-

zösisch zu hören und zu erlernen: Bérengères Touraine-Französisch, um das uns alle Kollegen beneideten. Elsässisch bekamen meine Kinder nur selten zu hören: nach Ixe nahm ich sie nie mit, und in der Schule sorgte ich dafür, daß sie immer in Klassen kamen, in denen die Frankophonen die Mehrheit ausmachten und diesen Klassen den Stempel einer gewissen Exklusivität aufdrückten. Ich setzte dann trotzdem durch, Goethe zuliebe und dem Capitaine zum Trotz, daß sie in der Sexta Deutsch als erste Fremdsprache wählten. Patrick sprang aber bald vom Deutschen ab, dies auf Anraten seines Deutschlehrers, der fand, daß es für einen so intelligenten Burschen eigentlich zu schade sei, sich mit der Sprache der Nazis abzumühen, so ein feinfühliger Junge sollte sich eher mit romanischen Sprachen abgeben. So kam es, daß Patrick heute fließend Spanisch, Portugiesisch und Italienisch spricht, aber unfähig ist, die elsässischen Ortsnamen korrekt auszusprechen. Er schaffte seine Examen mit spielender Leichtigkeit und wirkt heute als Assistent an der Pariser Sorbonne.
Alain blieb beim Deutschen und nahm Englisch dazu: er hatte sich schon früh für die Diplomatie und die Politik entschieden, und da sind halt diese beiden Sprachen unentbehrlich. Auch er sprang mit Leichtigkeit über alle Hürden, trat dann nach absolvierter Nationaler Verwaltungsschule in den Staatsdienst ein, wurde zum Sous-Préfet im Bordelais ernannt und wird in einigen Wochen nach Paris übersiedeln, wo das Innenministerium solche jungen hungrigen Wölfe braucht, wie er einer ist.
Ein jeder Vater wäre stolz auf zwei so hochintelligente, gewitzte, ehrgeizige Söhne. Ich bin es auch. Ich stelle mir jedoch in letzter Zeit immer wieder die Frage, ob

ich wirklich ein Vater zu ihnen gewesen bin oder nur ein väterlicher Einpauker, ein väterlicher Intelligenzquotiententrainer. Wirkliche Väter verankern ihre Kinder im Stamm, in der Heimat, in der Sprache, in der eigenen Geschichte. Wirkliche Väter geben Selbstgemachtes, Handgemachtes weiter, ich vermittelte nur Fremdes, Entfremdendes, Erfahrungen aus zweiter Hand, hochgezüchtete Asepsie. Ich war nie mit meinen Söhnen in Baers Wirtschaft. Ich habe es versäumt, ihnen das Okulieren und die Pilzkunde beizubringen. Ich bin mit ihnen nie durch die alten Kochersberger Dörfer gewandert. Ich bin kein einziges Mal mit ihnen über die Rheinbrücke. Meine Söhne haben keine Vergangenheit im Elsaß. Das Elsaß ist für sie ein neutralisierter Boden, aus dem kein Saft in sie eindringt. Nicht einmal die alten Lieder, die meine Eltern mit mir gesungen hatten, die sie selber von ihren Eltern ererbt hatten, habe ich ihnen beigebracht. Halt, es gab da doch eine Ausnahme: als ich in Alains Deutschbuch die Lorelei entdeckte, packte es mich, und ich sang ihm das Lied vor, schämte mich aber gleich danach, daß ich meiner verdrängten Gefühlsduselei so einen jähen Ausbruch erlaubt hatte.
Egal nun, sie haben es zu etwas gebracht, meine Söhne, und ich war maßgeblich an diesem Aufstieg beteiligt.

Béatrice war von Kindheit an sehr aufmüpfig, besonders ihrer Mutter gegenüber. Die vornehme, stilisierte Atmosphäre, die uns umgab, schien sie anzuwidern. Sie schockierte Bérengère durch ihre rüden Manieren, durch ihre vernachlässigte, verslangte Sprache, wie sie nur konnte. Ich kann schon sagen, wir hatten unser Kreuz mit dem Mädchen und suchten immer wieder nach schwarzen Schafen in unseren Familien, die die

Präsenz von „asozialen Genen" — wie der Capitaine es so treffend formulierte — in dem einen oder dem anderen Clan dokumentieren könnten. Als es dann soweit war mit Béatrice, daß sie ausflippte, sagte Bérengère: Genau wie dein Onkel Heribert. Das war dieser Fremdenlegionär, dessen patriotische Aufwallung mir zu diesem altfränkischen Namen verholfen hatte, der dann aber nach absolviertem Militärdienst ein normwidriges Verhalten an den Tag legte und, wie es hieß, als zerlumpter Prolet während einer kommunistischen Kundgebung in Paris einem Hirnschlag erlag. Ich sagte nichts zu dieser Entdeckung, wußte ich doch, daß Béatrice ihre Widerborstigkeit von Grahns geerbt hatte, und zwar direkt von ihrem Großvater. Ich war damals nicht sehr stolz darauf. Heute allerdings sehe ich das anders und beneide das Mädchen, das unbeirrbar seiner Wege geht, wie es Papa getan hatte, koste es das Leben. Und zwischen den beiden stehe ich, ein angepaßter Nachbeter, ein elsässischer Papagei . . . Heiliger Masoch, bitt' für mich.
Für ihren Vater hatte Béatrice ein Faible, obwohl ich ihr nie nichts verzieh. Ist sie mir nicht einmal, in der Schwämmelezeit, mit dem Bus nach Ixe nachgefahren? Sie war damals sechzehn Jahre alt und schon aus zwei Schulen geflogen, aus dem Lycée und einem schicken Mädchenpensionat. Was tust du hier, Béa? Weiß es Mama? Sie antwortete nicht, schaute mich mit ihren großen grünen Augen an und lächelte komplizenhaft. Dann gingen wir Schwämmele suchen. Ich werde diesen Tag nie vergessen, an dem ich sie entdeckte, und sie die Natur, von der sie bisher nur das papierne Negativ kannte. Sie betastete die Bäume: das war nun kein Gedicht mehr, sondern lebendige Wirklichkeit, sie kletterte bis in die Kronen hinauf, sie kniete ins

Moos und tauchte ihre Nase hinein. Sie nahm Käfer in ihre Hand, hauchte sie an und setzte sie wieder ins Laub. Sie blieb lange vor einer Eidechse sitzen und hielt mit ihr Zwiesprache. Und sie wollte so viel wissen, denn sie wußte nichts, wie die Bäume hießen, woher die Pilze kämen, was das für Käfer seien, warum denn kein Grünspecht zu hören und kein Reh zu sehen sei, ob dieser Wald eine Geschichte habe, warum er Krittwald heiße, warum, ob, wie, wo, was, wann, o Béatrice, war das ein herrlicher Nachmittag, an dem wir zwar wenig Schwämmele, aber zueinander fanden.
Dann führte ich dich zur Eiche, wo dein Großvater sich hingelegt hatte, um die böse Welt nicht mehr zu sehen. Wir hatten euch nie davon erzählt, auch nicht vom traurigen Ende von Großmama.
Dann führte ich dich zur Lichtung, wo wir als junge Burschen Maiglöckchen pflückten, die wir unseren Mädchen an die Bluse steckten. Und dort wuchsen die Erdbeeren, und hier war ein Hochsitz, der dem alten Baer gehörte, in der Brunftzeit konnte man von dort oben aus das Hirschrudel beobachten. Das elegante Kahlwild kam immer zuerst aus dem Gebüsch, vorsichtig die Lichtung beäugend, dann folgte der Sechzehnender, schnaubend und röhrend das Rudel umkreisend, den Rivalen verjagend, manchmal gab es einen kurzen Kampf, man hörte das Krachen der Geweihe, dann stolzierte der Sieger im gespreizten Stechschritt bis in die Mitte der Waldmatte und gab durch sein Imponiergehabe bekannt, daß er der Herr sei, der unbezwingbare . . . Danach ließ ich die Kelten sich um den Druidenstein aufstellen, auf dessen Spitze die Äquinoktialsonne zu liegen kommt; sie legten die Wege an, teilten das Land in Gemarkungen ein und gaben unseren Flüssen die Namen, die sie heute noch tragen.

Dann ließ ich die Römer am Wald entlang ziehen — hinein getrauten sie sich nie — und bei Ixe ein Relais erbauen. Schließlich kamen die Alemannen, setzten sich im Land fest, gaben ihm ihre Sprache, rodeten den Wald, machten Ackerland daraus, daher der Name Kritt, Gereuth, und gaben sich dann später als Elsässer aus. Im Bauernkrieg loderten hier die Lagerfeuer der Aufständischen, die dann zu Zehntausenden von den Lothringern niedergemetzelt wurden. Und es kam der Dreißigjährige Krieg mit seinen Verwüstungen und Epidemien — Schweden, Kroaten, Spanier, Deutsche und Franzosen miteinander, nacheinander, das große Gemetzel, die schreckliche Brandschatzung und die totale Verödung. In Ixe lebte kein einziger Mensch mehr, Béatrice, und das Kritt war zu einer Wildnis geworden, Bäume waren gewachsen, Dornengestrüpp hatte die Äcker gefressen. So entstand der Krittwald, Béatrice. Nach dem Krieg kamen Einwanderer aus der Schweiz und aus Vorarlberg, unter ihnen die Grahns und die Baers. Die Grahns ließen sich in Zettheim nieder, die Baers in Ixheim. Wie das Land dann wieder aufblühte, Béatrice, wie die Dörfer reich wurden, wie die jungen Burschen für Napoleon in Rußland verbluten mußten, wie dann der lange Frieden kam, wie die schönen Bauernhäuser entstanden, wie die Deutschen kamen, 1871, und das Leben seinen ruhigen Lauf weiterging, wie dann der Erste Weltkrieg kam und die Ixemer Männer wieder in Rußland verbluten mußten. Dann kam meine Zeit, Béatrice, die glückliche Jugend und noch einmal der Krieg: wie Papa die Marianne rettete und den Kopf nicht beugen wollte und dafür mit dem Leben bezahlen mußte, wie die Ixemer Burschen ein drittes Mal nach Rußland geschickt wurden, um dort zu verbluten. Und nach dem Krieg die Auferstehung und der Sprung in die Modernität. Dein Land, Béatrice, deine Ahnen, von denen du deine Starrköpfigkeit geerbt haben mußt, diese Rechthaberei, diesen Sinn für das Ungekünstelte, diesen Sinn für die Gerechtigkeit, für die wahre Freiheit, die des Individuums. Nein, Béatrice, das habe ich dir damals nicht gesagt, das füge ich heute abend hinzu und es reut mich, daß ich es dir nicht gesagt habe.

Wir fuhren nicht nach Hause, wir aßen mit den alten Baers zu Nacht und plauderten mit den Stammgästen bis spät. Du sagtest wohl nicht viel, dein Französisch und dein Schuldeutsch kamen nicht gegen unser Elsässisch an, und so mußte ich immer wieder übersetzen. Ich tat es gern, Béatrice. Wovon wir sprachen? Oh, von ganz einfachen Dingen, vom Wetter und der Dorfpolitik, von der Arbeit und den Preisen, von den Leuten auch, den Schrullen der einen, der Vornehmtuerei der anderen, von den Geburten, den Hochzeiten, den Begräbnissen.

Dann saßest du oben in der Mansarde vor dem Mützenschrank und wolltest noch so vieles wissen, doch ich war müde. Auch als du ein Foto von mir als Burschen fandest und mich fragtest, ob ich damals ein Mädchen kannte in Ixe — du hattest bestimmt eine Liebste, Paps, so wie du aussahst, müssen dir die Mädchen direkt in die Arme geflogen sein —, antwortete ich ihr nur mit langem Gähnen. Schlaf jetzt, Béa.

Am anderen Morgen gingen wir in die Frühmesse, fürs Hochamt waren wir nicht sonntäglich genug gekleidet. In Straßburg gingen wir selten zur Kirche, nur zu Weihnachten, Ostern, Pfingsten. Ich hatte aber doch daran gehalten, daß meine Kinder den Religionsunterricht besuchten und ihre feierliche Kommunion machten. Nachher streiften sie allerdings das alles wieder

ab. Béa kniete neben mir, in Andacht versunken. Ich hatte sie noch nie so gesehen. Ich selber konnte mich nicht einer frommen Rührung erwehren, die Atmosphäre war aber auch danach in dieser ehrwürdigen Dorfkirche: diese alten Frauen, diese alten Männer, dieser alte Pfarrer, die nun hier am Ende einer langen christlichen Entwicklung standen, der eindrucksvolle alte Gesang, der aus diesen Kehlen kam, dieses elsässische dörfliche Hochdeutsch, das rauh und weich zugleich klang, die Wärme, die diese Gemeinschaft ausstrahlte, Gemeinschaft der Heiligen, dann das Vaterunser im langsamen Rhythmus, der seit fünfzehnhundert Jahren aus elsässischen Herzen fließt, Inbrunst und Zuversicht, Hingabe und Verlangen, das wiegende Gemurmel zur kräftigen Anrufung anschwellend, Dein Reich, Dein Wille, gib, vergib, führe uns nicht in, erlöse uns, Vater, Vater: die Sprache steht da plötzlich vor mir in ihrer gewaltigen Ursprünglichkeit, unsere ganze Geschichte hinter sich herziehend. Wie hatte ich nur dies Vaterunser vergessen können, wie hatte ich nur diesen Vater vergessen können, wann war das geschehen? Als ich anfing „père" zu ihm zu sagen, als ich ihn übersetzte und somit eine verfremdende Distanz schuf zu ihm? Béatrice beugte sich zu mir herüber und flüsterte: Papa, ist das das „notre père"? Schreib es mir auf, Paps, sagte sie nach der Frühmesse, das deutsche, Ixemer „notre père". Jedesmal wenn ich Heimweh bekomme, in der Touraine, werde ich es aufsagen.
Wir frühstückten bei Baers: Bauernbrot, Speck und Käse. Béatrice war außer sich vor Freude. Dann fuhren wir nach Hause.

Acht Tage später brachte Bérengère sie zum Capitaine Danglas-Villiers. In der Touraine schaffte sie nach drei Jahren mit Mühe und Not ihr Baccauréat[1], bekam als Belohnung vom Grandpapa eine Reise in die Provence bezahlt, dort lernte sie einen Berliner Studenten kennen, verliebte sich in ihn, floh mit ihm nach Berlin und tauchte dort in der radikalen Polit-Szene unter. Der Familienrat trat zusammen. Der Capitaine war eigens aus Azay-le-Rideau nach Straßburg gekommen. Man beschloß, ihr einen letzten, eindringlichen Brief zu schreiben, falls sie sich dann weigern sollte, in den Schoß der Familie zurückzukehren, würde sie aus unserer Gemeinschaft ausgestoßen werden. Bérengère weinte, stimmte dem Beschluß aber zu. Die zwei Brüder streckten finster den Daumen nach unten. Der Capitaine sprach von Undank und Vaterlandsverrat. Ich enthielt mich der Stimme. Seitdem wird ihr Name bei uns nicht mehr erwähnt. Und, so weh es mir auch tat, ich hielt mich an die vom Capitaine festgelegte Vereinbarung.

Paps, Du würdest dich freuen, wenn Du mich Deutsch sprechen hörtest . . .
Paps, merkst Du denn nicht, daß euer pervertiertes Leistungsdenken euch vom wirklich Wichtigen isoliert?
Paps, wenn man sich persönlich weiterentwickeln will, muß man die Karriere radikal ablehnen . . .
Paps, Du hast einen ersten Schritt getan, indem Du nach Ixheim zurückkehrtest. Wann wirst Du nun den zweiten wagen?
Paps, ich glaube nicht an einen Sieg unserer Rotfront.
Paps, ich hasse die Gewalttätigkeit, uns bleibt aber

1 Abitur

keine andere Wahl, als diesen Kampf durchzustehen, denn man hat uns zu Außenseitern gemacht. Paps, wenn Du in einer gewissen deutschen Presse von widrigem Geschmeiß, von roter Schlangenbrut und Rattengezücht liest, dann sag dir, das behaupten namhafte deutsche Politiker unter anderen auch von Deiner Tochter. Vor vierzig Jahren jagte man die Judensau, heute ist die Kommunistensau dran . . .
Paps, schreib mir doch . . .
Paps, ich würde Mama so gern um Verzeihung bitten, ich kann es aber nicht . . . noch nicht . . .
Paps . . .

Nach Schleyers Tod, als im Elsaß die französische und die deutsche Polizei in brüderlicher Eintracht ihre Jagd auf mutmaßliche Terroristen und Sympathisanten unternahmen, dabei sogar die elsässische Anti-AKW-Front gründlich unter die Lupe nehmend, fanden die Spürhunde auch bis zu mir. Jemand mußte von den Berliner Briefen gewußt haben. Der Widerstandsheld Danglas-Villiers konnte in letzter Minute, dank seiner Beziehungen zum Innenministerium, die Sache abblocken und somit Alains Karriere retten.
Ob Béatrice ihr Vaterunser immer noch auf sich trägt?

JÜNI

Gestern, Samstagnacht: Wildwestszenen in Ixheim. Eine Stunde lang heulten die Motoren auf, die Kawasakis, die Hondas, die Mantas und die ausgemusterten Sportcoupés alle, mit denen die unterelsässischen Cowboys auf Weibchenfang ausreiten. Geknatter, Pneugekreische, Gehupe und Gejohle vom Gekläff der Hunde zersägt, schrille Mädchenstimmen in verhunztem Französisch, besoffene Männerstimmen in verbiestertem Dialekt: die Ixemer und Zettemer Jugend reißt alle Ventile auf und läßt schubweise Dampf ab. Es hatte schon am frühen Abend begonnen. Ein Trupp Halbstarker stellt sich vor Mamamas Blumenbeet auf und pißt auf Kommando los, die Pimmel hin- und hergeschwenkt, so daß auch das versteckteste Röslein von der ätzenden Brühe erreicht wird. Als Mamama empört dazwischenfahren will, schreit ihr das Gruppenflittchen Yolande, knappe siebzehn, den Rock aufgeschlitzt und die Brüste aus der Bluse hervorquellend, „vieille sorcière", alte Hexe, ins Gesicht. Katrin drischt mit dem Reisigbesen auf sie los, die Burschen packen ihren Schwengel ein, und schon stürzt sich der erste auf die alte Frau, als plötzlich Pools roter Handklumpen erscheint und dem Spuk ein Ende macht.
Heute morgen können wir Bilanz ziehen: fünf junge Zierlinden geknickt, das Blumenarrangement vor der Mairie verwüstet, an Pools Wagen alle vier Reifen aufgeschlitzt, eine Eisenbahnschranke demoliert und der junge Ratzer schwerverletzt im Unfallhaus. Solche Nächte haben wir öfters in Ixe, in Zette wie auch in

Ahwiller, in Bähhoffen, in Cehdorf. Maire Muller hatte wegen dieser Vorfälle letzte Woche eine außerordentliche Gemeinderatssitzung einberufen, zu der die Vereinspräsidenten, das Lehrpersonal und der Herr Pfarrer eingeladen wurden.

Stenogramm der Debatte, die sich in einem Gemisch von Elsässisch und Französisch abwickelte:

Der Maire: Meine Herrschaften, das kann nicht mehr so weitergehen. Dem Unfug muß schnellstens ein Ende bereitet werden. Wer möchte denn noch nach Ixheim wohnen kommen, wenn es hier weiter so zugeht wie im Wilden Westen? Was mich anbelangt, so habe ich vom Präfekten ein tatkräftigeres Einschreiten von Polizei und Gendarmerie gefordert. Das genügt aber nicht.

Die Opposition: Der Maire denkt nur an seine Privatinteressen. Er will nämlich seine Villen an den Mann bringen, dazu braucht er ein ruhiges Dorf, und anstatt das Problem an seiner Wurzel anzupacken, ruft er nach der Polizei.

Die Mehrheit: Haltet 's Maul, ihr roten Brüder! Wir wollen Ordnung und Sicherheit, sonst nichts!

Der Maire: Ich appelliere nun an das Lehrpersonal, die Dorfjugend zur Bürgermoral zu erziehen, so wie es früher gemacht wurde. Zucht und Ordnung muß der Jugend von klein auf beigebracht werden. Der Laxismus und die Disziplinlosigkeit, die sich seit 68 eingebürgert haben, führen zum Chaos.

Lehrer Blatt: Daß wir dem Laxismus huldigen, ist eine wahrheitswidrige Unterstellung, Herr Maire, die ich vehement zurückweisen muß. Wir geben uns alle erdenkliche Mühe, diesen von ihren Eltern verhätschelten Rangen Französisch und Rechnen einzutrichtern. Damit sind wir voll ausgelastet. Was nun außerhalb der Schule geschieht, geht uns nichts an. Dafür sind die Eltern zuständig. Ich bin Lehrer, Herr Maire, nicht Gendarm, es ist nicht mein Beruf, hier in Ixe den Zuchtmeister zu spielen.

Lehrer Grahn: Als wir die Kinder noch bis zu vierzehn Jahren in der Schule hatten und dann bis zu sechzehn in den Abendkursen, konnten wir im Bereich der Bürgermoral noch etwas ausrichten, wir machten Heimatkunde, wir beschäftigten uns mit dem Gemeinschaftsleben, wir untersuchten das Funktionieren der Gemeindeökonomie, und ihr alle erinnert euch noch an die von meinem Vater angelegte Baumschule. Die Jugend blieb damals in der Gemeinschaft verwurzelt. Diese alte Schule hat man uns zerstört. Mit elf Jahren fahren sie jetzt in die Stadt, ins Collège. Dort verlieren sie jeden Bezug zur Dorfgemeinschaft. Unter dem Vorwand der Chancengleichheit mit den Städtern macht man aus ihnen entwurzelte Zwitter.

Lehrer Blatt: Ich gehe da mit meinem Kollegen Grahn nicht ganz einig. Das Collège ist für unsere Jugend die unabdingbare Stufe zum sozialen und kulturellen Aufstieg. Wenn wir ein Collège in Ixheim hätten, wäre kein Entfremdungsprozeß zu befürchten. Wir hätten dann hier ein kulturelles Zentrum, das dem Hinterwäldlergeist, der leider noch in Ixe vorherrschend ist, endgültig den Garaus machen würde.

Tumult im Saal.

Der Maire: Meine Herrschaften, meine Herrschaften, keine Aufregung, bitte. Herr Blatt hat das etwas zu scharf formuliert. So ganz und gar unrecht hat er aber nicht. Ich setze mich schon seit Jahren für den Bau eines Collèges in Ixheim ein, das wird aber erst genehmigt werden, wenn wir eine größere Einwohnerzahl vorweisen können. Dahinaus geht auch mein Bestreben, so viele Neusiedler wie nur möglich nach Ixheim zu locken. Nun aber zur Sache.

Die Opposition: Nein, zur Ursache! Herr Grahn hat schon recht, wenn er behauptet, die Schule entfremde uns unsere Jugend. Aber nicht die Schule allein! Sprechen Sie doch mal mit den Gewerkschaftsfunktionären unseres Kreises, Herr Maire, die könnten Ihnen erbauliche Geschichten erzählen, wie zum Beispiel die jungen Arbeiter in unseren Betrieben ausgebeutet werden, wie es mit den Arbeitsbedingungen in den tristen Fabrikhallen aussieht, wie . . .

Tumult im Saal: 'naus mit den Kommunisten! Ab nach Moskau mit euch!

Der Maire: So kommen wir nicht weiter, meine Herrschaften, so nicht. Was sagen Sie zu der Situation, Herr Pfarrer?

Der Pfarrer: Eine falsch verstandene Modernität, die oft geisttötende Arbeit und die Laschheit vieler Eltern haben viel dazu beigetragen, daß unsere Jugend den Halt verloren hat. Das hängt auch mit der Entchristianisierung unseres Ländels zusammen.

Schilles, Präsident des Jugendclubs: Und Sie haben doch alles getan, nicht wahr, Herr Pfarrer, um die Jugend zu gewinnen. Sie haben die Fronleichnam abgeschafft, damit sie auch an diesem Sonntag unbehindert durch die Gassen rasen können. Sie haben den Gottesdienst französisiert, damit sie, die doch kaum Französisch können, Ihren theologischen Jargon besser verstehen. Sie haben . . .

Tumult im Saal: Jetzt langts aber! ’naus mit dem Autonomist!

Der Maire: Auch mir wird es jetzt zu bunt, meine Herrschaften. Ich habe eine konstruktive Debatte erwartet, und jetzt wird hier sinnlos in alle Richtungen geballert. Ich glaube, wir sollten der Jugend mehr Gelegenheit zum Abbau des ihrem Alter eigenen Staus geben. Die Herren Vereinspräsidenten haben das Wort.

Der Präsident des Musik- und Turnvereins: Wir haben einen Turnsaal und einen Sportplatz. Wir haben Geräte und Sportwarte. Wir haben eine Musikschule eröffnet. Doch die Jugend will nicht kommen. Sie lacht uns aus.

Die Opposition: Recht hat sie. Welcher Jugendliche wird sich schon in euren verknöcherten Strukturen wohl fühlen? Welchen Freiraum gesteht ihr euren jungen Mitgliedern zu? Zu welcher Verantwortung zieht ihr sie heran?

Der Maire: Bitte schön, wir haben ein Jugendzentrum gebaut, es ist zwar klein, aber funktionell und wird von jungen Leuten verwaltet.

Der Präsident des Jugendclubs: Wurde verwaltet, Herr Maire. Gestern abend hat das gesamte Komitee seine Demission gegeben. Organisieren wir einen Diskussionsabend, kommt kein Schwanz. Organisieren wir einen Disco-Abend, schlagen sie uns die Stühle kaputt. Wir haben alles versucht, es ist einfach nichts zu machen. Der Jugendclub ist nur ein Heftpflaster, das die Wunde kaschiert. Darunter eitert sie weiter und frißt sich tief ins Fleisch hinein. Es ist die logische Folge der Entfremdungs- und Entäußerungspolitik, die seit Jahren im Elsaß betrieben wird. Hinzu kommt das Leistungs- und Profitdenken, das wie ein tödliches Gift unsere Seele auffrißt.

Die Mehrheit: Quatsch! Quatsch! Hör doch auf mit dem Gefasel, Schilles! Polizei muß her!

Die Opposition: Schafft den Leistungszwang ab! Gebt den jungen Leuten eine ordentliche Arbeit! Schafft bessere Arbeitsbedingungen! Wir fordern die Arbeiterselbstverwaltung!

Tumult. Der Maire hebt die öffentliche Sitzung auf.

Therese und Willi gehen bedrückt nach Hause. Ich höre noch, wie Willi sagt: Aus unserem Tanzschuppen wird nix, Therese. Und ich sehe, wie die Therese sich aufrafft, als wollte sie sagen: Ich schaff' das schon. Ich werde sie zu Zucht und Ordnung erziehen.
Ich weiß, sie hat schon bei Pool angeklopft: Wenn es mal soweit ist, übernimmst du die Aufsicht im Saal. Du wirst es finanziell nicht bereuen.
Abwarten, antwortete Pool.

Sonntag nachmittag. Mamama Katrin sitzt stumm und niedergeschlagen neben der Zimmerlinde in einer Ecke der Wirtsstube. Bababa Jerri hantiert hinter dem Comptoir, das scheppert und klirrt und klingelt, Flaschen fallen um, ein Glas zerbricht, Jerri flucht. Die Sonne scheint, sie schlupft durch die gehäkelten Vorhänge und zeichnet allerhand Muster auf Tisch, Gläser und Gesichter.

Draußen rollt der Verkehr unaufhaltsam den Sonntagsbeschäftigungen zu: wo ist Messti[1], wo ist Wettfischen, wo ist Ball, wo ist Fußball, wo ist Wald, wo ist Wasser, wo gibt's Wiesen zu zertrampeln, es lagert sich so weich im halblangen Gras nach einer lustigen Grillparty, und wo waren wir noch nicht.
Mehmet sitzt da mit einem blauen Auge. Mehmet war dazugekommen, als sie heute nacht auf den Zierlinden schaukelten. Mehmet hatte sich schützend vor das vierte Bäumchen gestellt. Doch das vierte stand auch auf dem Programm der Vandalen, und Mehmet zog mit einem blauen Auge heim und sagte zu seiner Nilgül so etwas wie: Ixe nix Kültür. Heute morgen ging er dann noch einmal zu seinem Bäumchen hin, brach einen kleinen Schößling ab, schnitt zu Hause ein Maiskorn auf, steckte den Stiel hinein, füllte eine Konservendose mit Humuserde, legte das Maiskorn hinein, goß Wasser hinzu und stellte die Dose auf sein Fensterbrett. Baum nicht kaputt, Nilgül, wird weiterleben.
Pool sagt: Mir schlitzt keiner mehr die Reifen auf. Derjenige, der es heute nacht war, der wird morgen nicht zur Arbeit gehen, übermorgen wohl auch nicht. Vielleicht wird er sogar die ganze Woche zu Hause bleiben müssen. Haha.
Die Gendarmen durchkämmen das Dorf, einmal mehr. Die Schuldigen werden sie aber nicht finden: Eltern und Freunde haben für solide Alibis gesorgt. Den Gendarmen ist es auch wurscht. Sollen doch die Ixemer selber zusehen, wie sie mit ihrer Brut fertig werden.

Vor uns liegt der Stahlhelm. Keiner will ihn aufsetzen. Wir sind vier Leute hier, die ihn trugen, damals: Doni,

1 Kirmes

Charles, Schang und ich. Wieviel waren wir damals? Wohl an die dreißig. Ein Drittel davon ist gefallen. Gefallen? lacht Doni, verreckt müßte man sagen, krepiert, zerfetzt, zerlöchert. Die Lunge gekotzt, das Gedärm ausgelaufen, der Schädel gespalten, die Glieder abgehackt, Blut, Wasser, Eiter, Hirn, Kuttelsuppe. Und keiner hat Vive la France geschrien, geschweige denn Heil Hitler. Verdammi noch einmal.

Wie hat's angefangen? Wie platzte die Nachricht von der Einziehung der Elsässer in unsere von der örtlichen Nazifirma nach außen hin abgeschirmte Geborgenheit? Wir hatten uns mucksmäuschenstill verhalten und den Grahn und den Berschong als Sündenböcke in die Wüste geschickt. Den Krieg, den sollten die anderen führen, die in Berlin, die ihn angezettelt hatten, die in London, die uns zu befreien hatten. Und jetzt aber hieß es, mitmachen. In den RAD, da wären wir noch gegangen, so drei bis sechs Monate Gräben ziehen und Bunker bauen, na ja. Aber nach Rußland? Nein, das war nun doch zu verbrecherisch, uns dort hinzuschicken. Ein paar schlaue Burschen überlegten nicht lange, flohen über die Vogesen und verschwanden im französischen Untergrund. Da drohte der Gauleiter in Straßburg mit der Sippenhaft. Was machst du also, wenn du deine Eltern vor der Ausweisung nach Polen oder dem KZ bewahren willst? Du packst dein Holzköfferchen, ein Drittel Wollsachen, zwei Drittel Verpflegung: Speck, Schnaps und Zigaretten, und meldest dich zur Stelle. Armand war bei dem ersten Schub, als Sohn eines KZlers konnte er es sich nicht leisten, seine Familie noch mehr zu belasten. Das war Ende 42. Dann kamen wir nach und nach alle dran. Und so zogen hundertdreißigtausend Elsässer und Lothringer, darunter dreißig Ixemer, in den Krieg, in der Hoffnung, diesen Krieg so schnell wie möglich zu verlieren.

Doni: Ich war im selben Schub wie der Berschong. Wir mußten uns morgens um neun auf dem Kasernenhof in der Stadt melden. Dort fing das Theater gleich an: Gebrüll der Unteroffiziere, politisches Gequatsche der Nazibonzen: Elsässische Männer! An euch liegt es jetzt zu bezeugen, daß der Glaube und das Vertrauen des deutschen Volkes in das Elsaß auch im Entscheidendsten nicht zu Schanden wird: im soldatischen Einsatz gegen unser aller Feind, die Unmenschlichkeit des Bolschewismus! Unserem Führer Adolf Hitler, Sieg . . .
Das Heil kam nicht, wir pfiffen, wir johlten, wir buhten. Einige von uns hatten schon übers Maß gesoffen, und die Schnapsflaschen kreisten ununterbrochen. Dann wurden wir in Kompanien eingeteilt. Aus einem Kasernenfenster lugte ein MG heraus. Die Begleitmannschaften hatten aufgepflanzt. Wir marschierten durch die Stadt. Die Leute standen stumm auf den Trottoirs. Die Frauen und Mädchen weinten. Da fingen sie im ersten Glied an zu singen. Es war die Marseillaise. Bald sang das ganze Bataillon. Leute, das war was. So inbrünstig habe ich in meinem Leben nie gesungen, nicht vorher und nicht nachher, sogar in der Kirche nicht. Die Begleitmannschaften brüllten, doch es nutzte nichts. Und als die erste Strophe gesungen war, fingen wir wieder von vorne an, denn die zweite kannten wir nicht. So erreichten wir den Bahnhof. Auf dem Platz standen Maschinengewehre. Wir wurden in die Waggons eingeteilt. Da ging es erst richtig los. Wir rissen die Brandäxte aus den Halterungen, machten aus den Sitzbänken Kleinholz, jeder nahm sich ein Stück Latte und schlug damit die Fensterscheiben ein.

Einigen Begleitsoldaten, die anlegen wollten, wurde das Gewehr entrissen. Aber da waren schon die Feldgendarmen und die Gestapo, auch kam der MG-Trupp herangesprungen, und Schluß war's mit der Meuterei. Ich sah, wie sie den Berschong abführten. Er intonierte die Internationale, aber schon hatte er einen Gewehrkolben im Kreuz. Er fiel längs hin, und sie schleppten ihn ab. Als der Zug über die Rheinbrücke fuhr, warf der Barnert Seppel aus Zette einen blauweißroten Blumenstrauß ins Wasser. Der Walter Nandel weinte wie ein kleines Kind. In Darmstadt reichten uns Rote-Kreuz-Schwestern Kaffee in den Zug, wir warfen ihnen die Becher an den Kopf. In Braunschweig stiegen wir aus. Dort erwartete uns die Hölle. Sie trieben uns den welschen Mutwillen aus und verarbeiteten uns in kurzer Zeit zu Kanonenfutter, das dann in Orel gebraucht wurde. Die meisten blieben dort. Ich hatte Glück. In Orel liegt auch der Nandel, dein Onkel, René.
Schang: Auch wir haben die Marseillaise gesungen. Das war am 14. Juli 43. Das Marschbataillon bestand aus Elsaß-Lothringern und Wasserpolacken. Das Schiff lief morgens um zwei in Oslo ein. Dort oben ist um diese Zeit schon Morgendämmerung. Als wir uns auf dem Quai formierten, schrie einer: Buewe, 's isch Quatorze Juillet hit. Wir stellten uns im Kreis auf und sangen die Marseillaise, auch die Wasserpolacken grölten mit. Die Chargen brüllten und drohten, wir sangen weiter. Von einem norwegischen Frachter, der neben unserem Transporter lag, grüßten Docker mit erhobener Faust herüber. Auch uns erwartete dann die Hölle auf einem Truppenübungsplatz bei Hamar. Nach der Ausbildungszeit kamen alle weg an die Ostfront. Wir blieben nur zu dritt zurück, der kleine Bahl, der lange Weber, beide aus Schiltigheim, und ich, wir waren für

eine Funkerausbildung vorgesehen. Den Bahl haben die norwegischen Widerständler irrtümlicherweise von seinem Krad 'runtergeschossen. Der Weber versuchte, nach Schweden zu entkommen, wurde ertappt und zum Tode verurteilt. Dann mußte auch ich den Weg nach Rußland antreten.

Charles: Ich war zwei Jahre lang an der Ostfront. Zwei Jahre lang immer mit der Nase ganz vorn im Dreck. Und nie keine Schramme abgekriegt. So was nennt man Pech. Im März 45 desertierte ich, etwa fünfzig Kilometer vor Prag, zog Zivilklamotten an, die ich in einem verlassenen Bauernhof gefunden hatte, organisierte mir ein Panjewägelchen, lud ein paar Ballen Stroh drauf und trabte Prag zu. Unterwegs nahm ich müdgelaufene deutsche Landser mit, die vor den Russen flüchteten und unbedingt mit mir tschechisch sprechen wollten, ich markierte aber den stummen Dorftrottel. In einem Kaff nicht weit von Prag hörte ich Gewehrfeuer. Ich band mein Pferd an einen Baum und schlich vorwärts, um die Lage zu erkunden. So kam ich bis zum Bahnhof, dort schossen sich Partisanen mit einem deutschen Stoßtrupp herum. Es waren SS-Leute. Als ich mich von hinten am Bahnhof vorbeidrücken wollte, schnappte mich ein Tscheche am Kragen und hielt mir die Pistole vor den Bauch. Franzuski! schrie ich aus Leibeskräften, Franzos! Français! Zum Glück verstand der ein wenig Französisch. Ich gab mich für einen geflohenen französischen Kriegsgefangenen aus, bekam eine Knarre in die Hand gedrückt, und nun hatte ich meinen dritten Krieg innerhalb von fünf Jahren: 39 in der Maginotlinie mit den Franzosen, 43 an der Ostfront mit den Deutschen, 45 in der Tschechei mit den Partisanen. Mein letzter Krieg dauerte kaum zwei Stunden, dann kamen die Russen, ich bekam einen Partisanenausweis ausgestellt, wurde in Prag in ein Sammellager für Franzosen eingewiesen und durfte Anfang Juni schon nach Hause. In Ixe sprang ich aus dem langsam fahrenden Zug und brach mir dabei ein Bein. Endlich durfte ich in ein Militärlazarett, dies hatte aber keinen Sinn mehr, denn der Krieg war vorbei.

Heribert: Was die jungen Leute hier denn wohl denken; diese alten Frontkämpfer prahlen mit ihren Heldentaten, und was war das schon: Die haben die Marseillaise gesungen, Züge demoliert, Partisanen gespielt, mal ist einer verhaftet worden, mal ein Kamerad erschossen worden. Anekdötchen, was? Wie es wirklich war, dort in Orel, in Charkow, auf der Krim, in den Pripjet-Sümpfen, am Dnjepr, in Ostpreußen, in den weißrussischen Wäldern, in Polen, wie man dort verreckte, das Trommelfeuer, die furchtbare Kälte, das Hurräh-Gebrüll der angreifenden Russen, das Kettengerassel von Hunderten von Panzern, das Mahlen der Panzerketten über dem Einmannloch, dann der knietiefe Schlamm, der Hunger, die Läuse, der Typhus, die Verzweiflung, die wahnsinnige Angst, dann das Elsässer-Sein, das Wackes-Sein, wissen, daß man nicht dazugehört und trotzdem dabei ist, die Grausamkeiten, die man miterlebt hat, die gehängten Zivilisten, die vergewaltigten Frauen, die verbrannten Dörfer, und man war dabei, man hat mitgeschossen, man hat mitgehängt, man hat, man hat . . . und getraute sich nicht zu desertieren, desertieren hatte keinen Sinn, was wußten die Russen schon vom Elsaß, wie viele sind beim Versuch überzulaufen einfach umgelegt worden von den Kalmücken und Sibiriaken und Weiß- und Großrussen? Und wer wollte schon in ihren Lagern an Hunger und Krankheit krepieren? Eine verdammte

Schweinerei, in die man unschuldigerweise hineingeraten war, in der man nichts zu verteidigen hatte, keine Heimat, keine Familie, kein Vaterland, nur sich selbst und sein nacktes Leben . . .

Charles: Aus einem Wäldchen bei Schitomir waren Schüsse auf eine Transportkolonne gefallen. Wir kämmten es durch, umsonst, die Kerle waren entwischt. Der SS-Sturmbannführer, der den Einsatz leitete und dem meine Kompanie unterstellt war, ließ das nächstgelegene Dorf umstellen, wir trieben die Einwohner zusammen. Die Männer wurden heraussortiert und samt und sonders an die Bäume geknüpft, es waren an die fünfunddreißig. Dann wurden die Hütten angezündet. Die Frauen fielen auf die Knie, flehten und weinten. Wir versuchten, sie wegzujagen, umsonst. Da stand eine junge Frau auf, streckte die geballte Faust hoch und schrie auf deutsch: Es lebe Stalin! Feuer frei! rief der Sturmbannführer, die MGs hielten dazwischen, bis sich nichts mehr rührte. Ich war dabei. Was konnte ich dagegen tun, ich allein?

Pool: So was hab ich in Algerien erlebt, Anno 57. Drei der unseren waren von Fellaghas in einen Hinterhalt gelockt und dort umgebracht worden. Wir fanden sie mit abgeschnittenen Genitalien. Die müssen aus dem Duar am Dschebelhang sein, meinte unser Capitaine. Na, wir haben kurzen Prozeß gemacht. Was sich nur etwas gemuckst hat, Esel, Hund oder Mensch, haben wir niedergemacht und dann das ganze Kaff verbrannt. So war es. Und ich war dabei. Mit dieser Hand habe ich einen gepackt, der in einem Erdloch versteckt war, er wollte nach mir mit dem Messer stechen, da habe ich ihn erwürgt. Mit dieser Hand. Es soll ein Anführer gewesen sein, wurde nachher gesagt, man hat ihn an den herausgerissenen Fingernägeln erkannt, der war schon einmal gefoltert worden und war dann entkommen. Als er so vor mir lag, mit den hervorquellenden Augen, wurde mir übel. Glaubt mir, was mir dann später mit dieser Hand passierte, das war schon richtig. Ich hab's verdient.

Heribert: Wir sind halt immer überall dabei, wir Elsässer. Auch ich war dabei. Ich habe das zuerst im Raum Bobruisk, dann im Partisaneneinsatz bei Lemberg erlebt. Jedesmal wenn ich allein war, nach einer solchen Aktion, heulte ich mich aus. Und ich fragte mich, wie hätte Papa an meiner Stelle gehandelt. Papa hätte versucht überzulaufen. Papa hätte die Knarre weggeworfen. Papa hätte . . . Ach was, wer weiß schon, was Papa getan hätte . . . Zu Beginn der Invasion wurden wir nach Frankreich verlegt, das Wunschziel aller elsässischen Wehrmächtler: in Frankreich kannst du überlaufen. Wir wurden bei Coutances eingesetzt. Na, das habt ihr ja alles im Film erlebt, seit fünfunddreißig Jahren im Nonstop-Verfahren. Nur waren bei uns die Toten echt, der Gestank fürchterlich und der Geschütz- und Bombenlärm zum wahnsinnig werden. Unser Regiment wurde zerschlagen, es war Nacht, wir flüchteten kopfüber nach hinten. Ich verlor den Kontakt zu meiner Einheit, lief über Felder, stürzte in Gräben, blieb in Drahtverhauen hängen, stieß auf einen Schäferkarren, drinnen lagen die Klamotten des Schäfers, ich zog mich um, fand in ein Dorf, man nahm mich auf: Ob ich zu den Amerikanern wolle, die müßten bald da sein. Nein, zu Franzosen will ich. Dann auf einem Fahrrad über Feldwege nach Süden, wieder eine ganze Nacht hindurch. Hinter mir brannte und lärmte der Horizont. Man hatte mir eine Adresse gegeben, und so kam ich zum Capitaine Danglas-Villiers, der mit seiner Partisanengruppe südlich des alliierten

Durchbruchs operierte. Wir fingen versprengte Deutsche auf, zerschlugen Tranportkolonnen, griffen auch einmal die Nachhut einer SS-Division an. Daß wir dabei wenig Gefangene machten, war eine Selbstverständlichkeit, was hätten wir schon mit ihnen anfangen sollen. In den Ortschaften, die wir befreiten, schnappten wir uns die Frauen und Mädchen, die mit den Deutschen geschlafen hatten, schoren sie kahl und pinselten ihnen ein Hakenkreuz auf den Schädel. Den Capitaine widerte das an, doch er ließ es geschehen, um die Moral seiner bunt zusammengewürfelten Truppe auf ihrem Höhepunkt zu erhalten. Manchmal geschah es auch, daß die halbe Kompanie über ein besonders appetitliches Weib herfiel und an ihm den Siegesrausch kühlte. Auch da stand ich dabei, und manchmal ekelte es mich an, dann dachte ich aber an unsere Partisaneneinsätze im Osten und fand das Vorgehen der französischen Maquisards weit weniger grausam. Heute sehe ich das anders. Was hat man aus uns gemacht, sagt. Wo haben wir überall gesündigt? Ich ging dann mit dem Capitaine zur regulären 1. Französischen Armee, wo ich endlich einen sauberen Krieg führen durfte, wenn man das so sagen kann. Im Dezember 44 zogen wir in Mülhausen ein. Die Befreiung des Elsaß begann. Und wir hatten alles vergessen, was vorher geschehen war. Alles.

Pool: Man vergißt nicht, Bertel. Man glaubt, vergessen zu haben, es sitzt aber in uns drin, und dann und wann, nachts besonders, springt es heraus und faßt uns an der Gurgel.

Doni: Nach der Orelschlacht kam unser Regiment in den Balkan. Bosnien hieß die Gegend. Wir waren drei Elsässer in der Kompanie. Der Boehler Sepp aus Straßburg war unser Unteroffizier, er war schon 39 bei den

Franzosen Sergeant gewesen. Da sagt er eines Tages zu uns, dem Güscht und mir: Buewe, die Lage ist beschissen, wir hauen ab. Er hatte ein bosnisches Mädchen kennengelernt, das hatte einen Bruder bei den Partisanen. Wir gingen eines Nachts auf Spähtrupp, und als wir auf Reichweite der Partisanenstellung kamen, pfiff der Sepp leise durch die Zähne, das war das Signal für den Güscht und mich, uns auf den Boden zu werfen, dann schoß der Sepp seine Maschinenpistole auf die vor uns hergehenden Kameraden leer. Es war eine sternklare Nacht. Keiner entkam. Dem Jürgen, der noch ein bißchen zuckte, gab er den Gnadenschuß mit der Pistole. Am Tag zuvor hatten wir noch miteinander einen Skat geklopft. Aber es waren halt Deutsche, gell, und wir wollten zu den anderen hinüber, und der Sepp war ein eiskalter Hund. Die hätten ja auch auf uns geschossen, wenn sie uns beim Desertieren ertappt hätten. Wir warfen die Waffen weg, banden uns eine blauweißrote Binde um den Arm, und schon wuselte es um uns herum von Partisanen. Aus mir machten sie einen Koch, und der Sepp und der Güscht mußten nun für die Titoisten auf Spähtrupp gehen. Was aus ihnen geworden ist, weiß ich nicht. Ich habe sie bald aus den Augen verloren. Aber den Tito, den habe ich gesehen, Leute. Einmal hat er uns inspiziert und von meinem Eintopf gegessen, ja, der Tito. Und jetzt ist er tot.

Schang: Ich hatte das Glück nicht, wie ihr Helden, meinen Krieg als Partisan oder als Befreier zu beenden. Ich geriet, wie viele Tausende unserer Kameraden, in Gefangenschaft. Ich war im Lager Tambow, wo die Sowjets die Elsaß-Lothringer versammelt hatten. Ich möchte nicht mehr davon sprechen. Schwerarbeit, Krankheit, Hunger, das waren unsere Genossen, monatelang, für manche war es jahrelang. Aber die Russen hatten ja selber nichts zu fressen und kaum Medikamente für ihre Leute. Außerdem war ihr ganzes Land kaputtgemacht worden. Als wir im Spätherbst 45 heimkamen, waren wir nicht mehr zu erkennen, wir sahen wie ausgemergelte Vogelscheuchen mit schwarzgrauen Gesichtern aus. Tausende von uns sind dort geblieben. Schluß, Schluß jetzt. Was nützt es denn, das alles wieder wachzurütteln.

Waffenruhe. Jerri schafft Bier ran. Die Vögel zwitschern in der Rebhalde. Mein Bruder Armand steht dort draußen vor dem Fenster im Schatten des Reblaubs. Ich erschrecke, da ist er wieder verschwunden. Komm, laß ihn in Ruhe, wird Mama zu ihm gesagt haben, er wird schon allein mit seiner Vergangenheit fertig werden. Er braucht uns nicht. Du hättest ihn sehen sollen, Armand, als er nach Hause kam, wie ein rächender Erzengel, dem man eine schicke Siegeruniform angezogen hatte. Er hätte das ganze Dorf durcheinandergebracht, wenn ich ihn nicht gebremst hätte, wegen der Sache mit Papa. Ich wollte nun endlich den Frieden, er aber hatte nun den Ixemern den Krieg erklärt. Und er schrie mich an: Auch du, Mama, hältst jetzt zu ihnen? So wird also mein Papa ein zweites Mal verraten, und das von dir! Wie weh mir das tat. Wir haben nie mehr so richtig zueinandergefunden, bis ich dann krank wurde und du mich holtest, Armand. Wie er meine nasse tote Hand hielt und weinte, der arme Bub . . .

Pool: Und ich weiß immer noch nicht, wer meinen Babbe angezeigt hat.

Heribert: Wir haben nach ihm gesucht, Pool, dem Lump, der unsere Väter auf dem Gewissen hat. Papa hatte mir gesagt: Der Ortsgruppenleiter war es nicht, dessen bin ich sicher. Also wer dann? Der Bürgermeister Scholler doch auch nicht, der konnte keiner Mücke etwas antun. Gebüßt mußte aber werden, auch für die Verhaftung der Lévis. Und das Dorf sagte: Verknackst die beiden Nazis, die haben unsere Ehre befleckt. Den Scholler brachte man gleich ins KZ Schirmeck, das jetzt von elsässischen Widerständlern — allerdings nicht den saubersten — geleitet wurde. Er starb dort, angeblich an einer Embolie. Den Müller stöberte die Polizei kurz nach Kriegsende in einem Versteck im Badischen auf. Ich war damals auf Genesungsurlaub. Bub, beschwörte mich Mama, geh nicht zur Gerichtsverhandlung, lade dir keine Sünde auf. Ich ging trotzdem. Als ich aber den alten geschlagenen Mann dort zusammengekrümmt sitzen sah, sagte ich mir: Nein, den kann ich nicht belasten, das kann nicht stimmen, daß der, nein. Es waren außer mir noch zehn Belastungszeugen aus Ixe da. Nein, ich verrate niemanden. Der Richter schüttelte immer wieder den Kopf, als wollte er sagen, wie einst Pilatus: Was hat denn dieser Übles getan? Er hat euch abgeschirmt, er hat euch vor Schlimmerem bewahrt. Wo ist der Schweinehund, an dessen Stelle dieser alte Mann hier steht? Schließlich bekam er drei Jahre Gefängnis und zehn Jahre nationale Unwürdigkeit wegen Kollaboration mit den Nazis. Nach zwei Jahren wurde er gesundheitshalber aus dem Gefängnis entlassen, und seitdem ist er verschwunden.

Pool: Er war es also nicht, ja wer dann? Und wer hat meinen Babbe dann zum zweiten Mal angezeigt, als ihr den Zug demoliert habt, Doni? Haben sie noch einen anderen verhaftet?

Doni: Nein, nur ihn. Die müssen ihn gekannt haben. Die mußten sich gesagt haben, den anderen werden wir

die Hammelbeine schon langziehen und brauchbare Soldaten draus machen, der aber, das ist ein besonders widerborstiger, der muß aus dem Verkehr gezogen werden.
Und wo war der Fritz Müller während dem Krieg? fragt Schilles.
Das ist ein Kapitel für sich, antworte ich, wir sollten ihn mal zum Stammtisch einladen.
Der arme Junge, seufzt Katrin, der hat sich jahrelang seines Vaters wegen schämen müssen, und er konnte doch nichts dafür, daß der alte Müller so ein verbohrter Nazi war.
Halt, Mutter, sagt Jerri, ein Nazi, ein echter, war er keiner, nur so ein verrückter Deutschtümler.
Egal, sagt Katrin, der arme Junge mußte das Theater mitmachen, und dann nach dem Krieg schämte er sich.
Er scheint sich davon gut erholt zu haben, meint Schilles.
Haben wir uns nicht alle gut davon erholt? Wenigstens dem Schein nach?

Thereses Politik der kleinen Schritte ist sehr effizient. Sie knabbert an unserem Freiraum wie ein unermüdliches Nagetier herum: zuerst kamen wir jeden Sonntag zusammen, dann geriet uns zweimal eine Hochzeit dazwischen, und jetzt müssen wir uns vorher anmelden. Sowieso, sagte Therese zu Katrin, einmal im Monat genügt. Katrin antwortete nicht. Sie spricht überhaupt nicht mehr viel seit jenem Samstagabend.
Heute am vierten Junisonntag ist wieder irgendeine angemeldete Gesellschaft da. Wir okkupieren kurzerhand den Hof und machen es uns unter dem Pfirsich-

baum gemütlich. Doch, seit jenem Wehrmachtssonntag will bei uns kein historisches Gespräch mehr aufkommen. Es ist, als hätten wir mit diesem öffentlichen Bekenntnis unserer Leiden und Sünden unser ganzes Geschichtspotential erschöpft, als hätte dieser monströse und blutige Orgasmus uns innerlich ganz geleert. Ich hätte wohl noch Mützen, Hüte und andere Requisiten vorzuweisen, dieses Spiels aber sind wir nun auch müde geworden. Übrigens, den Stahlhelm haben wir dem Hund hingestellt, der säuft jetzt seine Brühe draus. In den ersten Tagen leerte der Tollpatsch ihn immer wieder aus, dann lernte er aber, behutsam damit umzugehen.

Wir sind wieder in den alten Trott zurückgefallen: alberne Witze, lange Schweigeperioden, viel Bier und Gauloises, dann und wann ein kurzes Auflachen, und Pools Hand wischt über das Gesicht, fegt die Gauloises-Stummel von der klebrigen Tischplatte, und der rote Daumenast bleibt fragend vor mir liegen: Sag doch was, du Schulorakel, warum ist es so und nicht anders?

Mir ist heute nicht drum, Pool, außerdem muß ich euch jetzt verlassen, der Schnitzler Schorsch hat mich zu einer Grillparty eingeladen. Salü.

Der Schnitzler Schorsch ist 1. Adjunkt, Verantwortlicher der katholischen Turnsektion und beruflich Demonstrateur für Schlagbohrer und andere Heimwerkzeuge. Potente fünfundvierzig, dichter herunterfallender Schnauzer, fettige Backen, Imponierthorax, breitbeinig: ein gemachter Mann, der es sich hat leisten können, die teuerste Villa in die Neusiedlung hineinzuklotzen.

Wir sind ein Dutzend Männer, dazu eine Handvoll Frauen in Schorschs Kellerbar eingepfercht. Die Kel-

lerbar ist in Ixheim das Statussymbol der Arrivierten. Die Kellerbarbesitzer haben sich zu einem zwar informellen, aber exklusiven Club zusammengefunden. Am Wochenende verkehrt man nur unter Kellerbarbesitzern in Kellerbars. In den Kellerbars werden die Geburtstage und die Gehaltserhöhungen, die Verlobungen und die Kindtaufen gefeiert, dann auch der Sylvesterabend, der Messtiabend und solche Abende, an denen man gar nix feiert und nur ganz einfach stolz und froh ist, in einer Kellerbar zu sitzen und Whisky zu trinken wie die noblen, schicken Leute von Welt. In solch einer Ixemer Kellerbar gehen Kupfer, Holz und Plastik, Kitsch und derbe Rustikalität eine kindlich protzende Verbindung ein. Abgegucktes Modisches wird hier durch handwerkliche Kniffe funktionell gemacht, Familienantiquitäten werden mit Pfiff — wie man meint — in die Ausstattung eingebaut. Wir hocken hier in einer mit Tannenbrettern gespickten Styroporhöhle. Das Licht kommt von einem Wagenrad, an dem eine Neonkrone befestigt ist. An den Wänden hängen: ein röhrender Hirsch im Abendrot, ein Taufbrief aus dem letzten Jahrhundert, ein Christus am Ölberg, ein — wo geklautes? — Exvoto, das Hochzeitsfoto der Urgroßeltern und eine knallige Reklame für Schlagbohrer, die nackte Miss Schlagbohrer, den Schlagbohrer wie eine Maschinenpistole an die Hüfte geklemmt.
Der Weißwein ist warm, wir kühlen ihn mit Eiswürfeln. Wir blödeln. Schorsch prahlt mit seinem Neubau. Wir hatten ihn vorher zuerst bewundern und begutachten müssen, vom Dachfirst bis zum Klo. Die Feste steht klotzig in der Siedlung, alles andere durch ihre eindrucksvolle Präsenz, durch ihre Mächtigkeit einfach niederdrückend, zur nichtssagenden Komparserie

degradierend. Mein Blick blieb fasziniert an den ausladenden schmiedeeisernen Balustraden und Ornamenten hängen, mit denen jedes Fenster, die zwei Balkone, die Terrasse und die Eingangstür prahlen, und ich fragte mich, ob da der Kitsch verrückt spielte, oder ob dieser auswuchernde Schwulst wohl der Ausdruck eines neuen Kunstempfindens sein könnte.

Um den Prachtbau herum sechs Ar hochheiligen Rasens, wohl noch jung und dürftig, in zwei Jahren aber, da werdet ihr staunen, der wird so dicht, so grün, so weich sein wie englischer Golfrasen. Ziersträucher und Zierbäumchen sitzen auch schon da. Wie die zu schneiden sind? Da kümmere ich mich nicht drum, sagt der Schorsch, das besorgt der Gärtner. Ich habe ein Abonnement. In der Wohnstube, pardon im Living, mußten wir die Schuhe ausziehen: glänzendes Parkett, über das nur in Socken geglitten werden darf. Was sagst du zu meinen Möbeln, Heribert? Was sagst du zu der ganzen Einrichtung, Heribert? So schön wie im Werbefernsehen, Schorsch. Jaja, sagt Schorsch, wir können's auch, wir Ixemer.

Jetzt schwitzen wir in der Kellerbar. Schorsch legt sich mit dem Maire an: Es muß ein Kinderspielplatz her, mit Sandkasten und so. Unsere Kinder haben in der Siedlung keinen richtigen Platz zum Spielen.

Ich wage einzuwerfen: Du hast doch einen großen Garten, Schorsch, Gemüse pflanzt du keines, das holst du bei den Schwiegereltern im Dorf, hast du mir gesagt. Da könntest du doch deinen Kindern etwas Platz einräumen, wenn der Rasen mal kräftig sitzt.

Bist du verrückt, lacht Schorsch, der Rasen ist doch nicht zum Zertrampeltwerden da.

Der Maire zu mir: Heribert, ich verstehe dich nicht, du solltest doch Sinn für das Schöne haben, als Lehrer, für die Grünflächen, die Zierbäume, die Blumenbeete. Unser altes Dorf war ein dreckiges Kaff, die Neusiedler hier geben uns ein gutes Beispiel, und du meckerst nur herum, anstatt zu belobigen.

Schon gut, Fritz, schon gut, ich meinte ja nur . . . Schorsch, so der Maire, das mit dem Kinderspielplatz setzen wir im Gemeinderat durch, das ist kein Problem. Ich sehe auch schon, wo er hinkommt. Allzu groß wird er aber nicht werden, das kannst du nicht verlangen, bei den horrenden Bodenpreisen.

Ich sehe auch, wo du ihn hinhaben willst, Fritz, sagt der Zimmermann, das ist der Platz hinter meinem Garten. Da protestiere ich aber dagegen. Ich will nicht, daß die Bälle dauernd in meinen Garten fliegen, das kann ich nicht dulden.

Ja, sagt der Maire, du hast auch recht. Na ja, es eilt ja nicht. Die Kinder können sich ja noch draußen im freien Feld austoben, bis wir etwas Passendes gefunden haben.

Das freie Feld hinter der Siedlung ist Allmendgut, von Lüi gepachtet. Jedesmal wenn Lüi sich beim Maire beklagt, daß die Rangen seine Kulturen verwüsten, appelliert der Maire zuerst an Lüis Kinderfreundlichkeit, dann an seinen Bürgersinn und endlich droht er ihm mit dem Entzug der Pacht. Ohne das Allmendgut ist Lüis Existenzgrundlage zerstört.

Der Maire: Diese Kleinbauern sind dem Staat nur eine Last. Die Zukunft gehört der industrialisierten Großlandwirtschaft. Der Lüi täte besser daran, in einer Fabrik zu arbeiten, da hätte er wenigstens eine gesicherte Existenz; so rackert er sich bloß ab und bringt's doch zu nix. Basta.

Jetzt wird im offenen Kamin gegrillt. Da der Zug im Keller nicht richtig funktionieren kann, beizt uns der

Rauch die Augen und kratzt die Luftröhre auf: egal, es wird gegrillt. Die Tür und die Luken auf! Schafft Durchzug, Männer! Wenn's mal richtig durchflackert, werdet's sehen, gibt's keinen Rauch mehr. Er hat recht, nach zehn Minuten hört das Husten auf. Nun wird die Flamme reduziert, die brennenden Buchenscheite ziehen ihre Zünglein ein, her jetzt mit den Merguez, den scharfen algerischen Würstchen. Was haben wir nicht alles aus diesem Algerien mitgebracht, den Couscous, die Merguez, den Mechoui, und was wir nicht alles dort erlebt haben! Ein hinterlistiges Pack, diese Fellaghas, aber schöne Zeiten waren's doch, oder? Nein, wir hatten keine Toten in unserer Einheit, nur ein paar Leichtverletzte. Pastis soffen wir in rauhen Mengen. Seitdem vertrage ich keinen mehr. Die Fatmas? Bscht, das geht unsere Weiber nichts an. Haha. Mensch, wie sie auseinanderspritzten, in ihren Duars, wenn die Kampfhelikopter kamen! Na ja, manchmal haben die Unseren etwas übertrieben mit dem Foltern und so. Was willst aber, es war Krieg. Und so viele sind ja auch nicht umgekommen. Was, wer hat gesagt eine Million? Quatsch. Und wenn auch, haben nicht sie mit dem Gemetzel angefangen? Du, was hatten denn die für ein Leben, bevor wir hinkamen? Du, wir haben denen die Zivilisation gebracht, wir haben ihnen Spitäler gebaut, wir haben dort eine moderne Landwirtschaft aufgebaut, und die Industrie erst! Unsere besten Leute waren dort, die besten Chefs, die besten Großlandwirte, jaja. Und dann haben sie uns hinausgeschmissen. Nein, nicht gerade hinausgeschmissen, wir haben denen noch mal tüchtig eins auf die Schnurre gehauen und sind dann übers Wasser herüber. Und haben gesagt, so, jetzt schaut, wie ihr die Nase aus dem Dreck bekommt ohne uns.

Aber klappen tut's nicht, sie brauchen uns immer noch. Wieviel haben wir von denen im Land? Fast eine Million? Nicht zu glauben. Einige sind ja tüchtig, nix zu sagen, machen alle Drecksarbeit, aber die anderen? Ein kriminelles Pack. Ab übers Wasser mit ihnen, dann wäre das Problem mit der Arbeitslosigkeit gelöst. Basta.

Ich höre gar nicht mehr hin. Ich verschließe meine Ohren. Ich kaue an dem scharfen algerischen Zeug herum, und das Mahlen meiner Zähne überdeckt den Rest des Gesprächs. Ich will nicht mehr dabei sein, ich will nichts mehr damit zu tun haben, nichts mehr, nichts mehr. Aber da rüttelt mich einer von innen her: Bertel, Sohn, Bub, sag, sind das meine ehemaligen Schüler, sind das die Söhne meiner Schüler? Wer hat ihnen diese Ungeheuerlichkeiten beigebracht? Und du schweigst dazu?

Laß, Papa, es hat doch keinen Zweck. Es nützt kein Predigen und kein Moralunterricht mehr. Es ist alles verhunzt.

Die Merguez sind alle, bis auf ein letztes Exemplar. Schorsch ruft seinen Hund her, läßt ihn Männchen machen und steckt ihm das heiße Würstchen ins Maul. Wie dann der Hund sich schüttelt, das Würstchen ausspuckt und heulend davonhechtet.

Allgemeine Heiterkeit.

Es muß etwas geschehen. Die kulturellen Verantwortlichen halten ein Konklave nach dem andern ab, Papst Muller mit seinen Kardinälen: dem Pfarrer, dem

Hauptlehrer Blatt, der Lehrerin Schwester Geneviève, dann dem Universitätsmathematiker Belär (Beiler) und dem Publizisten Voisin, zwei Ixemer Ableger der Straßburger Intelligenz, meiner durch diese Mullersche Initiative zu frischem Mut erwachten Bérengère, der jüngferlichen Studienrätin Véronique Renaar (Reinhardt) und, man staune, dem renitenten, oppositionellen, linksgrünen Juristen Gilbert Schott, alias Schilles, Neffe eines der Großgurus der elsässischen Kontestation, meines ehemaligen Stubenkameraden Antoine Schott. Ich war natürlich als Lehrkraft auch gefragt worden. Als ich aber die Forderung stellte, daß mein Freund Pool als Vertreter der nichtintellektuellen Schicht auch ein Mitspracherecht erhalte, sagte Maire Muller, diese Forderung sei inakzeptabel, wenn ich nicht weiter darauf bestehen wolle, sei ich in ihrer Runde willkommen, halte ich sie aber aufrecht, so schließe ich mich von selber aus, ob mir das klar sei? Natürlich war mir das klar, und es entsprach auch meinem Wunsch. Bérengère schüttelte betrübt den Kopf, sie verstehe mich immer weniger, der Graben vertiefe sich immer mehr zwischen uns beiden, was denn in den letzten Jahren aus mir geworden sei, wie denn wohl mein Papa reagieren würde, wenn er noch lebte und mich so dahinvegetieren sähe . . .

Schilles wusch mir gründlich den Kopf, wie er meinte: Die Politik des leeren Stuhls ist die falsche Politik. Zu zweit hätten wir eine starke Opposition abgegeben, allein vermag ich nichts. Vor wem hast du Schiß, vor Bérengère, vor Muller oder vor Blatt? Zeuge sein, aber selber nicht eingreifen wollen, am Wegrand stehen und das Geschehen mit Hms und Kopfschütteln beurteilen, anstatt Barrikaden zu bauen, wehrlos alles über sich ergehen lassen und nach geschehenem Unglück die große Klage in die Welt hineinjammern, das ist typisch elsässisch. Und du bist ein echter Elsässer, Bertel.

Herrliche, zornige, unduldsame, unbeherrschte, ungeduldige Jugend. Ich beneide dich um dieses Jungsein, Schilles. Ich bin aber nun mal eben zum Beobachter geschaffen, zum kritischen Zuschauer. Und was ich da sehe, ist ein Marionettentheater. Sagst du nicht oft, wir sind alle Puppen, die von fremden Manipulateuren bewegt werden? Nur eines möchte ich erfahren: Ob ihr euch von Menschen, von Ideologien, von Apparaten oder von euren eigenen Wunschvorstellungen manipulieren laßt. Und dich, Marionette Schilles, werden sie hoch oben von Trapez zu Trapez jagen, unten aber ziehen sie dir das Netz weg. Oder gedenkst du, einen langen Marsch durch die Institution Frédéric Muller anzutreten? Mein Lieber, du wirst den Lauf vorzeitig abbrechen müssen, denn dieser Mafia des pseudointellektuellen Goodwills bist du nicht gewachsen. Bub, der Muller braucht einen sarkastischen Hofnarren, um seinem Vorhaben einen demokratischen Anstrich zu geben, und dieser Narr bist du.

Donnerwetter, Bertel, diesmal hast du den Nagel auf den Kopf getroffen. Wie konnte ich nur so naiv sein. Du, ich sag dem Muller, der kann mich mal.

Quatsch, Schilles, das wäre Mumpitz. Du hast angenommen, du bleibst in dem Verein. Halte sie auf Trab und uns auf dem laufenden. Das Material werden wir dann am Stammtisch unter die Lupe nehmen.

Sie traben, sie referieren, sie konferieren, sie laden Straßburger Kapazitäten ein, Soziologen, Pädagogen, Kulturologen, Futurologen. Die Flurbereinigung kommt auch so langsam in Gang, Geometertrupps umkreisen das Dorf, arbeiten sich Meter um Meter durch Löß und Kalk, Sand und Kies, Matten und

Mais, Feldgehölze und Tümpel, Feuchtwiesen und Heide, Kartoffeln und Durlipsen[1], Obstgärten und Brachfeld. Da wittern wir Zusammenhänge, die wir noch nicht so recht verstehen.

Bérengère ist in voller Aktivität, Bérengère lebt auf. So munter habe ich Bérengère schon lange nicht mehr gesehen. Sie hat nun wieder eine ‚raison d'être'. Und, o Wunder, die bittere Enttäuschung über mein absonderliches Verhalten scheint sich aufgelöst zu haben: hat sie sich damit abgefunden oder beschwingt sie der neue Elan zu abgeklärter Einfühlung, zu liebevoller Toleranz? Ihre Haut, die in letzter Zeit zu welken begonnen hatte, strafft sich wieder, sie trägt Rouge und Wimperntusche auf, kleidet sich sportlich chic, ich habe wieder meine Augenweide an ihr, gehe ihr auch im Haushalt gern zur Hand, damit sie ihrer kulturellen Aufgabe gerecht werden kann; so sind wir uns näher gekommen, unsere Hände finden sich wieder, unsere Körper streifen sich, der Funke zündet, und plötzlich lassen wir alles liegen und stehen, gleiten im Tangoschritt aus der Küche, und irgendwo nimmt uns dann eine Couch auf, ein Doppelbett oder auch nur ein dicker wolliger Teppich aus der Lozère.

Die Woge, die mich damals in den Weizenfeldern und Weinbergen der Touraine fortgetragen hatte, die mich fast zwanzig Jahre lang im seligen Gezeitenspiel mal hochhob, mal hinlegte, sie ist nun wieder da, zwar nicht mehr so ungestüm, so atemberaubend, die tiefe Glücksempfindung aber ist immer noch dieselbe. Dann rafft sich Bérengère auf: Mon Dieu! Ich habe eine Verabredung mit Voisin! Wir lesen lachend die umherliegenden Kleidungsstücke und Accessoires auf,

1 Runkelrüben

knöpfen uns gegenseitig Bluse und Hemd zu, ein schallender Schmatz, und sie eilt fort, sie winkt mir noch einmal von der Straße her, ich winke mit dem Abwaschlappen zurück und tanze trällernd den unterbrochenen Tango zu Ende.

Fünfter und letzter Junisonntag. Es hat die ganze Woche geregnet. Gestern brach dann plötzlich die Sonne mit voller Wucht aus dem verhängten Himmel, fegte ihn leer und fönte das vom Regen niedergewalzte Gras flockig hoch. Da lacht nun das Knäuelgras mit seinen Wuschelköpfen, da reckt sich der elegante, vornehmtuende Wiesenhafer, da schüttelt der Blabbermohn am Wegrain seinen delikaten Kelch, da wiegt sich der weiße Mattenklee, da rankt sich die blaue Luzerne an einem Sonnenstrahl hoch, da prahlt der Fuchsschwanz, da tänzelt das Hirtentäschel, da strecken sich Hundsgras und Hasenbrot, und das feinblätterige Musgras lugt in den Margeritenbeständen an den langbeinigen Schönen empor.
Da kommt aber Lüis Mähbalken und frißt sich in die duftende Pracht hinein, bald liegt Schwade neben Schwade. Samstag nachmittag: wir haben frei, wir sind alle da, keiner hat uns zusammentrommeln brauchen, alle haben's geahnt: heute mäht der Lüi die große Matte hinter der Siedlung, und der Lüi braucht uns. Bis morgen abend wird das schöne Wetter anhalten, nicht länger: Radio Straßburg, Stuttgart, Baden-Baden und sogar Europe 1 freuen sich auf ein besonntes Wochenende, ein neues Tief aber steht bei Irland bereit, es wird mit größter Wahrscheinlichkeit den Sonntagabendrückzugsverkehr erheblich stören. Alle Mann ins

Heu, also, das Heu darf nicht am nassen Boden kleben bleiben, es muß ständig in die Heißluftdusche hineingehalten werden: die Rechen, Gabeln und Wender wirbeln ununterbrochen die langen Schwaden auf, bis der Abend kommt. Jetzt tut das Heu zu Haufen zusammen, bevor es tapp wird, denn schon setzt sich Tau an den Grasstupfeln an.

Speck- und Weinzeit in Lüis großräumiger Küche. Warum pflanzt du kein Welschkorn an, Lüi, du hättest viel weniger Arbeit als mit dem Rauhfutter.

Der Mais ist teuer, Leute, was ich da an Gift und an Dünger brauche, und die Maschinen, die kann ich mir nicht leisten. Außerdem ist Mais ein einseitiges Futter, da mußt du Vitamine dazugeben. Und dann die Milch, Leute, der Mais macht sie schnapsig. Riecht doch mal in ein Maissilo hinein, das stinkt schon fast nach Whisky. Ich übertreibe? Haha.

Du rackerst dich ab, Lüi, das ist doch kein Leben. Du kriegst nie eine Frau ins Haus. Die Mutter wird auch so langsam alt.

Ich bin die schwere Arbeit gewohnt, Leute. Ich bin abends wohl ein müder Bauer, aber auch ein zufriedener und ein freier Bauer. Mich hetzen die Landwirtschaftsfunktionäre nicht wegen Umstellung auf modernen Betrieb und so. Mich hetzen die Banken nicht wegen Ratenzahlung und so.

Und wenn der Maire dir das Allmendgut wegnimmt, was dann? Dann bist du ruiniert.

Dann spritze ich ihm seine Nobelvilla mit Mistjauche ab. Er weiß, daß ich es tun würde, ich habe ihn gewarnt. Er wird die Finger davon lassen.

Darauf trinken wir eins, Lüi.

Das war gestern, Samstag. Heute, letzter Junisonntag, die Sonne brennt schon sehr früh am Morgen. Sie schöpft schon wieder Wasser, warnt Lüis Mutter. Wir setzen uns gleich nach der Frühmesse in Trab. Die Heuhaufen werden auseinandergewirbelt. Es lacht schon schön, das Futter (Heu wo lacht und Öhmd wo kracht, heißt es bei uns), noch zwei Arbeitsgänge, einmal wenden, dann zusammentragen, damit die zwei Heulader gut greifen können. Um halb eins hoppelt ein Volkswagen mit deutschem Kennzeichen die Matte herauf. Heraus steigen Lüis Mutter und eine junge Frau. Mittagspause! ruft Lüi. Wer ist denn das, frage ich Schilles. — Ute, meine deutsche Freundin. — Aha, warum hast nie was gepiepst davon? — Wollte euch überraschen.
Salü bisamme! ruft sie. Elsässisch kann sie also schon. Jeans und T-Shirt mit einer großen weißen Margerite auf blauem Feld, um die zwei kecke Brüstlein hüpfen. Also, das ist Ute, Freunde, habe sie im Anti-Atom-Dorf Freies Wendland bei Gorleben kennengelernt. Sie ist eine Norddeutsche. Braungebranntes, lachendes Gesicht und strohblonde Haare, eine echte Nordische, was, Schilles? Die täte mir auch gefallen, sagt Doni. Also das ist Ute, salü Ute, willkommen in Ixe.
Wir sitzen im Halbkreis, die Frauen packen den Mittagskorb aus. Ute, was ist denn das für ein Name, so heißt niemand bei uns. Aber hübsch ist sie. Sie schneidet das Brot, etwas ungeschickt, aber mit so viel Hingabe. Gafft sie doch nicht so an und greift zu! Jetzt spricht sie, sie snaggt ein schnelles Deutsch. Hepla, sagt Pool, ich komm' nicht mehr mit. Pardon, sagt sie, und versucht es auf französisch, so anmutig rührend, ihr Französisch mit der exotischen Sprachmelodie. Sprich nur Deutsch, Mädchen, sagt Doni. Damit die

Jungen hier es lernen. Jetzt lacht sie. Jetzt beißt sie ins Brot, in die Jägerwurst, nagt die Hähnchenschenkel ab, trinkt aus der Bierflasche, und wir bewundern das entzückende Spiel der feuchten Lippen und der blanken Zähne. Gafft doch nicht so, schimpft Lüis Mutter, wir haben keine Zeit zu verlieren. Ute. Wird was draus? frage ich Schilles. Er errötet. Aha.
Der Schilles hat eine Deutsche mitgebracht. Hab' ich's nicht immer gesagt, das ist ein verkappter Autonomist? Hab' ich's nicht immer gesagt, der linst lieber über den Rhein als über die Vogesen? Ich höre die Ixemer Buschtrommeln, die heute abend die Nachricht von Küchenherd zu Küchenherd, von Wirtsstube zu Wirtsstube, von Kellerbar zu Kellerbar übermitteln: eine Deutsche, und womöglich noch eine Politische, eine Sympathisantin, vielleicht sogar eine Extremistin, wer weiß. Habt ihr die Aufkleber am Wagen gesehen? Stoppt die Atomkraft! Stoppt Strauß! Und es wird sich bestimmt einer finden, der behauptet, man habe sie am Grenzübergang lange kontrolliert. Und ein anderer wird naiv fragen: Nach wem haben denn die Gendarmen heute nachmittag im Dorf geschnüffelt?

Die Lademannschaften werden eingeteilt. Du wirst jetzt nicht mehr gebraucht, sagt Lüi zu mir, wir sind Leute genug. Der Gute wird wohl gemerkt haben, daß Bauernarbeit keine Schulmeisterarbeit ist und daß ich zwei linke Hände habe. Merci, Lüi. Drüben lockt mich das Osterfeld. Bis nachher, Freunde.

Das Osterfeld liegt an der höchsten Erhebung der Ixemer Gemarkung, dem Osterberg. Vom Osterberg aus hat man eine herrliche Aussicht auf diesen Teil der unterelsässischen Ebene. Im Osten steht das Straßburger Münster vor der Schwarzwaldkulisse, im Westen grenzt der langrückige Vogesenkamm den Horizont ab. Unter uns liegt das alte Ixe in seinen Obstgärten eingebettet, nach Süden in die weiße, breite Geschwulst der Neusiedlung ausufernd, wo Gartenzwerge, Gipsstörche und tönerne Rehe, die Totems der spießigen Idylle, über die gepflegten Grünanlagen der Villen und Bungalows mit so gefühlsbetonten Benennungen wie „Mon Rêve", „Chez Moi", „Mon Paradis"[1] wachen.

Sieh das schöne Land, sagte mein Papa oft, es ist weiträumig, aber nicht uferlos, es ist überschaubar, aber nicht eingeengt. Du findest nichts Schroffes in dieser Landschaft und nichts Eintöniges, sanfte Wellen, ausladende Mattentäler, dann die Kulturen in allen Variationen: die viereckigen tiefgrünen Hopfenzelte, das goldene Getreide, das satte Wiesengrün, die knallgelben Rapsfelder. Beachte auch die Geometrie dieser Landschaft, wie geordnet, aber auch wie variiert, wie einfallsreich die Linienführung ist, man muß da unwillkürlich an die Geometrie des Fachwerkhauses denken. Dann hast du wieder, inmitten dieser von den Menschen gezogenen Linien, die gemütvolle Freiheit der Natur, die Unbekümmertheit der sich windenden und schlängelnden Bäche und Gräben. Hier auf dem Osterberg werde ich mir eine Hütte bauen, Bub, wenn ich mal in Pension bin, so'ne Gartenlaube, von wo aus ich an den schönen Tagen das Elsaß erwachen und einschlafen sähe. Weißt du, Bub, unten im Ixemer Mief kommt es mir oft vor, daß ich dieses Land verwünsche, hier oben aber, wo ich das alles überschauen kann, wo ich den Abstand zu allem Kleinlichen, an sich Unbedeutenden habe, da spüre ich: dieses Land

1 Mein Traum — Mein Heim — Mein Paradies

gehört dir, dir hat der Herrgott es gegeben, du bist in diesem Land so tief verwurzelt wie der alte Nußbaum dort. Ich habe schon schönere Landschaften gesehen, Bertel, diese aber ist die meine, verstehst du, was ich damit sagen will? Sie hat uns geprägt und wir sie. Wir gehören zusammen.

Mein Papa hatte das Osterfeld schon im ersten Jahr seines Ixemer Aufenthalts kaufen können und hatte sich sofort ans Bäumepflanzen gemacht. Er begann mit dem unteren Teil, der aus Magerwiesen bestand, dann schritt die Kultur Jahr um Jahr die Anhöhe hinauf. Oben aber pflanzte er nichts, der Aussicht wegen. Diesen Teil haben wir dem Anlieger Lüi verpachtet, der hier seinen Weizen hat. Ich gehe durch den Hain, grüße Birken, Eschen und Buchen, Weißdorn und Schlehe. Vor zwei Monaten waren wir hier, Pool und ich, und machten Kahlschlag auf einem starken Halbacker. Aus den Baumstümpfen wachsen zarte Sprößlinge. Ich bücke mich, entferne die Schwächeren und lasse jeweils die Stärkeren stehen. Und da schießt's mir durch den Kopf: Dein Wald will nicht sterben. Dein Wald darf also nicht sterben. Du gibst das Osterfeld nicht her.

Maire Muller hatte mich zu einer Unterredung auf die Mairie gebeten. Der Gemeinderat, sagte er, hat einen Bodennutzungsplan entworfen, die Präfektur hat ihn genehmigt. Dieser Plan sieht hier exklusiv landwirtschaftliche Benutzung vor, für Baumkulturen ist dieser Lößboden zu schade, das ist bester Getreideboden, Heribert. Dein Wald liegt wie ein breites, klotziges Hindernis mitten im Weizen- und Welschkornland drin. Er muß weg, Heribert. Es ist ja schade um die schönen Bäume, da wirst du aber Brennholz bis zu deinem Lebensende haben. Na ja, ich übertreibe, aber für

Jahre hinaus wirst du da zum Feuern und Heizen haben. Die Vergütung wird auch der Bodenqualität angemessen sein, ich werde dafür sorgen, daß dir der bestmögliche Preis dafür ausgezahlt wird. Wir könnten dir allerdings auch die Breitmatte hinter dem Schulgarten dafür geben. Da könntest du eine schöne Obstbaumkultur anlegen und hättest alles bei der Hand. Also Bertel, abgemacht? Das Osterfeld gegen die Breitmatte? Ich möchte das auf gütlichem Wege mit dir regeln. Du wirst nicht opponieren, als Erzieher weißt du es ja am besten, daß Gemeinnutz vor Eigennutz geht.
Habe ich ja gesagt? Habe ich nein gesagt? Ich weiß nicht mehr. Ich werde wahrscheinlich, wie immer, nichts gesagt haben. Hat man sich einmal das Krötenschlucken angewöhnt, schluckt man sie automatisch weiter.
Aber jetzt stehe ich da vor meinen Baumstümpfen und schwöre einen heiligen Eid: Muller, das Osterfeld werde ich nie hergeben. Und damit basta.
Ich setze mich unter den uralten Nußbaum, unter dem der Hababb immer saß, den Kopf von links nach rechts wiegend und Unverständliches in seiner Fremdsprache vor sich hin murmelnd. Und jetzt springt er auf, ruckartig, hastet mit ausgebreiteten Armen wie ein großer schwarzer Urvogel auf den Hain zu, tastet nach den Bäumen, findet sie nicht mehr, wühlt in der Erde, klaubt einen Kieselstein heraus, reibt ihn blank, hält ihn in die Sonne, beschwört ihn lallend, legt ihn auf einen Baumstumpf, faßt den jungen Trieb mit beiden Händen, zieht und zieht, und der Sprößling wächst, geht in die Breite, schießt in die Höhe, streckt ein Dutzend Arme aus, nimmt Vögel und Schmetterlinge auf, und der Hababb tanzt wie besessen drum herum, bis Mullers Gendarmen kommen, ihm Hand-

schellen anlegen und ihn fortschleifen. Jetzt stimmt der Hababb ein Lied an, ist es die Marseillaise, ist es die Internationale, ist es Großer-Gott-wir-loben-Dich? Ich werde es nie erfahren, die Gendarmen stopfen ihm den Mund mit Moos zu.
Bei den wilden Völkern, sagt Papa, würde man den Hababb als einen von Gott erleuchteten Propheten ansehen, doch verstehen könne ihn nur, wer reinen Herzens ist. Und da erscheint der Maire Muller, lacht schallend, setzt die Motorsäge in Gang und fuchtelt damit vor meiner Nase herum.
Ein Hupkonzert weckt mich. Der VW hoppelt auf mich zu. Drüben im Sommerfeld fährt der letzte Heuwagen heim.

Wir schaufeln unsere Teller mit Röigebradeldi und Bibbeleskas voll und bestreuen den Kas mit Knoblauch und Schnittlauch. Bratkartoffeln mit Quark, sagt Ute. Die Jüngeren brechen in Gelächter aus: dem René, dem Hubert, dem Eddes, deren einzige Kontakte zum Bundesdeutsch nur über die Sportschau laufen, klingen diese Bratkartoffeln mit Quark wie mit unfreiwilliger Komik beladene Exoten aus Pelzpommern.
Seppel erklärt dem Mädchen, daß der deutsche Norden hier im französischen Osten ein nicht gerade liebes Andenken zurückgelassen habe, deshalb hätten für elsässische Ohren so unschuldige Wörter wie Kartoffeln und Quark immer noch einen schnarrenden, bellenden Beiklang.
Der Seppel, meint Schilles, sei noch zu sehr auf die preußischen Erlebnisse seiner von Wilhelm Zwo geehrten Familie fixiert. Was nun den deutschen Norden an-

belange, so täte er, Schilles, sich im sozialdemokratischen Hamburg viel wohler fühlen als im schwarzen Bayern. Wer habe die Nazis gezeugt und gekalbt, nicht der Norden, Freunde, sondern der uns Elsässern so nahe verwandte Süden.

Deutsch ist Deutsch, ob es aus dem Norden kommt oder aus dem Süden, röhrt Doni. Die bringen dich auf Trab, und wenn du ein lahmer Gaul bist, haha. Nichts für ungut, Mädchen, aber für mich bleibt Hochdeutsch eben die Marschmarschsprache. Wenn du aber Deutsch sprichst, so habe ich den Eindruck, wie wenn das ein ganz anderes Deutsch wäre, so eines, wie wir es sprechen. Haha.

Wie klang Französisch in den Ohren der Algerier und Madegassen, wie klang Amerikanisch in My Lai, wie klingt Russisch in Prag oder Warschau? fragt Schilles.

Wie man uns die schönsten Sprachen verhunzt hat, meint Ute nachdenklich. Verhunzt die eure nie, Freunde.

Schon geschehen, Ute, sagt Schilles. Zuerst verhunzen wir sie, und dann würgen wir sie ab.

Lüis Mamme bringt Kugelhupf und Edelzwicker. Wir feiern das schöne, lachende, duftende Heu des Sommerfelds, das nun hinten im Oberstock der Scheuer liegt. Draußen regnet es, wir sind stolz darauf, es als einziger landwirtschaftlicher Betrieb in Ixe geschafft zu haben, das Heu trocken nach Hause zu bringen, dies trotz unseres altertümlichen Maschinenparks.

Doni blödelt mit Ute, Seppel interviewt Lüi: es soll eine Reportage über einen altmodischen Jungbauern geben, der sich langsam auf biodynamisches Neufeld vortastet. Mehmet mit vom Kugelhupf gezuckertem Schnurrbart hilft Lüis Mutter beim Abwasch. Die drei Jüngeren haben wir mit Renés überlaut quietschendem

Akkordeon hinaus auf den Flur verbannt. Schilles setzt sich neben mich.

Gilbert, hat der Maire gesagt, ich wüßte dir einen sehr gut bezahlten Job als Rechtsberater in einem dynamischen Unternehmen. Was verdienst du schon als kleiner Advokat, der zu seiner Klientel nur Gastarbeiter, Zigeuner und ähnliches niederes Volk zählt? Nimm den Job an, Gilbert, und du bist ein gemachter Mann. Ich hab' ihn ausgelacht: Mensch, ich gebe doch meine Freiheit nicht her. Und was meinst du, welches seine Reaktion war? Er schüttelte mir die Hand und sagte: Allen Respekt, Gilbert, allen Respekt. Bertel, ich werde aus diesem Menschen nicht klug.

Erzähl von eurer Kulturrevolution, Schilles.

Also zuerst kamen einige von Voisin eingeladene Straßburger Kapazitäten, die in großen soziologischen Exkursen referierten, uns nicht zu Wort kommen ließen, ein saftiges Honorar einsteckten und verschwanden. Danach hielten wir zwei Sitzungen ab. Muller nahm übrigens nur an der ersten teil. Was dabei herauskam? Ein großes Palaver, das nun von einem Redaktionskomitee zu einem Memorandum zusammengefaßt werden soll, das der Maire eingehend studieren wolle. Mitglieder dieses Komitees sind: deine Bérengère, Schwester Geneviève, dein Kollege Blatt und selbstverständlich Voisin. Was nun letzteren anbelangt, so hat dieser mit unmißdeutlicher Autorität das Heft in die Hand genommen. Ob dieses Heft dem Maire entglitten ist, oder ob Muller den Voisin bewußt als Rammbock benutzt? Das wird die Zukunft zeigen. Auf jeden Fall tritt Voisin sehr selbstbewußt auf. Seine Sprachgewandtheit, sein gezieltes Benutzen des intellektuellen Jargons, sein geschicktes Handhaben der Dialektik läßt unseren Ixemer Fritz neben diesem

Wortgenie erheblich erblassen. Wer ist hier des anderen Strohmann?
Was kam nun bei diesem großen Palaver heraus? Belär, der verrückte Mathematiker, spielte fortwährend mit seinem Taschencomputer. Wenn er mal sämtliche Daten habe, meinte er, würde er den Institutscomputer damit füttern, die Ixemer Verzwicktheit lasse sich nur durch die Elektronik regeln. Die Straße frei den Mikroprozessoren. (Und er merkte nicht, der Simpel, daß Véroniques Knie an seinem Knie herumrieb, daß die altjüngferliche Deutschlehrerin sich noch vor Toresschluß einen mit Chips gespickten alternden Beau angeln möchte.)
Véronique Renaar (Reinhardt): Ich als Deutschlehrerin behaupte, daß die Elsässer richtige Sprachmuffel sind. Französisch sprechen sie schlechter als Araber und Türken, und was das Deutsche anbelangt, das sie doch zu kennen vorgeben, so ist das ein vom Patois verhunztes, nicht wieder kurierbares Deutsch. Da unterrichte ich viel lieber Frankophone, die sind weit gelehriger und springen nicht so leichtsinnig mit der Grammatik um. Meiner Ansicht nach täten die Elsässer besser daran, ihren Dialekt aufzugeben, dieses scheußliche Idiom vermasselt ihnen doch jegliche Chance, die Hochsprachen Französisch wie Deutsch korrekt zu erlernen.
Es ist bei uns immer wieder dasselbe Lied, Bertel, werden Bäume geknickt oder Fenster eingeschlagen, so ist der Dialekt dran schuld.
Übertreib nicht, Schilles.
Hör weiter zu, Bertel.
Elementarschuldirektor Blatt: Ich erkenne dem Dialekt einen gewissen Stellenwert als ländliche Umgangssprache zu, solange wenigstens ein idiomatisches Fran-

zösisch sich noch nicht überall durchgesetzt hat. Deutsch aber, liebe Mademoiselle Renaar, müßte ganz und gar aus dem Elsaß verschwinden. Es war die Sprache der Nazis, es ist die Sprache des deutschen Kapitals, dem wir immer mehr ausgeliefert sind. Französisch und Englisch, das wäre für mich das ideale Sprachenpaar, damit könnten wir den Elsässern, also auch und besonders den Ixemern, das Tor zur großen Welt, zum Mondialismus öffnen. Andererseits beharre ich auf meiner Idee, alles zu unternehmen, damit Ixheim endlich ein Collège bekommt. Das Collège würde ein starkes Kontingent von Lehrpersonen nach Ixheim bringen, die mit ihren Familien eine große intellektuelle Zelle bilden würden, deren Anziehungskraft alles lose Schwebende endlich binden könnte. Man müßte allerdings dafür sorgen, daß den Leuten standesgemäße komfortable Wohngelegenheiten geboten würden.

Kollege Blatt sieht sich schon als Principal des neuen Collèges, Schilles.

Voisin glaubt nicht an ein kulturelles Engagement der Collège-Intellektuellen. Das seien doch sozusagen oft die Parvenüs im Pädagogenvolk, die es unter ihrer Würde fänden, in einem Kaff wie Ixääm zu wohnen. Immerhin aber könne man den Versuch wagen. Ihm, Voisin, wäre es lieber, man lockte Kulturschaffende nach Ixääm. Wie wäre es zum Beispiel mit einer kleinen Künstlerkolonie im alten Dorf? So manches alte Bauernhaus werde nicht mehr voll bewohnt. Könnte man da nicht geschickt die Handhaben nutzen, die das Gesetz zum Schutz des gebauten Patrimoniums vorsehe?

Bérengère würde am liebsten die ganze weißgestrichene, schmiedeeisern beschnörkelte, mit Rehzwergstörchen bestückte Siedlung ausradieren, denn aus diesem von Banausen bewohnten Trabantendorf käme alles Unglück. (Sie hat Glück, die Gute, daß Muller nicht anwesend ist, wie betrübt würde sein Blick auf ihr ruhen.) Von einer Künstlerkolonie halte sie auch nicht viel, die brächten eine zu lasche Moralauffassung mit. Das Collège, ja, das wäre schon was Gutes, sie zweifle aber daran, ob wirklich erstklassiges Lehrpersonal nach Ixääm ernannt würde. Da kämen letztendlich nur Anfänger hin. Sie würde sich eher für eine konsequente Erwachsenenbildung entscheiden, in der zugleich Heimatkunde und Öffnung zur Welt gepflegt würden. Von Schilles auf das Sprachproblem angesprochen, antwortete sie mit dem klassischen Seufzer: Mon Dieu, wir sind doch in Frankreich, nicht?

Pfarrer Weber schüttelt immer wieder den Kopf: Ist denn das Sprachproblem so wichtig, meine Herrschaften? Lassen wir doch die Dinge, wie sie sind: Elsässisch für den Alltag, Französisch für das öffentliche und kulturelle Leben. Überlebt das Elsässische, tant mieux, stirbt es aus, tant pis[1]. Es ist nicht unsere Aufgabe, in diese Entwicklung einzugreifen, sei es, um sie abzubremsen, sei es, um sie zu beschleunigen. Was nun das Collège anbelangt, sage ich ja zu Herrn Blatts Vorschlag, schon aus dem Grund, daß unsere Kinder ihre Zeit nicht im Schulbus und den Cafés der Stadt auf unsinnige und moralschädigende Weise verbummeln, daß unsere Kinder im Dorf verwurzelt bleiben. Die Ursachen aber des Vandalismus und der Gewalttätigkeit, meine Herrschaften, und da muß ich mit der Opposition einiggehen, liegen irgendwo anders. Sie liegen in den schlechten Arbeitsbedingungen, in der Unlust an einer entfremdenden, verblödenden Arbeit, in der

1 um so besser ... da ist eben nichts zu machen

Angst vor der Arbeitslosigkeit, in unserem konsum- und profitorientierten Denken auch.
Betretenes Schweigen. Schilles kichert in sich hinein. Schwester Geneviève kreuzt die Hände wie zu einem Stoßgebet und schaut verstört den Pfarrer an, als wollte sie sagen: Mon Dieu, Herr Curé, das klingt ja fast wie kommunistisches Gedankengut!
So drehten sie sich zwei Stunden lang den Finger im Nabel herum, Bertel. Und der Belär spielte fortwährend mit seinem Taschenrechner, und die Véronique gab fortwährend Kniesignale durch, und dem Blatt rutschten grobe Alsatismen ins Schulfranzösisch hinein, und der Voisin beherrschte das Ganze souverän. Ich habe praktisch nichts gesagt, Bertel, was alle gewundert hat. Ich wollte nur ein neutraler Zeuge sein, wie du es tust, Zeuge ihrer Eingeengtheit, ihrer Kleinkariertheit, ihres frankoprovinziellen Dünkels. Und so was will uns Kultur beibringen, und so was spricht von Mondialismus. Nur mit dem Pfarrer könnte man eventuell noch eine intelligente Aussprache haben. Wollen sie denn nicht verstehen, daß Kultur nur auf dem Boden der Freiheit, der freien Entscheidung, der Selbstbestimmung und der Selbstverwaltung gedeihen kann?
Paß auf, Schilles, jetzt bist du es, der in Phraseologie macht!
Nein, Bertel, das sind einfache, klare Begriffe, die leider zu oft bei uns vernebelt werden. Heribert, wir dürfen nicht mehr länger zusehen, wir müssen politisch aktiv werden. Die Manipulateure haben uns im Griff, wir müssen uns befreien.
Halleluja, Schilles!
Das Akkordeon schweigt. Ute präludiert auf der Gitarre. Dann singt sie, mal sind es wehmütige alte Lieder, in die die Älteren einstimmen, mal sind es aggres-

sive neue Lieder, die ich nicht kenne. Lieder von Aufruhr und Freiheitskampf, die meine Béatrice wohl auch singt in ihrem radikalen Untergrund oder in ihrer ausgeflippten Kommune, wer weiß, wo sie stecken mag. Oh, diese Inflation der Symbolwörter, dieses Sich-Berauschen an ideologischen Tagträumen. Wo will sie denn hin, Ute? Wo will Schilles hin, dieser verbohrte Systemveränderer? Und wo stehe ich? Gehe ich irgendwohin, oder drehe ich mich unaufhörlich um die eigene Achse? Die Landschaften sind verschwommen, die Straßenschilder in Spiegelschrift, sie weisen sowieso in Sackgassen.
Rufe ich Lisel an? Was sage ich ihr? Was sagt sie mir? Hüllt mich die innige Stimme in ihren perlenden Schaum ein, und was dann?
Ich muß zu einem Guru, der mir mein Weltbild zurechtrückt. Geh doch zum Schotte-Onkel, sagt Schilles.

Ich fuhr also zu Schott. Wir waren nach dem Krieg zusammen im Lehrerseminar. Ich verlor ihn eine Zeitlang aus den Augen, dann tauchte er plötzlich wieder auf, das war nach 68. Man hörte ihn am Radio, man las von ihm und über ihn in den Zeitschriften. Und heute ist Schott Antoine einer der großen Gurus der elsässischen alternativen Kulturszene.
Kennst du Schott? fragte mich Schilles eines Tages. Ja, antwortete ich, doch was ist aus ihm geworden, aus dem Patrioten Schott, der den Nazis so manches Schnippchen schlug, der nur durch einen Zufall dem Strick eines deutschen Standgerichts entkam. Heute flirtet er mit den Autonomisten.

Na und, was ist da Verwerfliches dabei? fragte Schilles. Man weiß, antwortete ich, was aus den prominenten Vorkriegsautonomisten geworden ist: sie traten in die NSDAP ein und wurden Kreisleiter, SS-Führer und was noch alles.
Doch nicht alle, entgegnete Schilles. Mensch, Bertel, du schüttest das Kind mit dem Bad aus. Außerdem leben wir heute unter ganz anderen Vorzeichen. Schwafele doch nicht alles nach, was die Chauvinisten in ihrem Elsässerhaß dem verdummten Volk einzupauken versuchen.
Dann bekam ich Schotts Bücher in die Hand, seine Essays, seine polemischen Schriften, seine Alsace-fiction-Prosa. Und da war er wieder, mein Schott, der Gerechtigkeitsfanatiker, den ich damals gekannt hatte, der geradlinige Schott, stur und tolerant zugleich, Hiebe nach allen Seiten austeilend, Hiebe von allen Seiten her einsteckend. Schott war zu einem elsässischen „allround-fighter" geworden, im kulturellen Ring, im ökologischen Ring, im sozialen Ring. Und zu ihm pilgern nun — so Schilles — viele neubekehrte bewußt gewordene junge Elsässer, um sich von ihm die dialektischen Waffen geben zu lassen, mit denen die Bastille der Entfremdung gestürmt werden soll.
Solche Leute, die Wahrheiten verkünden, solche Dogmenbesitzer gehen mir auf die Nerven. Schott aber wollte, mußte ich wiedersehen, den elsässischen Heilpraktiker, den elsässischen Sterndeuter. Ich erhoffte von ihm eine erlösende Seelenmassage. Heiliger Schott, hilf mir.
Antoine Schott war nicht zu Hause. Seine Frau empfing mich. Christiane Schott, stellte sie sich vor. Heribert Grahn, sagte ich, Studienkamerad Ihres Mannes, aber weder Autonomist noch Chauvinist. Sie lachte

und führte mich ins Wohnzimmer. Da lag Schott überall herum, in Papieren, Briefen, Ordnern, Büchern, auf Handzetteln, Plakaten, Fotos. Da lag auch anderes, merkwürdiges dazwischen: Makrameearbeiten, Bandweide, eine Zeichnung mit hieratischen Tierfiguren. Sie lachte abermals: Nein, das hat nichts mit Schott zu tun, das ist eine Vorlage zu einem Knüpfteppich. Sie? fragte ich. Ja, antwortete sie, ich habe viel Spaß an solchen Arbeiten.

Bis jetzt sprachen wir französisch. Ich entsann mich, daß ich mich in der Wohnung eines elsässischen Propheten befand, und sattelte auf Elsässisch um. Sie antwortete weiter auf französisch. Ich fragte sie etwas ironisch, ob Schotts Frau denn kein Elsässisch verstehe. Sie lächelte, ja, doch verstehe sie es, aber sie spreche es nicht so perfekt wie Schott, sie habe es eben zuerst lernen müssen, ihre Muttersprache sei Französisch. Aha, sagte ich, Schott hat Sie bekehrt! Nein, nun lachte sie fröhlich auf, sie habe bereits vor ihrer Heirat mit Schott zu lernen angefangen.

Als ich ins Elsaß kam und feststellte, sagte sie, wie ich die einfachen Leute hier nötigte, ihre Sprache zu verdrängen, sagte ich mir, dazu hast du kein Recht. Nicht sie haben sich dir anzupassen, sondern du hast dich ihnen anzupassen. Na ja, und es hat mir Spaß gemacht. (Das gibt es also auch, siehst du, Bérengère, daß Französinnen Elsässisch lernen, daß sie ihre Kinder zweisprachig erziehen, ihnen gewissermaßen eine Vater- und eine Muttersprache vermitteln.) Mit ihrem Mann spreche sie allerdings mehr Französisch als Dialekt, weil sie darin die schnelleren Reflexe habe. Wir trinken Tee und essen dazu ein von Christiane Schott gebackenes Früchtebrot. Als ich sie weiter mit meinen inquisitorischen Fragen belästige, winkt sie lächelnd ab: Ach, lassen Sie doch das, Monsieur Grahn, das ist ja nicht so wichtig. Erzählen Sie mir lieber von sich. Haben Sie auch Kinder? Zwei Söhne? Aha! Oho! Gratuliere! Auf solche Söhne dürfen Sie aber stolz sein.

Ihre rechte Hand gleitet verspielt über den Kopf einer Rose. Ihre grünen mit Goldblättchen besäten Augen blicken aufmerksam und versonnen zugleich zu mir herüber. Sie ist eine anmutige Person, stelle ich fest, sie scheint nicht älter als vierzig zu sein, sie trägt sich dezent chic mit einem Touch von sportlicher Lässigkeit, so zwischen Chanel und Jeans. Ihre Züge sind ebenmäßig, mit klaren und dennoch sanften Konturen. Dieses Gesicht braucht die Mobilität nicht, die Lisels Züge zum Beispiel kennzeichnet, es muß der seelische Reichtum dieser Frau sein, der von innen heraus ihrem Gesicht eine ungewöhnliche Anziehungskraft verleiht.

Ich verfalle ihrem Bann. Ist diese Frau ein Medium? Warum schütte ich ihr nun mein Herz aus? Warum packe ich ihr und nicht Schott meinen seelischen Notstand aus? Warum erzähle ich ihr von Bérengère, von Lisel, von Béatrice? Warum höre ich mich da plötzlich sagen: Der Elsässer ist zur Bigamie veranlagt, doch die Bigamie wird vom französischen wie vom deutschen Gesetz verboten, so daß er nicht aus seiner Zwickmühle herausfindet. Und ich höre ihre sanfte Stimme, die so ruhig fließt: Raffen Sie doch einfach die Spielsteine zusammen und hören Sie mit dem Grübeln auf. Lachen Sie, wie Schott lacht, das befreit. Vergessen Sie das Gegensätzliche, suchen Sie nach den Gemeinsamkeiten . . .

Als ob ich mich nicht schon lange darum bemühte . . . Als ob das alles so einfach wäre . . . So wie sie es aber sagt, mit warmer Hand sozusagen über meine Seele gleitend, tut es mir unaussprechlich wohl.

Schott ist nun da, sein sonores Lachen erfüllt das Haus, dann verebbt es wieder, ihre Blicke kreuzen sich, bleiben ineinander hängen, lösen sich voneinander, dann berühren sich ihre Hände, wie zufällig, dann stehen beide auf: Du bleibst zum Essen hier, Heribert, komm mit in die Küche.

In der Küche sitze ich auf der Eckbank und entkorke einen alten Roten. Schott reinigt den Salat, Christiane schlägt das Omelett. So, nun erzähl von dir, Heribert. Was soll ich schon erzählen, Schott. Nächstes Jahr gehe ich in Pension. Dann ziehen wir uns in die Touraine zurück. Bérengères Bruder braucht jemanden, der geläufig Deutsch kann, er möchte seinen Vouvray auch in Deutschland verkaufen. — Aha.

Das ist der schwierige Weg, sagt Schott nach dem Essen. Ich plädiere für ein harmonisches Ineinanderwirken der Sprachen und Kulturen, und man wirft mir Rassismus vor. Alle Begriffe sind bei uns verdreht. Wer unterdrückt, will als Befreier gefeiert werden, wer unterdrückt ist, muß dies als eine Wohltat auffassen. Mal beschimpft man mich als Nazi, mal als Anarchist, mal als Kommunist, mal als Welschling. Siehst du, Heribert, es lebt ein kranker Mann am Rhein, der heißt Adam Elsässer. Französische und deutsche Ärzte haben ihn krankgepflegt. Er könnte also nur aus eigener Kraft wieder gesund werden, er könnte es, wenn er sich seiner Krankheit bewußt wäre. Aber wer will sich schon selber zugeben, daß er an Mythomanie oder an Schizophrenie leidet?

Komm, trink. Prost. Der beste Rotwein wächst in Gigondas, meiner Meinung nach. Du, wenn du nächstes Jahr Vouvray verkaufst, bin ich dein Kunde. Nein, ich

spotte nicht. Nein, ich verüble es dir nicht, daß du das Elsaß verläßt. Es gibt überall Menschen, die einen brauchen, es gibt überall Menschen, die du brauchst. Elsässer sein heißt nicht, sich unbedingt und bedingungslos an dieser Scholle hier festkrallen, sondern die Idee der Konvivialität in die Welt hineintragen.
Jetzt wirst du pathetisch, Antoine. — Ja, Christiane, entschuldige.
Schotts sonores Lachen. Spielst du Skat, Heribert? Nein, nein, du fährst jetzt nicht nach Hause, du schläfst heute nacht hier. Und ich verspreche dir, von jetzt ab nicht mehr von Politik zu sprechen.

Es wurde spät. Und in meinem Traum ruhten Christianes grüne mit Gold besprenkelte Augen versonnen auf meinem Schicksal. Ob mich der Guru geheilt hat? Daß er mit seiner klar fundierten Argumentation geschlossene, blindmachende Denksysteme sprengen kann, ist gewiß. Habe ich aber seinen rhetorischen Ausbrüchen überhaupt richtig zugehört? Was würde ich nun Mullers, Blatts und Voisins rundgelutschten Phrasen entgegenhalten? Und wie werde ich nun mit meiner Überdehnung des Begriffspaars Französisch—Deutsch fertig? Wie finde ich aus dem Ixemer, dem elsässischen, dem west-östlich-ideologischen Dschungel raus? Bin ich frei? Wie wird man frei? Was ist Freiheit überhaupt? Hätte ich nur präzise Fragen gestellt. Hätte ich nur zu Schott gesagt: Gib mir Kompaß und Wanderkarte, Chef. Hätte ich nur besser hingehört. Ich aber hing an Christianes stummem, lächelndem, lieblichem Mund. Alles andere war Kulisse, aus der dann und wann Schotts salvenartiges Lachen und Schotts dialektische Sprachfetzen drangen, einen Augenblick lang den Raum füllten und dann zerflossen.

JÜLI

Gilbert hat mir von Ihren Aufzeichnungen gesprochen, Herr Grahn. Dürfte ich sie mir mal anhören? Ich studiere Soziolinguistik in Bonn und mache zur Zeit eine schriftliche Hausarbeit über das Sprachverhalten der dialektophonen Elsässer.
Ich bin baff. Kommt da so ein blondes Mädchen aus dem hohen deutschen Norden mit s-pitzen S-tiefelchen hereins-paziert, um uns von Gott und der Welt vergessenen Ixemern auf den breiten Mund zu schauen, und das Resultat davon wird dann von Doktor Doktors begutachtet, bewertet und dem sprachwissenschaftlichen Weltfundus eingegliedert. Na, was sagt ihr dazu?
Ute lacht. Ich mag euren Dialekt, sagt sie, echt. Er wirkt irgendwie befreiend auf mich. Und doch werde ich ihn mit unserem schrecklichen wissenschaftlichen Jargon sezieren müssen. Werden Sie mir dabei assistieren, Herr Grahn?
Gern, so gern werde das der alte Schwerenöter tun, liebe Ute. Er werde sofort das Material herholen und stets zur Verfügung stehen, sobald die Soziolinguistik ihn brauche.
Das war am Montag nach der Heuernte gewesen, und heute, Samstag, bringt sie mir das Material zurück. Nun schwelgen wir alle drei in Mundartorgien, lassen das ganze Spektrum der Ixemer Saft- und Kraftausdrücke aufleuchten, zitieren die einheimischen Verslebrunzer, loben und preisen die Buntheit der Klangfarben, die Ausgefallenheit der Sprachbilder, die Unge-

bundenheit der Strukturen, verdammen die Sektierer, die dieser herrlich wildwachsenden Sprache ein Korsett anlegen möchten, verdammen die Hochsprachfanatiker, die sie in Isolationshaft sperren: es lebe die dialektophone Freiheit! Ja, er wirkt irgendwie befreiend auf mich, wiederholte sie, aber . . .

Was, ein Aber? Hat uns da eine Hochsprachige zuerst Honig ums Maul geschmiert, um uns auf sie einzustimmen, damit wir nicht aus der Haut fahren, wenn sie uns ihre Vorbehalte unter die Nase hält?

Aber, sagt sie, wenn dieser Dialekt nun wie ein Relais der Unterdrückungsmechanismen funktioniert? Wenn durch ihn die repressive Politik verharmlost und verniedlicht wird, so daß man sich der Gefahr gar nicht mehr bewußt wird? Was nützt euch dann euer Dialekt? Wenn er die Rolle des Jagdhüters Bimmerle, die Rolle des Dorfnazis Müller spielt, die beide nur biedere Transmissionsriemen sind oder waren?

Jetzt hört aber der Spaß auf. Was bildet sich diese Hergelaufene ein? Typisch linksradikal, typisch deutsch auch: stur auf die Extremen zu. Nein, Mädchen, unsere Sprache in Verbindung mit den Nazis zu bringen, dazu getrauen sich selbst die verstocktesten Innerfranzosen nicht mehr.

Stimmt, sagt der Verräter Schilles, stimmt, was sie sagt, die Ute, haargenau. Befehle werden auf französisch erlassen, auf elsässisch aber weitergegeben und ausgeführt, auf diese Art werden die Gelackmeierten die Fremdbestimmung weniger gewahr. Und ihr, die Lehrer, die den Dialekt in der Schule abwürgt, erklärt ihr es den Eltern nicht in biederem Elsässisch, wie gut es den Kindern täte, wenn man zu Hause nur Französisch mit ihnen spräche? Den Dialekt lobe ich mir erst, wenn er zur Bewußtseinsfindung beiträgt.

Und beide legen los, Ute im schnellen hamburgischen, Schilles im langsamen alemannischen Tempo. Die Bälle, von Ute mit s-pitzen S-tiefelchen, von Schilles mit klobigem Schuh gekickt, fliegen nur so um meinen Kopf. Ute dribbelt und Schilles bolzt, ich komme nicht zum Halten, geschweige denn zum Schuß, so verlasse ich eiligst das Spielfeld, überlasse die beiden der Seelsorge meiner herbeigeeilten Bérengère und flüchte in die heile Welt meines Gartens, wo es nicht um relativierte Stellenwerte und Entfremdungsmaschinerien geht, um Entlarvungsprozesse und Empfindlichkeitsmuster, um repressive Sprachstrukturen und klischierte Gefühle, um Modernitätsmonopole und gezinkte Kommunikation, sondern ganz einfach um Melde und Schachtelhalm.

Die sind einfach nicht auszurotten. Von den Äckern sind sie verschwunden, bei mir scheinen sie eine letzte Heimstatt gefunden zu haben. Bei dir, sagen sie, haben wir wenigstens noch eine Überlebenschance. Du rückst uns nicht mit Gift auf den Leib. Du läßt genügend Wurzelwerk übrig, damit wir in einem Monat von neuem sprießen können.

Ich würde euch gerne, sage ich, ein ganzes Karree meines Gartens überlassen, ihr seid aber ein frechwucherndes Zeug, ihr würdet mir in Kürze den ganzen Gemüsegarten zugrunde richten . . . Einen gleichen, von Siegen und Niederlagen markierten Kampf führe ich gegen Schermaus und Maulwurf. Du mußt mit Gift ran, sagt mein Nachbar, sonst wirst du das Lumpenvieh nicht los. Ich will aber nicht mit Gift umgehen, und deshalb kommen sie auch alle zu mir, diese Wühler und Wurzelzerbeißer. Die Neuankömmlinge enden dann gewöhnlich in meinen Fallen, die Alteingesessenen aber, die gehen mir nicht mehr auf den Leim und die züchten eine gegen meine Tricks gefeite Nachkommenschaft heran. Und den Mäusebussard, der mir dann und wann zu Hilfe kam, hat man letzte Woche vergiftet aufgefunden. Der Ixemer Jagdhüter Bimmerle, der für fremde, kapitalkräftige Jagdherren hier in der Ixemer Gemarkung über gezüchtete Fasanen und Rebhühner wacht, die Osterfeldhasen zum Abschuß dressiert und die Krittwaldrehe so schön ins Schußfeld zu treiben weiß, der die von den ungeschickten, vollgefressenen Herren aus Clermont-Ferrand (bis vor fünf Jahren waren es ebenfalls vollgefressene, aber geschickte Herren aus Stuttgart) aus Versehen erschossenen eigenen Hunde und fremden Katzen an heimlicher Stätte begräbt, um seine Brotherren nicht der Lächerlichkeit preiszugeben (man erfährt es aber doch und lacht sich darüber den Buckel voll), dieser Bimmerle, der schon einigen von uns das Leben rettete, indem er im letzten Moment die Flinte des Schießenden in die Höhe schlug, damit sich die Schwämmele nicht mit dem unschuldigen Blut eines Unbeteiligten färbten, dieser Mann also soll es gewesen sein, der meinen Freund und Helfer den Mäusebussard vergiftet hat.

Und da wären wir wieder bei Utes Vergleich angelangt: der Dorfdialekt, der Dorfnazi und der Dorfjagdhüter als Transmissionsriemen der herrschenden Kaste, also der Repression. Oje! Den Dorfdialekt werden wir dank Utes Arbeit aufwerten und von diesem Odium befreien, den Dorfnazi haben wir anno 44 geschaßt. Bleibt der Dorfjagdhüter übrig, den haben wir letzte Woche vor den Dorfkadi Muller zitiert. Wenn ich sage „wir", sollte es eher heißen: Schilles' ökologisches Einsatzkommando, mit dem ich zwar sympathisiere, von dessen systemverändernwollendem Aktivismus ich mich aber fernhalte.

Ein Mitglied des vor kurzem gegründeten „Colléco", das heißt ökologisches Kollektiv, hatte den Bussard am Fuß eines mit vergiftetem Fleisch bestückten Baumstumpfs gefunden. In Schilles' Abwesenheit stürmte der übereifrige Bursche sofort Bimmerles Haus, warf dem vierschrötigen Jagdhüter den toten Vogel vor die Füße, dieser fing das Beweismaterial auf, klatschte es dem Burschen um die Ohren, faßte ihn am Kragen und setzte ihn mitsamt dem Corpus delicti an die Luft. Aufruhr auf der Gasse, Telefonat eines Maire-Getreuen mit Frédéric Muller, der die Sache sofort in die Hände nahm.

Lokaltermin im Winterfeld. Hundert Meter hinter uns schneidet die Autobahn wie ein hoher, breiter Damm die Ixemer Depression entzwei. Da liegen die Feuchtmatten mit Erlen und Weiden, mit Schwertlilie und Königin der Wiese, da quaken die letzten Frösche in den Tümpeln, da sonnen sich träge auf umgefallenen, halbverfaulten Stämmen Ringelnatter und Eidechse, da windet sich der Bach, kriecht unter der Autobahn hindurch und ergießt sich auf der anderen Seite in einen kleinen Stauweiher. Neben dem Bach lief früher ein Feldweg, den haben die Autobahnbauer hier abgeschnitten. Wer nach drüben will, zieht die Fischerstiefel an und watet durch das Wasser hinüber, oder er macht einen Umweg von fünf Kilometern.

Da stehen wir nun vor dem Baumstumpf, der Maire, der Jagdhüter, der eilig herbeigerufene Einsatzkommandochef Gilbert Schott und sein Colléco, der Dorfjournalist Seppel und ich in meiner Eigenschaft als Leidtragender. Da hängt der Köder am Stumpf. Da legt man meinen Freund darunter ins Gras. Der Tatbestand ist klar: hier wurde ein Mäusebussard von Menschenhand vergiftet. Der Köder besteht aus rohen

Fleischstücken und Kutteln. Was das für Fleisch sei, wem die Kutteln gehörten? Wir sind alle keine Fachleute, wir tippen auf Hund, auf Kalb, auf Sau. Quatsch, sagt der Bimmerle, das ist doch echt Roß, das sieht man doch den Kutteln an. Es werden doch keine Rösser gemetzt in Ixe, wo denn kriegt man dann das Gekuttel? Im Schlachthof, sagt der Bimmerle. Er weiß es. Was füttert er denn damit, die Familie, die Hunde, die Katzen, die Hühner? Oder die Bussarde? Bimmerle wird rot. Nun wissen wir es: er füttert damit die Bussarde. Er tut es nicht wie ich, der die Schermäuse selber fängt und sie ins Feld hinauswirft, sich hinter einer Hecke versteckt und wartet, bis der gefiederte Freund, der dort oben seine Schleifen zieht, sich im Sturzflug auf sein Dessert stürzt.

Nein, nein, der Bimmerle liefert frei Haus, nicht vor die Tür, sondern direkt auf die Etage, wo der Bussard Siesta hält. So, er war's nicht? Die Colléco-Leute bestehen auf einer Anzeige. Wie wär's dann mit einer Hausdurchsuchung? Der Bimmerle wird weich. Es sei das erste Mal gewesen, behauptet er, an den anderen Vergiftungen sei er nicht beteiligt gewesen. An welchen anderen Vergiftungen? Soso, plötzlich weiß er nichts mehr davon, er glaubt nur gehört zu haben, oder hat er es geträumt? Und versteht doch, bettelt er, ich bin für die Rebhühner und Fasanen verantwortlich, wenn die Bussarde mir die Jungvögel wegfressen, was setze ich dann den Herren vor, wenn sie zur Jagd kommen? Quatsch, sagt Grahn, mein Bussard, der Bussard da, war nie auf Rebhuhnjagd, der war in Wirklichkeit ein faules Aas, das tagelang an der Autobahn sitzen konnte und in den Verkehrspausen die Opfer wegräumte, und wenn es dort nichts gab, lockte er mich mit seinem schrillen Kiai-kiai aus dem Haus, damit ich ihn füttere.

Da ich in diesem Kreis als Bussardologe gelte, glauben es mir alle, sogar der Jagdhüter.
Die Colléco-Leute beharren weiterhin auf ihrem Entschluß, die Sache zur Anzeige zu bringen. Nicht dem Bimmerle wolle man an den Kragen, sondern seinen Auftraggebern, den feisten Sonntagsjägern aus Clermont-Ferrand.
Da schreitet der Maire ein, der bisher nur als Moderator der Diskussion funktioniert hat:
So, der Jagdgesellschaft wollt ihr an den Kragen. Die Jagdgesellschaft aber hat Bimmerle den Auftrag gegeben, das Wild zu hegen, nicht die Greifvögel zu vernichten. Ich kenne die Herren besser als ihr, meine Freunde, der Hauptpächter ist in seiner Gegend ein profilierter Umweltschützer. Die Sache wird also an dem Bimmerle hängenbleiben, und der Bimmerle wird dann die längste Zeit Jagdhüter gewesen sein. Ich verstehe euren gerechten Zorn, Freunde, wollt ihr aber einen Frührentner ruinieren, der dieses Zugeld zum Leben braucht, seines Übereifers und eines alten Bussards wegen?
Schilles hebt den Bussard auf, wirft ihn Bimmerle hin: Begrab ihn.
Und Muller sagt: Räum' den Köder weg und tu's nicht mehr. Wenn es dein Patron erfährt . . .
Und Bimmerle in einer Anwallung von Trotz: Er hat mir doch persönlich den Auftrag . . .
Muller unterbricht ihn: Hau ab!

Das wars. Lokaltermin im Winterfeld. Und daß mir kein Wort davon in die Zeitung kommt, sagte Muller zu Seppel. Der Seppel verfaßte seinen Artikel trotzdem. Er erschien natürlich nicht. Seppel telefonierte die Redaktion an. Man gab ihm zu verstehen, daß

Mullers Inserate wichtiger seien als ein vergifteter Bussard. Wo es doch längs der Autobahn von Bussarden nur so wimmele.
So, das wars.

Von weitem höre ich Schilles' Lachen, Utes „merci, madame“ und Bérengères flötendes „au revoir, mes amis“. Dann fällt das Hoftor ins Schloß.
Mon pauvre chéri[1], sagt Bérengère. Der „pauvre chéri“ steht da, staubig und verschwitzt in den Stangenbohnen drin. Aus seinem Nabel krabbelt eine Ameise, Bérengère schnippt sie weg. Komm, ruh dich aus, Berti, sagt sie. Es ist das erste Mal, daß sie mich Berti ruft. Berti läßt also Melde und Schachtelhalm weiterwuchern, geht zum Brunnen, betätigt den Schwengel, wäscht sich Gesicht, Arme und Brust, während Bérengères Hand zärtlich über seinen Rücken streicht.
Und jetzt sitzen wir beide in der Hollywoodschaukel unterm Apfelbaum. Laßt uns nun diesen Tag genießen, behaglich hingefläzt den nackten Bauch der Sonne hinhalten, seinen lieben Nabel zum Mittelpunkt aller Dinge werden lassen und die Dinge dann selbst relativieren, wie Ute sagt, verniedlichen, verwischen. Laßt doch alles seinen Lauf nehmen, schwimmt doch nicht gegen den Strom, hängt doch den politischen Ärger an Schotts Nagel, laßt doch das Elsaß seinen Wandel vollziehen. Wie lange haben wir noch zu leben? Also leben wir, und kosten wir es voll aus. Denn können wir die Evolution aufhalten, Schott? Nein. Ich will keine Evolution aufhalten, Heribert, wenn sie naturbedingt ist. Wogegen ich mich aber wehre, das ist die bewußt geplante und durchgeführte Manipulation.

1 armer Liebling

Bitte, Schott, nicht jetzt. Ich sitze neben Bérengère auf der Hollywoodschaukel unterm Apfelbaum, wir halten Händchen und lassen uns von SWF 3 und France-Inter berieseln, das Blabla auf poppig Neudeutsch und auf poppig Neufranzösisch, Krawattenverkäufergequassel und Amischnulzen aus allen Kanälen. Und dann Bérengères Lippen auf meiner Brust. Ist das Hoftor abgeschlossen?
Oui, mon chéri.

14. Juli. Quatorze Juillet auf französisch, Gadorschwijje auf elsässisch. Blauweißroter Tag. Gestern abend Fackelzug, anschließend Ball. Beflaggung dürftig, sehr dürftig. Früher war das anders, nach der Befreiung, da wehte die trikolore Freude aus allen Fenstern. Mit den Jahren aber ist die Freiheit zu einer Banalität geworden. Was ist das, Freiheit? fragt der renitente Schilles. Eine Gummiwand, die zuerst nachgibt und dich dann in deine Ausgangsposition zurückschleudert.
Gib Ruhe, Junge. Freuen wir uns heute. Im Pfirsichbaum singt die Meise. Mamama Katrin hat uns einen großen Kugelhupf gebacken, dazu trinken wir einen auserlesenen Klevener aus Heiligenstein. Es ist der gleiche Wein, der dem Präsidenten der Republik kredenzt wurde, als er uns vor ein paar Jahren mit seinem Besuch beehrte.
Wir erinnern uns. Vom Himmel hoch da kam er her mit seiner Madame, artig, vornehm, elegant. Ehrenspalier der Brandäxte, Kinderchor und Überreichung von Blumengebinden, Küßchen auf Kinderwangen, Tusch und Marseillaise, Fahnenwald und Triumphbö-

gen, Mikrophone und Kameras, Bereitschaftspolizei und Gorillas[1], Ixemer und Fremde, freudiges Klatschen und Vivatrufe, Naseschneuzen und Herzpochen, Frédéric Mülläär in Galamontur mit blauweißroter Schärpe und sämtlichen Indochinamedaillen, und der Geist des Hababb vor dem Zug herrollend. Betrachten wir uns die Schau am Fernsehen, so wie sie von fünfzig Millionen Franzosen erlebt wurde.

Erste Phase, am Vorabend: Ixemer Fachwerk, Ixemer Geborgenheit, Ixemer heile Welt wird bis in die letzte Hütte des Hexagons live gebracht. Seht die rührend unbeholfenen Hinterwäldler, hört ihr breitgetretenes, gestottertes Französisch, das sich bemüht, die rasend schnellen Fragen des Allerweltsreporters zu befriedigen: Vouivoui, wir haben alle für ihn gestimmt, vouivoui, wir werden wieder für ihn stimmen, vouivoui, wir stimmen immer für den Präsidenten, vouivoui, das ist ein guter Mann, das ist unser Mann. Und einer, es war der Ringler Naz, verwechselt in der Aufregung den Namen des Staatschefs mit dem eines seiner Gegenkandidaten. Ganz Frankreich lacht, und wir lachen mit.

Zweite Phase: Unser Mann aus Paris ist da. Maire Mülläär begrüßt ihn ehrfurchtsvoll und küßt der Madame die Hand. Pompöse Ansprache des Maires, nichtssagende, aber stilistisch hervorragend formulierte Antwort des Präsidenten. Dann folgt das von Staatschefs so beliebte und von Sicherheitsbeamten so gefürchtete „bain de foule“: unser Herr aus Paris schreitet in die Menge hinein, alles überragend, schüttelt Hände und betätschelt Kinderwangen.

1 Leibwächter

Schwenk auf Madame, die mit Frédéric konversiert und sich dann Madame Grahn, der Organisatorin des Empfangs, zuwendet. Und wo ist Madame Mülläär? Im zweiten Glied, tapfer lächelnd im Schatten des Ruhms stehend.

Schnitt. Gefallenendenkmal. Der Applaus hat sich gelegt. Der Präsident mit dem Blumenkranz. Fahnen senken sich. Eine Minute Stillschweigen. Der Präsident setzt die Brille auf. Will er die Namen der Toten lesen? Dazu bräuchte er länger als eine Minute. Hat man ihm gesagt, daß keiner von denen für die Republik gefallen ist, sondern alle für Wilhelm Zwo und Führervolkundvaterland, das heißt für den Antichrist und die Katz? Gefallen auf dem Feld der Ehre, liest der Präsident. Welche Ehre, fragt der Hababb in seiner Hababbsprache. Dort oben hockt er, auf der Schulter des gefallenen, aber dennoch aufrecht stehenden Soldaten und spuckt Eichelhülsen aufs Volk. Sucht nun der Präsident nach dem Namen meines Papas? Er hat sich leicht nach vorn gebeugt. Er wird ihn aber nicht finden. Auch die Lévis wird er nicht finden. Doch, der Berschong steht auf dem Sockel, aber auf der Hinterseite, vorn war kein Platz mehr für ihn. Führt doch den Präsidenten hinter das Denkmal und zeigt ihm den Berschong. Zu spät. Merci, mesdames, messieurs. Der Maire tritt auf den Chef zu, macht ihn kurz mit der Elsaß-Ixemer Tragik bekannt. Die armen Teufel, seufzt der Präsident. Wenn ich anno 40 Präsident gewesen wäre, hätte ich das Elsaß nicht im Stich gelassen wie dieser Trottel von Albert Lebrun.

Dies aber bekommt das Volk nicht zu hören, während dieser Szene fädelt der Starreporter patriotische Allgemeinplätze ein. Schnitt. Im festlich geschmückten Vereinssaal stellt der Maire den Gemeinderat und verdiente Bürger vor sowie die Kriegshelden Doni mit der Titomedaille und Charles mit der Tschechenmedaille am Revers. Erleichtertes Aufatmen des hohen Herrn. Großaufnahme Doni, Großaufnahme Charles. Dann wieder Totale. Aber da fehlt doch noch ein Held, ein doppelter Held sogar, der Partisan und Befreier Mülhausens, der Verfasser des prachtvollen Buchgeschenks, das jetzt dem Herrn überreicht wird. Wo steckst du denn, Heribert? Hast das Grimmen? Kamera auf Maire Muller, Lobpreisung des Staatschefs, Beteuerung der Ixemer Staatstreue, Erwähnung des Ixemer fortschrittlichen Geistes und schließlich Bitte um ein Staatsalmosen für die Gemeindekasse, die nicht mehr allen Forderungen, die notwendigen Infrastruktureinrichtungen betreffend, gerecht werden kann.

Er danke herzlichst im Namen von La France, antwortete unser Herr im Pariser Himmel, für den wunderbaren Ixäämer Empfang. La France wäre nicht La France, wenn Ixääm nur ein Abklatsch von Ixeville wäre. La France erfreue sich der Diversität der Landschaften, der Sitten, der Charaktere (nein, die Sprache erwähnte er nicht), die sich so nahtlos zu einem harmonischen Gesamtbild zusammenfügten. Und er gratuliere dem Herrn Maire zu einer so vorbildlichen Gemeinde, und er gratuliere der Gemeinde Ixääm zu einem so exzellenten Maire, dem bestimmt noch eine große Karriere im Dienste des Elsaß und des Vaterlandes bevorstehe. (Aha, flüstert man sich zu, da bereitet sich was vor.) Ixääm habe Vorbildliches geleistet auf dem Gebiet der Infrastrukturen und würde noch Vorbildlicheres leisten, wenn es die finanzielle Kraft dazu aufbringen könnte. Es sei eben das Übel unserer Zeit, daß das Geld nicht immer dorthin fließe, wo die kühnsten Ideen blühten. Er werde aber dafür sorgen, daß das verdienstvolle Ixääm nach seinen Meriten behandelt werde. Undsoweiterundsofort, der Staatssäckel tut sich auf, und die Millionen kullern vor Mullers Füße. Heb sie auf, Fritz, bevor sie einer der hinter dir stehenden Regionalhaie in die eigene Tasche steckt.

Nun schreitet der Herr Präsident auf Frédéric Muller zu, hebt feierlich seine Stimme an, schlägt unseren Maire im Namen von La République Française zum Ritter der Ehrenlegion, heftet ihm das Kreuz an den Frack und umarmt ihn. Schnitt. Schade, wir hätten so gern die stolze Träne in Frédérics Auge gesehen. Jetzt sollten wir eigentlich einen Einblick in die Bankettszene bekommen, die sich im großen Saal der Mairie abspielt. Es wird uns aber nicht gegönnt, Majestät speisen zu sehen. Faßt Majestät den Spargel mit den Fingern und saugt ihn schmatzend leer, oder zerkleinert ihn Majestät mit Gabel und Messer? Und was stand sonst noch auf dem Menü: das obligate Gänselebermedaillon, Rotkrüt mit Äpfeln und Gfüllter Saumagen, des Lokalkolorits wegen, und nach der Käseplatte Heidelbeertorte, nein, die war von Bérengère gestrichen worden: man kann doch das erlauchte Paar nicht mit blau gefärbten Zähnen nach Paris zurückfliegen lassen. Ersetzen wir also die Heidelbeeren durch ein Soufflé auf Kirsch. Und gleich wird's auch Zeit zum Aufbruch, aller Augen und Herzen warten draußen auf Dich, Herr. Außenaufnahme also: trikolore Gasse. Masse von Köpfen. Finale des Starreporters. Schnitt. Totale Fußballplatz, der Staatschef und Madame heben vom Boden ab und fahren in den Himmel auf. Letztes Bild: die vom Rotorwind zerzauste griechische Frisur meiner Bérengère.

Lieber Fritz, was gäbe ich drum, wenn ich den Schleier lüften könnte, hinter dem du dich verbirgst. Wenn du bei mir auf dem Sofa sitzt, meine Frau Bérengère anhimmelst und deine hellblauen Augen in wundervoller Ergebenheit strahlen, o Fritz Müller, wie rührend bist du in solchen Momenten. Dann schaust du verlegen zu mir herüber, und mein Blick sagt dir: Na, genier dich doch nicht, Freund. Und du faßt die Hand meiner Bérengère und küßt sie voller Entzückung. Und beim Abschied drückst du mir lange die Hand, legst du mir beide Hände auf die Schultern: Ich bin so gern bei euch beiden, Heribert.

Lieber Heribert, du hast eine wunderbare Frau, ich beneide dich um diese Frau, die du eigentlich gar nicht verdienst, der du nicht gibst, was ihr gebührt. Entschuldige, Heribert, ich gehe zu weit und vergesse, daß du mein Freund bist, wenn unsere Meinungen auch manchmal schroff aufeinanderstoßen. Aber eines muß ich dir sagen, Heribert, deine Wühlarbeit gegen mich ist nicht fair, und solltest du sie nicht unterlassen, wirst du mich noch kennenlernen.

Lieber Fritz, das möchte ich ja, dich kennenlernen. Bist du ein Schweinehund oder ein Gschäftelmacher oder ein naiver Dorfbeglücker? Was macht dich so selbstsicher, Sohn eines Nazis? Was macht dich so unsicher, tapferer Indochinakämpfer? Das unruhige Flimmern deiner Augen, ist es dem arrivierten Makler und Dorfpolitiker anzulasten? Der schwärmerische Elan, der dich manchmal beseelt, ist es ein Überbleibsel aus deiner Jugend, Gefolgschaftsführer?

Lieber Heribert, ich bin ein Mensch, der große Verantwortungen trägt, der große Risiken eingeht. Da überkommt mich manchmal die Sehnsucht nach einem ruhig dahinfließenden Leben an der Seite einer so hochgebildeten, feinfühligen Frau, wie Bérengère eine ist.

Lieber Fritz, der Präsident der Republik hatte dir seinerzeit die Wege geebnet, warum beschrittest du sie nicht? Du könntest heute der Generalrat unseres Kantons sein, du könntest sogar unser Député sein, und vielleicht wärest du dann Staatssekretär in einem technischen Ministerium geworden. Ein jeder Premierminister beruft gern einen tüchtigen Elsässer in sein Kabinett. Ich verstehe dich nicht, Fritz: Macher, wie du einer bist, intelligent, gerissen, aalglatt, mit dem demagogischen Instinkt versehen, begnügen sich nicht mit Privatjets, Sportwagen, Luxusvillen und all den anderen Statussymbolen des finanziellen Erfolgs, sie begnügen sich nicht damit, Politiker zu kaufen, sie steigen höchstpersönlich in die Politik ein. Es geht ihnen dabei nicht so sehr um Macht, die üben sie ja sowieso schon aus. Es geht ihnen um Popularität: sie wollen beliebt sein, sie wollen von möglichst vielen Leuten gewählt, das heißt auserwählt werden, sie wollen in die Geschichte eingehen, sie träumen vom Denkmal, das ihnen ein dankbares Volk mal aufstellen wird. Lieber Fritz, genügt dir die Liebesbezeigung eines kleinen elsässischen Kaffs? Genügt es dir, bei regionalen politischen Feiern im dritten Glied zu stehen?

Lieber Heribert, die Größe des Menschen liegt in seiner Genügsamkeit. Ich habe vieles erlebt und die Welt gesehen. Ich habe erreicht, was ich erreichen wollte, und meine Macht reicht weit, bis nach Paris. Ich bin von niemandem abhängig, viele sind es aber von mir. Warum sollte ich mich nun in eine politische Abhängigkeit begeben? Wie bedauere ich diese gejagten Hengste, die zwischen Geschäft, Politik und Mätressen hin- und herpendelnd lauter Nichtssagendes von sich geben, nur Hektik produzieren und an der Hektik zugrunde gehen. Nein, lieber Heribert, da ziehe ich mein Leben vor und lasse lieber andere für mich in Paris und anderswo Klinken putzen.

Lieber Fritz, was hast du aber mit Ixheim vor?

Lieber Heribert, um mich kurz zu fassen: Ich möchte dieses Dorf emanzipieren. Ich möchte aus Ixe ein Modell machen. Ich habe grandiose Pläne für Ixheim. Werden sie aber nicht an eurer Borniertheit scheitern?

Lieber Fritz, ich hege aber den Verdacht, daß du dieses Dorf zerstören willst. Nein, ich drücke mich falsch aus: nicht das Dorf, sondern seine Seele willst du zerstören. Ich kann das jetzt nicht so, stante pede, mit Beispielen belegen, ich fühle es aber instinktiv. Nein, du bist kein Gewaltmensch, beileibe nicht, du bist auch nicht autoritär im üblichen Sinne, und du stinkst nicht nach Schwefel. Du schmierst uns allen Honig um den Mund, wir lecken und lecken und sind dir dankbar dafür. Erst später stellen wir fest, daß dein Honig vergiftet war.

Lieber Heribert, du grübelst zu viel in der letzten Zeit. Du siehst Gespenster und leidest an einem linden Verfolgungswahn. Ich kannte dich früher nicht so. Es müssen die Wechseljahre sein, die dieses Syndrom verursachen. Lieber Heribert, ich hänge mit meinem ganzen Herzen an diesem verflixten Ixe, und obwohl ich Gründe hätte, mich an ihm zu rächen, liebe ich es dennoch innig. Der Mensch und ganz besonders der Elsässer muß eine Heimat haben, in der er wurzelt. Ixheim ist meine Heimat.

Lieber Fritz, warum läßt du es dann zu, daß dieser Voisin nun zu deinem kulturellen Mentor wird? Warum gibst du diesem Voisin Vollmacht über uns? Warum hast du mit unserem Geld Brechenmachers Hof gekauft, das älteste, schönste und größte Anwesen in Ixheim? Warum stellst du ihn diesem Kulturverein zur totalen Verfügung?

Lieber Heribert, darüber solltest du dich doch freuen. Ixheim wird zum Kulturzentrum für die große Umgebung werden. Hier wird ein Heimatmuseum entstehen, in dem alles, was ihr Ixemer bedenkenlos verschleudert, gesammelt und ausgestellt werden wird: unsere Vergangenheit in Metall, Holz, Stein und Stoff, in Ton und Bild, unsere Lebensart, unsere Technik, unsere Kunst. In diesem Zentrum wird auch die Erwachsenenbildung ihre Heimstatt haben. Und wir werden Konzerte veranstalten, Dichterlesungen, Freilichttheater im großen Hof und so weiter. Da staunst du, was?

Lieber Fritz, ja, da staune ich. Das hast du wirklich vortrefflich geplant. Das wird der Voisin dann noch vortrefflicher managen. Übrigens, Ramspachers Hof sieht ziemlich baufällig aus. Dem hast du doch sicher auch einen Platz in deiner Planung eingeräumt, oder? Soso, den hast du persönlich aufgekauft. Und du hast schon einen Interessenten dafür? Einen kunstbesessenen Notar, aha. Das alte Dorf mutiert. Die jungen Ixemer ziehen in die komfortablen Bungalows um, und die frankophone Bourgeoisie zieht ins alte Ixe ein. Klar, die hat mehr Sinn für unsere alte Kultur als die Ixemer Trottel. Auf französisch natürlich. Lieber Fritz, ich danke dir für dieses imaginäre Gespräch.

Heribert, es ist da was Ärgerliches passiert. Kamen da kürzlich diese Colléco-Leute im Jugendclub zusammen, um Bildmaterial aus der NS-Zeit zu studieren, das sie auf den Ixemer Dachböden gefunden haben. Sag, was soll das alles, Heribert? Auf den Aufnahmen von Parteiumzügen in der Stadt sind etliche Ixemer zu sehen. Du weißt doch, wie das war, Heribert, wer als Beamter oder so nicht mitmachte, wurde gemaßregelt.
Ich weiß es, Fritz.
Dann gingen die jungen Leute zu den Betreffenden und stellten sie zur Rede. Sie kamen auch zu mir. Ich versuchte, ihnen die damalige Sachlage zu erklären. Ich weiß nicht, ob sie richtig begriffen haben, was damals vorging. Sag mir, Heribert, mit welchem Recht fordern sie uns heute, fünfunddreißig Jahre nach Kriegsende, heraus? Wie würden sich die Schnösel verhalten, wenn morgen ein anderer Hitler käme?
Eben deshalb, Fritz, tun sie das. Man muß vorher darüber nachdenken, damit man im Ernstfall die nötigen Reflexe hat.
Das ist doch Mumpitz, Heribert, gefährlicher Mumpitz. Wir haben alles getan, auch du, damit die unselige Zeit vergessen wird, damit nicht böses Blut unser Zusammenleben vergiftet. Und nun schürst du dieses Feuer wieder wach, Heribert.
In den Jahren nach dem Krieg, Fritz, war es angebracht, die Sachen hinter die Kulissen zu schieben, damit auf unserer Dorfbühne wieder heile Welt gespielt werden konnte. Heute aber haben wir Abstand gewonnen, heute wollen wir diese Zeit mit nüchternen, sachlichen Augen betrachten, um daraus die Gegenwart zu verstehen, um daraus für die Zukunft zu lernen.
Das ist doch alles linksintellektueller Schmus, Heribert. Wie können junge Leute, die das nicht miterlebt

haben, es heute nachempfinden, wie wir da hineingeschlittert sind, was wir dabei mitgemacht haben, wie man uns dazu zwang, Dinge zu tun, die . . . Mensch, Heribert, denk doch zurück, du konntest ja nicht einmal den kleinen Finger rühren, ohne daß dies sofort registriert, gemeldet und geahndet wurde.

Fritz, denk an die neofaschistischen Mordanschläge in Bologna, in München, in Paris: das Scheusal lebt noch. Und es nährt sich wie eh und je vom gesunden Volksempfinden der schweigenden Mehrheit. Und auch wir Ixemer gehörten und gehören heute noch zu dieser schweigenden Mehrheit. Das haben diese jungen Leute begriffen. Laß sie gewähren, Fritz, sie sind kritischer, sie sind besser, als wir es waren. Fritz, ich hätte ein Anliegen.

Red, Heribert.

Komm zu unserem Stammtisch am nächsten Sonntag und sprich zu den Leuten. Dein Wort hat Gewicht. Du hast doch von uns allen die bitterste Erfahrung gemacht. Du allein kannst diese Zeit ins rechte Licht rücken.

Bist du von allen guten Geistern verlassen, Heribert?
Nein, Fritz. Aber nun reden alle von dir, und keiner weiß nichts Richtiges. Sag ihnen, wie aus dem Elsässer Hans Müller ein Autonomist, dann ein Nazi wurde, der im Grunde genommen doch keiner war. Sag ihnen, wie aus dem Sohn des Ortsgruppenleiters ein britischer Befreiungssoldat und ein französischer Offizier wurde.
Nein, Heribert.

Du hast eine souveräne Art, Fritz, die Leute von der Richtigkeit deiner Thesen zu überzeugen. Komm am Sonntag, damit wir die Sache endgültig bereinigen können. Du schuldest das unserer Jugend. Sie wird

dich dafür achten. Kommst du aber nicht, so müssen sie sich mit allerlei Mutmaßungen zufriedengeben.
Du hast das auf eine teuflische Art eingefädelt, Heribert. Was hast du eigentlich vor? Wer bist du denn schon, du kleiner Dorfschulmeister, daß du mich so herausforderst?
Ich habe es nicht eingefädelt, Fritz. Ich wollte nur nachholen, was ich in meiner Monographie verfehlt habe. Und dann ist mir die Sache entglitten, sie hat sich selbständig gemacht, und wir können nun nicht mehr zurück. Weder du noch ich.
Fritz sagte nun nicht mehr schroff nein, er blieb lange stumm, sein Gesicht zuckte, dann faßte er sich und willigte ein. Das bleibt aber unter uns, sagte er. Die anderen geht es nichts an, gell?
Welche anderen, Fritz?
Die Franzosen.
Keine Angst, Fritz. Wozu gibt es im Elsaß Sprachbarrieren?

Sonntag, 20. Juli. War da nicht einmal was passiert an einem 20. Juli? Egal, in Ixe läuft heute die Fritz-Müller-Story live und exklusiv im Originalton, ohne französische Untertitel.
Die Mannschaft ist komplett. Nur Mehmet fehlt: er ist mit seiner Nilgül und den drei Kindern nach Günlüce gefahren. An einem Nebentisch sitzen Ute und die Colléco-Leute.
Als Fritz das Mikrophon sieht, stutzt er. Das ist dein Zeuge, Fritz, sage ich. Ich nehme auf, damit das, was du sagst, nachher nicht falsch interpretiert werden kann. Band läuft.

Selbstdarstellung des Frédéric Muller, alias Fritz Müller, geboren 1922 in Ixheim, Sohn des Hans Müller und der Helene, geborene Berstetter:
Fritz Müller (zuerst ein bißchen fahrig, gewinnt dann zunehmend an Sicherheit): Ich beginne mit meinem Großvater Theodor Müller, Bahnhofsvorsteher in einem Dorf bei Forbach in Lothringen. Als die Franzosen kamen, 1918, wurde er zurückgestuft, weil er kein Französisch sprach. Seinen Sohn, meinen Vater, der wegen eines Herzleidens wehrdienstuntauglich war, hatte er 1917 im Ixheimer Bahnhof als Aushilfe unterbringen können. Hans logierte bei Berstetters, deren Tochter Helene er dann ein paar Jahre später heiratete. Als der Krieg zu Ende war, stürzte sich mein Vater in das Studium der französischen Sprache und ließ sich gleichzeitig auf einer Bank zum Buchhalter ausbilden. Während nun mein Großvater, der kein Französisch sprach, sein Schicksal ergeben hinnahm, wurde mein Vater, der es doch nach zwei Jahren geläufig beherrschte, zum Franzosenhasser, weil ihn die Demütigung, die mein Großvater hatte hinnehmen müssen, zutiefst revoltierte. So wurde ein vehementer Autonomist aus ihm. In dieser Atmosphäre der Frankophobie wuchs ich auf.

Zwischenbemerkung (Jerri): Er war kein Franzosenhasser, Fritz, da übertreibst du. Er haßte die Ungerechtigkeit der Pariser Politik, die Menschen drüben aber nicht.

Fritz Müller: Na ja, ich habe es aber so empfunden. Ich kam ins Collège, und dort wurde ich französisch erzogen. Dort wuchs mir die französische Sprache und die Kultur, die sie trägt, ans Herz. Deshalb gab es manchmal harte Auseinandersetzungen zu Hause.

Trotzdem aber liebten wir uns sehr, Papa und ich. Dann kam der Krieg. Papa wurde mit anderen elsässischen Autonomisten wegen Verdachts des Landesverrats verhaftet und ins Lager von Arches bei Epinal eingesperrt. Da jedoch nichts Schwerwiegendes gegen ihn vorlag und sein Patron, der Bankier Weill, der ihn dringend brauchte, seine guten Beziehungen spielen ließ, durfte er nach ein paar Wochen wieder nach Hause. Als die Deutschen kamen, stellte sich ihnen mein Papa sofort zur Verfügung. Sie ernannten ihn zum Ortsgruppenleiter der NSDAP. Hitler, so sagte er zu uns damals, ist nicht der blutrünstige Tyrann, als den ihn die französische Propaganda hingestellt hat. Hitler hat nichts anderes im Sinn, als alle Volksdeutschen von ihrer Unterdrückung durch fremde Staaten zu befreien. Bis zum Ende hat Papa an den Führer geglaubt. Und wie oft hat er geseufzt: Ja, ich weiß, es passiert viel Unschönes, aber es ist halt Krieg. Und der Führer weiß auch nicht alles. Man verheimlicht ihm so manches. Er steckte aber im teuflischen Räderwerk drin, mein Vater, und wir mit ihm.

Zwischenbemerkung (Doni): Du hast auch mitgemacht, Fritz, wenigstens am Anfang.

Fritz Müller: Was hätte ich tun können, tun sollen? Mich gegen Vater, Mutter und Schwester stellen? Nach Frankreich flüchten? Das hätte sein krankes Herz nicht ausgehalten.
Ich blieb nur ein Jahr lang Gefolgschaftsführer der HJ. Ich war allerdings ein Führer ohne Gefolgschaft, denn, und das kannst du bezeugen, Heribert, ich habe mir nie die geringste Mühe gegeben, so einen Verein in Ixe aufzustellen. Wenn es also hier praktisch keine HJ

gab, im ersten Jahr der Naziherrschaft, hattet ihr es mir zu verdanken.
Ab Ende 40 arbeitete ich in der Stadt auf der Kreisleitung. Auch dazu hatte mich Vater gezwungen. Ich nützte dies allerdings aus, um zu wichtigen Informationen zu kommen, die ich dann einem Freund, der dem Widerstand angehörte, weitergab.

Zwischenfrage (Schilles): Lebt der noch?

Fritz Müller: Leider nicht mehr. Er floh nach Frankreich und soll dort bei einer deutschen Vergeltungsaktion umgekommen sein.

Zwischenfrage (Pool): Und wer hat meinen Babbe auf dem Gewissen, weißt du es?

Fritz Müller: Mein Vater war es nicht, das hat sich ja bei der Gerichtsverhandlung herausgestellt. Mein Vater war ein anständiger Nazi.

Zwischenbemerkung (Grahn): Bei der Gerichtsverhandlung hat sich lediglich herausgestellt, daß die Gestapoakten Grahn und Berschong spurlos verschwunden sind.

Zwischenbemerkung (Schang): Und der Scholler war es nicht, der hatte zwar den Bürgermeisterposten angenommen und schrie den lieben langen Tag Heil Hitler, sonst war er aber ein anständiger Kerl.

Fritz Müller: Es trieb sich damals ein Beamter des SD häufig im Dorf herum. Er hieß Schellenberger. Hatte der vielleicht bei seinem ständigen Herumschnüffeln etwas aufgeschnappt?

Zwischenbemerkung (Jerri): Der Schellenberger saß einmal hier an diesem Tisch und sagte zu mir: Herr Baer, ich habe hier die Hand nicht im Spiel gehabt. Und wenn ich es hätte verhindern können, hätte ich es getan. Schellenberger wurde nach dem Attentat auf den Führer im Juli 44 verhaftet.

Fritz Müller: Davon wußte ich nichts. Auf der Kreisleitung wollte ich nicht mehr bleiben. Der Boden war dort für mich zu heiß geworden. Ich ließ mich also an der Freiburger Universität immatrikulieren.

Zwischenfrage (Doni): Standst du nicht auf dem Trottoir vor der Kaserne, als Berschong und ich einrückten?

Fritz Müller: Doch, ich war zurückgekommen, um fehlende Papiere zu holen. Mich hat das erschüttert. Eigentlich sollte ich kurz danach selber einrücken, brach mir aber ein Bein beim Sturz vom Reck. Nach meiner Genesung wollte Vater, daß ich mich zur SS melde. Ich ging aber zur Luftwaffe, freiwillig, ja, ich hatte keine Alternative. Und, indem ich mich freiwillig meldete, konnte ich mir eine Waffengattung auswählen, in der, so meinte ich jedenfalls, ich nicht so schnell in den Schlamassel käme. Ich kam schließlich doch in den Einsatz, in Belgien, lief zu den Engländern über, stieß auf einen Major, der das Elsaß gut kannte und mich als Dolmetscher in seine Einheit aufnahm. So beendete ich den Krieg in britischer Uniform.
Meine Ehre war gerettet, die meines Vaters aber nicht, konnte die überhaupt noch gerettet werden? Ich dachte, ja. Deshalb engagierte ich mich anschließend in die französische Armee und kam im Herbst 45 mit General Leclerc nach Indochina. Dort habe ich Karriere gemacht. Nach fünf Jahren kam ich nach Frankreich zurück. Vater, sagte ich, nun können wir nach Ixe zurück, dein Sohn ist französischer Offizier, die Familienehre ist gerettet. Nein, sagte er, ich würde dir im Wege stehen (Tränen der Rührung). Wir haben Ver-

wandte im Schwarzwald, dorthin zog er sich mit Mutter zurück. Marguerite und ich kamen für ihren Unterhalt auf. Bald aber starben sie alle zwei, aus Heimweh. Ich hatte inzwischen mein Geschäft in Straßburg aufgebaut. Anno 55 kam ich dann nach Ixe zurück, und ihr habt mich zehn Jahre später zu eurem Maire gewählt.

So, das war's. Das ist ein elsässisches Schicksal, dessen Tragik keiner begreifen kann, der nicht selber ein Elsässer ist. Deshalb bleibt es auch unter uns, was ich euch hier berichtet habe.

Merci, Fritz.

Große, langanhaltende Stille. Nur Jerri räuspert sich und schlurft hinaus. Dann wiederhole ich: Merci, Fritz. Merci für deine Kooperation und deine Aufrichtigkeit.

Fritz wischt sich mit dem Handrücken noch einmal über die Augen, reckt und dehnt sich und ist sofort wieder der alte: So, aber jetzt eine Runde vom besten Wein her! Passé ist passé. Wir haben die Vergangenheit nun endgültig bewältigt. Laßt uns jetzt auf die Ixemer Zukunft trinken.

Pool: Ich weiß immer noch nicht, wer . . .

Fritz Müller: Das wird auch niemals geklärt werden, Pool. Vielleicht ist der Täter schon gestorben? Ich gestehe, daß wir, die Gemeinde Ixheim, euren Vätern, Pool und Heribert, die verdiente Ehrung nicht erwiesen haben. Wir werden das nachholen. Im neuen Lotissement, das geplant ist, werden wir zwei Straßen nach ihnen benennen: rue François Grahn, rue Pierre Berschong. (Und die Lévis? Die haben wir vergessen. Haben sie überhaupt existiert?)

Nach dem feuchtfröhlichen Ausklang der Sitzung wollte ich nach oben, um mir die Aufzeichnung noch einmal anzuhören. Auf der Treppe hält mich Schilles am Jackenzipfel zurück. Komm mit hinaus, sagt er. Du, der Mann ist ein Profi, der kann turnen! Was mich bei eurer Geschichte stört, sagt Ute, sind die Bemerkungen über die anständigen Nazis. Wenn ich recht verstanden habe, hat es bei euch zwar wenige, aber durchaus anständige Nazis gegeben. Ähnliches höre ich auch im Dorf meiner Großeltern, da gab es auch nur anständige Nazis. Allerdings hatten die es leichter als die eurigen, denn die ganze Dorfgemeinschaft stand geschlossen hinter ihrem Führer. Jaja, heißt es heute noch, es sei wohl verabscheuungswürdig, das mit den KZs und so, aber selber habe man damit nichts zu tun gehabt, ja, man sei immer sauber geblieben . . . Diese verfluchte Anständigkeit, die dem Ungeheuer ständig Rückendeckung gab . . .
Und haben wir nicht auch noch ein paar von denen drüben sitzen, unterbricht sie Schilles, die behaupten, sie hätten nur mitgemacht, um dem Elsaß ein ärgeres Los zu ersparen? Was wäre geschehen, sagen sie, wenn man den anderen das Feld ganz überlassen hätte? Das Scheusal lebt noch, Bertel. Du hast es ja selber gesagt.

Ich: Ach, Schilles, das sind doch lauter Fossilien. Wer schenkt im Elsaß diesen alten Nazibäbbelein noch Gehör?
Du hast recht, Bertel. Die Gefahr kommt nicht mehr aus dieser Ecke. Das Ungeheuer trägt heute eine liberale Maske. Es füttert uns satt mit Konsum und Gadgets und gibt uns Entertainer, die uns auf die sanfte Tour umpolen.
Ach du mit deiner ideologischen Sturheit, Schilles.

Der Vollmond hängt in der Dachluke. Eine Wolke stülpt sich über seine Glatze. Mach uns das mal nach, sage ich: zieh eine HJ-Mütze auf, eine Luftwaffenschirmmütze drüber und drüber noch ein Montgomery-Bonnet und drüber endlich ein französisches Offizierskäppi. Er tut's. Jetzt schiebt sich eine dicke, längliche Quellwolke unter den runden Kopf. Schlüpf ins braune Hemd, Schneemann, sag' ich. Jetzt binde dir eine blauweißrote Schärpe um den Bauch. An Stelle des Besens stecke ich dir einen Karabiner zwischen Arm und Leib. Salut, Elsässer, du Allerweltskerl, überall mitgemacht, überall dabeigewesen, was. In Orel gekämpft, in Hanoi gekämpft, in Algier gefoltert, in Oradour gebrandschatzt, in Dachau verreckt, in Tambow verreckt. Und was du nicht alles bist, Deutscher, Franzose, Franzose, Deutscher. Nichts bist du.
Man müßte ein Viertel der Einwohner dieser Gegend guillotinieren (Lacoste, Volksvertreter der französischen Republik, 1793).
Die Elsässer sind ein Sauvolk. Reichsführer! Ich glaube, wir siedeln die Hälfte aus. Irgendwo hin. Stalin nimmt sie bestimmt an (SS-Hauptamt-Chef Gottlob Berger, 1944).
Ihr seid alle Boches! (Die Gattin eines französischen Unterpräfekten in einer elsässischen Kreisstadt, 1980).
Mein Schneemann zerfließt.

Es klopft. Jerri tritt ein. Ein gelungenes Theaterstück, sagt er. Prächtig war er, unser Fritz. Die Rührung war echt. Ein großartiger Schauspieler. Ich sehe ihn schon bei der Enthüllung der zwei Straßenschilder. Mit Tremolos in der Stimme wird er den Patriotismus und den Opfermut der zwei Gerechten preisen. Dann wird er auf dich und Pool zugehen und euch umarmen. Der Judas.

Was sagst du?

Der Judas. Er war es.

Erzähl.

Wir spulen die Fritz-Müller-Story zurück, und was jetzt beginnt, ist ein ganz anderer Film. Kommentator: Dr. Erich Schellenberger, Westpreuße, Alt-Parteigenosse und SD-Mann.

Zwei Angler am Bach. Vogelgezwitscher.

Ich hatte in Hans Müller einen Gesinnungsfreund gefunden. Wir träumten von dem gestrengen, aber edelmütigen Reich, das nun ins Elsaß kommen würde. Wir suchten nach Wegen, die unsere renitenten Elsässer diesem Reich innerlich näherbringen könnten. Und wir hielten unsere Hände über Ixheim.

Krittwald. Fritz Müller und Marie Berschong richten sich auf. Fritz knöpft sein Hemd, Marie ihre Bluse zu. Lehrer Franz Grahn, den Schwämmmelekorb am Arm, tritt aus einem Buchenaufwachs. Flucht der Marie. Fritz steht auf und schaut Grahn trotzigen Blickes an.

Abend. In der Großen Stube des Ortsgruppenleiters Müller. Lehrer Grahn und Hans Müller.

Grahn: Schaff Ordnung in deinem Haus, Hans.

Müller: Ich wäre dir für dein Schweigen dankbar, Franz.

Dienststelle des Einsatzkommandos 1/III der Gestapo in Straßburg. Gestapo-Eichler verhört Fritz Müller.

Eichler: Es läuft eine Ermittlung gegen Sie wegen

Schiebergeschäften. Man verdächtigt Sie außerdem, mit volksfeindlichen Individuen zusammenzuarbeiten.

Fritz Müller beteuert seine Unschuld. Er sei bereit, seine Loyalität dem Führer und der Partei gegenüber unter Beweis zu stellen.

Meinem Kollegen Eichler war der Ixheimer Friede ein Dorn im Auge. Indem er einen V-Mann in Ixheim einsetzte, konnte er zwei Mücken mit einer Klappe schlagen: Ixheim durch Terror umerziehen und mir dabei eins auswischen.

Ixheim. Morgendämmerung. Peter Berschong und Franz Grahn werden von der Gestapo abgeführt.

Büro des SD. Schellenberger telefoniert mit Eichler.

Eichler triumphiert. Ich gratuliere ihm zu seinem Spürsinn und gebe meine Naivität im Falle Ixheim zu. Bereitwillig nennt er mir den Denunzianten und schildert mir den Hergang dieser Aktion.

Zwei Angler am Bach.

Ich: Fritz muß aus dem Elsaß raus, Hans. Ich werde dafür sorgen, daß er ins Altreich kommt. Ist er mal drüben, kommt er für Eichler als V-Mann nicht mehr in Frage.

Müller (niedergeschlagen): Tue, was du für gut findest, Erich.

Ein Jahr später. Ein rasender Berschong in Müllers Großer Stube.

Berschong: Wo ist der Schweinehund, daß ich ihn umbringe! Ich schwöre es, Müller, sollte er mir je unter die Augen kommen, in einem Tag oder in Jahren, ich werd' ihn umbringen!

Fritz war zufällig zu Hause. Er hielt sich in der Küche versteckt. Irgendwie hatte Berschong die

Wahrheit herausbekommen. Er betrank sich fürchterlich an jenem Abend, schlug zu Hause alles kurz und klein, und nur das Eingreifen von Metzger Schott konnte das Schlimmste verhüten.

Am Tag darauf. Meuterei der elsässischen Wehrpflichtigen im Bahnhof der Stadt. Gestapo-Eichler leitet das Einsatzkommando. Er erblickt Fritz Müller unter den Zuschauern. Fritz löst sich aus der Menge, überquert den Platz und geht wie zufällig an Eichler vorbei.

Fritz: Der Berschong. Er hat sie angestiftet.

Verhaftung des Peter Berschong. Ende.

Wir sitzen uns gegenüber und schauen uns an. Jerri sieht grau und alt aus.

So ungefähr hat es mir der Schellenberger erzählt. Es war am 22. Juli, beim zweiten Fläschchen Riesling. Ich erinnere mich noch ganz genau. Ich schenkte ihm immer wieder ein. Er lallte: Herr Baer, der Krieg ist verloren. Ich aber werde den Zusammenbruch Deutschlands nicht mehr erleben. Ich stehe auf der Abschußliste der Hexenjäger der Gestapo. Warum nun habe ich Ihnen das alles erzählt? Ich weiß es nicht . . . Vielleicht, weil ich es nicht mit hinübernehmen möchte?

Dann fiel sein Kopf auf den Tisch. Als er wieder zu sich kam, stand er steif auf und ging grußlos hinaus.

Bertel, du bist erschüttert. Siehst du, auch deine Art, die Geschichte zu schreiben, wird der Wahrheit nicht gerecht. Kann die Wahrheit überhaupt publik gemacht werden? Ist sie nicht schädlicher als die Verheimlichung? Was wirst du jetzt tun?

Wir haben alle unschuldiges Blut an den Händen, Babbe Jerri. In Friedenszeiten wäre vielleicht der Berschong zum Mörder geworden, nicht der Müller. Aber trotzdem, Babbe Jerri, trotzdem . . .

Dieser Mann Fritz Müller. Mein Freund. Bérengères Verehrer. Giscard d'Estaings Freund, Pools Freund. Ein erfolgreicher Mann. Ein besorgter Gemeindevater. Unser Maire. Dieser Mann Fritz Müller. Dieses verdammte Schwein. Dieses arme Schwein. Hätten doch mein Vater und Berschong etwas klüger gehandelt. Aber nein, immer stur mit dem Kopf durch sieben Wände. Dieser Erzlügner. Dieser Mörder. Papa und Mama, Pierre und Marie Berschong. Ich mache die Sache publik. Ich sage es Bérengère. Ich werde ihn erpressen. Ich zwinge ihn zur Demission. Ich jage ihn aus dem Dorf. Warum hast du mir das gesagt, Bababa.

Ja, warum. Vielleicht aus demselben Grund wie Schellenberger. Man möchte es nicht mit hinübernehmen . . .
Er schlurft hinaus.

AUGSCHT

Freiheit. Ich bin schon halb verwildert, und sie ist doch kaum drei Tage weg. Wenn sie die Küche sähe, die Liebe, wenn sie das Schlafzimmer sähe, wenn sie mich sähe. Der Wandspiegel hält mich beim Vorübergehen gefangen. Ich bleibe eine Zeitlang stehen und bewundere den nackten Faun mit seinem stoppeligen Gesicht, dem befreiten Bierbäuchlein und den staubigen Füßen. Ich lache, strecke ihm die Zunge heraus, versuche bauchzutanzen, der Schwengel klatscht gegen die Schenkel, ich höre mich das Götzsche Zitat durchs Haus schreien. Roger Siffer antwortet mir im elsässischen Rocksound: der Synthesizer rollt seine verzerrten Wellen durch die Flure, Woodblock, Glockenspiel, Hackbrett, Handklatscher, Großtrumm, Maracas, Banjo, Krummhorn, Tuba und das ganze Gitarrenvolk haben mein Haus besetzt. Aus allen Ecken klopft und bläst es, sirrt und jault, läutet und schellt, rasselt und scheppert, heult und quietscht, dröhnt und brummt, lacht sich einen Ast, jammert die Welt voll, sägt die Säulen ab, stürzt die Tempel um, tut's wie ich, nackt und unrasiert, mit schwarzen Füß, tanzt durch die lackierte, Fingerlein spreizende Vornehmheit, pißt an die Götzenbilder, niest ins Diner, rülpst beim Souper, pfeift auf dreihundert Jahre Kultur, auf Racine, Chateaubriand, Debussy und Malraux, meinetwegen auch auf Bach und Goethe, sprengt die Schulen, wirft Stinkbomben ins Theater und schießt mit jedem elsässischen Furz eine schillernde Seifenblase ab. Weg mit dem Fir-

nis, weg mit dem Angelernten, weg mit dem Korsett, weg mit dem Vexierbild, weg mit der Lüge.
Dann haut Roger plötzlich auf die Zimbel, und Schluß ist mit dem Lärm. Nur ein alter Geißbock meckert noch irgendwo. Das wird das letzte sein, was wir vom Elsaß hören werden . . .
Draußen blendet die Straße wie ein heißer, schwarzer Spiegel. Über den Feldern zittert die Luft, und das Ackerland liegt in der Hitze wie ein faules Stück Vieh, den Kopf zwischen den Vorderpfoten und die Lälle aus dem Maul hängend. Dann und wann zieht ein Schmied an seinem Blasbalken, und ein glühender Hauch fegt durch die Ixemer Gassen. Auf dem Osterberg wälzt sich Lüis Mähdrescher wie ein roter Elefant durch das goldene Lanzenfeld. Atem von gegorener Sonne. Das Gesurr der Immen in den Blumenbeeten. Das Geflüster der Apfelbäume im Durchzug einer Brise.
Die ganze Nacht im Osterfeld unter dem uralten Nußbaum verbracht, den Mond auf meinem Bauch. Wetterleuchten über dem Schwarzwald. Hasen auf Schafgarbensuche. Eine Katze auf Vogelraub aus. Eine Sternschnuppe über Ixe. Wünsch dir was. Freiheit. Es ist zu spät. Du bist zu alt. Man ist nie zu alt, und es ist nie zu spät. Was ich versäumt habe, werde ich nachholen, beim Geist des Hababb. Quatsch, du bist einfach kindisch geworden. Was spielst du hier? Halbnackter Pfadfinder, bleichgesichtiger Indianer, Osterwaldelf oder ganz einfach Mondscheinexhibitionist? Schäme dich. Nein, ich schäme mich nicht. Ich mutiere, verstehst du? Ich häute mich. Ich ziehe das alte Fell ab, fetzenweise, und bei jedem abgeschälten Lappen empfinde ich dieses unaussprechliche Gefühl des Freiwerdens, des Anderswerdens. Ja, lach nur, ich lache auch. Nur, dein Lachen ist ein Meckern, meines bare Lust.

Ein Hund bellt. Ich kenne ihn, es ist Hasso. Am letzten Sonntag hat er nicht angeschlagen, als sein Herrchen Fritz Müller versuchte, meine Bérengère zu knutschen. Es war nach der Sitzung des Kulturvereins mit anschließendem Souper. Bérengère ging als letzte. Müller begleitete sie durch den Park. Beim Tor angekommen, brachen bei ihm alle Dämme. Er drückte Bérengère mit ungestümer Leidenschaft an seine Brust, sein Mund suchte gierig nach dem ihren, seine Hände bearbeiteten fiebrig den dekolletierten Rücken. Bérengère riß sich los, klatschte ihm eine Ohrfeige, nannte ihn „sale boche"[1] und floh.
So ungezügelt, so brutal war er, mon chéri, da brach wirklich der versteckte Teutone aus ihm heraus. Fi!

Diese Schmähung des Germanentums weckte nun in mir ein Gefühl der Solidarität mit dem Fritz, und es überkam auch mich eine unbändige Lust, sie zu vergewaltigen, um so meinem eigenen inneren Teutonen Luft zu verschaffen. Da aber erschien mir die Fratze von Gestapo-Eichler, und ich sagte nur: meine arme, tapfere Chérie, entkleidete sie mit viel Zärtlichkeit und trug den schönen weißen Leib mit der goldenen Scham ins Ehebett.

Am anderen Morgen fuhr sie in die Touraine. Ich wollte mal wieder nach über zwanzig Jahren einen Hochsommer in Ixe erleben. Ich wollte mal endlich Ferien ohne Kultur genießen. Bérengère sah mich verdutzt an, als ich ihr diesen Wunsch bekanntgab, ein verächtlicher Zug spielte sekundenlang um ihren Mund, verflüchtigte sich alsbald wieder, und sie sagte tonlos: Na ja, wenn du unbedingt daran hältst.

1 dreckiger Boche

(Es will uns einfach nicht gelingen, mal einen richtigen Ehekrach vom Zaun zu brechen, und dies täte unserer Beziehung doch so gut!)

Der Mond ist mir ins Gesicht gerutscht. Ich wickle mich in die Decke und schlafe ein. Morgendämmerung. Nach langem errötendem Zögern kalbt die Hornisgrinde einen glühenden Ball. Der Osterwald zwitschert aus hundert Kehlchen. Das neugeborene Land mutet mich so heimelig und so fremd zugleich an. Hier werde ich mir eine Hütte bauen. Hier, Bub, wo du den Abstand hast zu allem Kleinlichen, allem Mief, hier spürst du es: du und dieses Land, ihr gehört zusammen.
Da grinst mich wieder Eichlers Fratze an: Blut und Boden, Volksgenosse! Ich schreie ihn an: Mußtet ihr denn alles mit eurem schmierigen Wortschatz vergiften?
Ich packe die Luftmatratze und die Decke in den Rucksack und wandere dem Dorf zu. Als ich an Müllers Park vorbeiziehe, schlägt Hasso an. Ich werfe ihm eine angebrochene Jägerwurst hin. Halt's Maul, Germanenhund.

Wie gehts nun weiter, da ihr die Vergangenheit aufgearbeitet habt? fragt mich Lisel am Telefon. Nach der Vergangenheitsbewältigung sollte die Bewußtwerdung kommen, sagt Ute, wie gehts nun mit euch weiter? Legt ihr nun die Hände in den Schoß, oder werdet ihr endlich politisch aktiv? Ihr habt jetzt genug über euer erbarmungswürdiges Schicksal gejammert, sagt Lisel am Telefon. Wann greift ihr nun ins Schicksal ein?

Sie sind unersättlich, sie sind unbarmherzig, sie setzen mir den Stachel ins Hirn: kss kss, Berti. Sie knallen mit der Peitsche hinter mir her: Hü, Fuhrmann, du bist noch nicht am Ziel angekommen.

Warum muß man immer ein Ziel vor Augen haben? Warum muß man immer auf Trab sein? Immer irgendwohin, immer vorwärts, immer progressiv? Ich will nirgendwohin, ich will nur zu mir selber zurück. Ich sei regressiv auf Papa fixiert, meint Ute. Was ist das nur für ein Vokabular.
Nein, sagt Schilles, ich weiß, was ihn bewegt. Er hat seinen Zauberberg gefunden. Dorthin will er emigrieren und als Eremit gelassen und abgeklärt über die Unzulänglichkeiten unseres elsässischen Daseins meditieren.
Kinder, daran habe ich nie gedacht, eine gute Idee wäre es aber. Meine Hütte auf dem Osterberg.
Papas Hütte, lacht Lisel am Telefon. Ute hat recht, du bist zu sehr auf deinen Papa fixiert. Berti, wann wirst du endlich erwachsen!

Wie stehe ich nun da vor diesen jungen Leuten, in meiner verletzlichen Blöße ihrem leisen Spott ausgeliefert, ich alter Simpel. Ich alter schreibwütiger Simpel, der sich jeden anderen Abend das Stethoskop an Herz und Nieren und Hirn hält und dann mit verbissener Akribie die Diagnose niederschreibt. Am Tag danach flattern die Blätter nach Wien, rutschen auch dann und wann in Schilles' Tasche, und nach einiger Zeit kommen sie ohne Kommentar zurück, glotzen mich mit meinen eigenen Augen an, wir sitzen uns einander gegenüber, ich und ich, perplex: Wer bist du denn, ich kenne dich ja gar nicht.

Zieh doch was an. Tu doch den Bart weg. Räum doch die Wohnung auf. Jetzt laß die Rolläden runter. Packe deinen Rucksack. Schließe Haus und Hof ab. Geh zum Bahnhof. Nimm den Zug. Steig in Zabern aus. Nimm die Hohbarrstraße. Jetzt bist du im Wald. Geh nicht so schnell. Genieße den Berg. Trink ein Bier auf dem Hohbarr. Steig auf die zyklopischen Felsen. Nein, schau nicht hinunter in die Ebene, schau in das Blaugrün der Tannenwälder. Geh weiter. Ruine Geroldseck, 12. Jahrhundert. Laß doch die Jahrhunderte weg, laß die Menschen weg. Betaste die Bäume, beschnuppere das Moos, steck dir ein Blatt der Stechpalme an den Hut. Die Eichel, die du findest, grab sie ein. Bleib stehen. Hör das Gesumme von Millionen Insekten. Sieh die bizarren Sandsteinfelsen, mal Tisch, mal Pilz, mal Kopf, mal Tier: hergewehter Sand von vor zwei Jahrmillionen, dann unter dem hereingefluteten Meer zusammengebacken, dann aus dem Meer herausgewachsen, dann von der Alpenfaltung in die Höhe geschoben, dann von Eis und Wasser und Wind und Sonne ausgefräst. Befingere den körnigen Stein, kratze den Sand heraus, blase ihn über die Ebene. Eines Tages fängt alles wieder von vorne an. Tritt nicht auf die Ameisen. Bücke dich zu ihnen hinunter. Erfreue dich am Gewusel. Frag nicht, warum. Sie fragen dich auch nicht nach deinem Warum. Sieh, wie das Laub die Sonne siebt. Sieh, wie die Sonne an den hohen Stämmen langsam hinuntergleitet. Seit Stunden bist du unterwegs. Du bist auf den Brotschturm gestiegen, du hast auf dem Haberacker gepicknickt, du stehst jetzt vor der Spille, dem neun Meter hohen Monolith, hast geschwitzt, hast dich gefreut, hast an nichts gedacht als an die Bäume, an das Moos, an die Blumen, an die Ameisen, an die Felsen und an die Sonne. Jetzt lehne

dich an die Spille, werde auch du Stein. Die Sonne sucht dich. Der Strahl bricht durch zwei Zwillingstannen. Jetzt streichelt sie dein Gesicht.
Geh nun in die Ebene hinunter. Sie liegt schon halb im Schatten. In Birkenwald finde ich ein Abendbrot und ein Bett. Ich schlafe traumlos.
So wanderte ich fünf Tage lang durch die Vogesen. Ich stieg auf den Lottelfelsen des Schneebergs, ich tauchte die Füße in den Wasserfall des Nidecks. Ich stieg auf den heiligen Keltenberg Donon. Ich machte einen Bogen um Schirmeck. Ich kletterte auf die tausend Meter des Hochplateaus Champ du Feu. Ich wußte hier eine arme alte Bäuerin, die so gern ihre Landschaft malte und nie damit fertig wurde, weil die Zeit nicht stillestehen konnte. Nun ist sie erblindet und stirbt langsam dahin. Auch meine Zeit kann nicht stillestehen. Was treibt mich von einem Berg zum anderen? Am ersten Tag suchte ich nichts. Am zweiten Tag suchte ich das Nichts-Suchen. Am dritten Tag fing ich wieder an zu denken. Am vierten Tag schloß ich mich einer Wandergesellschaft an. Am fünften Tag, heute, schmerzen mir die Füße, und das wäre ein gutes Alibi, die sterbende Malerin in ihrem armseligen Häuslein am Berg nicht zu besuchen. Sie würde sagen: Warum rennst du in der Weltgeschichte herum, Heribert, die Antwort ist in dir; du brauchst nur die Augen zu schließen . . . Ein Auto nimmt mich mit, setzt mich in Hohwald ab. Ich weiß es jetzt: es zieht mich zum Odilienberg hin.

Heiliger Berg, zu deinen Füßen dein Elsaßland, in deinem Rücken die massigen Vogesenbuckel. Ich grüße im Heimatkalenderstil die hehre Patronin unseres Ländels, einst blind geboren, dann durch ein Wunder sehend geworden. Du hast aber schlecht über dein Volk

gewacht, Odilia, das sehend geboren wurde und jetzt so langsam erblindet.
Touristenpulks jagen durch das Kloster, haken Andacht, Geschichte, Kultur und Landschaft ab: Odile macht heute wieder volle Kassen. Ich ziehe mich in den Wald zurück, zu den heidnischen Kelten, die sich hier hinter aufgetürmten Steinblöcken in Sicherheit wähnten. Man ist nie und nirgends in Sicherheit, sagt Belenus, der vergessene Gott. In einer Cupula auf einem in die Heidenmauer eingegliederten Fels brennt eine Kerze, daneben liegen Eichenblätter. Wahrscheinlich irgend so ein Keltomane, sagt Belenus, aber was nützt schon das Rückwärtsschauen, das Rückwärtsdenken. Du hältst die Zeit nicht an.

Ich hielt sie trotzdem an, eine ganze Nacht lang mit den Männern der ewigen Anbetung in der Klosterkapelle. Große Stille des Bergs. Halblautes Gebet der Männer. Die Stunde schlägt. Zwei kommen herein, tragen die Dunkelheit mit sich bis zum Chor, legen sie dort ab. Die zwei im Kerzenlicht Knienden stehen auf, heben die Dunkelheit von den Fliesen, tragen sie zurück bis zur Tür, wo ich sitze. Legt sie nur hierhin, Männer, sie stört mich nicht. Vater unser, fangen sie vorne an. Bet mit, Béatrice. Gegrüßet seist du Maria, machen sie weiter. Das kennst du nicht, Béatrice. Das rote Altarlichtlein zuckt. Von wo kam dieser Hauch? Das Gemurmel wiegt mich ein.
Der eine ist Schreiner, der andere Eisendreher. Vorher waren es ein Eisenbahner und ein Werkzeugschlosser. Sie sind alle aus Waldolwisheim, alle über fünfzig, die meisten pensioniert. An was denkt ihr, wenn ihr betet? An nichts denken wir, wir beten. Mal innen aufräumen, sagt der eine. Die Zeit anhalten, sagt der andere.

Ich lasse mich tragen. Vater unser, gegrüßet seist du Maria, Ehre sei dem Vater, dann auf einmal klingt es fremdartig: hagios ô theos, hagios athanatos, om mani padme hum, om mani padme hum. Es gibt eine Dimension, in der wir uns heute abend treffen, Arbeiter auf dem Odilienberg, Karmeliterinnen in Marienthal, Asketen auf dem Berg Athos, safrangelbe Mönche in Sikkim. Tief unten krabbelt es, wuselt es, sieh den Ameisenhügel, tief unten blitzt es, Irrlichterchen im wirren Durcheinander, das Gesurre von Milliarden von Insekten, dazwischen verpuffende Explosionen. Hebe den Fuß hoch, damit du sie nicht zertrittst. Nein, bücke dich nicht, um die gefangene Mücke aus der Spinnwebe zu befreien. Chemische Verbindungen lösen sich auf und gehen andere Verbindungen ein. Der Geist der Mücke aber verbindet sich mit deinem Geist, und ihr beide streckt euch gelöst und glücklich in die Ewigkeit. Erlösung oder Nirwana? Da rüttelt mich der Christengott wach: Das ist mein Fleisch, sagt er, das ist mein Blut. Und der pensionierte Schrankenwärter sagt: Komm, es wird Tag, wir trinken einen Schnaps und essen ein Stück Speck dazu.

Ich steige den Berg hinab in der Morgensonne. Ich wasche mich an Odiliens Wunderbrunnen. Ich singe mich durchs schlafende Sankt Nabor. Ich wecke die satte Ebene, die aufgeht wie der Teig eines Kugelhupfs.
Wo warst du die ganze Zeit, fragt mich Bababa Jerri.
Auf dem Odilienberg.
Hast du aufgetankt?
Habe ich.

10. Augscht. Es herrscht eine rege Bautätigkeit in Ixe. Therese hat mit dem Umbau begonnen: Aus dem Disco-Schuppen wird nichts. Wir haben es uns anders überlegt, Onkel Heribert. Die Scheuer wird zu einem Abendrestaurant ausgebaut. In der Mitte eine kleine Tanzfläche für die „soupers dansants“. Das Gebälk bleibt frei, ja. Intime Beleuchtung. Die Küche wird vergrößert: wir nehmen das Tanzsälchen und die Waschküche hinzu. Von der Wirtsstube führt ein überdeckter Gang zum Restaurant, im Stil der elsässischen Galerien, mit Holzbalustraden. Aus dem Hof wird also ein Atrium. Der Pfirsichbaum kommt weg, er ist sowieso schon alt, hat zu viele dürre Äste. An seine Stelle kommt eine japanische Paulownia. Kennst du den Baum, Onkel Heribert? Im Mai trägt er nach Veilchen duftende blaue Blüten. Was, du findest ihn nicht schön? Ich habe direkt einen Narren gefressen an dem Baum. Der Obstgarten bleibt einstweilen. Wir werden später sehen, was wir aus ihm machen, wenn der Vater mal nicht mehr da ist. Wo ich das viele Geld herhole? Na, es muß ja nicht alles sofort tipptopp dastehen. Eines nach dem anderen. Wir geben uns zwei, drei Jahre Zeit. Und Geld findet man leicht, wenn man tüchtig ist und Ideen hat. Einen guten Architekten haben wir auch: es ist der Schwiegersohn des Monsieur Voisin. Willst du dir die Pläne anschauen, Onkel Heribert? Da staunst du, was? Alles im Elsässerstil, das muß dir doch gefallen, oder? Aber sag, wie ist es nun mit der Mansardenwohnung? Wir werden Personal einstellen müssen, und da bräuchte ich die Zimmer. . .
Nimm sie, Therese, nimm sie sofort. Ich brauche sie nicht mehr. Du kannst auch alles behalten, was drin ist: den Schrank, die Stühle, die Couch, den Tisch. Die Mützenkollektion vermache ich deinem Pascal. Was er

mit dem Zeug anfangen soll? Ist mir egal, Therese, ich habe sie ihm aber versprochen, und er bekommt sie. Sie ist von nun an sein Eigentum, hörst du, s e i n Eigentum.
Therese schaut mich erstaunt an und sagt, ein wenig verärgert: Ja, ich habe es gehört.
Ich gehe zum letzten Mal hinauf, werfe Papas Studentenmütze, Papas Feldstecher, eines von Mamas gestickten Kissen, ihr Hochzeitskränzchen und Armands Gedichte in den Schwämmelekorb. Das ist für Béatrice, sage ich zum Korb. So. Ich schaue nicht durch die Luke, schaue nicht durch das Fenster, ich stolpere einen Stuhl um, lasse ihn liegen. Da ist meine Couch, da der Tisch, da der Gaskocher, alles plötzlich fremd gewordene Gegenstände. Ich gehe hinaus, drehe mich nicht um, sage nicht adje, steige die Treppe hinab, schlage die Tür hinter mir zu. Zum Glück sind die beiden Alten nicht da.

Auch in Brechenmachers Anwesen sind die Handwerksleute eingezogen. Auch hier hat Voisins Schwiegersohn die Regie übernommen. Adjunkt Schnitzler Schorsch steht kopfschüttelnd davor: Wir übernehmen uns, das geht in die Millionen, Heribert, sagt er.

Die ganze Dorfprominenz und Dorfintelligenz macht Urlaub: Maire Muller auf der Insel Dscherba, sein Kulturreferent Voisin in Québec, mein Kollege Blatt in der Bretagne, Pfarrer Weber auf dem Rigi, Bérengère Grahn mit Bruder und Schwägerin auf der Akropolis, Professor Belär in Mamsell Renaars Chalet im Schweizer Jura, und Schilles Schott verteidigt mit Ute Holtkamp seine auf dem Larzac-Plateau gekaufte Parzelle gegen etwaige Übergriffe seitens des französischen Militärs. Nur Müllers Hasso hat zu Hause bleiben müssen. Er wird von Pool gefüttert.

12. Augscht. Wir, die zurückgeblieben sind, haben heute ein paar Kubikmeter Kies und ein paar Sack Zement im Osterwald abgeladen. Morgen bringt Eddes seinen Betonmischer. Eine zwanzig Zentimeter dicke Betonplatte genügt, sie wird ja nicht zuviel Gewicht zu tragen haben. Alle Mann ran, nun: in acht Tagen wird die Jagdhütte geliefert. Ich bin nach meiner Rückkehr vom Odilienberg — durch Zufall oder durch eine wunderbare Fügung der Odilia? — auf eine einmalige Occasion gestoßen und habe sofort zugegriffen. Einfache Innenaustattung: ein Aufenthaltsraum mit Kochnische, ein Schlafraum mit vier Pritschen; Heizung: ein Bunkerofen. Wir stellen die Hütte in Hangmitte auf, zwischen den Birken. Ein Problem: das Wasser, es muß ein Rammbrunnen her, aber das eilt ja nicht.

26. Augscht. Das Jagdchalet steht. Hübsch ist es. Ob wir alle drin Platz finden? Ja, sie ist doch größer, als es den Anschein hat. Wann feiern wir den offiziellen Einzug? Am Sonntag, 30. Augscht. Wir holen dann die beiden Alten rauf.

27. Augscht. Bababa Jerri geht in den Obstgarten, um sich ein paar Frühbirnen zu brechen, stürzt von der Leiter und ist tot.

Wir haben ihn auf dem Stammtisch aufgebahrt. Das Defilieren der Verwandten und Bekannten hat nachgelassen. Katrin, Lisel und Therese weinen in der Küche leise vor sich hin. Wir sind jetzt unter uns. Mehmet wiegt den Kopf. Pool wischt sich mit der verstümmelten Hand über die Augen. Seppel räuspert sich ein übers andere Mal. Lüi scharrt mit den Füßen. Doni trompetet ins Schneuztuch. René und Hubert starren auf den Sarg. So sterben, sagt Doni, ist eine Gnad. Ist doch viel besser als an den Apparaten hängen im Spital.

Die Dielen knarren, die Kerze züngelt. Wir sitzen hier steif und wortkarg auf den harten Stühlen. Ich hätte ihn gern noch einmal gesehen, sagt Eddes. Ich auch, aber jetzt liegt der schwere Eichendeckel über ihm. Wie sah er schon aus? Erinnern wir uns. Die gedrungene, leicht gebeugte Gestalt, die langen knochigen Hände, der runde Kopf mit dem weißen Bürstenhaar. Sein Gesicht nun mit den gütigen, hellblauen Augen, den Lachfältchen bis zu den Schläfen hin, der lustigen Knollennase, dem weißen Schnauzer, dem immer lächelnden Mund. Dann suchen wir seine Stimme: da war der warme Baß, da war das vom Herzen kommende Lachen. Was wäre nun noch Bemerkenswertes von seiner äußeren Erscheinung zu sagen: sein gekrümmter, hochgehaltener Zeigefinger, den er hin und her bewegte, wenn er erzählte, sein schlurfender Gang, wenn er hinausging . . .

Die Stille ist unerträglich geworden. Ein Falter taumelt um die Kerze. Es wird Nacht. Bring uns Schnaps, Willi. Willi hantiert in den Gläsern und Flaschen herum. Im untersten Fach, Willi, ganz hinten steht er versteckt, Jerris unversteuerter Mirabellenschnaps. Es gilt, Männer. Das sind die Mirabellen vom Westerfeld, sagt Doni, das ist nun schon zehn Jahre her, ich habe sie geschüttelt, und der alte Brechenmacher hat sie gebrannt, der ist nun auch schon tot. Trinkt noch einen,

sagt Willi. Ihr dürft rauchen, Männer. Wo bist du jetzt, Jerri? Was hast du alles mit hinübergenommen, all das Ungesagte, das noch in dir steckte und uns nun für immer fehlen wird. Ein Rauchschwaden liegt über deinem Sarg, Satzfetzen schwimmen drin herum. Sie kommen nur noch gedämpft zu dir hinunter. Eigentlich sollten wir jetzt einen Rosenkranz beten, so ist es Brauch. Betet man auch für einen Gerechten? Auf dein Wohl, Jerri, dein Schnaps ist wirklich prima. Hörst du uns, Jerri? Natürlich hört er uns. Noch ist er ja nicht fort. Noch bist du da, und du wirst da bleiben, solange wir hier sind und deinen Schnaps trinken. Und wir werden die ganze Nacht hier bleiben. Seht, wie er seinen gekrümmten Zeigefinger hochhebt. Jetzt lacht er über Donis verhedderte Witze, jetzt nickt er mit dem Kopf bei Seppels dorfpolitischen Weissagungen. Jetzt prostet er augenzwinkernd dem Mehmet zu. Jetzt wischt er den verschütteten Schnaps vom Sargdeckel. Jetzt schenkt er mit zittrigen Händen ein. Jetzt ist er auf seinem Stuhl eingenickt. Unser Gelächter weckt ihn aber, er legt den Finger auf den Mund und schilt: Nicht so laut, die Weibsleut schlafen.
Vögel zwitschern auf dem Fenstersims, die Morgendämmerung ist da. Wo ist er denn hin, der Bababa? Ach ja . . . Einer nach dem anderen stehen sie auf, die Kameraden, Stuhlbeine scheuern schrill aufkreischend am Boden. Ich räume auf, wecke Willi und sage: Schließ hinter uns zu.

Und dann haben wir ihn begraben. Was wird das geben, hatte die Therese am Tag zuvor gejammert: kein Pfarrer da, kein Organist, kein Maire, der arme Vater wird halt keine schöne Beerdigung bekommen. Es wurde dennoch die schönste, die ich je erlebt habe. Der junge Vikar aus der Stadt, der Pfarrer Weber vertrat, zeigte sich sehr kooperativ. Da er das Deutsche nicht gut beherrsche, solle er den Gottesdienst nur ruhig auf französisch halten, Lisel und ich würden für den deutschen Teil schon sorgen, und auf die Leichenpredigt möge er verzichten. Heribert, hatte mir der Alte mal gesagt, wenn ich sterbe, sorge dafür, daß mein Begräbnis nicht allzu traurig wird.

Die Kirche war zum Bersten voll. Die ganze Gemeinde stand aufrecht in den Bänken, als ob dieser Aufrechte da, der nun von uns ging, sie zu sich hoch risse. Sie wußten alle erst seit ein paar Wochen, was dieser Mann während und nach dem Krieg getan hatte, die Geschichte war wie ein Lauffeuer durchs Dorf geeilt. Man sprach zwar nicht darüber, man blieb aber stehen, wenn der Alte vorüberschlurfte, und schaute ihm nachdenklich nach.

Eddes' kräftiger Bariton rollt das Requiem von der Vorbühne ins Schiff hinunter, das Volk nimmt es auf und füllt damit die Kirche: die vollklingende, vertraute, fremde Singsprache, mal wie getragener Wellengang, mal in Arabesken sich hochschwingend und gemächlich abwärtsgleitend. Jetzt verebbt der Gesang, die nervigen Stimmen der Vorsänger verharren auf der Schlußnote, bis der schleppende Chor der Gemeinde sie eingeholt hat. Und wir hören des Vikars demütiges Französisch: Bienheureux les pacifiques, selig die Friedfertigen. Und wir hören Lisels inniges Deutsch: Wie schön ist es, dem Herrn zu danken, am Morgen deine Huld zu verkünden und in den Nächten deine Treue, zur zehnsaitigen Laute, zur Harfe, zum Klang der Zither . . . Der Gerechte gedeiht wie die Palme, er wächst wie die Zedern des Libanon. Gepflanzt im Hause des Herrn, gedeihen sie in den Vorhöfen unseres Gottes, sie tragen Frucht noch im Alter und bleiben voll Saft und Frische . . . Und wir hören Heriberts rauhen Baß: Als der Herr das Los der Gefangenschaft Zions wendete, waren wir wie Träumende, da war unser Mund voll Lachen und unsere Zunge voll Jubel . . . Dann schwillt wieder Eddes' lateinischer Bariton an: Wie du verheißen hast dem Abraham . . . War das nicht auch ein Abraham, unser Abraham, Vater eines neuen Geschlechts, dieser untersetzte, weißköpfige, kleine Dorfwirt, der uns den Weg zur Menschlichkeit gezeigt hatte?

Dann stieg der Gekreuzigte zu uns herunter, dann sangen wir mit ihm das Vaterunser, dann vergaß der Vikar sein Französisch und betete auf elsässisch weiter, sagend: Herr, schick uns noch von diesen Menschen, fürdaß die Fäuste sich öffnen und die Waffen fallen lassen.

Und wir brachten den Jerri hinaus zum Gottesacker, René mit der Totenfahne vorne her, Doni, Charles, Schang und Seppel führten den Sarg. Pool trug unseren großen Kranz aus weißen und roten Nelken. Hinter ihm kamen die Leidtragenden: Lisel und Therese Mutter Katrin stützend, Pascal mit Lisels Tochter Sabine, Willi und ich. Ich schaute zurück: hinter uns wogte es, Kopf an Kopf, Hut an Hut, das ganze Dorf, und ganz Zette war herübergekommen. Jerri, guck: es fehlt keiner. Der Fritz? Er hat ein Beileidstelegramm geschickt. Den habe ich jetzt auf dem Buckel, Bababa. Mach dir keine Sorgen, ich werde schon damit fertig. Schau sie dir noch einmal an, deine Ixemer: liegt nicht so etwas wie ein milder Glanz auf allen Gesichtern?

Als der Sarg im Grab war, stimmte Eddes Jerris Lieblingsgesang an: Großer Gott, wir loben Dich. Die Sonne lachte, eine Brise strich an uns vorbei, das Lied

schwappte über die Gottesackermauer, brandete an den Vogesen hoch. Pascal ergriff meine Hand, ich ergriff Lisels Hand, Mutter Katrin blickte an uns hoch, ein Lächeln verklärte ihr von den Tränen gerötetes Gesicht.
Dann sagte Pool: Schlaf gut, Bababa. Und rannte weg.

Harry kommt heute abend aus Brasilien zurück, am Mittwoch müssen wir dann nach Hause. Wirst du auf die Mamme aufpassen?
Ich verspreche es dir.
Berti.
Lisel.

SEPTAMBER

September. In Ixe läuft das Gfüllter-Saumagenfest, in Zette das Gfüllte-Kalbsbrustfest, in Ahwiller das Süri-Rüewefest, in Bähhoffen das Bibbeleskasfest, in Muhdorf das Rossbiffest, in Effwiller das Grumbeereküchlefest und anderswo noch ein Leberknöpflefest, ein Blutwurstfest, ein Dampfnudelnfest: kurz und gut, die elsässische Fest- und Freßlust hat Hochkonjunktur. In den Großzelten thronen die Miss Saumagen, die Miss Kalbsbrust, die Miss Bibbeleskas, die Blutwurstkönigin, die Rossbifprinzessin, die Dampfnudelnehrenjungfern; aus den Lautsprechern dröhnen Bayernmusi, internationaler Hardrock, elsässischer Humpapa und Pariser Quetschkommodenjavas: die Musikstile kreuzen sich, verbeißen sich ineinander, bespringen sich gegenseitig, versuchen sich loszulösen, und haben wir da nicht einen Penis captivus? Tunkt sie doch in den Tropfbiereimer! Jetzt tauchen sie wieder gurgelnd und einzeln empor, schnappen nach Luft, und los geht's von neuem. Eddes gibt in den Pausen Edelweißschnulzen von sich, Schnitzler Schorsch schmeißt eine Runde nach der anderen, Doni stößt immer wieder mit Tito an, Pool steht am Zelteingang und guckt den Burschen auf die Hände, dann und wann schlendert er durch die Bänke, lüpft einen hoch und trägt ihn an die Luft. Mehmet zapft Bier und mampft unaufhörlich dabei, sein Schnauzer ist ganz mit Senf verklebt. Fritz Müller tätschelt den Hintern der Saumagenmiss, und Lehrer Grahn tändelt mit der dicklichen, farblosen

Mam' Müller, damit die auch mal was zum Träumen hat. Dann schunkeln wir, dann grölen wir, dann geht der Musik die Puste aus, und der Saumagen ist alle, und ein jeder torkelt, mit sich und der Welt zufrieden, nach Hause, ich auf meinen Berg hinauf.

September. Während bei uns Silberfäden durch die Luft schweben und beflügelte Samenkörnchen auf Reise gehen, während bei uns das erste Gold durch das satte Grün schimmert, flaumiger Dunst aus den Matten wächst und die Quetschenbäume blaurot aufleuchten, sitzt Bérengère im Jardin des Tuileries und strickt Leibchen. Sie hat Alains kleine Wohnung im Nobelviertel Auteuil eingerichtet, nun wartet sie auf Alains und Armelles Baby. Paris muß herrlich sein im September: Spiel des diaphanen Lichts mit der grauweißen Geschichte, mit der dampfenden Seine, dann das innige, ätherische, ironische, romantische Fluidum, das dich umgibt, beseelt, berauscht. Wer verfällt dieser Stadt nicht, der Kokotte und Dame, der Geliebten und Megäre, der Göttin und Dirne; sie ist Vagina und Herz, Blabla und Stil, Lüge und Phantasie, modischer Muff und künstlerisches Flair. Doch ich bin hier weit weg von Paris. Dieses Kaff hier heißt Ixe, ist wahrscheinlich ebenso alt wie die „Ville Lumière", hat aber nicht wachsen wollen, können, nicht herrschen wollen, können. Das müsse nun nachgeholt werden, meint wohl der Fritz: Sprengen wir die Nähte, dehnen wir den Leib, wenden wir die Stützpunkttaktik an: Stützpunkt Voisin im Dorfkern, Stützpunkt Therese am Dorfrand, Stützpunkt Schnitzler Schorsch in der Siedlung, Stützpunkt Osterberg. Da kommt ein Hotelkomplex hin, der hauptsächlich als Kongreßcenter funktionieren wird. Ja, ich weiß, Heribert, der Bodennutzungsplan sieht hier ausschließlich landwirtschaftliche Nutzung vor. Ich lasse den Berg und deinen Wald aber ausklammern, das kann ich, mein Lieber. Sei mir nicht böse, Heribert, daß ich es dir nicht eher gesagt habe. Du bist aber ein Plappermaul, und die Konkurrenz durfte davon nichts erfahren. Siehst du, der Wald deines Papas, an dem du so hängst, wird also nicht geopfert werden. Wir machen einen Park daraus. Aber deine Bude muß weg, mein Lieber, du hattest sowieso kein Recht, hier ohne Genehmigung ein Jagdchalet hinzustellen. Normalerweise sollte ich es weitermelden. Ich will dir aber die Scherereien mit der Verwaltung ersparen: ich kaufe dir die Hütte ab, dein Preis ist mein Preis. Was, du gibst das Osterfeld nicht her? Hattest du nicht eingewilligt? So, du machst das rückgängig? Wir sprechen noch darüber, Heribert. Aber nicht heute. Mehmet, schenk uns Champagner ein.

September. Die Unterelsässer stürmen das Ixemer Feld. Die Autos halten unter den Bäumen, an den Maisfeldern, an den Rüben- und Krautäckern, Körbe werden mit Frühquetschen und Mirabellen gefüllt, Säcke mit Maiskolben und Rüben. In zwei, drei Wochen kommen die Äpfel und die Nüsse dran. Es ist nun wie jedes Jahr die Zeit gekommen, da die Eltern ihren Kindern zeigen, wie fruchtbar das Ländel ist, wie das Obst gratis auf Bäumen wächst, man braucht nur zuzugreifen. Und was hat denn dieser hungrige Bauer zu schimpfen wegen ein paar lumpiger Maiskolben, wo er doch Tausende davon hat? Läßt nicht unser Herrgott für alle wachsen? Und jetzt bricht auch der Champignon aus den Mattenböden hervor, den findet man besonders auf den Viehweiden. Legt den Stacheldrahtzaun um, damit die Kinder sich nicht verletzen, die Kü-

he werden sich schon nicht verlaufen. Genießt das herrliche Spätsommerwetter, Kinder, tobt euch noch einmal aus, Kinder, bevor die Schule anfängt, spielt Versteckels im Welschkorn, spielt Tarzan in den Apfelbäumen, spielt Auf-einem-Bein-hüpfen im Krautacker. Du, Yolande, den schönen Krautkopf da am Weg, den nehmen wir mit, wenn wir ihn nicht mitnehmen, holen ihn andere. Papa, im Wäldchen ist ein Chalet, da hockt einer drin, der hat uns verjagt. Sie da, was nehmen Sie sich denn raus, den Kindern solche Angst einzujagen? — Der Wald gehört mir, Monsieur. — Dann zäunen Sie ihn ein, Sie Kapitalist.
So ist's bei uns, anderswo wird's wohl auch so sein, was weiß ich. Reg dich nicht auf, sagt Doni, in hundert Jahren kommen sowieso die Heiden.

September. Ich habe nun meinen Brunnen, wir haben Glück gehabt: es läuft eine Wasserader direkt an der Hütte vorbei. Ich schütte mir morgens einen Eimer kaltes Wasser über den nackten Körper und laufe anschließend ein paar Runden durch meine Gerechtigkeit. In grauer Vorzeit führte der Trampelpfad zu der Wasserstelle. Meiner im Osterfeld bildet ein geschlossenes Oval ohne Anfang und ohne Ende. Das Jogging wird symbolträchtig, lacht Schilles. Unterwegs habe ich Leibesübungen eingebaut: Sprung über eine Hürde aus Birkenreisern, Klimmzüge an einem niedrigen Eichenast, Gleichgewichtsübung auf einer vom Wind gefällten Pappel, Kletterübung an einer glatten Buche. Schaut mich nun nach vierzehn Tagen Einsiedlerleben an: Wo sind die Speckfalten hin, wo die schwammigen Fleischpartien? Alles nur Muskel und Sehne, mein Lieber, ich habe sogar den Eindruck, daß mein Körper sich um ein paar Millimeter in die Länge gedehnt hat.

Wie ich mir sonst die Zeit vertreibe? Ich lese dürres Geäst auf und zerkleinere es. Ich säge Holz und spalte es in Scheite. Ich halte Zwiesprache mit der Schwarzamsel und dem Eichelhäher. Ich lausche der Sprache der Birken. Ich bewundere den Tanz der Hummeln, ich lerne von der Eidechse die Kunst des Zen. Ich dekodiere die Sprache des Hababb. Sein Geist spukt hier oben herum, mal ist es ein Kieselstein, der mir unterm Fuß wegspritzt, mal ist es ein Akazienzweig, der mir ins Gesicht schnellt, mal ist es die Stille, die mir über die Achsel guckt und die Ixemer Puzzelsteine auf dem Tisch zurechtrückt. Durch ihn erfuhr ich, daß hinter Müller ein bundesdeutscher Konzern steht, der im Osterberghotel seinen Kadern den letzten Schliff geben wird, bevor er sie auf den französischen Markt losläßt. Er war es auch, der mich auf die Schnapsidee brachte, meine geheimen Tagträume von vor der Odilienbergnacht zu Papier zu bringen, die unheimlichen, ehebrecherischen, bluttriefenden Wunschträume von der unmöglichen totalen Befreiung.
Spielen wir sie also noch einmal durch.

Traum A. Fritz Müllers Clémentine wird immer dicklicher und farbloser. Fritz fragt sich: Wie werde ich sie los, die ist ja gar nicht mehr zum Vorzeigen. Lösung 1: Clémentines Herzverfettung führt innerhalb kurzer Zeit zu tödlicher Herzlähmung. Die arme Frau hat halt nicht viel vom Leben und von ihrem Mann gehabt. Lösung 2: Clémentine, der Eskapaden ihres vitalen Mannes überdrüssig, reicht die Scheidung ein und zieht sich, mit einem ansehnlichen Batzen Geld versehen, zu ihrer Schwester nach Straßburg zurück. Der arme Fritz, er hat halt nicht viel von seiner Frau gehabt, und jetzt muß er auch noch zahlen.

Fritz schert sich nicht um das Gerede. In beiden Fällen wäre nun der Weg frei, Freund, jetzt kannst du ins Volle greifen. Du warst von jeher ein gerngesehener Gast bei uns, du wirst von nun an noch öfter kommen. Auch wird Bérengère oft zu dir hinüberfahren, um dein Sekretariat zu überwachen. Und was kommen muß, wird kommen: ich überrasche euch beide beim Techtelmechtel, spiele zuerst den wilden Mann, spiele dann den Großherzigen und ziehe mich auf den Zehenspitzen zurück. Wo gehe ich hin?

Traum B. Die Szene spielt in Wien. Harry ist schon wieder in Brasilien. Er kommt immer seltener nach Hause. Lisel. Berti. Warum haben sich unsere Wege nicht vereinigen können. Erinnerst du dich noch, Berti, an die Gitarrenabende unter dem Pfirsichbaum? Du warst noch ein Kind, Lisel. Warum hast du nicht auf mich gewartet, Berti? Warum bist du so schnell aus meinem Leben verschwunden, Lisel? Wenn ich an die Heimat dachte, Berti, sah ich dich, nur dich. Du hast mich aus meinem moralischen Sumpf herausgefischt, Lisel. Laß uns etwas Neues anfangen, Berti, Lisel, noch ist es nicht zu spät. Ich brauche dich, Lisel. Ich brauche dich, Berti.
Dann funkt mir Mama Katrin dazwischen und schilt mich einen verkommenen Menschen, einen teuflischen Verführer. Dann knutscht Fritz Müller meine Bérengère, die knallt ihm eine Ohrfeige und schreit: „Sale boche"! Dann kommt ein Brief aus Wien: Harry hat das Herumreisen in aller Welt satt. Im Oktober wird er das Innenressort übernehmen. Wir werden dann endlich Zeit für uns zwei haben. Wie freue ich mich darauf! — Aus.

Traum C. Die Morddrohungen, die Schott laufend erhält, werden wahr gemacht. Er wird in seinem Auto in die Luft gesprengt. Waren es fanatisierte Chauvinisten, waren es Neonazis? Schilles behauptet, es sei eine Konjunktion von beiden Extremismen, und er schlägt mit seiner Gruppe nach allen Seiten los. Im Elsaß herrschen bald nordirische Zustände. Heribert Grahn aber steht schützend vor, neben und hinter der Witwe des Märtyrers. O nein, er rührt sie nicht an, er wird sie nie anrühren, er sitzt vor ihr und trinkt die Glückseligkeit aus ihren grüngoldenen Augen. O Christiane, inniges, einfühlendes Frankreich, Elsaß gewordenes Frankreich . . . Da schallt Schotts sonores Lachen durch die Hütte, erfüllt das ganze Land: Mensch, Heribert, du hast aber Phantasie!

Aus. Wir lachen mit, der Hababb und ich. Wie lange braucht ein Mensch, um reif und vernünftig zu werden? frage ich ihn. Er ist aber schon wieder weg. Mein Eichelhäher zersägt den Osterbergabend. Ein Auto hoppelt den Weg herauf. Das ist Pools alter Peugeot. Zwei Türen werden zugeschlagen. Schritte durch die Buchen, durch die Birken. Jetzt steht sie vor mir. Béatrice.

Ich schellte am Hoftor, da kam dieser Pool vorbei und brachte mich hierher. Paps. Prächtig siehst du aus.

Da bist du nun, Tochter, gezeugt in einer Regennacht, im warmen Juniregen, der vom Gewitterhimmel in langen Strähnen herunterfiel. Wir hatten Fenster und Läden offen. Die Liebe sengte uns, wir faßten uns immer wieder und gaben dem Feuer neue Nahrung. Endlich traten wir auf die Terrasse, traten in die prasselnden warmen Peitschenhiebe hinein, lachten, jauchzten, die nackten Körper zusammengepreßt, die Beine ineinanderverschlungen, die Hände im Fleisch verankert, die Lippen des anderen Gesicht gierig abtastend. Da hüllte uns ein Blitz ein, und ich las das unsagbare Glück aus Bérengères Augen.

Da bist du nun, Tochter, neun Monate lang unter meinen Händen gewachsen in Bérengères Bauch, und wir wußten beide, daß du ein Mädchen sein wirst, eine kleine Bérengère, und ich freute mich darauf, Bérengères Kindheit in dir, Tochter, zu erfahren. Dann kamst du heraus und warst eine Grahn.

Da bist du nun, Tochter. Was warst du für ein widerborstiges Kind, von Kleinem an schon. Dein erstes Wort war: non! Wie oft weinte Bérengère nachts im Bett: Was wird wohl aus diesem Kind werden? Du liebtest deine Mama nicht, Béa.

Ich liebe sie, Paps. Ich denke jeden Tag an sie. Ich denke mehr an sie als an dich. An dich brauche ich ja nicht zu denken, du bist ja in mir. Mama nicht, sie gehört zu einer anderen Welt, und das schmerzt mich, Paps. Ich möchte sie auch in mir haben, neben dir.

Da bist du nun, Tochter, mißratene, abgehauen mit einem deutschen Anarchisten, womöglich sogar in der Terroristenszene aktiv gewesen und Schuld daran, daß dein Vater verdächtigt wurde, mit dieser Bande zu sympathisieren.

Verzeih, Paps. Es waren furchtbare Zeiten für Jürgen und mich. Wie viele Male wurden wir beide von den Verfassungsschützern pausenlos verhört. Und dann das unerträgliche Klima um uns herum, die Haßwellen, die an uns hochschlugen. Nein, ich möchte nicht mehr darauf zurückkommen. Es ist vorbei. Soll doch das sogenannte christliche Abendland in seiner Konsumorgie und in seinem verkrampften Egoismus verfaulen. Der Prozeß ist sowieso nicht mehr aufzuhalten . . .

Du gibst also auf, Béa?

Paps, aus Reaktion gegen dieses Klima verkrampften wir uns unsererseits in einer starren Ideologie. Ich brauchte Luft, Paps. Wir haben's dann in einer Landkommune versucht. Anfangs ging es gut, bis wir feststellten, daß es eigentlich leicht ist, alternativ am Rande einer überreichen Gesellschaft zu leben, und daß man am Ende so oder so vereinnahmt wird, entweder als Clown oder als Exote oder als ein zwar kurioses, aber werbewirksames Teilchen der Marktmaschinerie.

Was benutzt ihr nur für ein Vokabular, ihr jungen Leute . . .

Paps, versteh mich. Wir wollten Bürgerschreck spielen und dadurch die Mentalität des Proletariats verändern. Es gibt aber kein Proletariat mehr. Oder doch, das sind aber die Türken, und die sind froh, daß sie hier sein dürfen. Für den intellektuellen Bourgeois sind wir ein Nervenkitzel, die verbrauchen uns wie eine Droge. Für den biederen Durchschnittsmenschen sind wir einfach Banditen. Es geht den Leuten zu gut, Paps. Es hat keinen Sinn mehr, weiterzukämpfen.

Sag das mal dem Schilles und dem Schotte Doni, Béatrice, und du wirst sehen, wie die dir über den Mund fahren.

Paps, ich gehe nach Lateinamerika, nach Peru. Wir sind eine kleine Gruppe: Agronomen, Soziologen und ein Arzt: Jürgen. Seit einem Jahr büffeln wir intensiv Spanisch. Wir möchten die Indios lehren, wie man Kooperativen aufbaut, wie man sich selbst verwaltet. Ich mache mir vielleicht wieder mal Illusionen. Aber wovon sollte man sonst leben?

Ich drücke sie an mein Herz. Was sind wir schon alle, an dir gemessen, Béa, wir elsässischen Kleinkrämer, der Schott mit seinem Sprachenfimmel, der Schilles mit seinem Ökofimmel, ich mit meinem Vergangenheitswahn und meiner Zaghaftigkeit, die ich hinter einer abgeklärt scheinen wollenden Skepsis verberge?

Da irrst du, Paps. Versuche ich nicht, mich durch einen exotischen Aktivismus zu betäuben? Wenn ihr hier noch etwas verändern könnt, und ich glaube, das könnt ihr noch, dann tut es. Paps, ich weiß alles. Ich habe Lisel getroffen. Sie hat mich in Berlin aufgespürt. Wir haben einen ganzen Tag lang von dir und Ixe und dem Elsaß gesprochen. Paps, wäre ich doch hiergeblieben, hier hat es noch einen Sinn zu kämpfen, zu leben. Es ist aber zu spät für mich, ich gehöre nicht mehr hierher. Paps, werde nicht zum Einsiedler, du darfst nicht in der Hütte bleiben, das wäre eine Flucht. Geh wieder hinunter ins Dorf, die brauchen dich.

Komm, Béa, wir gehen spazieren. Diese wundervolle Nacht, Hand in Hand meine Tochter und ich und das Land im Mondschein, an den Schlehenhecken entlang, an den Weidezäunen entlang, über Lüis Stoppelfeld, hinunter zum Bach, auf dem Sand des Bachbetts liegt ein Lichtstrahl, jetzt wellt ihn das Wasser und nimmt ihn mit. Schlafen die Fische nachts, Paps? Hier habe ich vor dem Krieg mal einen Fischotter gesehen, er tanzte im Wasser, Béa. Hör die Ixemer Kirchuhr, Paps. Erinnerst du dich an das Vaterunser, Béa? Ich hab's in meinem Medaillon, da am Hals, Paps. Wie hast du mir gefehlt, Béa. Paps, ich liebe dich.

Am anderen Morgen gingen wir nach Hause. Paps, wie sieht es hier aus! Überall Staub, und der Muff! Die Fenster auf, Staublappen her, los, an die Arbeit! Und

dann gehen wir in den Garten, der ist ja schon halb verwildert.
Wir arbeiteten drei Tage lang, wir lachten und sangen und tanzten. Abends aßen wir im Roten Ochsen. Dann telefonierten wir mit Bérengère, mit dem ersten Zug kam sie zurück. Wir fuhren alle drei nach Straßburg, aßen in einem teuren Restaurant bei Kerzenschein, brachten anschließend Béatrice nach Offenburg. Wir weinten alle drei auf dem Bahnsteig. Dann stieg sie in den Zug, und die Nacht verschluckte sie.

Jetzt bin ich wieder allein. Armelles Baby ist für Anfang Oktober angesagt. Bérengère darf diese Ankunft nicht verfehlen. Die Hütte auf dem Osterberg habe ich den Colléco-Leuten überlassen. Morgen, 23. September, fängt die Schule an.
Am 1. Jänner gehe ich in Pension.

OKTOWER

1. Oktober. Es ist da, das Baby, Thierry ist sein Name. Ich bin mit dem Nachtzug nach Paris und habe mir diesen Erstgeborenen angeguckt, den ersten Grahn, der in der Lichterstadt Paris zur Welt kommt. Und dies wird ihn wie ein Adelsprädikat durchs ganze Leben und durch die ganze Welt begleiten: Thierry Grahn, Paris. Und die Welt wird ihn darum beneiden. Ich beuge mich über ihn und summe ein altes elsässisches Wiegenlied. Sein runzeliges Gesichtchen scheint zu lächeln. Weißt du, Thierry, wenn du mal raus kommst zu uns, nehme ich dich mit auf den Osterberg, dort habe ich eine hübsche kleine Hütte stehen, so eine richtige Trapperhütte. Dort werde ich dir die Geschichte unseres Stamms erzählen, und Medizinmann Hababb wird mein Epos auf einem Baumstamm rhythmieren. — Steck doch den Quatsch auf, Heribert, dem seine Berge werden ganz andere Namen tragen. — Man weiß nie, man weiß nie, vielleicht wird doch ein Grahn aus ihm, schau nur das eigenwillige Kinn an . . . Du, Thierry, dein Bababa wird dich Dinge lehren, von denen die in Paris keine blasse Ahnung haben, wirst sehen. — Der wird auf dich, Heribert, und deinen Osterbergfimmel pfeifen, dem wird eines Tages die weite Welt gehören. — Tt, tt, den werde ich die Sprache der Birken lehren und die Hababbschen Formeln der Kieselsteinbeschwörung, denn was wird dem Jungen die weite Welt nützen, wenn er nicht weiß, in welchem Humus seine Wurzeln stecken? — Laß ihn jetzt

in Ruhe, du kindischer Provinzbababa, Pariser Wurzeln brauchen deinen schweren Humus nicht, das sind in der Brise hängende Wurzeln, die ihre Nahrung aus der Aura dieser Stadt trinken.
Champagner und Kaviar. Seht, wie die junge Großmama vor Rührung zerfließt. Ein Tänzchen, Mamama Grahn? Hör doch mit deiner elsässischen Blödelei auf, mon chéri. Armelle ist eine reizende Schwiegertochter, ich könnte mich direkt in sie verknallen. Alain ist sehr herzlich zu mir, Papa hinten und Papa vorn. Und wir kommen auf Béatrice zu sprechen, und Alain meint, es sei ihm lieber, sie betreibe ihren linksextremen Aktivismus in Lateinamerika als in der Bundesrepublik.
Mit dem Nachtzug wieder nach Hause.

2. Oktober. Pool wartet auf mich vor der Schule: Sie haben den Schilles verhaftet, heute morgen. Zwei Milchmänner haben Apparate in ihr Auto getragen, nach einer Weile ist dann der dritte mit dem Schilles herausgekommen, und sie sind weggefahren. Nein, sie haben ihm keine Handschellen angelegt. Schilles' Mamme hat die Tür verriegelt, sie läßt niemanden hinein. Warum sie ihn verhaftet haben? Genaues weiß man nicht, man vermutet, weil er ein Autonomist ist. Oder ist es wegen der Deutschen, die im Sommer hier war?
Ich fange den Unterricht mit der Deutschstunde an. Ich lese den Kindern die Geschichte von einem Indianerjungen vor, der hungern mußte, weil die weißen Jäger alle Büffel weggeschossen hatten . . . doch ich bin nicht bei der Sache. Da fragt einer: Warum hat man die weißen Jäger nicht verhaftet? Und da sagt ein anderer: Sie haben den Schilles doch auch verhaftet. Und da weiß ein dritter: Papa hat gesagt, es geschieht ihm

ganz recht, dem Schilles, das ist doch ein „Boche“, ein verkappter.
Ich schalte um auf Mengenlehre. Doch die verrottenden Büffel liegen überall umher. Der Gestank weht in Schwaden durch alle Gassen, und die weißen Jäger stehen auf dem Dorfplatz in Grüppchen umher, durch die Lehrer Grahn nun spießrutenlaufen muß. Da wirft ihm einer das Lasso um den Leib und zieht ihn zu ihrem Palaver hin: Gib's doch zu, Heribert, der ist doch ein Autonomist, oder? Und die stecken doch alle noch mit den Nazis unter einer Decke, wie vor dem Krieg.
Grahn: Es gibt doch keine Nazis mehr, Leute. Das sind doch Phantastereien!
Ein anderer: Nur sachte, die haben's alle noch im Blut, die drüben. Denk an das Attentat in München!
Grahn: Menschenskinder, werft doch nicht alles, was ihr nicht auf Anhieb versteht, in ein und denselben Topf, das ist doch kriminell!
Ein anderer: Und wer hat denn in Paris die Synagoge in die Luft sprengen wollen, sag?
Grahn: Das waren bestimmt keine Autonomisten.
Derselbe: Wohl nicht, noch nicht. Sie sind aber auf dem Weg dahin.
Grahn: Jetzt langt's mir aber! Wenn einer von euch noch mal so eine Anspielung macht, zeige ich ihn wegen Verleumdung an, jawohl! Und noch eins: Wieso seid ihr jetzt plötzlich so judenfreundlich geworden? Seid ihr nicht dieselben die, als die Sache in der rue Copernic passiert war, beim Aperitif sagten: Die Juden werden auch wieder ganz frech, wundert's euch dann, wenn die jetzt Bomben geworfen bekommen?
Ein anderer: Egal, der Schilles hält es mit denen drüben, das wirst auch du zugeben müssen. Kommen

nicht immer wieder Deutsche zu ihm? Soll er doch hinüber ins Reich!
Ein anderer noch: Mumpitz, der Schilles ist kein Nazi, sondern ein verkappter Anarchist, denn die Deutsche, die im Sommer hier war, das ist eine von der Baader-Meinhof-Bande. Das könnt ihr mir glauben: ich hab's von einem, der das aus sicherer Quelle erfahren hat.
Grahn zu Pfarrer Weber: Die Leute drehen durch, Herr Pfarrer.
Pfarrer Weber: Ich werde ihnen am Sonntag die Leviten lesen, Sie können sich darauf verlassen. Sie müssen die Leute aber auch verstehen, mein Lieber: der Gilbert fordert sie immer wieder heraus. Er ist ein überaus Unbequemer.
Grahn: Ja klar. Ans Kreuz also mit ihm.

Um vier Uhr steht er quietschvergnügt vor der Schule. Da bin ich wieder, lacht er. Das war für einen jungen Advokaten eine äußerst interessante Erfahrung. Die Inspekteure und der Kommissar waren sehr freundlich, sehr zuvorkommend. Ich bin ihnen aber nicht auf den Leim gegangen. Beweismaterial haben sie ja keines gefunden, und die Tonbandgeräte, das Mischpult und die Cassetten, die sie beschlagnahmt haben, werden sie wieder herausrücken müssen.
Ja, sprich doch endlich Klartext, Schilles. Um was ging es denn? — Ach so, du bist nicht im Bild, sagt er. Hast du schon mal was von Radio Verte gehört?
Das war es also. Natürlich habe ich schon davon gehört, vom illegalen Sender Fessenheim, aus den Wyhlkämpfen geboren und seit drei Jahren nun Sprachrohr der Umweltschützer, der kulturellen Militanz, der Wehrdienstverweigerer, der streikenden Arbeiter, der, der, der: Schilles stapelt die Sendungen, Themen und

Interventionen auf. Mir wäre früher vor dieser im Oktoberwind schaukelnden Beige schwindelig geworden. Früher hätte ich auch über das Indianerspiel der hundert jungen Leute gespöttelt, die an jedem Wochenende im Elsaß, in Südbaden, in der Nordschweiz die Berge in geduckter Stellung besteigen, sich durchs Gebüsch schlagen, die Kundschafter vorne her, auf den Höhen dann ihre Antenne ausziehen und ihre Signale von Stamm zu Stamm funken. Früher.
Warum hast du mir nie gesagt, daß du da mitmachst, Schilles? — Du hast immer wieder spöttisch gelächelt, Bertel, wenn ich die Rede auf Radio Verte brachte. Morgen abend senden wir. Gehst du mit? Der Sender ist in deiner Hütte versteckt.

Oktobernacht. Osterbergnacht. Die Bäume reiteln im Wind. Es riecht süßlich nach vermodertem Holz. Unsere Schuhe rutschen auf dem glitschigen Laubgold aus. Franz klettert in den Nußbaum und bindet die Antenne fest. In der Siedlung unten glotzen blaue Fernsehaugen in die Nacht hinein. An der Kreuzung blinkt ein Licht dreimal auf. Alles in Ordnung. Ton ab, befiehlt Schilles. Band läuft, sagt Patricia. Wir beginnen mit dem Lied von René Egles, das den gefällten Baum besingt, aus dem wir eine Barrikade bauen werden, der unser Feuer nähren wird, an dem wir uns wärmen. Es folgen, abwechselnd auf alemannisch und französisch, Berichte über den kulturellen Notstand, über Arbeitskämpfe, über eine Panne im Meiler Fessenheim und hört, hört: Was hat man mit dem Ixemer Osterberg vor? Das Projekt vom Hotelkomplex sollte nur ein Täuschungsmanöver sein? Stimmt es, daß der Osterberg als Knotenpunkt des zukünftigen elektronuklearen Elsaß vorgesehen sei?

Blinkzeichen aus dem Mattental: Warnung. Die Sendezeit ist sowieso abgelaufen. Holt die Antenne ein. Patricia steckt die Cassette in den Stiefelschaft. Franz packt den Sender in den Rucksack und stapft querfeldein nach Zettheim hinüber. Wir drei trinken noch einen Schnaps in der Hütte. Die zwei Wachtposten kommen zurück. Sie werden heute nacht auf der Hütte schlafen. Es sind zwei Innerfranzosen. Das sind unsere besten Leute, sagt Schilles, die engagierten Innerfranzosen, die haben keine Komplexe wie wir Elsässer.

Wo hast du diese Nachricht her, Schilles? frage ich. Wir haben Informanten bis in die höchsten Gremien hinein, Bertel. Diese Umspannanlage, frage ich, war doch ursprünglich irgendwo anders vorgesehen? In der Marlemer Gegend, antwortet er. Dort ist aber der Widerstand zu stark geworden. Jetzt wollen sie hierher. Gott weiß, was für ein Geschäft dein Müller Fritz hier zu machen hofft. Das wird aber das Ende seiner Karriere sein. Sag ihm, ich hab's gesagt. Er darf es ruhig wissen.

Ein Auto kommt mit aufgeblendeten Scheinwerfern auf uns zu und fährt im Schrittempo an uns vorbei. Patricia trällert lustig vor sich hin. Schilles grüßt freundlich.

Verstehst du, sagt er, solange sie dich nicht auf frischer Tat ertappen, also beim Senden, können sie dir nichts anhaben. Du darfst Cassetten besprechen, soviel du willst, senden darfst du nicht. Vorläufig ist es noch so, das wird sich aber wohl in nächster Zukunft ändern. Unsere Demokratien sind auf dem Weg zum totalen Überwachungssystem, zum Polizeistaat, weil sie den Mut nicht haben, den anderen, schwierigeren Weg zu gehen, den zur effektiven, totalen Demokratie.

In Schilles' Wohnstube warten Onkel Schott und Frau Christiane auf uns. Der große Elan von vor zwölf Jahren, sagt Schott, ist flügellahm geworden. Waren wir damals nicht zu zuversichtlich, zu vermessen? Sind vom Münsterzipfel, vom Eiffelturm, vom Hradschin herabgesprungen und haben gerufen: Herr Bischof, ich fliege! Und sind kläglich im Rhein gelandet, in der Seine, in der Moldau? Wir glaubten, es genügt zu sagen: ich will. Uns fehlte aber das Wissen um uns selbst und der Mut zur radikalen, aber überlegten Umkehr. Jetzt machen sie wieder alle Grenzen dicht, jetzt greifen sie wieder alle auf die eingespielten Dogmen zurück: damit gehen wir sicher, sagen sie. Die Menschen brauchen charismatische Führer, die für die ruhmvollen Träume sorgen, und die Führer brauchen uns, die Apparate, sagen sie, die dem Volk die Zugseile und die Scheuklappen anlegen. Hauptsache ist, der Hafersack ist immer voll. Merkt ihr nicht, Freunde, wie sie jetzt überall die Zügel straffen, die Staaten, die Ideologien und sogar die Religionen? Der Zentralismus ordnet seine gläubigen, willenlosen, auf Konsum gedrillten Massen, alles schön ausgerichtet, und daß mir ja keiner aus der Reihe tanzt! Die Macht ist wieder unteilbar geworden, wer sie besitzt, gibt nichts mehr davon her. Und wer bis dato noch nicht frei geworden ist, wird, so fürchte ich, es auf demokratischem Weg nie mehr werden. Hoffen wir trotzdem auf die Ausnahmen, die im allgemeinen die Regel bestätigen.
Schott legt seine Hand auf die Hand seiner Frau. Die Goldpartikel in Christianes grünen Augen leuchten auf.

4. Oktober. Schulinspekteur Gounon hat mich heute mit seinem Besuch beehrt. Monsieur Grahn, bat er,

bleiben Sie doch noch im Dienst, im Interesse der Kinder wie in Ihrem persönlichen Interesse. Nur noch ein Jahr, Monsieur Grahn, für Sie würde es sich finanziell lohnen . . . und das ließe mir Zeit, Ihre Stelle mit einer guten Lehrkraft zu besetzen. — Sie wissen, Monsieur Gounon, daß meine Frau über ein ansehnliches Vermögen verfügt, die paar tausend Francs, die mir verlorengehen, fallen da nicht ins Gewicht. Meine Kinder sind bestens versorgt, und für mich brauche ich nicht viel. Ich gehe am 1. Januar, Monsieur Gounon, da ist nichts mehr dran zu rütteln. — Sie sind doch noch so jung, Monsieur Grahn, mit fünfundfünfzig zieht sich ein Mann wie Sie doch nicht aufs Altenteil zurück. — Ich will mich nicht aufs Altenteil zurückziehen, Monsieur Gounon, ich will ein neues Leben anfangen, solange ich dazu noch die physischen und psychischen Voraussetzungen habe. Werde ich nun Weinhändler oder Globetrotter, egal, ich muß etwas anderes anfangen. Dreiunddreißig Jahre Schuldienst, das reicht mir völlig; ich habe sowieso den Glauben an diese Mission verloren. — Wenn Sie gehen, Monsieur Grahn, wird es vielleicht für Jahre keinen freiwilligen Deutschunterricht mehr in Ixheim geben. — Warum liegt Ihnen dieser Deutschunterricht so am Herzen, Monsieur Gounon, Sie sind doch Innerfranzose! — Eben deshalb, Monsieur Grahn.
Und Sie sagten mir, lieber Gounon, wie Sie die Elsässer um diese Chance beneideten, Zugang zu zwei Weltsprachen und zwei großen Kulturen zu haben. Und daß Sie die Elsässer nicht verstünden, die diese Chance immer wieder aus Ihnen, Gounon, unverständlichen Gründen vergäben. Sie sagten mir auch, daß Ihre Vorgänger da schwer gesündigt hätten, daß sie sich wie kolonialistische Gleichmacher aufgeführt hätten.

Ich habe da ja auch mitgemacht, Gounon. Ich gehörte ja auch zu dieser Kohorte von dialekt- und deutschfeindlichen Paukern, und während man das Vorgehen Ihrer innerfranzösischen Vorgänger einigermaßen verstehen könnte, war mein Vorgehen ein unverständliches, selbstmörderisches. Ich, der Elsässer, habe mitgeholfen, die kulturelle Substanz meines eigenen Stammes zu zerstören. Na ja, der Saulus hat sich dann zu einem Paulus bekehrt, das Unheil aber, das ich angerichtet habe, kann nicht mehr ungeschehen gemacht werden. Ich habe Generationen von jungen Elsässern ihrer eigenen Kultur entfremdet, und diese von mir Assimilierten produzieren nun neue Assimilierte am laufenden Band.
Und jetzt, da Sie den richtigen Weg gefunden haben, wollen Sie aufgeben, Grahn?
Ja, Gounon, denn die Bäumchen, die ich hier pflanze, werden im Collège nach fremden Normen gestutzt. Meine Arbeit hier ist umsonst. Was kann denn schon ein kleiner Schulmeister auf dem Gebiet der Bewußtwerdung ausrichten, welche Macht hat er? Du weißt das so gut wie ich, Jean.
Was hast du vor, Heribert?
Ich habe es mir überlegt, Jean, lange, und ich bin zu dem Schluß gekommen, daß ich politisch aktiv werden müßte.
Das könntest du doch auch als Lehrer, Heribert.
Nein, Jean, in meinem Alter kann man sich nicht an allen Fronten zugleich einsetzen.
Wir tranken Brüderschaft, und als die Flaschen leer waren, sangen wir aus vollem Hals die Marseillaise.

6. Oktober. Maire Frédéric Muller hat die Ratsherren der Mehrheit zu sich zum Souper eingeladen.

8. Oktober. Durch Indiskretionen erfahren wir, daß die Mehrheit des Gemeinderats bei diesem Souper dem Maire ihre Zustimmung zum neuen Osterbergprojekt versprochen hat.

10. Oktober. Das neue Projekt Osterberg wird publik. Drei Schneisen von je 300 Meter Breite werden von Osten her auf den Berg zulaufen. Sie sind für den Transport des im Atommeiler Fessenheim produzierten und des in den zwei anderen am Rhein geplanten Kernkraftwerken noch zu erzeugenden Stroms vorgesehen. Auf der Kuppe wird eine riesige Umspannanlage errichtet. Auf einer Schneise von 500 Meter Breite werden dann die Masten stehen, die den hier gebündelten Strom nach Innerfrankreich transportieren. Die Station wird eine Kapazität von 400 000 bis 750 000 Volt haben.

Die Gemeinde Ixheim wird dadurch in den Genuß von bedeutenden finanziellen Erträgen kommen. Ein Teil des Grahnwäldchens wird stehenbleiben, damit die Anlage von Ixe aus nicht einzusehen ist. Das Sommerfeld wird zum Teil mit schnell wachsenden Pappelbäumen bepflanzt, so daß die Aussicht von der Siedlung aus nicht allzusehr durch die gigantischen Masten der Westschneise verdorben wird.

Wenn wir weiter so leben wollen wie bisher, röhrt Schnitzler Schorsch abends im Bahnhofsrestaurant, wenn wir weiter Auto fahren und fernsehen wollen, müssen wir erstens die Atomkraftwerke, zweitens diese riesigen Masten in Kauf nehmen. So häßlich sind sie nun auch wieder nicht. Die Pariser haben anfangs den Eiffelturm auch häßlich gefunden, jetzt möchten sie ihn nicht mehr missen.

Alle nicken Beifall. Und wer sich dagegen auflehnt, posaunt er weiter, der ist ein Staats- und Volksschädling.
Das haben wir schon mal gehört, sagt Doni, vor vierzig Jahren war das.

11. Oktober. Lüi und Grahn im Büro des Maires. Verkauft ihr nun? fragt er. Lüi wird abwechselnd blaß und rot, als er den Preis hört. Ist es dein Ernst, Fritz? fragt er. — Da staunst du, Bauer, was! lacht Fritz. Lüi schaut Grahn verlegen an. Tu, was du für gut hältst, Lüi, sagt Grahn, ich für mein Teil verkaufe nicht. — Dann wirst du enteignet, sagt der Maire mit schneidender Stimme. — Dann besetzen wir das Gelände, erwidert Grahn. — Das ist eine Kriegserklärung, stellt der Maire fest.

Kurze Pause.

Ich verkaufe auch nicht, sagt Lüi, du nimmst mir meine Existenzgrundlage weg. — Du wirst dafür fürstlich entschädigt, sagt Fritz. — Ich will keine Entschädigung, entgegnet Lüi, ich will meinen Boden behalten. — So wirst auch du enteignet! brüllt jetzt der Maire. Dann fährt er weinerlich fort: Was habt ihr denn gegen mich? Wir sind doch Freunde!
Wir haben nichts gegen deine Person, nur gegen deine Auffassung der Demokratie. Wir haben nichts gegen den Fortschritt, nur gegen seine ungesunden Auswüchse. Wir haben nichts gegen den Strom, nur gegen die Anhäufung von Nuklearzentralen in unserer Heimat. Wir haben auch nichts gegen den Staat, nur gegen die kolonialistische Ausbeutung unseres Ländels. Wir wollen euch Machthaber zum Umdenken zwingen, denn es gibt andere Wege in die Zukunft als diejeni-

gen, die uns euer Machtwille und euer Profitdenken aufzwingen wollen.
Ihr wollt also den Krieg?
Du hast ihn bereits vom Zaun gebrochen, Fritz.

12. Oktober. Wir gründen die Bürgerinitiative Osterberg in Gstyrs Wirtschaft, die durch uns nun einen neuen, unerwarteten Auftrieb bekommt. Die Großen machen die Kleinen kaputt, also müssen die Kleinen zusammenhalten, sagt Gstyr zwischen zwei Schnäpsen. Von jetzt ab fegst du aber deine Stube sauber, tust die Spinnweben weg und säufst weniger, belehrt ihn Pool.

14. Oktober. Heute abend läuft Voisins Kulturprogramm an: Einweihung des Centre Culturel mit dem üblichen Tralala. Akademiker pusten schillernde Seifenblasen in die rauchgeschwängerte Luft, während die Platzhirsche des unterelsässischen Establishments ihre benerzten Damen und ihre in Leder gegossenen Mätressen vorzeigen. Man blödelt vornehm, stopft die Hamsterbäckchen voll Konfekt und klatscht Beifall mit den Fingerspitzen. Voisins weißer Hemdzipfel lugt aus dem Hosenschlitz heraus. Ich mache ihn diskret darauf aufmerksam. Man flaniert gelassen durch die Räume, befühlt das Gebälk, bewundert die eingemottete Bauernkultur im Museum und denkt gerührt an den großväterlichen Kuhstall zurück, aus dem wir ja alle stammen. Ein Streichquartett produziert im Konferenzsaal verfeinerte Volksweisen. Kollege Blatt sucht vergeblich Anschluß an die Stadtprominenz. Maire Muller hält sich seltsamerweise diskret im Hintergrund. Ich flüstere ihm ins Ohr: Keine Angst, Fritz, Bérengère kommt nicht. Anschließend begeben wir uns in Thereses Restaurant, wo wir bei Kerzenschein

soupieren. Monsieur Voisin teilt das Saisonprogramm aus: lauter Gediegenes mit Dichtern, Musikern, Architekten, Professoren und Jogameistern. Das Essen ist ausgezeichnet, die Ambiance dezent fröhlich. Schade, daß dem Schnitzler Schorsch plötzlich in einer unvorhergesehenen Stille ein Furz entfährt, der sich jaulend einen Weg zwischen Arschbacken und Stuhlpolster bahnt.

15. Oktober. Bérengère ist zurück.

Nein, ich habe Mamama Katrin nicht vergessen, Lisel. Ich komme jeden zweiten Tag bei ihr vorbei, setze mich ein Viertelstündchen zu ihr, und wir wärmen die alten Geschichten auf. Weißt du noch, Bertel, du warst damals zwölf Jahre alt . . . Nein, ich hab's vergessen, Mamama. Wir suchen gemeinsam nach den verlorengegangenen Erinnerungen und knüpfen sie in den durchlöcherten Teppich ein. Man sollte sein Leben lang Tagebuch führen, meint Katrin, und immer wieder daraus lesen, damit man sich nicht selber fremd wird. Stell sie dir vor, sagt sie, diese Unmengen von Erlebtem, die jeden Tag auf der Welt verlorengehen, weil man immer vorwärts hastet und keine Zeit findet zurückzuschauen, in sich zu schauen.
Wie meine Eidechse auf dem Berg, wie die Waldolwisheimer in der nächtlichen Anbetung. Das Gestern vor sich hinlegen, jeden Schritt, den ich tat, jede Handreichung, das stumme Gespräch mit Pool, während wir die letzten Äpfel brachen. Bérengères Lächeln, als ich ihr einen prächtigen Ontario hinhielt. Die letzte Wespe, die ins Gras taumelte. Der trippelnde Gang der neunzigjährigen Helde Marie, wie sie stehenblieb und mit dem Stock auf mich zeigte: Laß dir nicht auf die

Nase spucken, Junge! Der eigentümliche Klang der Kirchenglocken, war der Westwind daran schuld? Halt alles fest, Heribert, laß nichts verlorengehen. Pools Nicken, Bérengères Lächeln, der Tod der Wespe, Maries Krückstock: gestern war es für dich etwas Banales. Heute denkst du mit Rührung daran. Morgen, wenn's kalt wird, wirst du dich daran wärmen können.

Nun schau dir die Hütte an, Mamama, wie findest du sie? Mach uns Feuer, Pool. Setz dich, Mamama. Nein, ich komme nicht mehr oft herauf. Die jungen Leute der Bürgerinitiative hausen jetzt hier. Ausfegen dürften sie auch einmal. Meine Amsel ist immer noch da. Ich bringe ihr jedesmal Sonnenblumenkerne mit. Sie kennt mich. Ja, Béatrice war auch hier oben. Wir haben eine wunderschöne Nacht hier auf dem Berg verbracht. Gestern kam ein langer Brief von ihr. Soll ich ihn dir vorlesen?

Auch ihr Ixemer seid jetzt in diese Zukunft aus Zement und Asphalt hineingewachsen, Paps, soviel Zement, soviel Asphalt, und die Seele wird eingemauert, das Herz wird geteert, eine Zukunft aus Maschinen und Automaten, so viele Maschinen, so viele Automaten, die das Herz programmieren, die die Seele ausbaggern, euer Leben so vollbepackt mit Apparaten und Apparätchen, daß ihr euch nicht mehr frei regen könnt. Paps, es führt keine Autobahn ins Menschenherz, es fliegt kein Turbojet in die Menschengärten, es singt kein Computer von der Liebe, es weiß keine Technik vom Wesen der Freiheit. Vor den fremden Göttern, Paps, liegt nun auch Ixe auf den Knien, die automatischen Gebetsmühlen spucken Aberglauben in fremden Sprachen aus, und ihr meint, selbständig geworden zu sein, frei geworden zu sein . . .

Ja, sagt Katrin, und da stehen wir nun vor dieser Zukunft und täten so gerne in die Weite lugen, lug du aber durch diese Wände aus Beton und Plastik . . .
Nostalgie, Béa, ist nicht das die Krankheit unserer Zeit? Wie schön war es doch früher, gell, als die Mamamas ihr Brot backten, als sie im Winter mit kölschblauen Händen die Wäsche am eiskalten Brunnen vor dem Tore wuschen, als die Väter sich im Feld schunden, bis das Kreuz windsch war . . . Sag doch was, Mamama, du hast es ja erlebt!
Ja, Bub, wir haben gehungert, ja, wir haben uns abgeschunden, ja, die Mutter starb jung, zehn Schwangerschaften hatten sie ausgelaugt. Ja, wir waren arm wie Kirchenmäuse, wir hatten aber etwas, was ihr heute nicht habt und was unsere Béatrice seit Jahren sucht: wir fanden unser Glück in einem Winterapfel, in einem Lied, im Schein der Petroleumfunzel. Während die Herren fraßen, soffen, hurten und im Geld verkamen, gingen wir mit kalten Füßen ins Bett, das Herz aber war warm.
Verkläre jene Zeit nicht, Mamama. Es war die Zeit, in der man die kleinen Leute mit dem Virus des unbedingten Gehorsams infizierte. Und ihr habt alles hingenommen, Hunger, Ausbeutung und Krieg, als sei es von Gott gewollt. Und in dieser Gesinnung habt ihr Mamamas uns dann erzogen, stimmt es etwa nicht, Mamme Katrin?
Ihr habt euch doch frei gemacht, Bertel. Ihr bedient jetzt den Apparat. Ihr kommt in der Welt herum. Ihr sprecht die Sprachen der Mächtigen. Ihr eßt euch satt. Ihr habt's bequem. Ihr sagt euch von allen Bindungen los. Seid ihr aber glücklich?
Paps, ich weiß nicht, ob ich glücklich bin. Wie könnte man auch glücklich sein, angesichts so vielen Elends.

Es ist schließlich auch egal, ob man glücklich ist oder nicht. Wichtig ist, daß man nützlich ist. Wichtig ist, daß man liebt und geliebt wird. Das Prinzip Liebe ist das einzige, wofür es sich lohnt zu leben.
Sag du was, Amsel.
Sie sagt nichts. Auch Mamama sagt nichts. Auch Pool sagt nichts. Das Feuer singt. Wir hören ihm zu. Auf unseren Gesichtern formt sich ganz sachte ein Lächeln. Es ist schön warm hier, sagt Katrin nach einem langen Schweigen, man möcht' grad hierbleiben.

16. Oktober. Ich werde von der Behörde aufgefordert, das Jagdchalet innerhalb acht Tagen abzumontieren. Die Bürgerinitiative erklärt den Osterberg zum besetzten Gelände.

18. Oktober. Erste Wallfahrt der unterelsässischen Grünen auf den Osterberg. Viel alternatives Volk aus Straßburg. Am Würstelstand die Colléco-Leute. Elsässische Folksinger kämpfen gegen den Wind an. Mein Nußbaum wird zum Symbol des Widerstands. Seine Krone füllt den halben Aufkleber der Initiative. Morgen tragen die Autohecks sein Bildnis in die Welt hinaus. So wird man berühmt, Alter, quasi über Nacht. Wenn dir nur keine Unannehmlichkeiten daraus entstehen. Der selige Hababb beschütze dich.

So, nun stecke ich im Schlamassel drin. So, nun bin ich ins Zentrum des Geschehens gerückt. Heribert Grahn: der Held des antinuklearen Widerstands. Heribert Grahn: der Feind des Fortschritts, Verfechter des ökologischen Obskurantismus. Und so was ist Lehrer in unserem Dorf, Gott sei Dank geht er bald.

Um mich herum beginnt der Kleinkrieg. Noch werde ich nicht tätlich angegriffen: Steine fliegen in Schilles' Fensterscheiben, Hakenkreuze verunzieren Müllers Gartenmauer, mich aber lassen sie einstweilen noch in Ruhe. Ich gehe erhobenen Hauptes durchs Dorf und grüße freundlich nach rechts und nach links. In der Wirtschaft sage ich so beiläufig: Meinen Babbe haben sie fallenlassen, sie werden doch jetzt nicht auch noch den Sohn ihrer Bequemlichkeit opfern. Sie schweigen betreten. Und sie haben es bemerkt: ich trage meine im Befreiungskampf erworbenen Kriegsauszeichnungen wieder. Wer schon kann in Ixe ähnliches vorweisen? Doch der Sockel, auf dem mein Denkmal steht, beginnt in den nächsten Tagen allmählich abzubröckeln. Hat der Grahn nicht ein Verhältnis mit Baers Lisel? Warum ist seine Frau so oft weg? Warum kommen seine Söhne nicht mehr nach Ixe? War seine Versetzung nach Ixe nicht eine Strafversetzung? Und was war denn das damals, als in Deutschland und auch bei uns die Schleyer-Affäre lief, was wurde da gemunkelt, da kam doch auch der Grahn ins Gerede, hier, und dann wurde die Sache auf höhere Anweisung vertuscht? Stimmt, das hatte auch etwas mit der Béatrice zu tun, war die nicht eine Baader-Meinhof-Sympathisantin? So eine wie Schilles' Freundin? Eine zwielichtige Person, dieser Grahn. Ein Volksschädling. Kinder, paßt ja auf in der Schule, wenn der was Verkehrtes sagt, so meldet es uns gleich. Gott sei Dank geht er bald in Pension. Du, der geht nicht freiwillig, das darfst du mir glauben, der muß gehen, warum? Na, das wird sich noch herausstellen.

Und schon kommen die ersten anonymen Briefe, schon wecken mich nachts die ersten anonymen Telefonanrufe: Kapitalist, dreckiger, Kommunisten-

schwein, Drecksau, Vaterlandsverräter, Terroristenchef, Jugendvergifter, was hättest du lieber zu Weihnachten, einen Sarg oder einen Koffer?
Sag doch was, Bérengère. Sie weint. Versteh mich, Bérengère, ich kann nicht anders, ich muß es durchstehen. Sie schluchzt. Mein Leben hat wieder einen Sinn, Bérengère. Erinnere dich, Bérengère, wir kämpften damals gegen den Faschismus, für Freiheit und Demokratie. Wo geht nun die Demokratie hin, was wird aus der Freiheit, aus der Selbstbestimmung der Menschen? Vor der Tür steht der Technofaschismus. Profit und Macht marschieren Hand in Hand über unsere Freiheit, über unsere Lebensqualität hinweg. Erinnere dich, Bérengère, damals wußten wir, daß wir siegen würden. Ich glaube nicht mehr an einen Sieg. Aber dennoch muß der Widerstand gewagt werden. Was für einen Sinn hätte das Leben sonst noch? Sie legt mir die Arme um den Hals und schaut mich innig an. Sie hat so schöne tiefblaue Augen, ich hatte es ganz vergessen. Weint sie noch? Nein, das sind keine Tränen, das ist Tau auf den Kornblumen der Touraine. Bertell, flüstert sie, wird deine Aktion Alains Karriere nicht schaden? — Liebe Bérengère, sollte es in diesem Land Sippenhaftung geben wie in Nazideutschland? Ich wage es nicht, so etwas zu denken. — Bertell, flüstert sie, ich weiß nicht, ob du auf dem richtigen Weg bist, dennoch, Bertell, ich stehe zu dir . . .
Werden jetzt mir die Tränen kommen? Wird die Rührseligkeit uns beide jetzt fortschwemmen bis zu längst vergessenen Ufern? Nein, das Telefon schellt. Voisin lädt Bérengère zur nächsten Kulturfeier ein: Volkskunst des 19. Jahrhunderts im Kochersberger Land. Man freue sich darauf, Madame Grahn wiederzusehen. Man habe sie schmerzlichst vermißt. Ja, der Kul-

turrat komme alle vierzehn Tage zusammen. Nein, Maire Mülläär lasse sich nicht mehr sehen. Es sei auch besser so, der Kulturrat müsse sich von der Politik distanzieren. Ouioui, chère Madame Grahn.

31. Oktober. Kalte Bise. Sie verbrennt die letzten Rosenköpfe. Die Chrysanthemen auf dem Gottesacker werden heute nacht einen schweren Stand haben. In der engen Schulgasse stoßen Grahn und Müller unversehens aufeinander. Ein Ausweichen ist nicht möglich. Wie die zwei Geißböcke auf dem Brückel, kichert die Strubs Len hinter den Gardinen, bald werden sie die Hörner senken. Rote Nase gegen rote Nase nehmen die Witterung auf und erkennen den Feind. Die Len öffnet das Fenster einen Spaltbreit. Werden sie nach Elsässer Art wüst brüllen, oder werden sie sich auf vornehm französisch die Meinung sagen?

Grahn, sagt Müller, du hast mich herausgefordert, das wird dich teuer zu stehen kommen.
Müller, sagt Grahn, womit haben sie dich geködert?
(Die Sprache ist Elsässisch, der Ton ist barsch, die Lautstärke gedrosselt. Die Len muß die Ohren spitzen.)
Grahn, sagt Müller, ist das deine ganze Argumentation? Sie ist sehr dürftig, mein Lieber.
Müller, sagt Grahn, ich habe nur einen Trumpf in der Hand. Wenn ich den aber ausspiele, bist du erledigt.
(Da zupft jemand hinten an Grahns Parka: Heribert, tu es nicht, ich bitte dich. — Schon gut, Bababa.)
Grahn, sagt Müller, du bluffst.
Ja, sagt Grahn, ich war schon immer ein schlechter Pokerspieler.
Also, sagt Müller, hör mit dem Mumpitz auf, Grahn.
Müller, sagt Grahn, womit haben sie dich geködert?
Oder haben sie dir eine Schlinge gelegt?

Grahn, sagt Müller, ich habe schon Schlauere geknickt, als du einer bist, du naiver Dorfschulmeister.
Müller, sagt Grahn, was bist du denn für ein Mensch, wer wird klug aus dir, Freund?
Grahn, sagt Müller, mit unsrer Freundschaft ist Schluß, endgültig. Laß dir das gesagt sein.

Jetzt hebt er endlich den Kopf, schaut an Grahn vorbei und meckert hämisch. Grahn hebt jetzt auch den Kopf, versucht Müllers Blick aufzufangen, es gelingt ihm aber nicht, er tritt also zur Seite und geht weiter. Die Gasse ist nun wieder leer. Die Len schlägt enttäuscht das Fenster zu. Kalte Bise. Heute nacht werden die Chrysanthemen gesengt, samt und sonders, die weißen, die gelben, die roten, die scheckigen. Bababa Jerri freut sich über die Stechpalme, die ich ihm aufs Grab gepflanzt habe. Ich habe sie im Odilienwald geklaut, Bababa. Ich werde auf sie aufpassen, verspricht er. Du hast ja nichts anderes zu tun, sage ich.

NOVAMBER

War Lisel am 1. November in Ixheim? Selbstverständlich war sie da. Wo wohnte sie, da bei Baers zur Zeit der Umbau der Küche in Gang ist, so daß man Lisels Zimmer mit allerlei aus dem Parterre stammendem Hausgerät hat vollstellen müssen? Sie wohnte bei uns, von Bérengère schwesterlich liebevoll umsorgt. Sie blieb drei Tage, drei herrliche Tage der braunblonden Harmonie, des wundersamen Dreiklangs. Habe ich Händchen gehalten mit ihr? Nur einmal, flüchtig, quasi als Erinnerung an unsere Maipromenade in Jerris Obstgarten. Haben wir Küßchen ausgetauscht? Gutenmorgen-, Gutenacht- und allerlei Mercikiißchen, frischfröhliche Küßchen mit einem Schuß Zärtlichkeit. Haben wir uns in die Augen geschaut? Ja, so manches Mal, und fragten des anderen Blick: Wer bist du jetzt? An was denkst du jetzt? Was bin ich jetzt für dich? Was hätte sein können?

Und Bérengère? Komplicenhaft lächelte sie Lisel zu, und habe ich sie beide nicht manchmal dabei ertappt, wie sie sich fragend anschauten, wie sich dann ein Hauch Ironie auf ihre Gesichter legte, wenn ich bei meiner Darbietung zu ungeschickt eifrig wurde und darüber errötete? Es wäre jetzt der Zeitpunkt gewesen, mir grundlegende Fragen über meine Gemütswallungen zu stellen, klare Linien zu ziehen und mir das Versprechen abzuringen, mich endgültig daran zu halten. Doch, weshalb sich die Lust am momentanen harmonischen Dreiklang vergällen, weshalb Strömungen un-

terbinden, die morgen in warme Erinnerungen auslaufen? Morgen: wie wird das überhaupt aussehen? Morgen liegt außerhalb dieser jetzigen Parenthese. Laßt uns also diese Parenthese voll auskosten.
Nein, über Ixe und seine Probleme haben wir kein einziges Wort verloren. Thierry und Sabine rangierten als Gesprächsthemen an erster Stelle, dann folgten Harry und Alain, auch Béatrice wurde mehrmals erwähnt: wir hätten dem armen Kind gegenüber nicht so unerbittlich hart sein sollen (Bérengère); ich bewundere dieses aufrechte und konsequente Mädchen (Lisel). Und: Kommen Sie doch mal nach Wien. — Versprochen, doch zuerst müssen Sie in die Touraine kommen.
Ich brachte sie nach Straßburg. Auf dem Bahnsteig hakte sie mich unter. So standen wir lange schweigend vor dem Zug. Dann schloß der Fahrdienstleiter die Parenthese.

Die fremdgewordene Stadt. Da liegt sie vor mir wie ein riesiger Polyp. Tentakel schlängeln sich auf mich zu, ich bleibe an einem Saugnapf kleben. Über mir rotiert das Glotzauge wie ein Discospot. Jetzt werde ich angesaugt. Innen das Gewirr von Metastasen und darüber dieser rotierende Spot wieder, der seine grellen Farben durch die angerauhte Nacht spritzt. Da steht mir ein gigantischer Steinklotz im Weg. Die riesige Last scheint die Stadt zu erdrücken. Tagsüber wogt hier das deutsche kulturbeflissene Touristenheer, von afrikanischen Kitsch verhökernden Negern zerteilt. Nachts liegt hier die stumme Vergessenheit im käsigen Licht der Laternen herum. Ich klebe mein Ohr an das Portal, höre ich nicht drinnen Geilers Dackel bellen? Hat er von mir Witterung aufgenommen? Hat er mich erkannt? Ich versäumte nie, ihn zu streicheln, wenn ich

an der Kanzel vorbeiging, wo er geduldig auf sein Herrchen wartet, seit fünfhundert Jahren. Gailäär dö Kesersbäär, erklärte ich dann meinen Gästen aus Innerfrankreich, so hieß der Prediger, für den dieses Kunstwerk geschaffen wurde. Auswuchernde Gotik aber liebten sie nicht, auch die überladene Fassade nicht, auch den wolkenkratzenden Turm nicht. Das ist germanische Hybris, sagten sie, wir vermissen die Ebenmäßigkeit und die Schlichtheit der reinen französischen Gotik. Kusch jetzt, Dackel.
Jetzt sollte ich eigentlich in eine Wynstub gehen, Tuchfühlung zur biederen Kleinstraßbourgeoisie suchen, den verweichlichten mit breiten ää- und aa-Lauten gespickten, durch französische Satzfetzen durchsetzten Dialekt schlürfen, ein Schöppele Riesling dazu. Nein, ein Whisky wäre jetzt angebrachter: der Elsässerwein lullt einen zu sehr in verlogene Glückseligkeit ein, der Schottenbrand aber rauht mir immer das Innerste auf, und das ist genau das, was ich heute abend brauche. Wie wär's also mit einer Bar? Hostessenbrüste schwimmen in Reizkörbchen um mich herum, eine Hammondorgel wimmert geil vor sich hin, jemand zupft an meinem Jackenzipfel: Monsieur Grahn, Sie hier? Monsieur Voisin, welch eine Surprise!

Wer bist du, cher Voisin, aus derselben Auvergne stammend wie mein Freund und Chef Gounon, deshalb muß ich nun auch mit dir Brüderschaft trinken, was auf Anhieb gelingt, denn du schlingerst schon stark, zerrst am Anker, brauchst Schlepperdienste, um aus dem gefährlichen Wasser zu kommen, liegst nun beruhigt an meinem Busen, und deine Stimme paßt sich den gedämpften Vibratos der Hammondorgel an. Bitte, Kaffee für den Monsieur. Noch einen. Ein saurer Hering wäre jetzt willkommen. Wir führen keine Heringe, Monsieur. Dommage, schade. Wer bist du, cher Voisin, sabbere mir nicht auf die Jacke, warum trinkst du so, was für ein inneres Viech hast du zu ersäufen, ist es eine Grille oder ein Schweinehund? Dir geht's doch gut, oder? Du hast Einfluß auf die Medien, du hast Beziehungen zu den Machern, du bist gefragt als Kultur- und Kunstexperte, du spielst mit Inkunabeln, Intarsien, Göttelbriefen, Holzmadonnen, Bauerntrachten und Eckkänsterchen, du bewahrst auf, was wir verschleudern, du läßt unsere ganze bodenständige Kultur ins Französische übertragen, damit nichts davon verlorengeht, sie dadurch auch veredelnd. Du hast also Erfolg, Geld, Macht, Wissen, Ansehen, Geschick: weshalb nun dieser melancholische Blick, den ich sonst nur herrisch und auf Distanz weisend kenne? Was für ein böser Frust treibt dir die Tränen aus den geschwollenen Säcken, netzt damit die rotfleckige Iris, das glasige Blau der Pupille? Was, diese Melancholie werde durch mein Verhalten ausgelöst? Ist es des Osterbergs wegen? Nein, sondern meines Verhaltens wegen ihm, Voisin, gegenüber? Der eitle Blatt liege ihm zu Füßen, die verrückte Renaar hänge an seinen Lippen, die fromme Geneviève schaue ihn verzückt an, der Fachidiot Belär grüße ihn ehrerbietig, Pfarrer Webäär lausche ihm andächtig zu, Madame Bérengère Grahn stehe ihm stets beflissen zur Seite, nur ich, Heribert Grahn, der einzige Mensch in Ixääm, dessen Freundschaft ihm, Voisin, etwas bedeuten würde, der kulturelles Empfinden mit kritischem Geist verbinde, dieser Mensch Grahn verhalte sich ihm gegenüber aus unverständlichen Gründen reserviert, kühl, abweisend sogar, ignoriere ihn, meide ihn, liebe ihn nicht. Warum liebst du mich nicht, was habe ich falsch gemacht, was trägst du mir nach, Heribert, ich meine es doch so gut mit Ixääm, ich lebe doch nur noch für meine Ixäämer Mission, wenn du wüßtest, cher Grahn, was für Pläne ich für Ixääm habe. Ich werde hier ein Institut für Volkskultur gründen, das beispielhaft sein wird.

Seine Stimme wird zusehends sicherer, sein vorher wässeriger Hundeblick belebt sich, gewinnt an Leuchtkraft, versucht, mich zu hypnotisieren. Hör auf, Voisin, sage ich, ihr habt alle hochfliegende Pläne für Ixe, wie ihr uns versichert, der Müller Fritz wie du, in Wirklichkeit aber dienen sie nur eurer Selbstdarstellung; euch treibt der egoistische Ehrgeiz, nicht die Liebe zum Volk. Und eines Tages wirst auch du, Voisin, wenn es irgendeine Konjunktur verlangt, deine Pläne in ihr Gegenteil umwandeln, genau wie der Müller es getan hat. Gib zu, habe ich nicht recht?

Sprich nicht von Mülläär, zischt er, der Mülläär verhunzt mir mein ganzes Konzept, der gaukelt mir zuerst etwas von einem Kongreßcenter vor, dann entpuppt sich das Ding als eine unverantwortliche Verschandelung des Ixäämer Landschaftsbildes. Ich sage dir aber, Heribert Grahn, der Mülläär wird über seine Masten stolpern!

So bist du also auch gegen das neue Projekt Osterberg, cher Voisin? Warum unterstützt du dann nicht unsere Bürgerinitiative?

Warum, jammert er, hast du dich mit den Roten eingelassen. So kannst du den Mülläär nicht stürzen, Grahn.

Ich will ihn ja gar nicht stürzen, Voisin!

Aber ich! schreit er. Und ich werde hinter sein Geheimnis kommen! . . . Sag mal, Grahn, könntest du mir nicht dabei helfen? Er ist doch ein alter Freund

von dir. Na, Freund ist wohl nicht das rechte Wort, du kennst ihn aber wie kein zweiter in Ixääm. Sag, wo hat er gesündigt, wann hat er gesündigt, wer setzt ihn unter Druck und warum?
Sein Blick liegt nun auf der Lauer. Der Bursche hat sich wieder ganz gefangen. Er widert mich an. Leck mi am Arsch, sage ich ihm grob auf elsässisch.

Nun steckt der Münsterturm in einem Nebelballen drin, Gespensterfetzen wehen um den Sandsteinklotz, bleiben an Königen, Propheten, Aposteln und Heiligen und Unheiligen allen Kalibers, an Spitzen und Zacken hängen, reißen sich wieder los und taumeln um die Laternen herum. Geilers Hund hat aufgehört zu bellen.
Stille Ixemer Nacht. Ich fahre im Schrittempo durch das alte Dorf. Bei Goetzejocks brennt ein Licht: die Großmutter liegt im Sterben. Die Frau hat im Krieg vier Söhne verloren, einen als Franzose in der Maginotlinie, zwei als Deutsche in Rußland, den vierten bei einem Luftangriff auf eine Rüstungsfabrik in Straßburg. So wie sie durchs Dorf ging, ganz in Schwarz gekleidet vom Kopftuch bis zu den Schnallenschuhen, die große, hagere, leicht vornübergebeugte Gestalt, die scharfe Nase und die starren Augen aus dem in Falten gelegten Pergamentgesicht hervorstechend, sagte ich mir jedesmal: das ist Urd, die Norne, das ist eine der Parzen, da geht unser blutiges Schicksal seinen stummen Weg von der Kirche bis zum Gottesacker . . . Bei Wewwerhansels schlägt der Hund an, die kommen auch auf keinen grünen Zweig: was der Schang anpackt, zerbricht ihm in den Händen. Nur mit den Kletterrosen hat er Glück, im Sommer verdecken sie die Risse in der Mauer und den abbröckelnden Besenwurf

. . . Und hier schnarcht der Büremichls Lüssel, ich wette, er schlägt im Traum die Vereinstrommel; der Lüssel ist einfach nicht zu denken ohne seinen Trommelbauch und den durch den wirbelnden Schlegel verlängerten rechten Arm . . . Die jungen Güschtis haben letzte Woche getauft, die Marlise springt aber schon wieder durch Haus und Garten wie ein Fohlen und besingt dabei ihre Existenz . . . Salü Gantzer Aliis, wann kommst du mal meine Dachkandel ausbessern? Auf euch Handwerksleute ist einfach kein Verlaß . . . Holterbachs vergrößern ihre Schreinerwerkstatt: der Älteste bleibt nun doch zu Hause . . . Und da wohnen die Sohlers, neben ihnen die Wagners, gegenüber die Scheuers, die Seyllers, die Haussers: Namen, die sich seit Generationen kreuzen, die einen vermehren sich, die anderen gehen ein, Gott weiß warum, lassen ihre Spuren nur noch auf Grabsteinen zurück. Keiner von ihnen macht Spektakel, keiner tritt vor die Rampe und bietet sich zur Schau an, keiner greift ins Geschehen ein: sie haben alle viel zu sehr mit sich selbst zu tun, mit dem bloßen Leben und Überleben, mit der Arbeit im Betrieb und der Arbeit zuhause, und noch sind ihre Erbmassen vom demütigen Häuslerdasein ihrer Vorfahren geprägt, noch getrauen sie sich nicht, aus der vererbten Rolle zu springen. Ihre Kinder aber werden es tun, sie werden es denen gleichtun, die den Sprung gewagt haben, sich jetzt in ihren Bungalows emanzipieren und in Schnitzler Schorschs Kellerbar fernsehkonforme Kommunikation üben.
Ich habe gut reden.

17. November. Das Enteignungsverfahren Grahn — Kleinmann läuft. Lüi kippt eine Fuhre Mist vor Müllers Parktor. Raedler und Co laden den Mist auf und

führen ihn auf ihren Rübenacker. Das Dorf lacht sich den Buckel voll.

18. November. Die zweite Aufforderung, das Jagdchalet abzumontieren, wird mir vom Gemeindeboten ausgehändigt. Sollte ich dieser Aufforderung nicht Folge leisten, heißt es in dem Schreiben, werde die Demontage von Gemeindearbeitern auf meine Kosten vorgenommen.

26. November. Der Maire erscheint mit den Gemeindearbeitern vor der Hütte. Ein diskreter anonymer Anruf hat mich gestern abend von der bevorstehenden Aktion benachrichtigt. Wir sind zehn Mann stark.
Räume das Chalet, Grahn!
Verlasse meine Gerechtigkeit, Müller.
Ich vertrete hier die Staatsgewalt, Grahn.
Wenn du Gewalt suchst, Müller, so sollst du sie bekommen.
Ich fordere Sie zum letzten Mal auf, Grahn, das Chalet unverzüglich zu räumen!
Verlassen Sie unverzüglich mein Eigentum, Müller, sonst kommt es zu Handgreiflichkeiten!
Ich erstatte Anzeige gegen Sie, Grahn, wegen Rebellion gegen die Staatsgewalt!
Ich nehme es zur Kenntnis, Müller. Jetzt aber gehen Sie, bevor es zu spät ist.
Ich werde wiederkommen, Grahn, aber dann wird die Polizei den Platz räumen!
Bring nur genügend Mannschaften mit, Fritz, denn du wirst es nicht mit zehn Leuten zu tun haben, sondern mit Hunderten.

Mensch, Grahn, ich kenne dich nicht mehr, wie du dich entpuppst. Du kommst dir wohl wie Old Shatterhand vor, was, oder wie John Wayne? Und du stehst da wie ein alter Sheriff, die O-Beine weit auseinander gespreizt, beide Hände am Gürtel, den Kopf in die Schultern eingezogen: hätte die Staatsgewalt nur noch einen Mucks gemacht, hättest du sie glatt umgelegt. Mensch, Grahn, ich schaue dir schon eine Zeitlang zu: wie du dich rückentwickelst zum heroisierenden Jüngling, wie dein Herz aber dabei klopft, laß es die jungen Leute, die hinter dir stehen, ja nicht merken. Fasse dich, schau noch eine Minute lang dem abzottelnden Feind nach, atme tief ein, atme gründlich aus, noch einmal, jetzt lockere die verkrampften Hände, ziehe deine Beine ein, siehst du: schon läßt das Herzklopfen nach. So, jetzt kannst du dich umdrehen, nein, bitte keine stolze Siegerpose, gib dich leger, cool würden die jungen Leute sagen, man reicht dir die Schnapsflasche, nimm einen kräftigen Schluck, setze ab, sage „salü“, steige auf dein Velo und fahre den gefrorenen Pfad hinunter.

Zu Hause setzt du dich an deinen Schreibtisch und verbesserst die Hefte deiner Schüler. Nein, denke jetzt nicht an die Folgen, die deine Kriegserklärung auf dem Osterberg für dich haben wird. Wenn Bérengère dich fragt, gib eine ausweichende Antwort . . . Aber gell, die Sache ist dir doch nicht ganz geheuer. Jetzt beginnt die Angst in dir mit Mäusezähnen zu nagen. Menschenskind, in was habe ich mich da eingelassen. Ich sehe sie schon den Berg in Schützenlinie heraufkommen mit ihren komischen Helmen und ihren komischen Plastikschilden, den Knüppel in der Hand. Ich höre das Megafon durch den Wald röhren, ich höre die Erdbrocken gegen die Schilde klatschen, dann, dann, o Heribert, dann packen dich zwei am Kragen, hauen dir den Knüppel über den Schädel und schleifen dich

den Berg hinunter bis zu ihren Wagen, wo Bérengère inmitten der Schaulustigen steht, bei meinem Anblick einen Schreckensschrei ausstößt und ohnmächtig zu Boden sinkt.
Warum rebellierst du, mon chéri, das ist doch sinnlos. Wegen ein paar Bäumen und einem Chalet, das du doch weiterverkaufen könntest. Du kannst doch nicht gegen den Staat ankämpfen, mon chéri, du allein!
Ich kenne das Lied, Bérengère: es ist sinnlos, du kannst doch nicht, du darfst doch nicht, du in deiner Position, laß doch die Jüngeren, undsoweiter . . .
Sie hat recht. Ich werde hier als Rammbock benutzt. Ich alter Simpel habe mich von jungen Fanatikern vereinnahmen lassen. Ein Opa, ein Pensionär als Anführer eines Haufens von jungen Rebellen: ich lach' mich kaputt. Dann grinst mich Eichlers Fratze unter Müllers Hut an. Meine Faust fährt auf die Tischplatte runter: verdammi, der hat mir jetzt noch gefehlt! Und Schott Antoine prophezeit: Die Welt geht am Fortschrittsrausch zugrunde. Und Schilles warnt: Sagtest du nicht am Stammtisch, man soll den Anfängen wehren?
Ja, wehrt doch ihr, warum ich schon wieder, habe ich nicht anno 44 mein Soll erfüllt? Und Bérengère: Denk an Alain. Ich: Sorgt sich Alain um seinen Vater, um den Osterberg, um Ixe, um das Elsaß? Was unternimmt er gegen den atomaren Wahnsinn?
Ich habe mit Monsieur Mülläär gesprochen, sagt Pfarrer Weber, es geht auf Weihnachten zu, habe ich ihm gesagt, lassen Sie uns Weihnachten in Frieden feiern. Er hat mir versprochen, bis Jänner nichts gegen Sie zu unternehmen, lieber Freund. Von der Anzeige will er vorläufig absehen.
Merci, Herr Pfarrer. Und ich verspreche Bérengère, mit ihr in das Konzert zu gehen, das Voisin für Sonn-

tag programmiert hat. Ein bekanntes Bläserensemble wird uns in hehre Adventsstimmung versetzen. Vorerst aber haben wir Stammtischsitzung.

In Gstyrs Wirtschaft können wir nicht heimisch werden. Nicht daß uns die Spinnweben und die klebrigen Tische stören, nicht daß uns Gstyrs blaue Nase und das träge Fett der Gstyrsmamme stören. Nein, es ist etwas Undefinierbares, das uns hier nicht seßhaft werden läßt. Wie es Doni formuliert: Wenn ich jetzt in Rußland wäre und von der Heimat träumte, würde ich dann von Gstyrs Wirtschaft träumen? Nie und nimmer, aber warum? Ich will es euch sagen: Gstyrs Seidel schmecken anders als Baers Seidel, und es ist doch dasselbe Bier, aber wir haben eben den Lauf zum Baer, das ist es, wie das Wild draußen, das seit Menschengedenken denselben Lauf hat und an derselben Wasserstelle säuft. Heimat, das ist Gewohnheit, das ist erlebte Geschichte. Unsere Geschichte hat im Roten Ochsen begonnen, sie kann nur dort weiterleben. Wenn uns der Rote Ochse genommen wird, fällt unsere gemeinsame Geschichte auseinander, dann trennen sich unsere Wege, haha. Der Mehmet hat das instinktiv begriffen, den Weg hier heraus findet er einfach nicht.
Ich falle vor Therese auf die Knie und bitte und bettle, bis sie nachgibt. Die Küche hat sich zwar auf einen Teil der alten Wirtsstube ausgedehnt, eine Reststube aber mit zwei Tischen ist noch da, als Aufenthalts- und Eßraum für das Personal gedacht.
Setz dich zu uns, Mamama. Ja, wir sind wieder da. Ja, wir sind froh, daß wir wieder da sein dürfen. Ja, der Pascal darf sich auch zu uns setzen. Er kriegt eine Cola. Nein, wir werden keine unflätigen Witze erzählen. Ja, wir wissen, daß er schon passabel Elsässisch ver-

steht: da die Therese nun gar keine Zeit mehr hat, sich mit dem Kind abzugeben, hat die Mamama die Mutterrolle übernommen und profitiert davon, um den Jungen die Sprache seines Stamms zu lehren. Nein, Pascal, wir brauchen heute keine Mützen, keine Helme, keine Calots, keine Käppis, keine Hüte. Die Vergangenheit ist gestorben, fertig, fini, basta. Ob wir etwas daraus gelernt haben, das wird sich später zeigen. Wir haben nun mit der Gegenwart zu tun, und die läßt sich nicht so leicht bewältigen wie die Vergangenheit, die bewältigt uns, die hat uns das Leitseil angelegt und knallt mit der Peitsche hinter uns her, so daß wir manchmal wie scheue Pferde losgaloppieren. Wo wir hintraben? Das weiß kein Mensch, ein jeder sowieso in eine andere Richtung. Also sprechen wir auch nicht von der Gegenwart, die wir erst in den Griff bekommen werden, wenn sie Vergangenheit geworden ist, wenn es zu spät ist, wahrscheinlich. Sprechen wir von ganz banalen, unpolitischen Sachen, vom Wetter, zum Beispiel, regnet's nicht schon wieder? Vom Heizwert der Erlen, vom neuen Gabelstapler in Pools Betrieb, auch Pools Patron ist da, wollte nur mal Zigaretten holen, blieb bei uns sitzen, sitzt immer noch da, fachsimpelt mit Mehmet. Wie schnell auch Mehmet Dialekt gelernt hat, er hatte allerdings ein Jahr in der Bundesrepublik gearbeitet, so daß es für ihn ein leichtes war, von türkischem Bundesdeutsch auf türkisches Elsässisch umzusteigen. Doni verheddert sich immer noch in seinen Witzen, Eddes wird nachher eine von seinen Schnulzen zum besten geben, vorerst schweigt er noch, Seppel knipst die Mamama ab, ich brauch' das Foto, sagt er, für den Geburtstagsartikel; Mamama schilt: Hör mit dem Blödsinn auf. Pools Tatarhand tanzt mir vor der Nase 'rum, schlägt einen Hebel run-

ter, schiebt ihn wieder hoch, jetzt verläßt uns sein Patron. So einen wie den gibt's keinen mehr, sagt die Runde, schafft mehr als ein Arbeiter, bezahlt gut, nimmt aber zu viele Faulenzer in den Betrieb auf, aus Mitleid, die er dann wieder feuern muß, weil sie zu nix taugen und bloß herumstänkern. Jaja, und das Benzin hat schon wieder aufgeschlagen und das Bier auch, und der Khomeini ist immer noch so bockbeinig, und jetzt die Polacken, du, die zeigen's dem Breschnjew, wenn's nur keinen Krieg gibt deswegen. Politik abschalten: wir wollen uns den Sonntag nicht verderben. Gestern nacht haben sie schon wieder randaliert, waren es Ixemer oder Fremde? Heute morgen lag ein Auto im Straßengraben. Und die Goetzejocksmamme ist jetzt endlich gestorben, die hat's auch schwer gehabt.
Die Gauloises-Schwaden wie ehedem, Mamama macht das Fenster auf, es ist, als könnte, als sollte alles wieder von vorne anfangen, nur eng ist es hier geworden, und der Bababa ist nicht mehr da. Stimmengewirr, jeder spricht mit jedem, einfach so drauflos, manchmal kommt eine Antwort, manchmal nicht, manchmal nimmt einer den fallengelassenen Faden auf und spinnt ihn weiter. Dann Schweigen, langes Schweigen, das von Donis schepperndem Lachen unterbrochen wird: so ist's und nicht anders. Eddes singt, wir singen mit. Dann wieder Schweigen.
Wärme. Freundschaft. Glück.

Wie artig wir uns begrüßten, Müller, Voisin, Renaar, Belär, Blatt, Geneviève, Bérengère Grahn, Heribert Grahn, sowie die Auswärtigen Gounon, Masson,

Schwätzäär (Schweitzer), Welemäär (Weilheimer), Baschett (Bachheit), Chattard, Magnon, Pelletier, Assdendöffel (Hassdenteuffel), Nikloos (Nicklauss), Offambergé (g wie Genie, Auffenberger), Benedetto, Bloo (Blau), Kammasché (Kammacher), Bonnemaison, Vieillechaise, Etz (Heitz), Ellbürgé (Heilburger), Riéll (Riehl), As (Haas), Pépinet, S-trock (Strauch) undsoweiter mit ihren Damen. Und wo bleiben die Ixemer? Herr Pfarrer Weber wird später kommen. Schnitzler Schorsch hat sich entschuldigt, ob sie die Post im Walde spielten, hat er gefragt, nicht? Dann bleibe er lieber zu Hause und sehe fern. Schott Gilbert nimmt heute abend an einer Lichterprozession teil, da wandeln die Ökojünger mit leuchtenden Neonröhren in der Hand unter der Hochspannungsleitung, die von Fessenheim nach Colmar führt, einher und singen grüne Lieder. Eddes der Sänger fehlt auch, er interessiere sich nur für Mozart und Gounod, sagte er, Ave verum und Ave Maria. Daß Seppel, unser Lokalreporter, nicht da ist, wundert mich nicht weiter: entweder hat er seinen Bericht anhand der Vorankündigungsliteratur schon geschrieben, oder er kommt morgen früh in der Pause auf den Schulhof und bittet mich um ein paar prägnante Sätze. Die Sohlers, Haussers, Güschtis haben höchstwahrscheinlich von dieser Veranstaltung gar nicht Kenntnis genommen, die spielen jetzt Skat oder Mensch-ärgere-dich-nicht oder schauen sich den Sonntagabendfilm an.
Wir sind also unter uns, unter Kennern, es wird niemand falsch klatschen, es wird kein Stuhl gerückt werden, niemand wird sich während der Darbietung schneuzen, und niemand wird schnarchen.
Um auf die Begrüßung zurückzukommen: ja, sie war äußerst herzlich. Müller küßte Madame Grahn die

Hand, Voisin schüttelte dem Maire mit überschwenglicher Freundlichkeit beide Hände, mir übrigens auch, und Fritz sagte zu mir: Heute abend eint uns die Kunst! Herr Pfarrer Weber hätte seine hellste Freude an uns gehabt.
Der Friede des Herrn.
Maestro, bitte.

DEZAMBER

4. Dezember: Heribert Grahns Geburtstag. Die Freunde und Mamama Katrin zu einem Imbiß eingeladen. Steif und unbeholfen sitzen sie in unserem Louis-Quinze, getrauen sich nicht zu rühren, halten die Stimme gezügelt, fassen die Baccarat-Gläser mit zitterigen Händen an, den kleinen Finger nach außen gespreizt, wie man es in noblen Kreisen tut, essen sich aber doch von den ersten zwei Platten satt und schauen Bérengère entgeistert an, als dem Aufschnitt und dem Pâté auserlesenste Desserts folgen, vom besten Patissier der Stadt geliefert. Ich Simpel, sagt Doni halblaut, hätte ich das gewußt. Dann lockern sich doch Stimmung und Haltung, so daß Mamme Katrin ein paar Mal warnend eingreifen muß: Schickt euch, Männer, ihr seid hier nicht in einer Wirtschaft. Schilles behandelt Bérengère mit weltmännischem Charme. Bérengère forciert sich zu äußerster Liebenswürdigkeit. Heribert sitzt versonnen da und segelt auf Rieslingwellen dahin.

Fünfundfünfzig. Noch ist der Körper geschmeidig, noch ist die Haut gestrafft, das Haar ist aschblond, die Muskeln sind kräftig, und das Bäuchlein ist weg, das hast du alles dem Schilles zu verdanken, der dich jeden Mittwoch- und Sonntagmorgen zu einem Zehn-Kilometer-Lauf in den Krittwald mitnimmt, ob's stürmt oder schneit, der Schilles kennt kein Erbarmen. Schau dir die gleichaltrigen Ixemer und Zettemer an, alles aufgedunsene Männer mit Hängebacken, keuchendem Atem, wenn's treppauf geht, und über den

Gürtel quellendem Fett, oder es sind ausgemergelte Grauköpfe mit müdem Blick. Warum sehen die meisten so ungesund drein? Vergiß es nicht, die waren alle in Gefangenschaft; Hunger, Kälte, Läuse, Ruhr; erinnerst du dich noch, wie schwarz ihre Gesichtshaut war, als sie aus den Lagern kamen? Und jetzt melden sich Magen, Leber, Nieren und der ganze Darmtrakt krank, und schon sind die einen und die anderen umgekippt, vier in Ixe, sechs in Zette, fünfunddreißig Jahre nach Kriegsende für Führer, Volk und Vaterland auf Intensivstation nach geglückter Operation, aufs Denkmal kommt ihr nicht, zu spät, Termin abgelaufen. Und du, Grahn, hast Schwein gehabt, hast dich auch aufgeführt wie ein echter patriotischer Antifaschist, hast dann deshalb auch jung bleiben dürfen, darfst nun bald ein zweites, neues Leben anfangen, komm her, Zukunft, daß ich dich küsse, und den Schlangenfängern in Ixe, Strossburi und Paris, denen werd' ich's zeigen! Oh, ist das ein Wein, der 76er Riesling aus Hunawihr, Ambrosia ist das. Jetzt bringt mir René ein Ständchen auf dem Akkordeon. Ich muß mit Bérengère einen Walzer um den Tisch tanzen. So leicht, so beflügelt habe ich mein Lebtag nicht getanzt. Bis das Telefon schellt. Sind es die Söhne? Nein, die haben mir Cognac und Pralinen geschickt. Sind es die Schwiegertöchter? Nein, die haben mir durch Interflora ein riesiges Blumengebinde überreichen lassen.

Béatrice: Ich rufe aus Lima an, Paps, wir haben einen unserer Freunde im Spital besucht. Ich wünsche dir alles Gute, Paps. Hundert Jahre sollst du alt werden, Paps. Ich liebe dich, Paps. Ich liebe euch beide. — Béatrice, Béatrice, Béatrice. . . — Salut, Paps.

7. Dezember. Sind Sie der Monsieur Heribert Grahn? Mein Name ist Jean-Marie Grahn, aus Strasbourg. Ja, Grahn gibt's nicht viele im Elsaß. In Schweden aber trifft man den Namen oft an. Warum? Grahn ist nämlich ein schwedischer Name, er schreibt sich dort g-r-a-n und bedeutet Tanne. Die Grahns sind im Dreißigjährigen Krieg mit Gustav Adolf ins Elsaß gekommen. Ja, mon cher cousin, unser Urvater war einer der berüchtigten Schweden, die hier so grausam hausten. Ja, seit ich in Pension bin, betreibe ich Namenkunde. Ich habe die Spur der Grahns zurückverfolgt bis 1680, da tauchen sie plötzlich in Zettheim auf. Aus Vorarlberg sollen sie gekommen sein? Wo haben Sie das entdeckt? Ihr Vater hat Ihnen das gesagt? Möglich wäre es schon, die Schweden sind bekanntlich bis in den Bregenzerwald vorgedrungen. Ist da vielleicht einer hängengeblieben und ist später mit seiner Bregenzerwälderin ins Elsaß gekommen?
Ich erinnere mich an unsere Studienreise nach Salzburg. Haben wir da nicht in Bregenz eine eintägige Rast eingelegt, sind mit der Seilbahn auf den Pfänder gefahren und haben im Gasthof Schwedenschanze eine Jause gegessen? Bin ich dort auf den Spuren des Urpapa Grahn herumgetappt, der, kriegsmüde geworden, desertierte und somit eine Grahnsche Tradition gründete, dann von einer Bregenzerin eingefangen wurde und sich veralemannisierte?
Das muß ich meinen Söhnen melden, die werden stolz darauf sein, daß sie von skandinavischer Abstammung, also keine Deutschstämmigen sind. Monsieur le Sous-Préfet, Sie sind doch Elsässer, nicht, dem Namen nach? Jaa schon, aber eigentlich stammen die Grahns aus Schweden. Grahn ist ein typisch schwedischer Name. Oho, aha, ich gratuliere.

Auch mein Namensvetter aus Strasbourg ist stolz darauf.
Mir ist es wurscht.

8. Dezember. Müller sei krank, heißt es, seit acht Tagen habe man ihn nicht mehr gesehen. Die Gemeinderatssitzung von gestern habe der 1. Adjunkt Schnitzler Schorsch präsidiert. An was er leide, habe man nicht erfahren können. Nein, Schnitzler Schorsch habe nicht mit ihm persönlich gesprochen, Madame Clémentine habe ihn angerufen und ihm mitgeteilt, daß ihr Mann in den nächsten drei Wochen für niemanden zu sprechen sein werde, dies auf strikten Befehl des Arztes. Schnitzler Schorschs Neugierde habe in das Geheimnis einzudringen versucht, Madame Clémentine habe aber sofort eingehängt. Voisin habe augenzwinkernd zu Seppel gesagt, die Krankheit sei seelischer Art, er, Seppel, verstehe wahrscheinlich schon, was er damit meine, wenn nicht, solle er doch den Grahn um Auskunft bitten.
Das Gerücht läuft durch die Rinnsale der Gassen, nachts friert es ein, tagsüber taut es auf und fließt weiter, allerlei Nebenbächlein aufnehmend, so daß sich Pfarrer Weber abends aufmacht, um einen angeblich Todkranken aufzusuchen. Es sei nicht schlimm, meinte er spät am Telefon, nur Übermüdung, Streß, wie man sagt. Nein, gesehen habe er ihn nicht, Madame Clémentine liege vor der Tür wie ein feuerspeiender Drache.
Wir können uns also getrost schlafen legen.

13. Dezember. Großer Elsässischer Folk-Abend im katholischen Vereinshaus zugunsten der Kasse unserer Bürgerinitiative. Den Saal sollten wir zuerst gar nicht

bekommen, Vize-Präsident Schnitzler Schorsch witterte hinter unserem Vorhaben umstürzlerische Volksmanipulation, da legte sich Pfarrer Weber kräftig ins Zeug und verbürgte sich für einen unpolitischen Verlauf dieses Abends. Ich lud meine beiden Duzfreunde aus der Auvergne, Gounon und Voisin, ein. Gounon versprach zu kommen. Voisin zeigte sich interessiert und reserviert zugleich. Es tut mir leid, mon cher, sagte er, aber was soll ich dort, ich würde doch kein Wort verstehen. — Wie lange bist du nun schon im Elsaß, Voisin? — Seit der Befreiung, mon cher. — Und du hast dir nie die Mühe gegeben, ein wenig Elsässisch zu lernen? Nicht daß wir von dir fließende Sprechfertigkeit verlangen, nein, ein mittelmäßiges Hörverständnis würde schon genügen. Ich kann nicht verstehen, wie du so abseits von unserem täglichen Erlebten stehen kannst. — Wozu hätte ich Dialekt lernen sollen, meinte er dann verärgert, versteht ihr nicht alle Französisch? Hat denn deine Bérengère Elsässisch gelernt, he? Mon cher Grahn, sei mir nicht böse, laß dir aber eines sagen: ihr habt eine schöne Volkskunst entwickelt, in Stein, Holz, Ton, Tuch und Farbe, die spricht jeden Menschen an, ob Franzose, Deutscher oder Amerikaner. Euer Patois aber ist nur ein Gettoidiom, das euch in geschmacklosen Provinzialismus einsperrt, damit könnt ihr nun wirklich keinen Staat machen. — Elsässisch, entgegnete ich, öffnet uns die Fenster zur deutschsprachigen Welt. Mit dem Dialekt steht und fällt die deutsche Sprache im Elsaß. — Man kann auch Deutsch lernen, ohne Elsässisch zu können, mon cher. Aber wozu braucht das gemeine Volk Deutsch? Es soll mal ordentlich Französisch lernen, damit es sich im Schoß der nationalen Gemeinschaft entfalten kann. Die Zweisprachigkeit überlasse man ei-

ner Elite. — Monsieur Voisin, Sie glauben sicher, ein toleranter Demokrat zu sein, Sie sind auch für den Pluralismus?
Aber sicher, mon cher.
Monsieur Voisin, Kulturimperialismus ist Ihnen ein Odium, nicht wahr? Sie haben ja damals diesen zündenden Artikel für die jurassische Los-von-Bern-Bewegung geschrieben.
Habe ich, mon cher.
Monsieur Voisin, sind Sie ein Lügner oder ein Mythomane?
Verlassen Sie unverzüglich dieses Haus, Sie Liebediener des Pangermanismus!
Ich danke Ihnen für dieses aufschlußreiche Gespräch, Monsieur Voisin. Ich werde wiederkommen, verlassen Sie sich darauf.

Dieser Voisin ist ein gefährlicher Chauvinist, ereiferte sich Gounon, das grenzt ja an Rassismus. Der schadet Frankreich mehr, als er ihm nutzt. Ich verstehe euch Elsässer aber auch nicht, daß ihr es zulaßt, daß solche Individuen eure Substanz zerstören. Nehmt euch doch ein Beispiel an den Polen.
Nein, Jean, der Vergleich hält der Analyse nicht stand. Man kämpft nicht für ein Patois, nicht für eine Kultur, solange es einem gutgeht, die Freßnäpfe überquellen und das Auto läuft, dies besonders nicht in einem Land, dem so oft schon das Rückgrat gebrochen wurde.

Lauter Bärte auf der Bühne, Gitarren, Flöten und ein Cembalo, ganz Ixe im Saal, sogar meine Bérengère hat sich herbemüht. Elsaß-Sound in allen Nuancen, mal holprig, mal lieblich, mal einschmeichelnd, mal her-

ausfordernd, heile, naive Volkslieder, aus denen dann urplötzlich der Protestschrei herausbricht. Begeisterung im Saal, nur der Schnitzler Schorsch scharrt wütend mit den Füßen. In der Pause sammelt er seine Ratskollegen um sich und spricht vehement auf sie ein. Wird es zu einem Eklat kommen? Nein, er verläßt den Saal mit seiner Riege.
Im zweiten Teil werden Gedichte gelesen. Wir lauschen der großartigen Sprache des Nathan Katz. Das ist so schön wie Mistral[1], sage ich zu Bérengère, das ist Poesie gewordene Sprache, das ist alternative Weltanschauung mit ungeheurer politischer Brisanz hinter der genialen Naivität: das Prinzip Liebe in reinstes Alemannisch gekleidet.
Ist das unsere Sprache? fragt mich Pool. Warum hat man uns das in der Schule verheimlicht?

19. Dezember. Letzter Schultag des Lehrers Heribert Grahn. Ich bin mit den Schülern ein letztes Mal durch die Gemarkung gewandert und habe unseren Geschichtsteppich aufgerollt. Im Schulzimmer haben wir dann unser Weihnachtsfest abgehalten, Stille Nacht gesungen und Kakao getrunken. Auf eine Abschiedsfeier mit den Kollegen habe ich verzichtet.
Wäre jetzt ein Rückblick auf die dreiunddreißig Lehrerjahre fällig? Wozu denn. Denken wir jetzt nur noch an das zweite Leben des Heribert Grahn, das nun beginnt. Leise Wehmut trotzdem.

20. Dezember. Anruf von Inspekteur Gounon. Man hat mir endlich einen Nachfolger gefunden, es ist eine resolute junge Frau, die den Posten unter der Bedin-

1 okzitanischer Dichter, Nobelpreisträger 1904

gung angenommen hat, daß sie Deutschunterricht geben kann. Sylvie Sommer ist ihr Name.

Dies Jahr gibt's Schnee auf Weihnachten oder Rauhreif, auf jeden Fall, eines steht fest: wir werden eine weiße Weihnacht erleben. Es hat schon zweimal angesetzt, seit November. Die erste Probe war gelungen: Schneemassen lähmten den Verkehr und pappten Dächer und Äcker zu. Die Generalprobe verlief allerdings weniger gut: der zweite Akt verhunzte uns mit Südwind den erfreulichen Eindruck, den wir im ersten gewonnen hatten. Im dritten Akt versuchte dann der Regieführende die Lage zu retten, indem er eine dünne Schicht Kristallzucker über das Ackerland streute. Zu Weihnachten müßte nun der dritte Winter kommen: haben wir nicht Vollmond, der immer wieder für klare Himmel sorgt, was in unseren Breiten und in dieser Jahreszeit auf Ostwind und Kälte tippen läßt? Auf Schnee zählte ich wohl nicht recht, den bekommen wir aus Nordwesten, wohl aber auf Rauhreif, den ich eigentlich dem Schnee vorziehe, dies aus ästhetischen Gründen: während der Schnee eine pappige, weiße Monotonie erzeugt, arbeitet der Rauhreif mit federleichtem Pinsel, setzt glitzernde Tupfer ins winterliche Mattengrün und ins Ocker der umgebrochenen Äcker, glasiert die Halme und Zweige und verwandelt die Bäume in zauberhafte Porzellangebilde.

Trau der Weihnachtszeit nicht, sagte mir aber Lüis Mamme, das ist eine letze Zeit, da wird das Wetter für das ganze kommende Jahr gebraut, und jeden Tag ist's anders, da kannst nix voraussehen, glaub es mir.

Trotzdem, ich stellte mir unseren Weihnachtsgang auf den Osterberg als ein malerisch-romantisches Erlebnis vor: das nächtliche Land liegt in kaltem, diaphanem Licht, die schwarzen Buckel der Vogesen grenzen es im Westen ab, im Osten verliert es sich in der Finsternis, oder kann man sogar den Schwarzwald sehen, den weißen First der Hornisgrinde? Dann die Milliarden von Kristallen, die im Gras funkeln, die in den Furchenkuhlen schimmern, und mein Silberwald, über dem der Mond hängt. Glocken in der Nacht, und vom Berg erschallt die Posaune.

Das ist doch Weihnachtskartenkitsch, sagt Schilles, Leise-rieselt-der-Schnee-Süchtigkeit, die Geburt Christi drin eingepackt, mit goldenem Bändel zugeschnürt und Sternchen draufgeklebt. Nein, Bertel, ich bin froh, daß es nicht schneit und der Mond sich hinter Wolken tarnt. Ich hasse die gefühlsduselige, schneeige Christkindelromantik, die lenkt nur ab von dem, was für uns heute nacht wichtig sein soll.

Der ist doch kein Elsässer, der Schilles, meint Seppel. Ein Elsässer ist sentimental, der hat Gefühl für so etwas. Mir läuft das Herz über, wenn die Natur in der Christnacht so richtig mitmacht.

Doch, sage ich, der fühlt genauso wie wir, nur ist ihm jetzt diese Panne mit dem Wetter unterlaufen, da muß halt eine ideologisch fundierte Ausrede her.

Ich verlasse den geteerten Weg, stolpere über Raedlers Rübenacker und gelange auf meinen Osterfeldpfad. Im Schein der Stablampe funkeln die Tropfen an den Zweigen wie Reifkristalle. In der Hütte zünde ich die Kerzen an. Es riecht nach Immenwachs, nach Mandarinen und Lebkuchen. Und ich denke zurück.

Christabend 1938. Während draußen auf den Gassen weißgekleidete, verschleierte Mädchen und in Lumpen gehüllte, rußgeschwärzte, mit Ketten und Sack versehene Burschen als Christkind und Rübbelz vor den Häusern schellen, hineingebeten werden, die Kinder mit den Ketten und Ruten bedrohen, sie dann zum Singen auffordern und anschließend der Bescherung vorstehen, kommt zu uns, ißt mit uns ein anderer Besucher, sitzt am Ehrenplatz, speist aus feinstem Porzellan, trinkt den Champagner aus dem Kristallglas, singt dann als Dank ein kurioses Lied in einer kuriosen Sprache mit einer kuriosen Melodie (eine Mischung, erklärt uns Papa, aus einem französischen Legionärslied, einem lateinischen Psalm und dem deutschen „Stille Nacht"), droht uns Buben mit dem Finger, küßt Mama umständlich die Hand, legt meinem Papa gönnerhaft die Pranke auf die Schulter und sagt schließlich in verständlichem Pfarrersdeitsch: Ich wäiß, er kommt, der Waltuntergang. Freuet euch, der Herr ischt nahe. Er wird säine Gerachten züe sich nähmen in säin Räich. Halleelüja.
Halleluja auch dir, Hababb, sagt dann mein Vater und geleitet ihn zur Tür.
Der Hababb spürte die Beben im voraus. Am Abend vor der Verhaftung der Lévis lief er von Tür zu Tür und lallte: Wehe, wehe! Und am Tag vor Papas Tod kam er herauf in die Mansardenwohnung, legte Papa die Hände auf die Schultern und schluchzte.
Das Dorf, das die Lévis, Papa und Berschong ins Verderben hatte ziehen lassen, verteidigte den Hababb mit äußerster Verbissenheit, als die NS-Rassenveredler nach ihm greifen wollten. Es gab ihn erst frei, als in den sechziger Jahren die moderne Zeit in Ixe Einzug hielt.

Es rieselt. Dann und wann fegt ein Windstoß aus dem Westen einen Wolkenpulk vom Himmel, eine Ahnung von Helligkeit zeichnet die Konturen der Landschaft, der Mond bleibt aber in seiner schwarzen Watte verpackt.

Eine Lichterschlange zieht vom Dorf zum Osterfeld hinaus. Es sind ungefähr hundert Leute, in Gummistiefeln und Anoraks, einige haben Stablampen, andere tragen alte Stallaternen.

Auf dem Berg brennt ein Feuer. Das soll kein Symbol irgendeiner Ideologie sein, sagt Schilles, das Feuer brennt nur, um uns zu erwärmen, um uns Licht zu geben; meinetwegen darf es auch als ein Zeichen unserer Freundschaft aufgefaßt werden.

Ich muß staunen, wie dieser junge Militant sich immer wieder gegen das Irrationale abschirmt, wie dieser Naturschützer sich dagegen wehrt, als ein Naturanbeter angeschaut zu werden. Der Mensch ist nicht für den Baum da, sagte er uns einmal, sondern der Baum für den Menschen; aber damit der Mensch überlebt, muß der Baum gerettet werden.

Wir stehen im Kreis um das Feuer, die Schultern eingezogen, die Hände tief in den Taschen, mit den Füßen scharrend. Im Kreis drin steht ein Tisch, dahinter erblicken wir einen jungen Mann, der sich eine Stola über die Schultern wirft, sowie eine junge Frau. Schilles stellt sie uns vor: Gérard, katholischer Studentenpfarrer, Linda, evangelische Pastorin. Aha, sage ich mir, die grüne Ökumene.

Wir sind, wie gesagt, über hundert Leute: die Colléco-Mannschaften von Zette und Ixe, dazu meine Stammtischgenossen, die Mehrzahl kommt aus Straßburg, es sind auch einige Badener dabei. Der Gottesdienst wird abwechselnd in Französisch, Deutsch und Elsässerditsch gehalten. Der Türke Mehmet hält die Flamme niedrig, damit alle auf den improvisierten Altar schauen können.

Unten in der Ebene organisieren die Institutionen die alte Tradition, machen daraus ein Alibi und eine Show, so daß ein jeder nachher nach Hause gehen kann mit einer Handvoll Rührseligkeit in der Tasche und dem Bewußtsein, dem Fest der Liebe und der heiligen Armut Genüge geleistet zu haben.

Sei nicht boshaft, Heribert, werde nicht zum Sektierer. Spiel nicht den Auserwählten, der den Weg zum Baum der Erkenntnis gefunden hat. Mach dich nicht lustig über die biedere Herde, die drunten im Dorf brav ihrer Christenpflicht obliegt. Du weißt doch, was da alles heute nacht zur Dorfkrippe hingetragen wird: die Sehnsüchte, die Danksagungen, die Ängste, die Krankheit, das Altsein, das Sichaufopfern für jemanden, die Mühsal, die Arbeit, die versteckte Armut, die Leere des Alltags, die Öde des Alleinseins. Ihr Horizont ist eingeengt, auf ihren Regalen thronen keine Philosophen, aus den Fernsehröhren löffeln sie den Einheitsbräu, der von publikumswirksamen Blödlern gemixt wird. Und doch beseelt auch sie die Liebe, die sich nicht in wohltönenden Perioden ausdrückt, sondern in einfachen Handreichungen, im einfachen Füreinander und Miteinander. Und jetzt rauscht für sie die Orgel, singt der Chor Vierstimmiges von Mozart und Orlando di Lasso, glänzt das Gold, flackern die Kerzen, öffnet sich der Himmel, wird die Poesie wahr: gönne ihnen diese Seligkeit, Heribert, und gib es zu, du gingest jetzt gern mit ihnen den demütigen, kindlichen Weg.

Vor dem Vaterunser sagt Schilles: Es ist jetzt halb acht abends in den peruanischen Anden. Dort betet jetzt eine der unseren, Béatrice Grahn, das Vaterunser mit uns. Sie führt dort im Indiodorf denselben Kampf wie wir hier in Ixe, den Kampf für die Heimat Erde und die Würde des Menschen.

Ich habe auch eine Frau und zwei Söhne, die sind jetzt auf Skiurlaub in Megève. Die Frau hätte Weihnachten gern mit ihrem Mann gefeiert, da ist aber der kleine Thierry Grahn, der nicht allein gelassen werden darf in den langen Nächten des Après-Ski. Sie haben mich heute abend angerufen und mir ein „bon Noël" gewünscht. Sie waren alle sehr aufgeräumt, nur Bérengère hatte eine wehmütige Stimme. Sie sagte mir: Ich denke ständig an Béatrice. Und ich denke jetzt an dich, Bérengère, an all das Versäumte, an all die Mißverständnisse. Werden wir je wieder so richtig zueinanderfinden?

Jetzt sprechen Gérard und Linda miteinander das Schlußgebet: Sollen wir ja sagen, Vater, wenn die Verführer uns aufrufen, ihnen blind zu folgen? / Sollen wir die Ungerechtigkeit hinnehmen, ohne aufzumucken? / Sollen wir die Entwürdigung von so vielen hinnehmen, ohne einzugreifen? / Sollen wir zu einer Masse werden, die man abspeist mit Spiel und Wein? / Hast du uns zahm und gefügig gewollt? / Mutlos und stumm, ängstlich und schwach? / Gib uns die Kraft, aufzustehen und frei zu sein, / lehr uns den heiligen Ungehorsam, / lehr uns kämpfen / mit deinem Wort, in deinem Geist / gegen jede Gewalt, gegen jede Lüge, / für die Rettung unserer Erde, / für die Würde des Menschen. Amen.

Und sie gehen beide durch die Reihen und umarmen einen jeden von uns. Mehmet wirft Kiefernscheite ins Feuer, stochert darin herum, die Flamme schießt hoch,

der Türke streckt die Arme gegen Himmel und ruft: Allahu Akhbar!
Leute, sagt Schilles, in Lüis Hof, der Schule gegenüber, gibt es Vin chaud für die Franzosen und Glühwein für die Deutschen. Ihr seid alle eingeladen.

Ich gehe nicht mit ihnen, ich bleibe heute nacht auf der Hütte. Ich erwarte jemanden. Ich habe ihm durch Pool ausrichten lassen: Komm nach der Mette rauf, bring den Champagner mit. Er war nicht in der Mette. Er sitzt schon an meinem Tisch und fröstelt.
Frehlichi Wihnacht, Herr Maire von Bethlehem, grüße ich ihn. Du hättest nach dem Feuer schauen können. Er sitzt da mit fahrigem Blick, seine Lippen beben, seine Hände sind ineinander verkrampft. Fritz, sage ich, du hast hinter der Schlehenhecke gestanden während unserer Feier, gell? Nein, du brauchst dich deswegen nicht zu schämen. Da hast du vielleicht auch verstanden, daß diese Leute etwas bewegt, das nicht mit Geld zu kaufen ist, daß sich hier eine gewaltlose Macht aufbaut, der du nicht gewachsen bist, und kämst du mit einer Hundertschaft Polizisten mit Tränengas und Wasserwerfern. Wohl, du könntest sie blutig schlagen und einsperren lassen, die Idee aber, die sie beseelt, die kannst du nicht besiegen. Denn das ist die Idee, die die Welt vor ihrem Untergang retten wird. Du sollst es wissen: es geht ihnen nicht um den Osterberg allein, es geht ihnen weltweit um den Kampf gegen die sündhafte Maßlosigkeit der Machthaber und der Fortschrittsfanatiker. Doch, quatsch nicht so geschwollen, würde Pool jetzt zu mir sagen. Kommen wir also auf dich zurück: Fritz, was ist mit dir?
Warum hast du mich hierher bestellt, Heribert?
Und warum bist du gekommen, Fritz?

Was weißt du, Heribert?
Was weiß ich, Fritz.
Geh heraus mit der Sprache, Heribert! Wem hast du was gesagt und dies wann?
Ich weiß nicht, wovon du sprichst, Fritz.
Von dem, was hier im Krieg passiert ist.
Was hier passiert ist, Fritz, das geht nur uns alte Ixemer an. Das haben wir dir ja im Roten Ochsen versprochen.
Ja von woher haben sie es dann? Jemand muß sie doch auf die Spur gebracht haben!
Auf was für eine Spur, Fritz?
Spielst du Katz und Maus mit mir, Heribert?
Es ist Christnacht, Fritz, vergiß es nicht, oder hältst du mich für einen perversen Sadisten?
Verzeih, Heribert.
Leer dein Herz aus, Fritz.
Es liegt eine Akte über mich irgendwo bei einer Behörde. Man hat mir zu verstehen gegeben, daß diese Akte eventuell publik gemacht werden könnte, durch eine gezielte Indiskretion zum Beispiel, sollte ich mich bockbeinig zeigen.
Man hat dich also unter Druck gesetzt. Wer?
Ein Herr aus Paris. Es war auf einem Bankett. So ganz en passant sagte er es. Dann kam ein paar Tage später die Anfrage, ob Ixe denn keinen geeigneten Standort für diese Anlage hätte.
So ist es also, Fritz. Und du hast natürlich gekuscht. Bist du denn der einzige Prominente im Elsaß, der in der HJ war und der Sohn eines Nazis ist?
Das ist es nicht, Heribert. Es ist wegen deinem Vater und dem Berschong Pierre . . . Du sagst nichts.
Sprich, Fritz.
Ich habe . . . ich war es, der . . .

Schweig, Fritz. Ich weiß Bescheid.
Von wem weißt du es?
Von zwei Toten. Von Jerri, und Jerri wußte es von Schellenberger.
Und du hast es weitererzählt, dem Voisin zum Beispiel!
Der auch? Der verdammte Schnüffler! Fritz, du Dreckskerl, ich hatte es in den letzten Wochen wohl ein paar Mal auf der Zunge, doch da zupfte der Bababa jedes Mal an meinem Jackenzipfel. Aber eines sage ich dir, Fritz, der Voisin wäre der allerletzte gewesen, dem ich so etwas anvertraut hätte.
Verzeihst du mir, Heribert?
Jetzt soll ich dir verzeihen, jetzt brauchst du mich, gell, jetzt wo der Skandal droht, publik zu werden, du Dreckskerl, du armes Schwein, du.
Heribert, ich konnte damals nicht anders, ich schwör' es dir. Hör zu, wie sie mich dazubrachten, deinen . . .
Halt's Maul, Fritz. Ich habe jetzt schon zwei Versionen der Fritz-Müller-Story gehört. Ich kann keine dritte mehr ertragen. Egal, wie das geschah, die Toten sind tot, wiedergutzumachen ist das nicht. Schau du zu, wie du damit fertig wirst. Mich verschone damit.

Die Jammergestalt hier in meiner Christnachthütte. Ins Fenster herein blinkt ein Stern, dann wird er sogleich wieder von einer Wolke verschluckt.

Fritz, hast du denn keine Trümpfe mehr in der Hand? Du hattest dir doch einflußreiche Leute gekauft, setze sie jetzt ein, wehr dich doch, du Jammerlappen!
Sie meiden mich, Heribert, sie müssen etwas von der Sache ahnen, ich bin am Ende.
Ich würde einen Meineid schwören, Fritz, wenn es dich entlasten könnte.

Ich danke dir, Heribert, es ist aber alles zwecklos geworden, ich mache Schluß.
Vorher aber kannst du uns noch einen Dienst erweisen, Fritz, in der Osterbergsache, meine ich.
Auch da ist es zu spät, Heribert. Die Verfahren laufen. Und ich habe meine Demission eingereicht.
Du bist mir ein Versager!
Führ mich heim, Heribert.

Den Weg hinunter. Ich führe dich an der Hand. Hab keine Angst vor den Gespenstern. Unser Land ist voller Gespenster, man muß sich halt dran gewöhnen. Auch wir beide werden einst Gespenster sein, mit denen unsere Nachkommen leben müssen. Wer hat uns in dieses verdammte Land hineingepflanzt, in dem es unmöglich ist, naturgemäß zu wachsen. Immer wieder kommen die Fremden, brechen uns das Rückgrat, pervertieren uns und legen dann Akten über uns an, damit wir für ewig gezeichnet sind. Laß uns träumen, Fritz, von einer Osterberg-Christnacht, in der wir alle elsässischen Akten ins Feuer werfen, damit sie endlich vernichtet wird, unsere unselige Vergangenheit. Allahu Akhbar!
Clémentine, paß gut auf ihn auf, der arme Hund hat nur noch dich. Ruf mich sofort an, wenn . . . ach was, du wirst schon wissen, was du zu tun hast.
Merci, Heribert.

In Thereses Restaurant reveilloniert die emanzipierte Bourgeoisie: canard à l'orange und Dom Pérignon. Gedämpfte, leicht verjazzte Weihnachtsmusik rieselt aus den Boxen. Mamama Katrin ist mit Pascal nach Wien geflüchtet, um das Sakrileg nicht miterleben zu müssen. Harry hat sie vor drei Tagen abgeholt.

In ganz Frankreich wird in der Christnacht reveilloniert, hatte Therese gesagt, warum sollte es im Elsaß unbotmäßig sein? Das hat's bei uns noch nie gegeben? So muß doch einer einmal den Anfang machen. Wir leben doch nicht mehr im Mittelalter.

Panta rhei.

JANNER

Sterben die Patriarchen und Propheten im Winter? Ein Greis im wallenden weißen Kleid, das Gesicht vom weißen Bart umrahmt, die hohe, rundbögige Stirn wie ein Lichttor, an dem die Unreinheit der Welt zerbricht: Lanza del Vasto ist tot, der ,,Pilger der Gewaltlosigkeit''. Ich hörte von ihm ein erstes Mal, als er aus Protest gegen die Folterungen in Algerien in den Hungerstreik trat. Dann war 1972 sein zweiwöchiges Fasten auf dem Larzac-Plateau, das den Widerstand der Schafhirten gegen die Erweiterung des Truppenübungsplatzes weltweit bekanntmachte.
Ich lernte ihn kennen, sagt Schilles, anläßlich der antinuklearen Kundgebungen in Malville, anno 76. Ich besuchte dann anschließend seine Gemeinschaft der Arche, die in vollständiger Autarkie lebt. Sie kehrt resolut dem modernen Maschinismus den Rücken, sie findet zu einem Patriarchat zurück, das auf der Arbeit, der Meditation, der Ökumene und der aktiven Gewaltlosigkeit beruht. Lanza del Vastos vorgelebtes Beispiel und seine Schriften wollen der Welt verhelfen, sich aus ihrer materialistischen Knechtschaft zu befreien. Ich bewundere den Mann und sein Werk. Ich glaube aber nicht, daß diese Lebensanschauung politisch sehr wirksam ist.
Das hat man von jeher von den Propheten gesagt, meint Schott. Warum aber hat man sie dann gerädert, enthauptet, gekreuzigt? In unseren hochzivilisierten Ländern geht man allerdings mit solchen Gestalten hu-

maner um. Man erklärt sie für verrückt, oder man stempelt sie zu weltentrückten, wirklichkeitsfernen Naiven ab. Man zählt auch auf die Konsumgier der Massen, die solche Botschaften überrollt, wegschwemmt. Diese Botschaften aber haben ein zähes Leben, sie sind nicht auszurotten. Sie werden immer wieder von einzelnen oder von Gruppen aufgegriffen. Dies ist ein Zeichen dafür, daß der Mensch noch nicht ganz verdorben ist.
Wo lebt diese Gemeinschaft? frage ich Schilles.
In der Borie Noble, im Département Hérault. Warum, zieht's dich hin?
Und jetzt hat uns auch der alte Nathan Katz verlassen, fährt Schott nach einer Weile fort. „Un wenn mr emol tot sin, / Villicht ass mr no witerlabe tien / So in allem wu scheen isch." Der Mann hat zeitlebens von sich kein Aufsehen gemacht, und jetzt bricht seine Dichtung plötzlich aus der Verborgenheit hervor, macht uns trunken und erschreckt uns zugleich: warum vernehmen wir diese Botschaft zu spät? Wie schreibt doch der junge Schriftsteller Sorg: „Wenn wir Katz lesen, lesen wir ihn, wie Plato und Aristoteles mit ihrer schon zu experten Intelligenz Homer lesen konnten . . . Wenn wir Katz lesen, haben wir zugleich die Freude und den Schmerz, die Zeit zu messen, die uns trennt, und wir sind es, die alt sind, uralt, nicht Katz. Die Kinder sind alt, nicht der Vater."
Christiane knüpft an ihrem Teppich. Wird das ein Baum? frage ich. Ja, sagt sie. Hier ist die Vorlage, es ist eine Zeichnung von Ute.
Ein Baum, wuchtig in Grau und Tiefgrün. Vom Baum fallen keine Äpfel, sondern desartikulierte Menschlein. Gorleben, sagt Schilles, Gorleben in Deutschland. Dort hat man die Bäume geschüttelt, und herunter fie-

len Menschen. Überall werden jetzt die Bäume geschüttelt. Auch dein Nußbaum wird drankommen, Bertel.
Warum sind wir alle so mißmutig heute abend? fragt Christiane. Wo es doch draußen so schön schneit.
Es ist immer so im Jänner, sagt Schott. Man steht vor einem unbekannten Berg und fürchtet sich vor dem Weg hinauf, vor dem unvorhergesehenen Wettersturz, vor dem tückischen Steinschlag, vor den eigenen Fehlreaktionen. Wenn man aber dann mal in der Wand steht, geht's besser.

Wie ich zur Zeit lebe. Hänge in meinen Kulissen herum. Stehe mir selber im Wege. Döse auf einem Abstellgleis. Lasse mal unnötig Dampf ab. Mache einen großen Bogen um die Schule. Mache einen großen Bogen um das Osterfeld. Scheuche die Raben von den toten Bäumen. Hocke auf der Böschung an der Autobahn wie ein alter Bussard, bis die Kälte in meinen Beinen hochkriecht. Leere den Konservenschrank. Esse alles durcheinander, Spargel mit Ravioli, Cornedbeef mit Mirabellen, Cassoulet mit Birnenschnitzen. Lasse mich vom Radio entertainen, lerne sämtliche Animatricen kennen: die Elke, die Anke, die Roswitha von drüben, die Michèle, die Simone, die Eve von hüben. Die Französinnen darfst du anrufen und sie beim Vornamen nennen. Hallo, Eve, hier ist Bertell. Bonjour, Bertell, was bedrückt Sie? (Zwanzig Millionen Zuhörer.) Sag ihr, daß du Elsässer bist. Ja, das habe sie am Accent gemerkt. Also hast du doch einen Accent, Heribert. Sie liebe den elsässischen Accent, sagt sie, die Schmeichlerin. Vertrau ihr jetzt deine Schwierigkeiten an. Vielleicht melden sich dann andere Elsässer oder Basken oder Korsen, die dieselben Probleme haben. Sag ihr, daß du zwei Söhne hast, die total verparisert sind. Sag ihr, daß du eine Tochter hast, die sich selbst eingedeutscht hat und nun irgendwo als Zwitter in der Welt herumzigeunert. Sag ihr, daß du eine Frau hast, die Gummihandschuhe überstreift, jedesmal wenn sie mit dem Dialekt in Berührung kommt. Sag ihr, daß du, wie alle Elsässer, geil auf Französinnen bist. Sag ihr dann meinetwegen auch noch, daß du mitgeholfen hast, ein Stück von Frankreich von den Nazis zu befreien. Das hören sie nämlich gern. Frag sie dann, wo dieses befreite Frankreich eigentlich hingeraten ist und mit ihm die noblen Begriffe wie Toleranz, Humanismus, Brüderlichkeit, und wie die Vexierbilder alle heißen. Ach, Quatsch, stell doch das Radio ab. Ich glaubte, du wärst jetzt über das alles hinweg. Verstehst du, das ist dieses verfluchte Herumsitzen, das verfluchte Warten auf etwas. Auf was?

Bérengère ist zurück. Fahr mit ihr für zwei, drei Tage in die Vogesen. Auf der Langlaufloipe kommen dir Lisels warme, gurrende Lachkaskaden entgegen? Nein, es war sie nicht. Bérengères alabasternes Gesicht belegt sich mit einem zarten Bronzehauch. Eingespieltes Lächeln beiderseits. Herrlich, diese Sonne, schwärmt sie, herrlich, dieser Schnee. Verdammtes Gleißen, denke ich und sehne mich nach dem Ixemer Nebel zurück. Verdammter Ixemer Nebel, sage ich unten, verdammte naßkalte Miasmen, die einem Bronchien, Herz und Hirn blockieren.

Wenn nur die Pause schon vorüber wäre.

Das ist so ihre Taktik, meint Schilles. Die machen einen Scheinangriff, um unser Stehvermögen zu testen. Dann Waffenruhe, Dementis, Funkstille. Damit versuchen sie, uns einzuschläfern. Sie schlafen aber nicht,

sie beobachten uns, und plötzlich schlagen sie dann zu, wenn man am wenigsten dran denkt. Wir müßten sie ständig provozieren, sie aus ihrer Auffangstellung herauslocken, sie zu vorzeitigen repressiven Maßnahmen zwingen. Stell dir vor, zweihundert behelmte Knüppelroboter machten durch die Ixemer Gassen Jagd auf wehrlose Grüne. Wie in Malville, wie in Wyhl, wie in Gorleben: dann sähen die Leute ein, daß hinter der demokratischen Larve eine totalitäre Fratze grinst.
Halt ein, Schilles! Darauf warten sie ja. Was liegt ihnen an der Meinung von ein paar aufgebrachten Bürgern? Die werden die Szenen in ein paar Wochen wieder vergessen haben. Dann geht's sowieso auf die Präsidentschaftswahlen zu, und man wählt rechts, aus Angst vor dem großen roten Bruder.
Ach, was quatschen wir da 'rum.

Ich war bei Müller, sagt Pool. Gestern abend schellt das Telefon: Pool, bist du es? Ja, antworte ich, was willst du? Komm, sagt er, wir haben etwas zu besprechen. Was hast du denn schon mit mir zu besprechen, frage ich. Komm, sagt er, es ist wichtig . . . für dich und für mich.
Ich bin also hin. Er macht mir die Tür auf. Ist Mam' Clémentine nicht da? frage ich. Nein, sagt er, sie mußte in die Stadt, sie kommt erst mit dem Acht-Uhr-Zug zurück. Also, was willst du, frage ich. Setz dich, Pool, sagt er. Ich setze mich. Pool, sagt er, was ich dir jetzt sagen muß, wird dich erschüttern. So, sage ich, was kann mich schon erschüttern. Der Tod deines Vaters, sagt er, hörst du mich, der Tod deines Vaters. Laß

meinen Babbe in Ruhe, sage ich. Ich bin es, stottert er dann, Pool, ich bin es, der ihn auf dem Gewissen hat: ich habe ihn der Gestapo ausgeliefert. So, nun ist es raus. Jetzt kannst du mit mir machen, was du willst. Nur eines verlange nicht von mir, daß ich dir die Geschichte im Detail erzähle. Wenn du mehr wissen willst, frag den Heribert, der weiß Bescheid.
Da hockt er in seinem Sessel, wie zusammengetatscht, den Tatterich in den Händen, ein verrücktes Flackern in den Augen. Du kannst dir vorstellen, Bertel, was in mir vorging. Da saß er nun, derjenige, den ich schon so lange suche, und das ist unser Freund, dein Freund, mein Freund, unser Maire, er, der Mörder meines Babbe, deines Babbe.
Da bin ich aufgestanden, habe ihn mit der gesunden Hand am Kragen gepackt, habe ihn aus dem Sessel gehoben und ihm meinen Fleischklumpen in die Fratze geklatscht.
Jetzt liegt er am Boden und wimmert wie ein kleines Kind.
Ich ertrage es einfach nicht, wenn jemand vor mir so wimmert, das macht mich ganz letz. Ich brülle ihn an, er soll sich doch zusammennehmen. Er wimmert weiter. Ich lüpfe ihn hoch, klatsche ihm noch eine und werfe ihn in den Sessel. Pool, schluchzt er, ich weiß, ich kann es nie wiedergutmachen, verlange von mir aber, was du willst, Geld, so viel du willst, du sollst es haben, mein ganzes Vermögen.
Behalt dein Geld, sage ich. Ich will dein dreckiges Geld nicht. Durchs Dorf jagen will ich dich, mit einem Knüppel hinter dir her, wie man einen räudigen Hund zum Dorf hinausjagt.
Da bellt Hasso vor der Tür. Ich mache ihm auf. Der Hund springt auf Müllers Schoß und leckt ihm das Ge-

sicht ab. Dann kommt er zu mir und legt mir die Schnauze aufs Knie. Kusch, Hasso. Ich gehe ans Büffett, hole den Cognac und zwei Gläser, schenke ein, halte dem Müller ein Glas hin und sage: Trink, Fritz. Ich mußte an dich denken, Bertel, wie du gesagt hast, wir alle haben Blut an den Händen. Ich mußte an das algerische Duar am Dschebelhang denken. Mir war zum Kotzen.
Sauf, Fritz.
Wir tranken stumm die halbe Flasche leer. Dann schlief er in seinem Sessel ein. Ich machte mich aus dem Staub, bevor die Clémentine heimkam.
Warum, Bertel, hat dieses Schwein das getan. Sag mir, warum. Haben die anderen ihn dafür bezahlt?
Sie hatten ihn in der Klemme, Pool, wegen Schiebergeschäften, wahrscheinlich. Darauf lag schwere Gefängnisstrafe, anschließend wäre er in ein Strafbataillon gekommen, was damals den sicheren Tod bedeutete. Unsere Väter standen sowieso auf der Abschußliste der Gestapo, Pool, sie wären früher oder später doch drangekommen. Die Perversion des Systems lag aber darin, daß man den Freund dazu zwang, den Freund zu verraten. Die haben dem Fritz gesagt: Stimmt es, daß der Grahn und der Berschong erklärte Feinde des Nationalsozialismus sind? Und da hat er gesagt: Ja, es stimmt. Oder sie fragten ihn: Der Kerl dort, der am wüstesten brüllt, ist das nicht der Berschong? Und der Fritz sagte: Ja, das ist er. So einfach war das, Pool.
Ich versteh das nicht, Bertel.
Niemand kann das verstehen, Pool, der es nicht selber miterlebt hat.
Es hat mir die ganze Nacht zu schaffen gemacht, Bertel.
Es wird uns noch oft zu schaffen machen, Pool.

Meine Geschichte ist noch nicht zu Ende, Bertel: Wie ich vorher zu dir will, steht der Voisin vor seiner Tür und winkt mich zu sich. Ich möchte gern mit Ihnen sprechen, Monsieur Berschong, hätten Sie ein paar Minuten Zeit für mich? fragt er. Na, wenn es sein muß, antworte ich. Er führt mich hinein, sagt: Nehmen Sie doch Platz! Öffnet eine Flasche Gewürztraminer, schenkt ein, stößt mit mir an, wir trinken, der Wein ist mir zu fruchtig, Voisin schaut mich lange an und sagt endlich: Monsieur Berschong, wie war das damals mit Ihrem Vater? Wo zielst du hin, du Schlangenfänger, sage ich mir. Es geht in gewissen Kreisen ein Gerücht um, sagt er, daß Monsieur Mülläär dabei seine Hand im Spiel hatte. Es wäre nun endlich auch an der Zeit, daß der oder die Schuldigen am Tod Ihres Vaters ausfindig gemacht und zur Rechenschaft gezogen werden. Der weiß etwas, aber nichts Richtiges, sage ich mir, Pool, sei vorsichtig, der will dir die Würmer aus der Nase ziehen, der Schlangenfänger.

Monsieur Berschong, sagt er weiter, diesem Fritz muß nun endlich das Handwerk gelegt werden, dies schon wegen der Osterbergsache, und nun erfährt man noch, daß er ein gefährlicher Nazi war, daß er womöglich Blut an den Händen hat. Monsieur Berschong, wissen Sie da etwas? Nein? Haben Sie noch nie mit Monsieur Grahn darüber gesprochen? Ich würde wetten, daß der etwas weiß, es Ihnen aber aus mir unerklärlichen Gründen verschweigt. Monsieur Berschong, verstehen Sie mich, ich . . .

Weiter kam er nicht.

Nein, denn da bist du aufgestanden, Pool, und hast auch dem Voisin eine geknallt.

Stimmt, Bertel. Was hätte ich sonst tun sollen? Mich auf französisch mit ihm auseinandersetzen und mich dabei blamieren? Soll er mich jetzt anzeigen.
Er wird es nicht tun, Pool.

Voisin, was für ein Ziel verfolgen Sie hier? Warum stochern Sie in unseren Wunden herum? Warum wollen Sie einen Menschen erledigen, der doch schon tot ist? Dieser Mensch war doch Ihr Bundesgenosse? Voisin, ich verstehe Sie nicht. Ihre Vielschichtigkeit ist undurchschaubar. Haben wir Sie enttäuscht, Voisin? Ich fühle, die banale, triste elsässische Wirklichkeit entspricht nicht den Wunschvorstellungen, die Sie sich von unserer Provinz gemacht haben. Das macht Sie gehässig, Voisin, oder? Und jetzt wühlen Sie wie ein Eber in unserem Dreck herum, in der Hoffnung, unsere Sünden vor aller Welt bloßlegen zu können. Sie machen sich ja selber dreckig dabei, cher Voisin. Und wir hätten, Sie und wir, doch in Frieden und Harmonie zusammen leben können. Schade, daß eingefleischte Atavismen und vorgefaßte Ideen stärker waren als die Gemeinsamkeiten, schade. Voisin, Sie müssen dem Berschong Pool verzeihen, der arme Bursche gerät immer wieder in Rage, wenn von seinem Vater die Rede ist. Voisin, bitte, mischen Sie sich nicht mehr in unsere Geschichten ein, wir müssen selber und ohne fremde Hilfe damit fertig werden. Cher Voisin, wie gesagt, schade.

Ich halte ihm die Hand hin. Er zögert eine Weile, dann ergreift er sie wortlos. Es ist eine schwammige Hand, die ich da in der meinen halte.

Dem ist auch eine heile Welt eingestürzt, sage ich zu Pool. Was sind wir doch für sonderbare, komplizierte

Geschöpfe. Wundert's dich dann, daß die Welt immer wieder aus den Fugen gerät?

Müllers Demission ist publik geworden. Allerhand Gerüchte gehen wieder um. Er soll Krebs haben. Er soll verrückt geworden sein. Er soll in eine böse Sittenaffäre verwickelt sein. Er soll Unterschlagungen gemacht haben. Er soll vor dem Bankrott stehen. Und was war denn da, in den Nazijahren, was munkelt man, was vermutet man? Nein, er hat die Parkinsonsche Krankheit, der zittert ja am ganzen Leib, ich hab's gesehen.

1. Adjunkt Schnitzler Schorsch übernimmt das Regiment: Das Osterbergprojekt wird durchgeboxt, sonst sind wir ruiniert. Die Verschwendungspolitik des Exmaire, besonders in Sachen Kulturtheater, hat uns in die roten Zahlen gebracht. Sämtliche Grundstückseigentümer, die angesprochen wurden, haben ihre Zusage zum Verkauf gegeben, nur Kleinmann und Grahn wehren sich obstinat. Aber gegen die beiden Herren läuft ja ein Enteignungsverfahren. Übrigens, dieses Jagdchalet, das zum Treffpunkt der grünen Hippies geworden ist, muß nun endlich verschwinden. Wer weiß, ob dort nicht Haschisch geraucht wird, den Brüdern ist alles zuzutrauen. Ich werde die geeigneten Maßnahmen treffen, ich lasse mich nicht von diesem eingebildeten Schulmeister ins Bockshorn jagen, das sage ich euch!
Die Opposition steht auf und erklärt, daß auch sie, zwei Mann und eine Frau, ihre Demission geben. Wir werden also in einigen Wochen Ersatzwahlen haben.

Der Heribert wäre unser Mann, heißt es im alten Dorf gleich nach dieser Bekanntgabe. Er hat jetzt Zeit ge-

nug, kann gut mit Geschriebenem umgehen und läßt sich von den Behörden nicht auf die Füße treten. Ich nehme das von der Opposition und den Colléco-Leuten an mich herangetragene Angebot sofort an.
Ich entschließe mich dann auch zu einem Schritt, der mir freieres Handeln erlauben wird: ich schenke das Osterfeld der Bürgerinitiative. Im Falle einer Auflösung dieses Vereins fällt das Terrain dem Dachverband der elsässischen Umweltschützer zu.

17. Jänner. Volksversammlung im Vereinssaal. Heribert Grahn, Kandidat für den Ixemer Maireposten, greift in scharfen Worten die Politik der Willkür an, die der Pariser Zentralismus und seine elsässischen Lakaien praktizieren. Gemeiner, tückischer Gegenangriff meines Rivalen Schnitzler Schorsch, der sich fragt, was denn Sohn Alain im Pariser Innenministerium von der subversiven Agitation denke, die sein Vater seit Wochen in Ixheim betreibe. Es folgt dann der solchen Konfrontationen eigene Schlagabtausch, Heribert Grahn sich einigermaßen an die Spielregeln haltend, Schnitzler Schorsch konstant unter die Gürtellinie zielend, mir dennoch die Ehre gebend, mich mit dem Sozialistenführer Mitterrand zu vergleichen, der aber, so Schnitzler, das Trojanische Pferd sei, das den Kommunisten das Tor zur Macht öffnen würde. Genauso würden Grahns Naivität und Unverantwortlichkeit unser liebes Ixe dem Öko-Anarchismus ausliefern.
Wo hat er nur all diese Stilblüten her, der Schorsch. Seine Profilsüchtigkeit treibt ihn nun von Exzeß zu Exzeß. Merken's denn die Leute nicht, daß sich hier ein Möchtegern-Demagoge an seinen unfairen Fouls berauscht, daß hinter diesem giftigen Wortschwall kein brauchbares politisches Konzept steht? Nein, sie mer-

ken es nicht, der Beifall tost durch den Saal, bis der Doni auf die Bühne springt, dem Schorsch das Mikrophon entreißt und hineinbrüllt: Führer befiehl, wir folgen dir! Habt ihr denn nichts aus der Vergangenheit gelernt, ihr Simpel?
Fast wäre es zur Schlägerei gekommen, hätte nicht Pfarrer Weber eingegriffen und mit gesalbtem Öl die hochbrandenden Haßwellen geglättet.

19. Jänner. Anruf aus Paris. Sohn Alain ist erbost: Der Minister habe ihn schon zweimal meinetwegen angepfiffen. Nun sei das Maß voll. Er rate mir, jegliche politische Aktion fortan zu unterlassen. Ich könnte ja für einige Zeit mit Mama verreisen. Das würde uns beiden bestimmt guttun.
Euer Nachrichtendienst funktioniert ausgezeichnet. Gratuliere, antworte ich ihm. Und hänge ein.

20. Jänner, halb elf. Ich stehe unter dem Fenster meiner Klasse und lausche. Sylvie Sommer spielt Gitarre, und die Kinder singen abwechselnd französische, deutsche und elsässische Volkslieder. Die Sylvie hat sich rasch in Ixe eingelebt. Sie ist bei den Kindern und den Eltern sehr beliebt. Kollege Blatt versuchte anfangs, sie einzuschüchtern, ihrem rasend schnellen Französisch, ihrem blitzschnellen Reaktionsvermögen und ihrer Argumentierfähigkeit ist der Arme aber nicht gewachsen.

Ich gratuliere Ihnen zu dieser Klasse, Monsieur Grahn, sagt sie nach dem Unterricht, die Kinder sprechen ein schönes Französisch und ein gutes Deutsch.
Merci, Sylvie.
Monsieur Grahn, fährt sie fort, ich darf mich vorläufig noch nicht in die Ixemer Angelegenheiten einmischen,

ich bin noch zu neu hier. Meine ganze Sympathie aber gehört dem Kampf, der hier geführt wird. Machen Sie mich doch, bitte, mit Ihren Freunden bekannt . . .

Chère Sylvie.

22. Jänner. Eddes erfährt, daß sein Betrieb aus französischen in bundesdeutsche Hände überwechselt. Nach den Hasen nun die Spatzen, sagt er. Bei den Hasen geht's kulant zu, die verstehen aber nichts vom Geschäft. Die Spatzen verstehen zwar viel vom Geschäft, die wissen aber auch, dich auf Trab zu bringen, daß dir der Schnaufer ausgeht. Na ja, lieber gehetzt werden als arbeitslos sein.

24. Jänner. Ich habe mich bei Clémentine erkundigt, wie es dem Fritz geht. Der sei total amorph und tue nichts als vor sich hin dösen. Das Imperium, das er aufgebaut habe, beginne stark zu wackeln. Sie fürchte, daß es bald wie ein Kartenhaus zusammenstürzen werde. Na ja, ihr persönliches Vermögen sei ja abgesichert. Übrigens, das werde mich sicher interessieren, habe Raedler Müllers Anteil an der Co zurückgekauft, zu einem lächerlichen Preis allerdings, sie sei aber froh, daß sie mit diesem Filou nichts mehr zu tun habe.
Aha, der Raedler. Man sieht ihn auch wieder im Dorf. Er hat am letzten Sonntag die Tournee durch die Wirtschaften gemacht. Sogar bei Gstyr war er. Gesprochen hat er mit niemandem. In jeder Wirtschaft aber ließ er einen Hunderter zurück.

26. Jänner. Letzte Mahnung, die Hütte abzureißen. In vierzehn Tagen ist sie weg, läßt mir Schnitzler

Schorsch durch den Gemeindeboten ausrichten. Bei mir wird nicht lange gefackelt. Von diesem Grahn lasse ich mich nicht ins Bockshorn jagen.

28. Jänner. Flugblattaktion „Hört Radio Verte". Nächsten Freitag, 19 Uhr 45. Im Brennpunkt: die Ixemer Osterbergaffäre.

30. Jänner. Indianerspiel. Wir begeben uns, zehn Mann stark, auf den Osterberg. Es ist neblig. In der Hütte machen wir es uns gemütlich bei Rotwein und Speck, währenddessen hockt der Franz in seinem Birnbaum auf dem Zettemer Berg und schickt Schilles' Tiraden in den unterelsässischen Nebel hinaus. Schilles prangert in scharfen Worten die ganz auf Atomkraft eingestellte Energiepolitik der Regierung an und gibt der Hoffnung Ausdruck, daß dem Nuklear-Monarchen bei den Präsidentschaftswahlen im April ein gehöriger Denkzettel verpaßt werde.
Zu scharf geschossen, Schilles, sage ich. Damit verprellst du die biederen Elsässer.
Ist mir egal, antwortet er, die Leute müssen an eine härtere Sprache gewöhnt werden, sonst schlafen sie ganz ein. Im physisch gestörten Zustand, in dem sie leben, sind Elektroschocks die beste Therapie.
Es klopft an der Tür. Zwei Gendarmen bitten, sich mal umschauen zu dürfen. Dürfen Sie, sagt Schilles. Wir stehen auf, sie schauen flüchtig unter Tisch und Bänke, tasten die Pritschen ab. In Ordnung, sagen sie. Ob sie draußen im Holzverschlag noch nachschauen möchten? Vielleicht sei der Sender dort versteckt? Nein, das sei bereits getan. Ob sie was trinken möchten? Gern, es ist ein verdammt naßkaltes Wetter draußen, Kaffee, bitte. Dem Kaffee folgt traditionsgemäß

ein Schnaps, dann ein zweiter. Mistdienst, sagt der eine, wofür man uns immer wieder mißbraucht! Freie Meinungsäußerung sollte doch einem jeden, laut Verfassung, erlaubt sein. Sind wir da, um wirtschaftliche oder parteipolitische Interessen zu wahren, oder um die Bürger vor den Kriminellen zu schützen? Halt's Maul, sagt der andere, lieber noch hier im Warmen sitzen und einen Kaffee-Schnaps trinken, als draußen im Nebel den Verkehr überwachen oder bei den Zigeunern nach gestohlenen Hühnern suchen. Komisches Land, dieses Elsaß, sagt der erste. Man hatte mir gesagt, im Elsaß seien die Leute so diszipliniert und obrigkeitshörig, und was erlebe ich nun hier. Das war einmal, belehrt ihn Schilles, als uns noch der deutsche Ordnungsfimmel in den Knochen steckte. Wir haben uns Gott sei Dank französisiert und wissen jetzt zu stänkern und aufmüpfig zu sein wie die anderen Franzosen.

Dann gehen sie wieder.

Nette Kerle, sagt Pool.

Es sind eben Franzosen, sagt Schilles. Elsässische Gendarmen hätten uns die ganze Bude auf den Kopf gestellt.

31. Jänner. In den Briefkästen steckt ein hektografiertes Blatt: Ixemer, die „fünfte Kolonne" ist unter uns. Indem sie die Energiepolitik der Regierung angreift, untergräbt sie unsere Unabhängigkeit. Sie schwächt unser Wirtschaftspotential und zielt darauf hin, unsere militärische Verteidigung zu lähmen. Ixemer, macht Schluß mit der subversiven Agitation, die die grünen Anarchisten in eurem Dorf immer wieder aufflackern lassen; diese sogenannten Naturschützer sind in Wirklichkeit die Handlanger Moskaus. Tut ihr es nicht,

werden wir den Fall übernehmen und dem Spuk ein Ende bereiten.
Keine Unterschrift.
Grahn zu Schnitzler Schorsch: Das sind deine Stilblüten. Das ist deine Zuschlaghammersprache.
Schnitzler Schorsch zu Grahn: Ich schwör' dir einen heiligen Eid, Grahn, damit habe ich nichts zu tun. Aber, ehrlich gesagt, unrecht haben sie nicht. Was ich ihnen vorwerfe, ist, daß sie nicht mit offenem Visier kämpfen und Gewalt androhen. Oder wäre es am Ende eine Provokation von eurer Seite?
Morgen ist Sonntag. Morgen ist Festtag in Ixe. Der Musikverein feiert sein hundertjähriges Bestehen. Morgen wollen wir ein einiges Dorf sein, Grahn, gell?
O.K., Schorsch.

HORNUNG

Kalter, aber schöner, sonniger Sonntag. Die Nebelreste von heute nacht haben sich in Rauhreif verwandelt. Wir verweilen vor jedem Baum und bewundern das glitzernde Kunstwerk. Jeder Grashalm, jeder Stengel, jeder Zweig, jeder Ast, jeder Stamm ist in schneeigem Kristall eingefaßt. Ich klopfe mit dem Fuß an eine Birke, und der feine, weiße Staub tanzt in der Sonne, bevor er leise raschelnd aufs gefrorene Gras rieselt. Ich stoße einen Jauchzer aus und weiß: wenn das Wetter so bleibt, stehe ich alles durch, was auf mich zukommen wird.

Die Stiefel aus, den Parka aus, die Pelzmütze in die Ecke geschleudert, rein in den gestreiften Anzug, den Schlips umgebunden, rein in die Lackschuhe, rein in den Pardessus, den grauen Hut aufgesetzt: heute ist Festtag, heute ist Burgfrieden, heute wird getutet und geblasen und getrommelt. Trompeten, Tubas, Waldhörner, Posaunen, Tschinellen, Klarinetten, Saxophone, Triangel glänzen in Gold, Silber und Ebenholz, die Wirbeltrommeln schnarren, die Großtrommel bumst, die Fahne senkt sich, die Clairons peitschen ihr metallenes Geschnatter dem gefallenen Soldaten um die steifgefrorenen Ohren, eine Minute Stillschweigen, der 1. Adjunkt legt den Kranz nieder, nein, der Hababb ist heute nicht da. Dann Musik marsch! Das Musikerkarree wogt im Takt von links nach rechts, wir hinterher, Sänger, Fußballer, Angler, Kleintier- und Obstbaumzüchter, Feuerwehr und Gemeinderat, Skatklubs und

Bürgerinitiativler, alles wie früher, nur, wie gesagt, der Hababb fehlt. Nein, er fehlt nicht, da kommt er aus einer Nebengasse herausgeschossen, mit den Armen fuchtelnd und Unverständliches schreiend. Unruhe gerät in den Zug, Pool und ich hetzen dem Hababb nach, jetzt ist der Zug oben an der Steige angelangt, der Hababb wirft sich auf den Boden und rollt die Steige hinunter, die Musik marschiert stur weiter. Halt! schreit der Schnitzler Schorsch, doch niemand hört ihn. Kinder johlen, Zuschauer brüllen vor Lachen, ein Hund schießt aus einem Zuschauerblock, setzt über den rollenden Hababb, faßt ihn mit den Zähnen am Rockzipfel, bringt den Rollenden zum Halten, der Hababb wehrt sich mit Füßen und Fäusten gegen den Hund, der zerreißt ihm den Rock. Pool und ich sind wie gelähmt. Die Musik kommt immer näher, wird sie über beide, den Hababb und den Hund, hinwegmarschieren, sie zertrampeln, sie zermalmen? Stoppt denn niemand diese Dampfwalze! Da hält sie an. Kusch, Hasso! Pool und ich fassen den Fritz unter den Armen und schleifen ihn weg. Wir setzen ihn aufs Trottoir. Er blutet aus der Nase, Hasso leckt das Blut ab, ich versetze dem Hund einen Tritt. Schnitzler Schorsch jagt die Neugierigen fort, die blasende, tutende und trommelnde Dampfwalze hat sich wieder in Marsch gesetzt. Clémentines Auto hupt sich einen Weg durch die Schaulustigen frei, wir hieven den Fritz in den Wagen, ich setze mich neben ihn, Hasso zwängt sich zwischen uns, Clémentine fährt mit Vollgas davon. Unterwegs hält sie an, legt den Kopf aufs Steuer und schluchzt zum Erbarmen. Laß mich fahren, sage ich. Ich bringe beide nach Hause, warte, bis der Arzt kommt. Spritze. Ins Bett mit ihm. Du wirst ihn in eine Anstalt bringen müssen, Clémentine.

Nein, schreit sie mich an, niemals!
Ich verstehe: Jetzt gehört er endlich ihr.

Die Reinkarnation des Hababb in den Fritz Müller beschäftigt uns die ganze Woche lang. Und wir fragen uns, ob er in seinem Park auch die Bäume beschwört und die Kieselsteine blanklutscht, ob er die kommenden Beben im voraus spürt? Wir werden es nie erfahren: Clémentine hat ihren Hababb eingesperrt und das Telefon blockiert. Und Hasso fletscht die Zähne, wenn ich am Tor läute.

Freitag. Dichterabend in Voisins Kulturtempel. Wir sind zehn Personen um den Dichter aus Paris geschart. Der Herr gibt sich wegen der geringen Besucherzahl nicht beleidigt, im Gegenteil: er fühlt sich als Vorreiter ins Niemandsland, als Stimme in der Wüste, auf die heute wohl noch niemand höre, die aber Zeichen setze für die Zukunft. Wir lauschen seinen hermetischen, postdadaistischen Darbietungen interessiert zu, täuschen Einfühlung und Dekodierungsvermögen vor, klatschen begeistert Beifall, zwingen ihn zu einer Zugabe, helfen ihm vom Roß runter, zahlen ihm sein Honorar aus, bitten ihn noch zu einem Ehrenwein mit kleinen kulinarischen Leckerbissen und bringen ihn dann nach Straßburg zum Nachtzug. Auf dem Bahnsteig schreitet er würdevoll unsere Ehrenkompanie ab und steigt in den Zug. Wir bleiben stehen, denn wir denken, er winkt noch aus dem Fenster. Der hat uns aber schon vergessen.

Samstag. Schnitzler Schorsch schickt mir seinen Boten: Die Frist läuft am Sonntagabend ab. Am Montagmorgen wird die Hütte unter Polizeischutz von einem spezialisierten Unternehmen abgebaut.

Sonntag. Internationaler Sternmarsch auf den Osterberg. Hält das Wetter? Ja: bedeckt, aber trocken. Die Scharen ziehen durchs Ackerland, Elsässer, Innerfranzosen, Deutsche, Schweizer, Luxemburger. Wieviele Hundert sind es? Um drei ist Kundgebung auf dem Berg. Das Feuer brennt, Spezialist Mehmet läßt es baumhoch flackern. Der Infostand und der Würstelstand werden innerhalb weniger Minuten leergeplündert. Ansprache von Schilles auf französisch: Unser Aufruhr ist legitim, denn wir kämpfen gegen Machtmißbrauch und Größenwahn, Gewinnsucht und Maßlosigkeit undsoweiter, taratata!
Lüi sagt: Die haben mir den ganzen Winterweizen zertrampelt.
Ansprachen der Ausländer in hochdeutsch, schwizertütsch und lëtzebuergesch: Wir kämpfen gegen den nationalistischen Egoismus, die internationale Technokratie undsoweiter, taratata!
Lüi sagt: Sommerweizen kommt hier oben nicht gut.
Dann reichen wir uns die Hände und singen auf englisch: „We shall overcome." O erhabenes Gefühl der militanten Zusammengehörigkeit, der grünen Geborgenheit.
Lüi sagt: Du, das kostet mich ein schönes Stück Geld.
Dann ziehen die Scharen hinunter ins Dorf, verdrecken mit Osterberglehm die Dielen unserer Wirtschaften. Aggressive Gitarren elektrisieren die stickige Luft. Der Gstyr macht volle Kasse; die Baer hat sich überrumpeln lassen, möchte sie nun gern schnell wieder lossein, muß sich dann wohl oder übel in ihr Los schicken; der Bahnhofswirt schmeißt die Sache in gewohnter, souveräner Manier; und wir sitzen an Lüis Küchentisch und staunen über uns selbst: Morgen spricht halb Europa von uns, lacht der Doni.

Heute nacht schlafen Franz und ich auf der Hütte, sagt Schilles. Morgen früh um sechs seid ihr aber alle oben. Die Zettemer und die Straßburger kommen auch. Wir werden an die dreißig Leute sein, wenn nicht mehr. Die Presse ist benachrichtigt.
Lüi fragt: Und wer vergütet mir den Schaden?

Montag morgen. Die Hütte ist abgebrannt. Der Nußbaum ist stark angesengt. Schilles liegt mit Rippenbruch und schwerer Gehirnerschütterung im Unfallhaus.
Franz: Wir schliefen schon, da hämmerten sie an die Tür: Raus, ihr roten Schweine, oder sollen wir euch einräuchern? Zum Glück lagen wir angezogen auf den Pritschen. Den hinteren Laden auf! flüsterte Schilles. Ich schlug ihn auf, sprang hinaus und wurde von zwei Kerlen gepackt, den einen trat ich in den Bauch, der andere aber versetzte mir einen Schlag auf den Kopf, ich fiel hin, hörte dumpf, wie Schilles aufschrie, rollte mich weg in die Büsche und mußte dann das Bewußtsein verloren haben. Als ich zu mir kam, brannte die Hütte. Ich schrie: Schilles! Schilles! Keine Antwort. Ich schleppte mich zur Hütte, da packte mich einer und riß mich zurück.
Pool: Das war ich. Es war um ein Uhr. Nachdem wir uns bei Lüi verabschiedet hatten, ging ich mit Eddes noch zum Gstyr. Dort saßen ein paar Schweizer, wir haben mit denen bis nach Mitternacht gesoffen und gesungen. Der Eddes war granatenvoll. Ich brachte ihn nach Hause. Als ich ihn abgeladen hatte, fuhr ich zum Baer, ich hatte immer noch Durst, doch der Baer hatte schon zu. Ich will ins Auto steigen, da sehe ich drüben

auf dem Osterberg eine Flamme hochschießen. Nichts wie hin! Ich erwische gerade noch den Franz, als er in die brennende Hütte hineinwill. Den Schilles haben wir dann unter den Eichen gefunden. Er war bewußtlos. Den kannst du nicht hinuntertransportieren, sagte ich mir, holte eine Decke aus dem Auto, warf sie dem Franz hin, sagte ihm, bleib bei Schilles, ich alarmiere den SAMU[1] und die Polizei. Ich dann im Tempo hinunter ans Telefon, den Feuerwehrkasten eingeschlagen und mit Vollgas wieder hinauf. Na, der SAMU war nach einer halben Stunde da, die Polizei und die Löschmänner auch. Zu löschen war aber nicht mehr viel.
Schnitzler Schorsch: Das hätte ich nie geglaubt, daß so was in Ixe möglich wäre. Das ist ja kriminell. Das können unmöglich Ixemer gewesen sein. Hoffentlich wird's die Polizei herausfinden.
Franz: Sie hatten Nylonstrümpfe übers Gesicht gezogen und sprachen französisch mit elsässischem Akzent.
Pool: In der Schlehdornhecke lag ein Benzinkanister. Ja, die Gendarmen haben ihn mitgenommen. Sie haben auch einen Nylonstrumpf gefunden. Aber sonst keine Spuren, kein Wunder bei den vielen Leuten, die da herumliefen. Eine böse Geschichte, sagte der eine der Gendarmen, weißt du, derjenige der letztens auf der Hütte war. Wer mag wohl dahinterstecken?

Außerordentliche Sitzung der Bürgerinitiative bei Gstyr. Nun ist der Krieg ausgebrochen, sage ich mir, ein böser Krieg. Ganz Ixe lebt heute abend in der Angst. Kein Mensch auf der Straße, alle Läden sind

1 Rettungswagen

zu, die Hoftore verbarrikadiert. Wir sind nur ein kleines Häuflein hier, fünfzehn Leute: die Colléco-Mannschaft, Pool, Seppel und ich. Auch der Gstyr und die Gstyrsmamme haben Angst. Er hat die Tür hinter uns zugeriegelt und das Licht über dem Eingang ausgeschaltet. Sprecht nicht so laut, sagt er. Wir sprechen ja gar nicht, wir denken nur. Schnitzler Schorsch hat Polizeischutz fürs Dorf verlangt, aber keinen erhalten: Nur keine Panik, Monsieur l'Adjoint, solche Überfälle ereignen sich erfahrungsgemäß nur einmal. Sorgen Sie dafür, daß diese Colléco-Leute sich still verhalten.

Nun ist der Krieg ausgebrochen, sage ich mir. Da sitzt jetzt deine durch Fahnenflucht dezimierte Einheit und wartet auf einen Befehl. Was wirst du nun befehlen, General? Etwas muß geschehen, wir können das nicht so mir nichts dir nichts hinnehmen. Was meint das Kollektiv? Einer meint: Morgen schlagen wir auf dem Osterberg ein Frendschaftshüs auf, wie in Marckolsheim, wie in Wyhl. Wir schütteln den Kopf. Wir können und wollen nicht auf die Widerstandstaktik von gestern zurückgreifen, wir müssen uns etwas Ausgefalleneres einfallen lassen. Sprecht nicht so laut, bittet der Gstyr. Wir sprechen ja gar nicht, wir denken nur. Geht jetzt heim, Leute, drängt er, geht jetzt! Und fängt an, die Stühle auf die Tische zu stellen.

Ich stehe auf. Kommt, Leute, sage ich, wir setzen die Versammlung im Centre Culturel fort.

Wie dieser Entschluß so plötzlich aus mir herausgebrochen war. Und als er heraus war, konnte ich ihn nicht mehr zurücknehmen. Ich erschrak darüber, ließ es mir aber nicht anmerken. Die anderen waren aufgesprungen, sie faßten mich an den Händen, klopften mir auf die Schultern, stießen mir ihre Fäuste in die Rippen,

und Patricia küßte mich auf Nase, Mund und Backen. Wir besetzen das Centre Culturel!
Ich wußte, daß zur selben Zeit dort irgendein Straßburger Künstlergremium tagte, ich hatte es von Bérengère erfahren. Also war das Haus offen, und wir brauchten weder Brechstange noch Rammbock noch Sturmleiter, um ins Anwesen einzudringen.
Ich versuchte, die Mannschaft zu beruhigen, sagte, man müßte sich das vorher gründlich überlegen, vielleicht gäbe es noch eine andere, bessere Idee?
Aber schon drängten sie hinaus. Heiliger Hababb, flehte ich, hilf uns, daß es gut ausgeht.
Es ging gut aus. Die acht Herren und Damen saßen im Konferenzsaal. Wir gaben ihnen höflichst unsere Absicht kund, baten die Straßburger, das Haus zu verlassen, die Einheimischen jedoch wurden eingeladen, bei uns zu bleiben. Wer hat euch erlaubt, hier einzudringen? schrie Voisin. — Warum haben Sie aber auch das Tor nicht verriegelt, Voisin, fragte vorwurfsvoll der Vorsitzende. — Daß so etwas in Ixääm möglich wäre, hätte ich nie gedacht, zischte Voisin.
Da sie keine Anstalten machten aufzustehen, sagten meine Leute, seit heute morgen verstünde man keinen Spaß mehr, sie möchten nun freiwillig gehen, oder hätten sie Lust, hier Teheraner Geiseln zu spielen?
Pool hob den Kleinen, der bei der Tür saß, vom Stuhl, hielt den Zappelnden ein paar Sekunden lang in der Luft und stellte ihn sanft auf den Boden. So, sagte er, sind wir nun verstanden worden?
Da standen sie auf, die einen gingen mit steifem Rücken und grimmiger Miene, die anderen mit schlotternden Knien. Auch Bérengère ging. Sie würdigte mich keines Blickes. Voisin raffte die Papiere zusammen, stopfte sie in sein Attaché-Case, stolperte über ei-

nen Stuhl und schlug die Tür hinter sich zu. Das wird Sie teuer zu stehen kommen, Grahn! schrie er im Hof.

Der lächerliche Auftritt: ein schlechter Film, schlechte Akteure, sagte ich mir. Doch, geschehen ist geschehen, Bertel, spiel jetzt deine Rolle weiter.

Ich lümmelte mich in einen Sessel, legte die Füße auf den schönen Eichentisch und gab Befehle aus. Pool verriegelte das Tor. Patricia hängte sich ans Telefon und trommelte die unterelsässische Öko-Miliz aus den Betten. Nach einer Stunde trafen die ersten Reservisten ein. Wir teilten die Wachen ein, die Colléco-Leute schwärmten aus und kamen mit Decken und Matratzen zurück. Lüi lud eine Fuhre Strohballen ab. Wir richteten den Pferdestall als Schlafraum ein. Ich allerdings legte mich ins Museumsbett in Brechenmachers Alkoven. Fast wäre Patricia zu mir gekrochen, sie liebe die Promiskuität in gemeinsamen Schlafräumen nicht, meinte sie. Der siegreiche General aber winkte schweren Herzens ab, übergroße Müdigkeit vorschützend . . . und konnte dann doch die halbe Nacht hindurch kein Auge schließen, da er immer wieder an den pulpösen Schmollmund, die aggressiven Brüste und die einladenden Weichen der Kampfgenossin denken mußte. Am folgenden Morgen kam die Presse. Wir gaben eine Erklärung ab, in der es hieß: Das Centre Culturel von Ixheim ist vor einigen Stunden von der Bürgerinitiative Osterberg besetzt worden. Diese Besetzung will erstens als Reaktion gegen das auf dem Osterberg verübte Attentat verstanden werden, zweitens als Ausdruck unseres Kampfes gegen den Techno-Faschismus, drittens als Protest gegen die elitäre, entwurzelnde Kultur- und Sprachpolitik, die im Elsaß praktiziert wird. Wir stellen somit das Centre Culturel dem elsässischen Volk

zur Verfügung, dem es als Umschlagplatz der Kommunikation, der Information und der Kreativität dienen soll.
Geschwollene Phrasen, militanter Jargon: Wie werden wir das Gesagte in elsässische Realität umsetzen?
Die Besetzer diskutieren sich Fransen ums Maul, wie denn dies Ixe zu animieren sei. Pool hat sich telefonisch ein paar Tage Urlaub genommen und auch schon zwei Skatbrüder gefunden. Patricia probiert die Trachten an und benutzt den schönen Eichentisch als Laufsteg. Ich entwerfe ein Programm, das ich dann wieder zerreiße.
Um Mittag kommen die ersten Ixemer und Zettemer Frauen, bringen uns Suppe und Sürkrüt. Es sind die Mütter der Colléco-Leute. Am Abend kommen dann die Männer.

Nun wäre es an der Zeit, Brechenmachers Hof eingehend zu beschreiben. Mit Front zur Hauptstraße haben wir zwei Giebelseiten, die des Wohnhauses und die des Wirtschaftsgebäudes, die durch eine überdachte Mauer mit einer breiten Durchfuhr und einem Fußgängerportal verbunden sind. Beide Gebäude zeigen die typische dunkle Fachwerkgeometrie auf hellblauer Tünche mit den die Fläche gliedernden Wetterdächlein vor. An der Scheunenwand erblicken wir den Zierspiegel mit der Hausinschrift: „Dises Haus hat gebaut Georg Brechenmacher, 1781. O Gott streck auss dein milte Hand und segne alles Leut und Land.“
Die Hofanlage ist zu einer Gruppe im Viereck vereinigt. Der Innenhof ist seitenlang mit Holzgalerien versehen. Geschnitzte Eckpfosten, behauene Balkenköpfe und Ziermalereien auf den Fachwerkspiegeln zeugen vom Reichtum und Kunstsinn der Erbauer.

Voisin hat die verwahrloste Anlage mit viel Sorgfalt und Einfühlung renoviert, das muß man ihm lassen. Das Innere des Wohngebäudes hat er traditionsgemäß möbliert. Der Zutritt zu den Räumen ist allerdings jeweils durch eine dicke Kordel verwehrt. Versteckte Beleuchtungskörper heben diskret jedes wichtige Detail hervor: die Intarsien des Alkoven, die Motive des Kachelofens, die Deckenmalereien, die Leinen-, Bombasin- und Seidenpracht der offenen Wäscheschränke. In der großen Schlafkammer werden den Besuchergruppen auf einem Mannequin die verschiedenen unterelsässischen Trachtenkleidungen vorgeführt. In der Küche erleben sie dann die altelsässische Kochkunst: Utensilien werden herumgereicht, Rezepte werden auf handbemalten Kartons ausgeteilt. An Wochenenden soll dann sogar — vom Mai bis Oktober, wenn der Touristenstrom rollt — Brot gebacken werden, das man kaufen kann, sowie der famose Flammkuchen aus dünn ausgewahlten mit Bibbeleskas bestrichenen und mit Speckschnitten belegten Teigresten, den man an Ort und Stelle verzehren darf. In der Scheuer haben wir eine kleine Ausstellung von Ackergeräten sowie einen Informationstisch mit Broschüren und Dias. Der Rinderstall wurde als Konferenzsaal ausgebaut, das ist die einzige Zweckentfremdung, die Voisin vorgenommen hat. Der Pferdestall ist in seiner ursprünglichen Gestaltung belassen worden: Voisin hat vor, hier wieder Pferde einzuquartieren, des Wieherns und Hufschlagens wegen, vielleicht auch des eigentümlichen Aromas der Pferdeleiber und der Roßäpfel wegen, die dem Ganzen den Stempel großbäuerlicher Authentizität aufdrücken würden. Im Wohnhaus hat man eine diskrete Dampfheizung eingebaut, im Konferenzsaal elektrische Heizung, im Stall steht

ein uralter, aber noch funktionierender Bummerofen. Als Führerin durch das Anwesen ist meine Bérengère vorgesehen, zumindest bis das Centre Culturel es sich wird leisten können, eine bezahlte Kraft einzustellen. Ich habe sie in ihrem Prüfungsgang durch die Räume erlebt: Sie führte uns mit ihrer angeborenen unnachahmlichen Grazie durch unsere Vergangenheit, verlieh dadurch unserer Bauernkultur eine Vornehmheit, die mich staunen machte. Und was sie nicht alles wußte, über unsere alte Zivilisation, über Sitten und Gebräuche, Ackerbautechnik und Dorfarchitektur, Trachtenkunde und Gastronomie! Und wie sie sich die alemannischen Termini mundgerecht machte, sie wie Exotica in ihr feines Französisch einschob!
Wenn sie uns jetzt sähe, die Arme, wenn sie mich sähe im zerwühlten Brechenmacherbett, wenn sie Patricia sähe, die den ganzen Trachtenschatz auf dem Boden ausbreitet und dann die gewagtesten Kombinationen ausprobiert, wenn sie Linda sähe, die in den altehrwürdigen Utensilien Erbsensuppe kocht, wenn sie Eddes hörte, der jeden Abend auf dem Konzertflügel nach einer geeigneten Melodie für einen von ihm getexteten Besetzerschlager sucht! Ich habe sie am Morgen nach der Besetzung angerufen. Sie schluchzte am Telefon. Ich versuchte, ihr den Sinn unserer Aktion zu erklären. Ich bat sie — auch ich mit schluchzender Stimme —, sich uns doch anschließen zu wollen. Sie antwortete nur: Alain läßt fragen, ob du nun ganz verrückt geworden bist.

Abends kamen dann die Männer. Heribert, fragten sie, was hast du jetzt vor? Brechenmachers Hof ist nun wieder in Ixemer Händen, sagte ich, das ist nun unser Gemeinschaftshaus. Heribert, sagten sie, die Stim-

mung hat umgeschlagen, nicht nur im Dorf, sondern auch in der Siedlung. Fast alle stehen hinter dir. Der Schnitzler Schorsch hat bei uns ausgespielt. Du mußt unser neuer Maire werden.
Der Räuberhauptmann nahm den ihm dargebotenen Dorfschlüssel dankend an und lud die Bürger zu einem Umtrunk ein.

Am zweiten Abend brachten sie ihre Frauen mit. Sie gingen durch die Räume, betasteten, bewunderten, sagten: So was hatten wir auch zu Hause, wo ist es denn hingekommen; sagten: Großmutter hat immer wieder davon erzählt; sagten: Schade, daß das alles verlorengeht; setzten sich zu den Besetzern in den Stall, sangen Lieder, erzählten Anekdoten, erzählten Witze, sagten: So was gibt's leider heute nicht mehr, daß man zusammensitzt und singt und erzählt, heute hockt man vor dem Glotzkasten und vergißt zu leben.

Am dritten Tag war Schott bei uns, las alemannische Gedichte vor und redete auf uns ein, die Sprache nicht zu verschachern, aus Snobismus, aus Aufstiegswahn, nahm die Mechanismen der Entfremdung auseinander und erklärte uns, wie man die elsässische Zweisprachigkeit handhaben sollte. Die Ixemer saßen um den großen Guru herum mit offenen Mündern und gläubigen Augen: Ja, das stimmt, ja, wir haben uns hinters Licht führen lassen, ja, das tut gut, so etwas zu hören, zu erfahren, daß wir nicht der letzte Dreck sind, daß wir uns nicht schämen brauchen und daß wir uns nicht häuten brauchen, um vollwertige Menschen zu sein. Merci, Schott, Ihr seid unser Mann.

Am vierten Tag sprach der Wissenschaftler Herrsch zu uns, sprach von der Verwundbarkeit der riesigen Versorgungsanlagen, von der Unverantwortlichkeit der Atompolitik, von alternativer Energie, von der Rückkehr zur menschlichen Dimension, zur praktizierten Gemeinschaft.

Ja, sagten sie, das stimmt, ja, der hat recht, der Professer, ja, so sollte es sein. Merci, Herrsch, Ihr seid unser Mann.

Da stieß mir einer den Ellenbogen in die Rippen: Ja, so sind sie, sagen zu allem ja und amen. Gestern folgten sie dem Müller, heute folgen sie unseren Leuten. Und keiner stellt nichts in Frage. Bei denen kommt kein Zweifel auf, nie. Was von einer Kanzel verkündigt wird, das ist für sie Evangelium. Da gibt's noch eine Menge Arbeit, Heribert, bis in Ixe kritisch gedacht wird!

Aha, der Güschtis Michel, der entpuppt sich. Den habe ich so nicht gekannt.

Aber bei uns in der Gewerkschaft ist es genauso, fuhr er fort. Es ist zum Verzweifeln. Es müssen immer andere für sie denken.

Am fünften Tag kam Bérengère, musterte mißbilligend ihren vergammelten Mann, besah sich kopfschüttelnd unseren Saustall, schlug die Hände überm Kopf zusammen beim Anblick der durcheinandergewirbelten Wäsche- und Trachtenstücke, fischte die Patricia, die Martine und die Fabienne aus einem eingenebelten Gitarrenkollektiv, verstärkte ihre Raumpflegekolonne durch herumlungernde männliche Hilfskräfte und teilte die Arbeit ein. Mich schickte sie nach Hause ins Bad.

Als ich ihr abends vorschlug, mit mir in Brechenmachers Bett zu schlafen, erwiderte sie schroff: Im Museum wird nicht mehr geschlafen, compris?

Compris, so wird also heute nacht auf dem Stroh geschlafen.
Und Patricia lachte mich herausfordernd an.

Am Samstag und am Sonntag kamen dann die Besucher von überall her. Wir verkauften Aufkleber und Flammkuchen. Wir hielten Palaver ab. Bérengère und ihre Dolmetscherin Patricia führten die Gäste durch die Gemächer. Sylvie kam mit ihrer Schulklasse, Pfarrer Weber mit den Erstkommunikanten. Es kamen auch ein Seniorenklub, Vertreter der Bauerngewerkschaft, eine Fußballelf nach dem Match, ein deutscher Touristenbus, eine von Mehmet angeführte Türkengruppe und Zettemer, Ahwillemer, Bähhoffener, Cehdörfler sowie jede Menge Städter.
Und es kamen alte badisch-elsässische Frontkämpfer von Wyhl, Heiteren, Kaiseraugst und Gerstheim sowie Malville-Veteranen und auch Brokdorf- und Gorleben-Reservisten, hatten ihre vom Lagerfeuer geräucherten, von Polizeigriffen gezeichneten Uniformen an, einige reichten Narben von Platzwunden zum Befühlen herum, andere wärmten in Kochgeschirren eingedickte Besetzer-Erinnerungen auf, die dann flüssig wurden, so daß man sie mit dem Löffel rühren konnte. Eßt davon, sagten sie. Uns schmeckte der Eintopf aber nicht. Warum habt ihr kein echtes Frendschaftshüs auf dem Osterberg aufgeschlagen, fragten sie, das wäre zünftiger und sinnvoller gewesen, als hier bei elektrischem Licht im dampfbeheizten Museum Touristenattraktion zu spielen. Ja früher, da war's anders, radikaler. Der nächtliche Angriff auf die Hütte? Ja, das war schon was Echtes, da hätten wir früher aber anders darauf reagiert. Gewaltlos natürlich, aber radikaler. Wie? Radikaler, eben. Sitzstreik vor der

Präfektur, in der Präfektur, zum Beispiel, die Bullen provozieren, oder was weiß ich, aber nicht brav hier in der warmen Stube sitzen und Kaffeekränzchen halten. Schenkt den alten Soldaten ein, trinkt, Kameraden, aber verschont uns mit euren aufgewärmten Fronterlebnissen, wir wollen uns eigene Erfahrungen sammeln, denn mit fremdem Erfahrungsmaterial können wir Ixemer nicht gut umgehen, das hat sich in der Vergangenheit immer wieder gezeigt. Haltet euch aber trotzdem bereit, Kameraden, den Schlafsack gerollt, das Kochgeschirr und die Gitarre griffbereit, übt euch im Geländelauf und im Baumklettern, wer weiß, vielleicht werdet ihr hier mal gebraucht.

Und es kam uns die liberale Bourgeoisie besuchen, wohlwollend, interessiert, agiler Blick und schnelle Zunge, sie beroch uns, befingerte uns, beklopfte uns, fand uns unheimlich authentisch, ließ sich von Eddes das Lied des Hababb vorsingen, das unser Edelweiß- und Ave-Maria-Bariton getextet und komponiert hatte, das Lied vom Hababb, dem Dorfgeist, der in die schuldigen Leiber fährt und sie sündenfrei macht, der die Beben vorausspürt und die Geschichte ins Rollen bringt. Sie hörte sich das an, die fortschrittliche Bourgeoisie: Volkskultur live erlebt, ist das kein Evènement, mal was anderes als Theater, Cabaret und Folk-Festival, du, chéri, da läßt sich doch ein manches von diesem Happening als ästhetischer Kitzel mitnehmen, nicht? Bitte, packen Sie uns das ein, in Original-Umweltschutz-Papier natürlich, hergestellt ohne Gewässerbelastung, Bleichung oder Färbung, es ist kein einziger Baum dafür gefällt worden. Und fragte dann, ob wir Besetzer zu Fuß oder per Rad oder mit dem Auto gekommen seien, jaja, als Ökologist müsse man eben glaubwürdig sein, das schulde man ihnen, den wohlwollenden, interessierten, generösen Besuchern, die nach vollzogener Peep-Show — wieviel hast du dafür gegeben, mon chéri, einen Hunderter? Oui, sie haben's verdient — zum Roten Ochsen zogen, dort für zweihundert pro Person soupierten und dann zu Hause in ihren Design-Wohnlandschaften den aufregend schönen Tag mit einem Wodka beendeten.

Am Montag durften wir Schilles besuchen. Mein Schädel brummt noch, sagte er, und der Brustkorb schmerzt beim Lachen. Sonst ist alles o.k.
Ute saß neben ihm auf dem Bett: Weiß man schon, was für Kerle das waren?
Das ist doch Nebensache, antwortete Schilles. Vielleicht arme, bornierte Hunde, die Feindbilder brauchen, um sich daran aufzuwerten. Oder Politrabauken, die von irgendeinem Boss manipuliert werden. Es ist nun gut zu wissen, daß es auch hier von diesen Leuten gibt.
Die Presse hat kaum darüber berichtet, sagte ich.
Es ist besser so, meinte er, als wenn sie einen großen Klamauk um meine Person gemacht hätte. Ich will kein Märtyrer sein. Wir brauchen keine Märtyrer. Unsere Idee darf nicht auf Emotionen aufgebaut werden, sondern auf dem kritischen Denken und dem selbstbewußten Handeln.
Da lag er nun, die schwarzgekräuselten Haare klebten an der schweißigen Stirn, die Nase stach spitz aus dem eingefallenen bleichen Gesicht, die Augen aber leuchteten, und der Blick wanderte von Ute zu mir und zurück. Mein Bub, dachte ich, könnte das nicht mein Bub sein? Liebe ich ihn nicht wie einen Sohn? Was sind denn meine beiden Söhne, an dir gemessen, Schilles? Eingebildete Laffen.

Bub, flüsterte ich.
Was ist, Babbe Bertel, lächelte er.

Was wäre sonst noch von diesem Hornung zu melden? Unser geheimer Informant läßt uns wissen, daß man nach einem anderen Standort für das Umspannwerk sucht. Vor den Präsidentschaftswahlen wird sowieso nicht mehr davon die Rede sein.
In unserer Bürgerinitiative läuft die Diskussion über die zukünftige Verwendung des Brechenmacher Hofes. Wir sind übereingekommen, das Museum zu schließen und das Wohngebäude wieder seiner alten Bestimmung zu übergeben, der Mieter würde den Hausmeisterposten übernehmen. In den anderen Gebäulichkeiten würden wir eine alternative Volkshochschule einquartieren, deren Programm ganz auf die Bedürfnisse der dialektophonen Elsässer eingerichtet wäre, wir möchten, daß Kultur hier als Instrument der Solidarisierung und der Identifikation gehandhabt wird.
Güschtis Michel profiliert sich immer stärker. Als Gewerkschaftsfunktionär ist er auch der geeignete Mann, mit den Behörden und der Kulturagentur wegen der Finanzierung unseres Projekts zu verhandeln.
Wenn sie nicht zahlen, sagt er, lassen wir den Hof wieder vergammeln. Kultur, so wie wir sie verstehen, kann auch in den Wirtschaften zum Ausdruck kommen. Aber eines sage ich euch, der Voisin zieht auf keinen Fall hier wieder ein!
Voisin? Seine Läden sind geschlossen. Es heißt, er wolle verkaufen.

Und Heribert Grahn? Er zieht sich so langsam aus der Bewegung zurück. In Brechenmachers Hof trifft man ihn immer seltener an. Tagsüber befindet sich übrigens dort nur noch die arbeitslose langbeinige und schwarzhaarige Patricia, Sekretärin der Bürgerinitiative und Tonmeisterin bei Radio Verte. Abends kommen dann und wann Leute zum Palavern. Und zweimal in der Woche tagt der kulturelle Ausschuß der Initiative.

Ich finde mich in meinem Louis-Quinze nicht mehr heimisch. Es fehlt mir die Mansardenwohnung, es fehlt mir die Hütte. So sitze ich halt stundenlang bei Mamme Katrin und schaue ihr beim Stricken zu. Oder wir gehen in der kalten Hornungsonne auf den Gottesacker spazieren. Was wirst du nun tun, Bertel? fragt sie. Stellst du dich zur Wahl? Nein, Mamme Katrin. Es sind jetzt Jüngere da, die das Heft in die Hand nehmen sollen. Vielleicht helfe ich ihnen beim Aufbau der Volkshochschule.

Vielleicht, ja. Aber habe ich meine Rolle in Ixe nicht schon zu Ende gespielt? Gespielt: ist das nicht ein treffendes Wort? Ist das übrigens nicht eine alberne Mischung von Heimatfilm und Western, die wir da gespielt haben? Haben wir nicht, mangels echter, heroischer, gefahrenvoller Ereignisse, nach Ersatzeinsätzen gesucht und sie auch gefunden, uns danach eingebildet, Geschichte gemacht zu haben? Und sind doch nur ganz kleine Hampelmännchen am Rande des Weltgeschehens? Der Osterberg liegt in Ixe, nicht in Danzig. Ixe liegt im Elsaß, nicht in San Salvador. Das Elsaß liegt am Rhein, nicht am Jordan. Oder hatte es doch einen Sinn, den Aufstand zu proben?

Ja, sagt Schott, sogar der kleinste, ungefährlichste Aufstand gegen die Entwurzler und die Durchrationalisierer trägt zur Rettung der Menschenwürde bei,

denn in einem jeden, der aufsteht und nein sagt, regt sich der Geist, der uns zu Menschen werden ließ.
Amen, sage ich.
Aber was fange ich jetzt mit mir an. Wer bist du eigentlich, Heribert, wie oft mußt du dich noch häuten, bis du dich findest? Es ist ein Verlangen in mir nach etwas Undefinierbarem, es lockt eine Dimension, die ich nicht kenne, ich erahne Erlebnisformen, die mich befreien könnten. Doch wie finde ich aus dem Ameisenhügel hinaus. Und wenn ich mal hinausgefunden habe, werde ich mich nicht selber am Rockzipfel fassen und mich ins Programm zurückbefehlen?

28. Hornung. Ich warte auf Fritz Müller am Parktor. Hol ihn, Hasso, befehle ich, lauf, hol ihn! Aber da kommt er schon. Wir reichen uns die Hände durchs Gitter und schauen uns lange an. Dann fängt er an zu wimmern, wiegt den Kopf hin und her, reißt sich plötzlich von mir los, wirft die Arme in die Höhe, schreit: Wehe, wehe! und springt fort, der Hund jaulend hinter ihm her.

MÄRZ

Béatrice ist tot. Ihr Geländewagen kam in einer Kurve von der Piste ab und zerschellte hundert Meter tiefer auf Felsgestein, wo er ausbrannte. Béatrice fand man mit gebrochener Wirbelsäule in einem Gestrüpp mitten im Steilhang. Jürgen behauptet, es sei Mord, sie hätten schon mehrmals Drohungen erhalten, ihre Aufklärungsarbeit sei gewissen Herrschaften ein Dorn im Auge.
Béatrice liegt in ihrem Indiodorf begraben. Beim Seelenamt in der Ixemer Kirche hatte ich sie alle noch einmal um mich herum, meine Frau und meine Söhne, Lisel und Harry, Schott und Christiane, Schilles und Ute, Katrin, Pool sowie alle Kameraden und das ganze Dorf. Auch Gounon und Voisin waren gekommen.
Nein, ich habe nicht geweint. Jedesmal, wenn der Schmerz hochkommt und mir den Hals zuschnürt, erscheint mir ihr Osterberglächeln: Paps, wo der eine von uns beiden ist, da ist auch der andere. Und dann rezitiere ich die Verse des Nathan Katz: „Un wenn mr emol tot sin, / Villicht ass mr no witerlabe tien / In allem wu scheen isch, / In allem wu lebandig isch. . .“
Bérengère erlitt einen Nervenzusammenbruch. Ich habe sie Patrick anvertraut. Patricks Frau Violaine erwartet ein Baby. In Chilly-Mazarin wird Bérengère bestens aufgehoben sein.
Ich habe meine Sachen geordnet. Die Abschiedsbriefe an alle meine Lieben gehen morgen fort. Meine Aufzeichnungen vermache ich dem Freund Schott, er mag

darüber nach Gutdünken verfügen. Morgen früh schließe ich das Haus ab. Den Schlüssel werfe ich in Pools Briefkasten. Dann gehe ich ein letztes Mal zu Mamme Katrin.

Die Reisetasche ist gepackt. Ich nehme nur das Allernotwendigste mit. Nein, keine Fotos, keine Andenken, nur Béas Medaillon, das gestern mit der Post gekommen ist. Ich trage es am Hals.
Diesen letzten Abend in Ixe verbringe ich mit Johann Sebastian Bach. Zeitlose Meditation. Unsagbar zärtliches Beleuchten von inneren Visionen. Poetische Architektur der Seele. Vom romanischen Kirchturm schlägt's zwölf. Der eigentümliche Klang der Glocke kontrapunktiert das Jubilieren der Violen.

Vielleicht komme ich eines Tages wieder zurück.

André Weckmann

Odile oder das magische Dreieck

Roman

348 Seiten, Ganzleinen

Ein Märchen-Thriller, ein Fantasy-Roman, ein Politthriller? — Es geht in diesem spannungsgeladenen Roman um viel mehr als die Elsaß-Thematik als solche. Es handelt sich um ein Plädoyer für eine Minderheit, für alle Minderheiten, um ein äußerst brisantes Problem: Haben Minderheiten noch eine Überlebenschance? Odile stellt Fragen und liefert Antworten, die weltweit Gültigkeit haben können.

Tatort Blodersche, ein Krautdorf im Elsaß. Ittel, ein Autonomist und die verführerische Hexe Odile halten dort den Staatspräsidenten gefangen, den sie zwecks Umschulung entführt haben. Doch der zeigt sich resistent und bringt es mit effizientem Charme sogar zuwege, das Dorf für sich zu gewinnen. Im Ringen mit und um Odile aber zieht er schließlich den kürzeren. Eine Niederlage, der er dennoch eine Rose abgewinnt. Und das Leben im Elsaß geht weiter wie gehabt.

Elsässische Planspiele der Liebe oder der elsässische Versuch, ein Problem zu lösen, das andernorts nur mit Haß und Gewalt angegangen wird? Denn das Elsaß ist weder Nordirland noch das Baskenland: Odiles Liebe schärft den freien Geist und entschärft die Gewalt. Und die Faulstellen des Landes werden mit zartem jungem Weizen abgedeckt. Vielleicht geht's auch so.

In „Odile und das magische Dreieck" paart sich scharfe Ironie mit Zärtlichkeit, Spritziges mit Surrealem, Hokuspokus mit tiefem Ernst, Wirklichkeit mit Polit-fiction.

Ein neuer, origineller, überraschender Weckmann.

Frankfurter Allgemeine Zeitung

Renate Axt

Und wenn du weinst, hört man es nicht

208 Seiten, Ganzleinen

Was erwartet den Leser hinter diesem Titel? Ein ,,Knastbuch", ein ,,Frauenbuch". Ja und nein. Fast alles, was wir erfahren, handelt von Frauen, fast alles erfahren wir im ,,Knast". Doch nur einmal taucht die Frage auf, ob nicht ,,das System" ungerecht sei. Die Frage bleibt offen, Mensch und ,,System" berühren einander schließlich und punktweise, sie werden nie deckungsgleich. Das Buch ist kein zurechtfrisiertes ,,ideologisches Glaubensbekenntnis", es ist ein Mosaik aus gescheiterten menschlichen Versuchen ,,normal" zu leben. Es ist vor uns ausgebreitetes Versagen, Stolpern, Fallen, Aufstehn, Mühen und Hoffen. Es ist ein ganz und gar menschliches Buch, so sehr, daß es uns, deren Scheitern und Versagen minderen Ausmaßes, oder so gelagert ist, daß es uns nicht mit den Gesetzen in Konflikt bringt, anrührt, aufrüttelt, erschüttert und manchmal tröstet.

Renate Axt gibt mitgeteiltes Leid wieder. Ein Teil dieses Leids ist Angst vor dem Frei-Sein ,,draußen", außerhalb der Gefängnismauern, Angst vor dem Ich, das wieder straucheln könnte. Zu der Angst vor dem ,,Draußen" wäre viel zu sagen. Die *Anklage* gegen das ,,Draußen" klingt an. Liebe und Geduld ist nicht genug. Labilität braucht Stützen. Mit der Ausrufung der ,,totalen Freiheit" haben wir die Stützen niedergerissen. Die Konflikte der straffällig Gewordenen sind allerdings auch Konflikte mit den Möglichkeiten des Wohlstandes. Betroffen lesen wir von der Hoffnung der Eingekerkerten, trotz allem einen neuen Anfang zu wagen, ein neues Leben ,,draußen". Das Buch endet mit dem Satz: ,,Ein Scheitern ist noch kein Untergang. Wir geben nicht auf". Am Ende *dieses* Buches ein großartiger Satz. Das ein oder andere Schicksal wird ihn rechtfertigen.

Lisa Stromszky/DER LITERAT

Jean Egen

Die Linden von Lautenbach

Roman

Umschlaggestaltung Celestino Piatti

336 Seiten, Ganzleinen

„. . . In diesem autobiographischen Roman erzählt der Elsässer Autor, Jahrgang 1920, die Geschichte seiner Kindheit und Jugend, eingebunden in die Geschichte seiner Familie, die zwischen Frankreich und Deutschland gelebt hat, wie es elsässisches Schicksal in der ersten Hälfte unseres Jahrhunderts gewesen ist. Es ist zugleich eine Geschichte des Elsaß, gesehen mit den Augen eines Kindes. Sie reicht zurück in Zeiten, in denen die Selbstbehauptung der Elsässer in Frage gestellt wurde. Sie endet in einem „Requiem" auf die Opfer, die von der Familie im Zweiten Weltkrieg gebracht werden mußten. Egen versteht es, seine eigene Kindheit so farbenfroh zu rekonstruieren, daß man in dem Kind jenes Land wiedererkennt, dessen Kultur und Psychologie einzigartig ist. Es ist eine Mischkultur, in der alemannisches Wesen sich mit französischem Esprit verbindet und in deutscher Romantik ausdrückt. Der Verfasser versucht zu erklären, wie das alles entstanden ist und sich bis heute fortsetzt, da die deutsch-französische Freundschaft alles überdeckt, was einmal gewesen ist. In dem Buch werden die Höhen der Vogesen lebendig, die dunklen, tiefeingeschnittenen Täler, das flache Land bis zum Ufer des Rheins mit seinen Dörfern, von denen Lautenbach nur eines von vielen ist.

Egens sprachliche Brillanz ist aus dem Französischen auch ins Deutsche übergegangen. Die zupackende, oft humorvolle Ausdruckskraft bewegt und rührt, ohne Sentimentalität hervorzurufen. Gewürzt ist das Buch zusätzlich durch die Beschreibung der Trink- und Essensgewohnheiten der Elsässer, durch die präzise Darstellung der bodenständigen Speisen, von denen das Sauerkraut ja seine besondere Rolle spielt, der Käse aus Münster, die Weinsorten nicht zu vergessen. Egen schreibt darüber mit der eleganten Feder des Romanisten, es ist, als würde durch sie alles Deutsche, was es dort gibt, strahlender, es leuchtet. . ."

Wolfgang Paul / Berliner Morgenpost

Ekkehart Rudolph

Zwangsweg

Roman

320 Seiten, Ganzleinen

,,Zwangsweg" ist ein Roman aus dem geteilten Deutschland. Die Handlung spielt 1959 in der DDR. Es ist das Jahr der Berlinkrise. Noch gibt es keine Mauer, zu Tausenden flüchten die Menschen aus der DDR in den Westen. Im Mittelpunkt des Geschehens steht Hans-Jochen Worch, ein junger Universitätsassistent in Halle an der Saale. Wegen einer Bagatelle gerät er in Schwierigkeiten mit den Parteifunktionären der Universität. Sein Arbeitsvertrag wird in Frage gestellt, er denkt an Flucht. Aber als ihm sein Professor Hilfe und berufliches Weiterkommen verspricht, beschließt Worch, in der DDR zu bleiben. Er weiß, daß er sich den politischen Verhältnissen anpassen muß, doch er hofft auf vertretbare Kompromisse. Er will einen Weg finden, der zwischen seinen persönlichen Grundsätzen und den Ansprüchen von Staat und Partei verläuft. Daher der Titel ,,Zwangsweg". Seeleute verwenden den Ausdruck, wenn sie ihr Schiff durch ein Minenfeld steuern müssen. Für Hans-Jochen Worch wird dieser Weg zu einem Alptraum. Er gerät in das Netz des Staatssicherheitsdienstes und damit in Zwänge, die Kompromisse nicht mehr zulassen.

Ekkehart Rudolph erzählt das in einer packenden Handlung. Doch das Buch fesselt nicht nur durch das sich zuspitzende, dramatische Geschehen. Farbig und abwechslungsreich wird auch der DDR-Alltag geschildert: der Universitätsbetrieb, Rivalitäten zwischen Kollegen, eine Liebesgeschichte. Hauptschauplatz ist Halle an der Saale, doch führt uns der Autor auch nach Jena, in den Spreewald und auf die Ostseeinsel Hiddensee: Orte und Landschaften, die hierzulande wenig bekannt sind.

,,Zwangsweg" ist ein politischer Rom. In einem individuellen Schicksal vergegenwärtigt er eine Zeit, in der sich Entwicklungen anbahnten, mit denen wir uns heute auseinandersetzen müssen.